모빌리티와
고향의 재탄생

이 책은 2019년 대한민국 교육부와 한국연구재단의 지원을 받아 수행된 연구임(NRF-2019S1A5C2A04082394)

대구대학교 인문과학연구소
도시인문학총서

13

모빌리티와 고향의 재탄생

서주영 지음

學古房

서문

이 책은 중국 문학 속의 인물들이 고향과 인간이라는 주제를 통해 펼쳐놓은 각자의 인생과 문학작품을 살펴보려는 의도에서 기획된 것이다. 고향은 인간의 탄생과 성장, 그리고 수축과 소멸이 이루어지는 공간이다. 이런 점에서 고향을 주제로 삼는 문학은 중국 문학에서 하나의 큰 주제를 형성한다.

고향 공간은 현실과 비현실의 경계에 놓인 공간이다. 인간의 탄생이 주는 경이감과 동년의 순수함은 고향 공간을 현실과 비현실의 경계에 존재하는 특수한 의상(意像)을 가지는 공간으로 만들고, 자신만의 특별한 의미를 부여할 수 있도록 한다. 즉, 현실 속에서 타인에게는 타향으로 느껴지는 배타적 공간이 될 수도 있지만, 고향을 통해 체험된 자기 생명의 잉태와 성장은 이 공간을 다른 공간과 구별되는 공간으로 인식하게 만든다. 고향 공간은 인간의 삶에서 특수하고 신비로운 공간이다.

왕국유는《홍루몽평론(紅樓夢評論)》에서 문학의 효용성을 언급하면서, 일체 예술의 목표는 이 질곡의 세계를 살면서 생을 탐하는 우리가 삶의 욕망이 가져오는 투쟁에서 벗어나 잠시의 평화를 얻게 하는 것이라고 하였다. 대체로 한 인간의 고향 공간으로의 복귀는 현실의 실패와 좌절의 경험으로부터 다시 회복을 원할 때 이루어 지기도 하고, 혹은 그곳이 절망에 가득찬 공간이라 하더라도, 치유의 공간 이자 회복의 공간, 혹은 다른 곳보다 더 나은 곳이리란 기대 심리로 인해 이루어진다. 이처럼 고향의 기본적 의상은 과거의 기억에 기반한 치유적 기능이다.

자신의 탄생과 양육을 돌보았던 부모, 혹은 동년기에 경험한 신비한 체험과 경험, 그리고 그러한 존재 혹은 사물이 고향에 있다고 상상하면서, 외부 세계의 자아에 대한 부정으로 상처 입은 자아의 보호와 회복을 기대하기도 하고, 혹은 타지에서의 성공에 대한 진심 어린 환대와 변화된 자아의 수용을 기대한다. 즉, 인간은 귀향의 상상 속에서 현실 속 자기 존재의 확인과 재생을 기대하기도 한다. 이를 통해 자기 정체성을 강화한다. 이런 점에서 고향 의식은 마치 문학의 효용력을 가지고 현실적 인간에게 작용하기 때문에 문학과 깊은 관련이 있다. 그래서, 운명적으로 귀향이 막혀버린 사람들은 종종 문학작품을 통해 이런 고향에 대한 기대감을 남겼고, 많은 공감대를 형성했다.

그러나, 고향의 현실성은 이런 기대를 늘 위협한다. 현상계에 속한 모든 것이 변화하듯 고향 역시 변화한다. 객관적 고향 공간은 세계 속의 한 물리 공간일 뿐이므로, 시간이 흘러 성장한 인간으로서는 그 공간을 자아의 기대를 간직한 이상적 공간으로 현실에서 마주할 수 없다. 즉, 타지와 다를 바가 없는 보통의 공간을 특별하게 만든 것은 자아의 생명력과 주관적 가치관이기 때문에, 시간이 흐르면서 그 실제적 치유 기능을 대체로 상실한다. 그리고, 이런 변화를 이해한다고 해서, 현실에 담담해지지는 않는다. 현실에서 오는 고향 상실의 감각은 인간에게 상처로 다가오기 마련이고, 인간은 다시 현실 속에서 자신이 안주할 장소를 찾아 나선다.

모빌리티가 제한되고, 근대적 생산체계가 없었던 과거 전근대의 환경은 고향에 독립된 시공간을 부여했고, 지역은 이러한 환경에 기반하여 타지와 구별되는 특수한 생활 문화 공간을 창출했으며, 자신을 감싸고 있는 고향과는 다른 문화 형태를 지닌 타지에 대한 경험을 통해 자신의 고향 의식을 강화할 수 있었다. 즉, 전근대인은 전근대라는 시대적 상황이 마련해 준 정지된 시공간 속에서의 장기간 체류 경험을 통해 타지와 구별되는 고유성을 지닌 고향 의식을 견고하게 가질 수 있었다. 한 인간이 태어나 삶을 영위하고 죽는 변화의 고리를 완성하는 동안 지역의 변화는 감지하지 못할 정도로 매우 더디게 진행되던 것이다. 그래서, 지역에 기반한 고향이란 이미지는 인간이 자신에게 도전해오는 세계로부터 자신을 보호해 주는 가치를 지닌 공간으로 존재할 수 있었다.

하지만, 현재 우리는 모빌리티가 주도하는 고향 상실의 시대에 살고 있다. 근대 사회의 거대한 변화는 고향의 기능을 상당한 정도로 파괴함으로써, 타지와 구별되는 고유한 고향은 사라지고 있다. 현재 인간은 어디를 가던 모두 비슷한 생활 방식 속에서 살아가고 있다. 대량 생산된 상품이 전 지구적 범위로 보급됨으로써, 동질적 경험의 공간 범위가 비약적으로 확대되었다. 전근대에 생사의 공간으로서 특별한 가치를 지녔던 고향이 현재는 모빌리티와 글로벌화라는 현상으로 인해 그 문화적 특수성이 파괴되어, 그 힘을 상실해 가고 있다. 동시에, 속도와 대량을 신조로 하는 근대적 경제 관념 속에서 고향은 가성비가 없어진 상품으로 취급되는 경향이 있다.

광범위한 시공이 하나로 통일되어가는 현재의 흐름 속에서 지역 특수성을 강조하는 고향을 다시 거론하는 근본적 이유는, 변화 속에서 불변을 찾아가는 인간이란 존재가 태초와 관계하는 고향이 인간 본질과 깊이 연결되어 있기 때문이다. 지역에 개인의 존재의의와 가치를 긍정하는 기능이 사라지고, 인간이 지역에 부여한 가장 원초적이며 순수한 지역으로 상상되는 공간이 현실 속에서 그 기능을 상실한다면, 인간이 세계와의 대립 속에서 휴식할 수 있는 불변의 공간으로서의 공간이 사라지는 것이며, 인간의 태초와의 기억은 더욱 빠르게 소멸할 것이다. 변화 속에서 불변을 찾아 생명의 안전을 도모하는 인간이란 존재는 고향의 부재를 가속하는 미래 사회에서 더 슬픈 존재로 전락할 것이다. 개인의 불행은 사회의 불행과 직접 연결된다.

고향은 인간 생명이 힘을 얻고 자유로운 행위를 가능하게 해주는 곳으로 상상되기 때문에, 동년의 기억이란 성장과 어머니란 탄생의 상징이 강하게 나타나는데, 시대적 변화로 지역에 부여한 동년과 모성의 감각조차 찾을 동기가 사라진다면, 인간은 귀속감을 상실할 것이고, 귀속감이 사라진 지역은 위태로운 유지를 이어가다가 사라질 것이다. 이런 점에서, 고향이란 의미가 재창조될 필요가 있으며, 이 새로운 고향 의식은 전통적 고향 의식과의 연결점을 맺으면서, 앞을 열어줄 새로운 의미 부여가 필요하다고 생각된다.

이 책은 중국 고전 문학 작품에서 고향 의식을 강렬하게 드러낸 작품과 인물에 관한 탐구를 통해 중국 고전이 형상화한 고향의 이미지가 가진 특징을 탐구해 보고자 한다. 중국 문학에서 형상화하는 고향이란 어떤 모습인가? 이곳저곳을 이동하는 삶을 살아가는 인간은 고향에 대해 어떤 관점을 가지고 있는가? 현실의 도전을 마주하여 흔들리지 않는 고향 의식은 현실적으로 나타날 수 있는가? 찾을 수 없는 공간을 찾는 방랑객이 아닌 인간의 근원으로 돌아가 새롭게 밖으로 나갈 힘을 고향에서 얻을 수 있었는가? 고향은 상실해가는 자아를 한곳으로 모아 삶에 연속성을 이어가는 기능으로 작용할 수 있는가? 이를 통해 혼란 속에서 질서를 찾고, 지역의 구성원으로서 존재 의의를 발견할 수 있는가? 이 책은 중국문학 속 8명의 인물을 중심으로 이러한 질문에 대한 탐색을 진행해 보고자 하였다.

제1장 <고향 상실의 비극 모빌리티: 화친공주>는 화친공주의 삶과 비극에 관한 것이다. 화친공주라는 단어는 한고조(漢高祖) 유방(劉邦)이 흉노(匈奴)와 맺은 화친의 조약 가운데 한나라 황실의 공주를 흉노의

선우(單于)에게 바치기로 한 맹약에서 생겨났다. 이 공주들은 대부분 역사서에 이름이 기재되지 않았던 고향에서 잊힌 존재들이다. 그녀들은 오직 한나라에 유리한 국면이 이루어졌을 때, 자신의 이름을 역사에 기록될 자격을 부여받았던 비극적인 여성이다.

제2장 <다시 태어난 디아스포라: 왕소군과 청총>은 왕소군에 관한 이야기다. 왕소군은 한원제(漢元帝)시기 흉노의 호한야선우(呼韓邪單于)에게 하사된 화친여성이다. 본래 보잘것없는 신분이었던 그녀는 중국 문학에서 상당히 큰 관심을 받았다. 그녀의 고국에 대한 그리움이란 정서는 그녀를 중국 여성을 대표하는 인물로 재탄생시켰다.

제3장 <고향으로 돌아가자: 도연명과 오류선생>은 도연명(陶淵明)의 《오류선생전》과 문학작품을 통해 도연명을 살펴본다. 도연명은 동진(東晉)과 유송(劉宋) 사이를 살았던 시인이다. 그는 고향을 떠나서 몇 차례 관직 생활을 했지만, 결국 고향으로 돌아가 술과 시, 그리고 농사를 지으며 생을 마친다. 이 장에서는 도연명이 그려놓은 이상적 인격체인 오류선생의 특징을 살펴본다.

제4장 <술로 빚은 유토피아: 도연명과 전원>에서는 도연명이 고향으로 돌아와 어떤 삶을 살았던 것인지에 대해서 다룬다. 그는 고향에 내려와 한가한 생활을 한 것 같지만 늘 생활고에 시달렸다. 그는 어떻게 해서 이런 경제적 압박 속에서 자신의 마음을 지켜나갈 수 있었던 것인지에 관한 내용을 그의 문학작품을 통해 살펴본다.

제5장 <다정한 변새 영웅: 낙빈왕과 변새시, 그리고 그녀들을 위한 변명>에서는 초당사걸(初唐四傑)의 1명이자 변새(邊塞) 시인으로 알려진 낙빈왕(駱賓王)에 관한 이야기를 담았다. 그는 어려운 가정환경 속에서 당나라 중앙 관료가 되기 위해 노력했다. 하지만 현실은 녹록지 않았고, 이에 변방으로 달려가 무공을 세워 자신의 입지를 다지려 했다. 이 장에

서는 그의 시대 반항아적 호걸의 모습뿐만 아니라, 인생의 고난에 초라해진 모습, 그리고 여인의 불행을 동정하는 모습도 함께 살펴볼 것이다.

제6장 <어디든 내 고향 아니리: 소식과 황주>에서는 송대 소식(蘇軾)이 황주(黃州)로 쫓겨나면서 경험하게 된 변화를 문학작품을 통해 살펴본다. 그는 시대의 총아로서 대단한 능력과 관심 속에 성장하지만, 시대는 그를 변방을 떠도는 문인으로 만들었다. 도연명의 절세(絶世)를 통한 자기 보전과는 다른 형태로 인생의 파도를 지혜롭게 넘어서는 소식의 인식을 그의 문학작품에서 살펴보았다.

제7장 <시공을 초월한 사랑: 탕현조의 《모란정》>에서는 탕현조(湯顯祖)의 《모란정(牡丹亭)》을 통해 탕현조가 생각한 진정한 사랑이란 무엇인가를 생각해 보고자 했다. 《모란정》의 주인공 두려낭(杜麗娘)은 시대가 그녀에게 준 사대부가의 여성이란 한계를 뛰어넘어 자신의 사랑을 쟁취하는 여성으로 그려진다. 이를 통해 진정(眞情)을 억압하는 사회에 대한 탕현조의 비판을 살펴본다.

제8장 <병든 매화관의 주인: 공자진>은 청대 최초의 근대적 사상가로 알려진 공자진(龔自珍)에 관한 글이다. 공자진은 청대 관료 사회와 문인 사회에 대한 날카로운 비판을 통해 허물어져 가는 청나라를 잠에서 깨우려 했던 사람이다. 하지만, 그의 바람과 우레의 소리는 결국 청나라를 깨우지 못했고, 스스로는 떨어지는 꽃잎이 되어 북경의 관료 생활을 청산하고 고향으로 돌아와 매화를 돌보다 죽는다. 그의 시와 문장 속에 담긴 메시지 속에서 병든 매화를 양산하는 청대 사회의 암울한 시대상을 살펴본다.

제9장 <고향의 초월적 재탄생: 노신과 《고향》>에서는 노신의 《고향》 작품을 살펴본다. 이 작품은 윤토로 대변되는 고향의 변화를 통해 고향의 파괴를 보여주고, 이런 고향을 떠나가는 주인공을 통해 주인공의 고

향이 상실되었음을 말한다. 하지만, 작가는 이 고향의 소멸을 통해 미래 중국의 고향을 작가의 소명 의식을 통해 재탄생시키고 있다.

현재는 고향이 불변의 고정된 어떤 가치를 가진 지역으로서 존재할 수 없다. 즉, 삶에 지친 인간이 기댈 곳으로 상상하는 고향은 거대한 지구화의 흐름 속에서 그 색이 희미해지고 있다. 우리는 어쩌면 이미 화친 여성처럼 고향으로 돌아갈 수 없는 존재이며, 고향은 이미 도화원이 되어 찾아갈 수 없는 곳으로 변해버린 것인지도 모른다. 하지만, 고향에서 쫓겨나 시간이 안배한 생소한 환경 속에서 살아가는 우리는 우리를 가로막는 시대에 계속해서 반항할 것이다. 흐르는 물처럼 살다가 어디에 닿게 되면 그곳에 뿌리를 잠시 내리고, 다시 강물에 떠밀려 새로운 곳으로 옮겨진다고 하더라도, 새로운 공간마다 삶의 뿌리를 다시 박고 힘차게 꽃을 피우며 미래의 새로운 공간을 끊임없이 창조할 것이다.

이 책은 교육부와 한국연구재단의 인문사회연구소 지원 사업의 결과물이다. 이 책이 나오기까지 연구 책임자이신 권응상 선생님, 열정의 격려자 이미경 선생님, 채찍과 당근의 마술사 양종근 선생님, 세상 꼼꼼한 교정자 황규진 선생님께 큰 도움을 받았다. 그리고, 고향을 떠나 출새(出塞)의 삶을 꿋꿋이 살아가는 아내에게 이 책을 바친다. 안과 밖으로 부끄러운 부분이 많이 있지만, 이렇게 졸렬한 두 번째 걸음을 걷는다.

2022년 6월
서주영

목차

제1장

고향 상실의 비극 모빌리티: 화친공주

> 정말 물고기가 가라앉고, 기러기가 떨어지고,
> 달이 숨고, 꽃이 부끄러워하는 용모구나!
> ▶ 삼장법사의 어머니 은원교(殷溫娇)를 본 어부들
> 화본(話本) 《서유기(西遊記)》

사대미녀四大美女

중국에서는 자신들의 과거 역사와 문학 속에 등장했던 수많은 쟁쟁했던 여성 가운데 4명을 선별해서 4대미녀(四大美女)란 타이틀을 붙였다. 이 4명의 여인은 서시(西施), 왕소군(王昭君), 양귀비

그림 1. 사대미녀. 좌로부터 서시, 왕소군, 초선, 양귀비. 이들은 각자 춘추시대, 한나라, 삼국시대, 당나라를 대표하는 여성이며, 그림에서 각자의 특징을 보여주는 동작과 도구가 묘사되어 있다.

(楊貴妃), 초선(貂蟬)이다.

이 여성들은 역사적 인물이라기보다는 문화적 인물이다. 서시는 춘추시대(春秋時代) 월나라 여성으로, 월왕(越王) 구천(句踐)이 오왕(吳王)

부차(夫差)에게 보낸 여성이다. 왕소군은 한나라가 강성한 군대를 앞세운 흉노의 요구 앞에 어쩔 수 없이 국경을 넘어 흉노로 시집을 보낸 여성이다. 또, 양귀비는 당나라 현종의 귀비(貴妃)가 되어 당나라를 패망으로 몰고 갔던 여성이다. 초선은 《삼국연의(三國演義)》에서 최고 무력을 자랑하는 여포(呂布)가 그의 양아버지 동탁(董卓)을 죽이게 되는 이유가 되는 여성이다.

춘추시대에서 당나라에 이르는 각 시대를 대표하는 이 여성들의 공통점이라면 그녀들이 모두 절세 미녀란 점이다. 그녀들 얼마나 아름다운지를 설명하는 언어는 다음과 같다.

> 물고기가 가라앉고, 기러기가 떨어지네.
> 달이 숨고, 꽃이 부끄러워하네.
> 沉魚落雁, 閉月羞花。

위의 문장은 2구 4글자로 구성되어, 2글자가 각각 1명의 미녀를 수식하고 있고, 또, 모두 자연물과 연관되어 있다는 특징이 있다. 평측(平仄)도 "평평측측(平平仄仄), 측측평평(仄仄平平)"으로 구성되어 각기 대를 이룬 평측을 이루고 있어 정교하게 다듬어진 언어다.

이 가운데 '물고기가 가라앉는다'라는 '침어(沉魚)'는 서시(西施)를 수식하는 말로서, 그 의미는 물고기가 서시를 보고 너무 아름다운 나머지 넋이 나가서 헤엄치는 것을 잊어버렸다는 뜻이다. 왜 하필 물고기일까? 우선 그녀와 관계된 월왕 구천의 복수극 "와신상담(臥薪嘗膽)"을 잠깐 살펴보자. 월나라와 오나라는 본래 중원에서 남서쪽 변두리에 존재하던 국가다. 오왕 합려(闔閭)는 《손자병법(孫子兵法)》으로 유명한 손무(孫武)와 망명한 초나라 장군 오자서(伍子胥)를 기용해 초나라를 격파하여 춘추시대 다섯 패자를 지칭하는 "춘추오패(春秋五霸)" 가운데 하나가

된다. 변방 국가로 무시 받던 오나라의 지위가 격상되던 순간이다. 하지만, 그는 얕잡아보던 월왕 구천과의 전투에서 상처를 입고 죽는다. 합려의 아들 부차(夫差)는 이를 갈며 복수를 3년간 준비했고, 결국 월왕 구천을 사로잡는 데 성공한다(B.C.494).

월왕 구천은 심기와 모략이 대단한 인물이었다. 그는 부차 앞에서 자신의 본심을 숨기며 최대한 비굴하게 행동을 했는데, 심지어 부차의 똥을 먹어 건강을 체크해 줄 정도로 가공할 인내력을 보였고, 철저히 자신을 숨김으로써 볼모가 된 지 3년 만에 월나라로 돌아왔다. 그는 칼을 갈며 때를 기다린 끝에 B.C.473년에 오나라 수도를 점령한다. '와신상담(臥薪嘗膽)'은 구천이 부차에게서 받은 치욕을 잊지 않기 위해 편안한 잠자리와 맛있는 음식을 거부하고, 울퉁불퉁한 땔나무 위에서 자고, 쓰디쓴 쓸개를 핥으며 밥을 먹었다는 것이다. 도대체 얼마나 울분이 터졌으면 반평생 가까운 인생을 이렇게 살았던 것일까. 구천의 복수를 위한 집념은 군자의 일반적 복수 기간인 10년을 훌쩍 넘어있다. 이

그림 2. 서시. 청대 혁달자(赫達資) 《화려주췌수책(畫麗珠萃秀冊)》

가공할 복수극 속에서 서시가 등장한다. 그녀는 월나라의 복수를 위한 준비를 들키지 않기 위해 오왕 부차에게 보내지고, 오왕 부차는 미녀들이 즐비한 관왜궁(館娃宮)에서 서시와 노는 것에 정신이 팔려 구천의 은밀한 행동을 보지 못한다.

이 이야기는 동한(東漢)의 조엽(趙曄)이라는 사람이 지은 《오월춘추(吳越春秋)》라는 책에 전한다. 이 책은 역사서란 타이틀을 갖고 있지만,

민간에 도는 이야기를 수집해 만들었기 때문에, 후대에는 소설로 분류된
다. 중국문학에서 소설과 역사는 모두 인간의 스토리텔링이란 차원에서
그 기원을 공유한다. 사실, 월나라 미녀 서시란 인물은 이 책을 제외한
다른 역사서에서 다루어지지 않고 또, 이 역사적 사건이 발생하기 전의
책에서 서시란 이름을 가진 미녀가 이미 나오기 때문에, 서시는 그저
미녀의 통칭일 뿐이며, 역사적 존재가 아니라 창작된 존재다. 하지만,
과거 미녀의 대명사에 불과한 서시에 살과 피를 넣어 구체화한《오월춘
추》의 서시는 이 이야기로 인해 강력한 실존성을 부여받고, 결국 사대미
녀라는 문화적 아이콘이 되었고, 제자백가의 문헌에서 미녀의 대명사로
사용된다.

> 서시라도 더러운 것이 묻어있다면 사람들은 모두 코를 감싸 쥐고 그
> 녀를 지나칠 것이다.
> 西子蒙不潔, 則人皆掩鼻而過之。
>
> ▶《맹자 · 이루하(孟子 · 離婁下)》

> 비유하던데 이는 사람의 마음이 부귀는 사랑하지만, 재물은 싫어한다
> 는 것은, 미녀는 좋아하지만 서시는 싫다고 하는 것과 같다.
> 譬之是猶以人之情爲欲富貴而不欲貨也, 好美而惡 西施也。
>
> ▶《순자 · 정론(荀子 · 正論)》

위에 인용된《맹자》와《순자》의 글은 서시를 예로 들며 미에 대한 인
간의 반응을 관찰하고 있는데, 만약 서시가 미녀라는 인식이 보편적이지
않았다면, 이렇게 논거로 들 수가 없었을 것이다.

서시를 지칭하는 언어는 "물고기가 가라앉는다"라는 뜻의 "침어(侵
漁)"이다. 사실 미녀와 물고기가 관련 관련을 맺는 것은《장자(莊子)》에
서 유래한다.

모장(毛嬙)과 여희(麗姬)는 사람들이 아름답다고 여기는 여인들이지만, 물고기가 보면 물속 깊이 가라앉고, 새가 보면 하늘 높이 날아가 버린다.

毛嬙、麗姬, 人之所美也, 魚見之深入, 鳥見之高飛。

▶《장자 · 제물론(莊子 · 齊物論)》

"모장"이란 여성은 서시와 동향인 월나라 여성으로, 서시와 이름을 나란히 날렸던 춘추시대 여성인데, 혹자는 그녀가 서시라고 주장했다. 어쨌든,《장자》의 이 말은 본래 인간의 미적 기준이 우주 만물의 척도가 될 수 없다는 것으로, 인간 중심적 사고에 대한 비판을 담고 있다. 하지만, 시간이 지나면서 사람들은 이 이야기를 뒤집어서, 서시의 아름다움에 반한 물고기가 헤엄치는 것을 잊었다는 표현으로 변화시켰다.

서시가 물과 이어진 또 하나의 이유를 생각해 보면 서시의 고향이 수향(水鄕)으로 유명한 월나라 출신이라는 점도 있다. 시의 신선이자 술의 달인 당나라 이백의 《서시(西施)》라는 시에도 이런 점이 드러난다.

서시는 월계(越溪)에서 빨래하는 여인으로,
저라산 산골 출신이라네.
西施越溪女, 出自苧蘿山。

▶ 이백(李白)《서시(西施)》[1]

서시의 마지막 모습도 물과 일정한 관련성을 맺고 있다. 오나라가 망한 뒤 서시의 행적에 대해서는 대체로 두 가지 설로 압축된다.[2] 하나는 자기를 발탁한 범려(范蠡)와 함께 오호(五湖)에 배를 띄워 사라졌다는

---

1) 唐 · 李白,《李太白文集》卷十九.
2) 陳民鎮, <西施新考>,《尋根》, 5, 2011, 17-21쪽.

것이다.3) 이 고대인의 낭만적 로맨스 대신 좀 더 현실적 이야기는《묵자
(墨子)》에 전한다.

> 서시가 물에 빠져 죽임을 당한 것은 그녀의 아름다움 때문이고, 오기
> 가 거열형에 처한 것은 그의 업적 때문이다.
> 西施之沉, 其美也 ; 吳起之裂, 其事也。
>
> ▶《묵자 · 친사 · 제일(墨子 · 亲士 · 第一)》

《묵자》의 이 기록은 서시와 비슷한 시대인 전국시대 자신의 재주 때문
에 죽임을 당했던 인물인 오기(吳起)를 끌어와 서시와 대우를 이루었다.
오기는 현재의 산동(山東)인 위(衞)나라에서 태어났고, 그가 저술한《오
기병법(吳起兵法)》때문에 병가(兵家)로 분류되지만, 공자(孔子)의 제
자 증자(曾子)에게서 학문을 배웠던 유가의 인물이다. 그는 초나라 도왕
(悼王)의 발탁으로 초나라의 재상이 되어 귀족을 억누르고 왕권을 강화
하는 정책을 통해 초나라의 부국강병을 이루지만, 결국 자신을 밀어주던
초나라 도왕이 죽은 뒤에 초나라 귀족들에게 죽임을 당한다. 또한 서시
는 월나라로 보면 1등 공신이지만, 오나라로 보면 부차의 죽음과 망국에
있어 피할 수 없는 책임이 있다. 오나라 국민의 미움은 서시를 향했고,
월나라는 오나라 국민의 망국에 대한 분노를 달래줄 필요가 있었다. 이
런 점에서 월나라 서시를 물에 빠뜨려 죽인 혐의는 오나라와 월나라 모
두에게 있다. 이렇게 보면 그녀는 자신의 아름다움을 이용한 두 나라
사이에서 불행한 인생을 살다간 여성이다.

'기러기가 그녀를 보고 날갯짓을 잊는 바람에 하늘에서 떨어진다'라는

---

3) 東漢 · 袁康,《越绝书》逸文: 西施亡吳国后复归范蠡, 同泛五湖而去。(明 · 陈耀
文《正杨》卷二《西施》条)

'낙안(落雁)'은 왕소군을 수식하는 단어다. 그녀와 관련된 내용은 뒤에 자세히 서술하도록 하겠지만, 간략히 언급해 보겠다. 원래 그녀는 한나라 원제(元帝)의 궁녀였는데 기원전 33년에 흉노의 왕인 호한야선우(呼韓邪單于)가 화친을 목적으로 한나라와의 결혼을 구했고, 이 과정에서 선발되어 북방의 흉노 왕의 부인으로 살다가 죽었다. 흉노의 왕후(王后)이기에 시시한 일개 궁녀의 일생보다 더 좋았다고 볼 수도 있지만, 원치 않는 결혼을 통해 흉노라는 유목국가로 가서 완전히 달라진 의식주와 삶의 방식에 고통을 받았을 것이며, 또한 흉노 궁궐의 이방인으로서 홀로 감시의 눈길과 의혹의 눈총을 견뎌야 했을 것이기에, 일상의 삶이 반드시 행복하지는 않았을 것이란 추측을 낳았고, 많은 사람으로부터 동정을 받았다.

그녀와 관련된 자연물인 기러기는 봄이 되면 북쪽으로 날아가기에 떠남과 이별의 이미지가 있고, 또 겨울이 되면 어김없이 찾아오기에 떠난 자에게 그리움을 자극하는 동물이다. 이처럼 기러기는 이별과 그리움의 상징물이므로, 그녀의 원치 않은 출새(出塞)와 고향에 대한 그리움이 이입된 자연물이다. 그리고, 그녀를 주제로 삼은 비파 음악이 세상에 퍼지면서, 비파 또한 그녀를 상징하는 상징물이 된다.

지금까지 살펴본 "물고기가 가라앉는다(侵漁)"와 "기러기가 떨어진다(落雁)"에서 물고기와 기러기는 인간의 미에 대한 미혹을 표현하는 자연물이다. 나머지 2가지 표현인 "꽃이 그녀를 보고 부끄러워 하다(羞花)"와 "달이 그녀를 보고 숨어버린다(閉月)"라는 표현은 부끄러움이란 인간의 감정을 꽃과 달에 이입하여 그녀들의 미를 자연 보편적 개념으로 확장한 것이다.

초선을 수식하는 '숨어버린 달(閉月)'은 조조의 차남이자 불세출의 문학적 재능을 지녔던 조식(曹植)의 《낙신부(洛神賦)》에 나오는 표현이다.

조식은 이 글에서 삼황(三皇) 가운데 한 명인 복희씨의 딸이자 낙수라는 강의 여신 복비(宓妃)의 아름다움을 찬양하면서 이 표현을 썼는데, 실제로 지칭하는 사람은 그가 연모하던 여성 견씨(甄氏)와 관련이 있다.[4] 견씨는 본래 원소(袁紹)의 둘째 아들 원희(袁熙)의 아내였다. 그녀의 아름다운 용모는 소문이 파다했고, 조조의 두 아들인 조비(曹丕)와 조식 모두 그녀에게 관심을 보였지만, 조조가 원소를 격파한 다음, 그녀는 조비의 아내가 된다. 조비가 황제가 되면서, 견비는 모종의 이유로 죽임을 당하는데, 조비는 조식에게 그녀가 베고 자던 베개 옥대금루침(玉帶金鏤枕)을 준다. 베개를 받아 든 조식은 돌아가는 길에 낙수(洛水)라는 강가에서 꿈에 낙수의 신을 만나 이 작품을 짓는다.

> 은은한 모습은 아스라한 구름이 달을 가린 듯 하고.
> 가볍게 움직이는 모습은 바람에 떠다니는 눈송이여라.
> 髣髴兮若輕雲之蔽月, 飄颻兮若流風之迴雪。
>
> ▶ 조식(曹植) 《낙신부(洛神賦)》

이미 죽어버린 영혼이 여신의 모습으로 출현했기에, 구름에 가볍게 가려진 달처럼 뚜렷하지 않고 몽롱하고 영롱한 모습으로 표현했고, 또 그 모습이 땅을 밟고 움직이는 것이 아니기에 바람에 떠도는 송이처럼 묘사했다. 여인의 자태를 옅은 안개 같은 구름에 살짝 가려진 달의 아름다움과 연결해서 묘사했기 때문에, '부끄러워 숨어버린 달'이란 표현과는 살짝 거리가 있기는 하지만, 가려진 달과 여성의 아름다움을 이어주는 표현의 원형이 된다. 이 조합은 역사적 인물 대신 《삼국연의(三國演義)》의 창작 인물인 초선(貂蟬)에게 부여되었다.

---

4) 李善注《文選·洛神賦》

초선과 달의 결합은 명나라《삼국연의》보다 이전 시대인 원나라 화본 작품인《삼국지평화(三國志平話)》에 나타나는데, 여기에서 초선이 달을 향해 소원을 비는 장면이 있다. 신분이 비천한 일개 가기로서 자신의 주인인 왕윤(王允)의 국가적 거사를 위해 기꺼이 한 몸을 희생하고자 하는 그녀의 모습은 비장하기까지 하다. 그리고, 그녀의 이 기도는 그녀에게 사대미녀의 타이틀을 선사했다.

그림 3. 길쌈하는 당나라 여성. 당나라 장훤(張萱)《도련도(搗練圖)》미국 보스톤예술박물관 소장.

《삼국연의》에서 그녀는 동한(東漢)의 사도(司徒) 왕윤(王允)의 가기(歌妓)다. 앞에서 나온 비장한 기도를 들은 왕윤은 그녀를 이용할 결심을 한다. 왕윤은 그녀를 동탁(董卓)과 여포(呂布)에게 동시에 주기로 약속한 다음 동탁에게 줘버린다. 그리고 여포에게는 동탁이 알고서도 데리고 갔다고 이야기함으로써, 둘을 이간하여 여포가 동탁을 죽이게 만든다.

양귀비를 수식하는 "부끄러워하는 꽃"은 앞서 나온 이백(李白)의《서시(西施)》라는 시에 나타난다.

> 빼어난 용모 고금의 미녀를 뛰어넘고
> 옥 같은 얼굴은 연꽃도 부끄러워하네.
> 秀色掩今古, 荷花羞玉顔。
>
> ▶ 이백(李白)《서시(西施)》

부끄러워하는 꽃은 본래 여인의 수줍어하는 모습을 표현하는 단어로

사용되지만, 이백은 꽃이 부끄러워한다는 표현으로 바꿨다. 또, 이 연꽃
이 물 위에서 아름답게 피어있는 모습과 서시의 연결은 서시와 물의 관
계를 보여주고 있다.

　이처럼 이 꽃을 부끄럽게 만드는 수식어는 본래 서시의 것이었지만,
결국 당현종(唐玄宗)의 여인이었던 양귀비(楊貴妃)에게 헌정되었다. 양
귀비는 본래 현종의 18번째 아들인 수왕(壽王) 이모(李瑁)의 아내였지
만, 741년에 도교 사원에 출가하여 여도사가 되고, 745년에 왕과 이별한
다음 현종의 부름을 받아서, 현종의 귀비(貴妃)가 된다. 문제는 현종의
끝없는 욕심이었다. 그는 양귀비의 언니 3명을 자신의 부인으로 삼았으
며, 또 술과 노름으로 날을 보내던 친척 양국충(楊國忠)에게 권력을 쥐
여 주었다. 양국충은 이부상서(吏部尙書)가 되어 문신의 인사권을 장악
했고, 경기 지역의 재정을 장악함으로써 국정을 농단했다. 양국충이 이
렇게 중앙의 권력을 장악하였을 때, 범양(范陽鎭)·하동(河東鎭)·하북
(河北鎭)의 삼진절도사(三鎭節度使)로서 동북쪽 병권을 장악한 안록산
(安祿山)은 양국충이 자신을 현종에게 험해할 수도 있다는 위기의식을
느낀다. 그는 "양국충 타도, 국정 쇄신(誅國忠, 淸君側)"을 구호로 내세
워 거병했고, 안록산의 군대가 장안 가까이 다가오자 현종은 사천으로
피난을 갔다. 하지만, 현종의 행렬이 장안에서 50km 정도 떨어진 마외
(馬嵬)에 도착했을 때, 현종의 친위대가 현종의 명령을 거부하면서 양귀
비와 양국충의 죽음을 요구하였고, 결국 양귀비는 현종의 명을 받고 자
살로 일생을 마무리한다.

　4대 미녀는 그 출신과 투사된 욕망, 그리고 사회적 의미가 비슷하다.
서시의 신분에 대해 다른 논의도 있지만,5) 일반적으로 민간 여성의 이미

---

5) 서시가 월왕 구천의 딸이라는 설과 민간의 여성이란 설이 있다. 《國語·吳語》

지가 강하며, 왕소군은 한나라 황족 성씨인 유씨가 아니라 '양가(良家)' 출신의 궁녀로 기록되어 있다. 또, 양귀비가 섬서(陝西) 화음(華陰)의 명문이라서, 비록 황족에게 시집을 갈 수 있을 정도의 가문은 되었지만, 그녀 자신은 사천(四川) 지방관의 딸이었고[6], 초선은 《삼국연의》에서 왕윤의 집에 소속된 신분이 천한 가기로 나온다.

이 여성들은 난세 속에서 시대의 영웅이나 최고 권력자와의 관계를 맺고 신분 상승을 이룬다. 서시는 오나라 왕 부차의 아내가 되었고, 왕소군은 흉노의 연지가 되었으며, 양귀비는 당현종의 부인이 되었고, 초선은 동한 말기 최고 권력자 동탁과 최고 무인 여포와 삼각관계를 형성한다. 이들이 쟁쟁한 귀족 출신 여성을 제치고 시대를 대표하는 미녀란 타이틀을 가지게 된 이면에는 이와 같은 시대 참여 요소와 신분 상승 욕구가 잠재해 있다.

하지만, 왕소군은 나머지 3명의 여성과 확연히 다른 점이 있다. 우선, 왕소군을 제외한 나머지 3명의 미녀는 자신과 관련을 맺은 남성과 국가를 파탄으로 몰고 가는 '팜므 파탈(femme fatale)'의 형상을 가진다. 서시는 부차를 몰락시켰고, 양귀비는 현종을 몰락시켰으며, 초선은 여포와 동탁을 몰락시켰다. 이런 점은 미녀가 국가 대사를 해친다는 유가의 이데올로기와 연관성을 가진다.

에 "구천이 맹약을 청하면서, 적녀(嫡女)를 키와 비를 들려 왕궁에 헌납하였다(勾踐請盟, 一介嫡女執箕箒以晐姓於王宮)"라는 기록이 있는데, 여기서 정부인이 낳은 딸을 의미하는 "적녀(嫡女)"가 바로 서시라는 것이다. 후자는 《史記·越王勾踐世》에 구천이 부차에게 패전한 다음 "처자를 죽였다(殺妻子)"라고 하였으니 "적녀"란 다른 사람의 딸을 자신의 딸로 삼았다는 것이다. 陳民鎮, <西施新考>, 《尋根》5, 2011, 17-21쪽.

6) 崔瑞德編, 《劍橋中國隋唐史589-906年》, 北京 : 中國社会科学出版社, 1990 (ebook)

이에 비해, 왕소군은 개인적 서사는 슬픔을 간직하고 있으나, 사회적 서사에서는 '흉노를 안정시킨 왕후'라는 '녕호연지(寧胡閼氏)'라 불리며 한나라와 흉노 사이에 평화를 가져온 여성이란 긍정적 이미지를 갖고 있다. 하지만, 이 특징은 4대 미녀 속에서는 특별할 수 있지만, 역사적으로 살펴보면 왕소군과 같은 삶을 살았던 여성은 왕소군 이전에 이미 존재했다. 왕소군이 흉노로 떠나기 전에 이미 14명의 공주가 화친을 위해 흉노와 오손등의 유목국가 왕에게 바쳐졌고, 몇몇 공주의 삶은 왕소군보다 훨씬 자세한 기록이 역사서에 존재한다. 그런데도, 중국 문학은 유독 왕소군에게 특별한 관심을 보였고, 왕소군을 제외한 나머지 14명의 여성들은 왕소군을 형상화하는 틀을 제공하는 것에 그쳤다. 이런 현상을 이해하기 위해서 우선 화친공주를 살펴볼 필요가 있을 것이다.

화친공주와 굴욕적 화친

한나라의 서북쪽, 즉 오늘날의 몽골지역과 감숙성(甘肅省)의 하서회랑(河西回廊), 또, 과거 서역(西域)으로 불렸던 신장(新疆) 일대에는 여러 유목 민족이 부락을 이루며 유목 생활을 했는데, 한나라는 이들을 흉노라고 불렀다.[7] 유목 민족은 씨족 단위로 이동하는 생활을 하는 까닭에,

그림 4. 흉노의 복식. 내몽고박물관

---

7) 흉노는 어떤 단일한 씨족이나 부족에 그 연원을 둔 것이 아니라, 여러 유목민족과 부족들을 망라하고 계승한 하나의 포괄적인 유목민 집합체다. 정수일, 《실크로드 사전》, 파주: 창비, 2013(ebook).

하나로 통일된 국가를 형성하는 것이 어려웠지만, 기마술과 활에 능숙한 이들의 존재는 중국 역사에서 무척 골치 아픈 세력이었다. 진시황은 221년에 천하를 통일한 다음, 내정이 어느 정도 갖춰지자 장군 몽염(蒙恬, B.C.?~220)을 보내 서안의 북쪽에 있던 흉노를 토벌하여 내몽고에서 쫓아버리고 만리장성을 쌓는다(B.C. 215). 그런데 B.C. 3세기 무렵 이 유목민족을 하나로 통일시킨 강력한 지도자가 등장한다. 바로 흉노(匈奴) 영웅으로 불리는 모돈(冒頓) 선우(B.C. 234~B.C. 174)다.[8] 그는 진시황을 이은 이세(二世, B.C. 209~B.C. 207)가 등극한 같은 해에 자신을 제거하려 한 아버지 두만(頭曼) 선우(單于)를 죽이고 흉노의 왕으로 등극한다. 그는 강력한 지도력을 통해 혼란한 내정을 정비했고, 자신의 강력한 경쟁자였던 동쪽의 동호(東胡)를 복속시키고, 서쪽으로는 감숙성(甘肅省)을 차지한 월지(月氏)를 소그디아나(Sogdiana)로 쫓아내어 광활한 땅을 지배하는 흉노제국을 건설한다. 그의 일대기는 사마천의 다음 한 문장으로 집약할 수 있다.

> 모든 활 쏘는 민족을 모두 한 집안으로 만들었다.
> 諸引弓之民, 並爲一家
>
> ▶ 사마천(司馬遷) 《사기 · 흉노열전(史記 · 匈奴列傳)》

흉노가 이처럼 거대한 제국이 될 무렵, 중국에서도 건달에서 황제까지라는 전설적 일생을 살았던 유방(劉邦, B.C. 247~B.C. 195)이 한(漢)을 세웠다. 그는 진(秦)나라와 항우(項羽)를 차례로 격파하고 한껏 기세가 올라 있었다. 이렇게 보면, 중국의 영웅 유방과 흉노의 영웅 모돈 선우

---

8) 모돈은 묵특(Mete)라고 불리며, 터키·몽골어로 영웅이란 뜻이다. 정수일, 위의 책.

간의 전쟁은 필연적이었다. 유방은 흉노와의 전쟁에서 승리를 확신하며, 직접 30만 대군을 지휘하여 북상했다. 그러나, 초원지대에서의 흉노 기마병과 한나라 보병의 전투는 흉노의 압승으로 끝났다. 평소 "말 위에서 천하를 얻었노라(馬上得天下)"라며 주변에 야전 능력을 과시했던 유방은 평성(平城)에서 대패했고, 백등산(白登山)으로 쫓겨 겹겹이 포위되어 전멸의 위기를 맞는데, 모돈 선우의 부인에게 뇌물을 주고 간신히 포위에서 탈출할 수 있었다.

B.C. 198년 유방은 모돈의 아우를 자처하며 '형제화약(兄弟和約)'을 맺는데, 이 관계는 한나라는 무제(武帝) 원광(元光) 원년(B.C.134)까지 68년간 지속된다. 양국은 만리장성을 국경으로 확정하고 상호불가침 조약을 맺는데, 두 나라의 확실한 화친을 위해 한나라의 공주가 많은 공물과 함께 흉노로 보내지게 된다. 이 여성들은 후대에 화친공주라고 불려졌고, 왕소군이 흉노로 가기 전에 이미 14명의 공주가 화친을 위해 서북방 국가로 보내지게 된다.

이 14명의 공주는 명목상 모두 적통 공주였다. 즉, 한나라 황실은 흉노와의 결혼을 통해 자국의 안보를 담보하고자 하였기 때문에, 흉노로 보내지는 여성은 모두 유(劉)씨 성을 지닌 한나라 황실의 공주였다. 흉노와의 혈연관계는 흉노를 문명 수준이 자신들보다 현격히 낮은 국가로 치부하며 무시해왔던 한나라로서는 자신의 위신에 먹칠하는 부끄러운 행위로 느껴졌을 것이다.

적통 공주를 흉노에 보내려는 한나라도 나름의 이해타산이 있었다. 한고조가 흉노에게 대패하여 백등산(白登山)에서 위기에 봉착했을 때, 화친공주를 보내는 계책을 제시했던 사람은 유경(劉敬)이란 사람이다. 그는 장자방(張子房)으로 알려진 장량(張良)과 함께 한나라의 지낭(智囊)으로 활동했던 인물이다. 그는 위기 앞에 전전긍긍하던 유방에게 화친공주의 이해득실을 다음과 같이 설명했다.

> 폐하께서 정말로 적출 장녀를 흉노에게 시집보내시고, 또 예물을 후하게 갖춰 보내신다면, 흉노는 한나라 적통 공주를 예를 성대히 차려 보낸 것으로 생각하여 틀림없이 공주님을 연지(閼氏)로 삼을 것입니다. 공주님이 아들을 낳으면 태자가 되어 선우(單于)를 대신할 것입니다. …… 묵특(冒頓)이 있는 동안은 사위가, 죽으면 외손자가 선우(單于)가 될 것입니다.
>
> 陛下誠能以適長公主妻之, 厚奉遺之, 彼知漢適女送厚, 蠻夷必慕以為閼氏, 生子必為太子。代單于。……。冒頓在, 固為子婿 ; 死, 則外孫為單于。
>
> ▶ 사마천《사기 · 유경숙손통열전(史記 · 劉敬叔孫通列傳)》

이 글에서 보내는 공주를 적출(嫡出)의 장녀(長女)라고 했는데, 유방과 부인 여후(呂后) 사이에 공주는 오직 노원공주(魯元公主, ?~B.C.187) 한 명뿐이다. 하지만, 여후가 울며불며 간청하는 바람에 어쩔 수 없이 유방은 종실의 여인을 골라 자신의 딸로 위조하여 보냈다. 흉노로서는 유방의 딸이 아니라는 이유만으로 전쟁을 일으키기에는 부담이 있었고, 한나라 조정에서 이 일을 문제 삼는 일은 더더욱 없었을 것이다.

비록 유경의 이 논리에 대해 한 고조가 "훌륭하다(善)"라고 평가했지만, 여성의 정치 참여가 활발히 이루어지는 흉노에서 한나라 공주가 궁중 권력 투쟁 속에서 여러 경쟁자를 물리치고 선우의 제1연지가 되어 자기 아들을 선우의 후계자로 만들 수 있을까 하는 의문이 들지 않을 수 없다. 이런 점에서 유경의 이 말은 당시 열세에 놓인 한나라의 조그마한 기대이거나 자기 기만적 술책에 불과했고, 오히려 자신들의 치부를 덮으려 안간힘을 쓰는 상황을 생생하게 전달해주고 있다.

유방이 죽은 뒤, 한혜제(漢惠帝)에서 경제(景帝)까지인 기원전 210년에서 141년까지의 70년간 한나라는 8명의 화친공주가 흉노로 갔다. 이 시기의 한나라는 흉노보다 열세에 처했기 때문에, 이 기간에 보내진 화친공주는 한나라가 흉노와 맺은 형제맹약을 준수한다는 의미를 담고 있다.

한혜제는 치세 3년(B.C.192)에 아버지의 방법을 그대로 따라 종실의 딸을 공주로 봉하여 흉노의 모돈 선우에게 시집을 보낸다. 이렇게 되면 모돈은 황실 공주를 2명이나 아내로 거느린 셈이다. 이때 흉노의 모돈 선우는 유방이 죽고 한나라의 정권을 부여잡은 여태후에게 한 통의 편지를 보낸다.

> 나는 홀로 힘들게 살아왔던 군주로, 초목이 무성한 습지에서 태어나 소와 말이 가득한 들판에서 자랐소. 여러 차례 변경에 가보면서 중국에 가서 놀고 싶은 생각이 들었소. 폐하도 홀로 되어 외롭게 지내고 있으니, 우리 두 사람이 모두 따분하고 즐길 것이 없는 듯하오. 그러니 각자 가진 것으로 서로의 없는 것을 바꿔 봄이 어떻겠소?"
> 孤僨之君, 生於沮澤之中, 長於平野牛馬之域, 數至邊境, 願遊中國。陛下獨立, 孤僨獨居。兩主不樂, 無以自虞, 願以所有, 易其所無。
> ▶《한서·유경열전(漢書·劉敬列傳)》[9]

묵돌의 이 편지는 겉으로 보면 모돈이 여태후를 유쾌하게 희롱하는 것 같지만, 그 이면에는 실력행사의 위협이 담겨있다. 모돈의 표면적 논리는 이렇다. 자신과 유방은 형제의 맹약을 맺은 형제이므로, 흉노의 수계혼 풍속에 따라 아우인 한고조 유방의 재산과 아내를 묵돌 자신이 차지하여야 한다는 것이다. 하지만, 이렇게 될 리가 없으므로, 그 실질적

---

9) 《漢書·匈奴列傳·上》

의미를 생각해보면, 선우는 유방과 맺은 '형제화약'이 여후가 장악한 한나라 조정에서 지속되는지를 살피고 싶은 것일 것이다. 이 편지글은 당시 한과 흉노의 관계를 여실히 보여준다. 이런 조롱 섞인 위협에 대해 한나라 조정은 정중한 거절로 답해야 했기 때문이다. 한쪽은 여유롭고 격식이 없는데 반해, 한쪽은 상대의 농지거리에도 신중하게 답해야 하는 상황에 있었다.

한문제(漢文帝)는 모두 4차례 화친공주를 흉노로 보냈는데, 각각 기원전 176년, 174년, 162년 그리고 160년이다. 기원전 176년은 문제 전원(前元) 6년으로 이 시기의 흉노는 대월지(大月氏)를 격파하며 국세가 절정에 오른 시기였다. 한문제는 어쩔 수 없이 종실 여성을 모돈선우에게 보냈다. 또, 문제 4년(B.C. 174)에 모돈 선우가 죽고 노상선우(老上單于, 재위 B.C.174~B.C.160)가 즉위했을 때도, 한문제는 종실의 여성을 노상 선우에게 보내 화약의 지속을 표현했다. 그러나, 이 화친은 길어지지 못했다. 기원전 166년 흉노의 14만 대군이 한나라의 북방을 습격한 것이다. 한문제도 대군을 일으켜 흉노에게 맞섰지만, 흉노는 전면전 대신 한나라 변방의 거점지역을 파괴하고 돌아가는 일을 되풀이했고, 보병 위주의 한나라 군사는 흉노의 기마병을 쫓아가기는커녕 방어하는 데도 급급했기 때문에 한나라가 더

그림 5. 호남성 장사 마왕퇴에서 출토된 비단 그림. 무덤의 주인이 승천하는 내용을 담고 있다. 호남성박물관 소장

피곤한 상황이었다.[10] 이렇게 몇 년간 흉노로부터 지속적인 변방 침략을 받은 한나라는 변방의 정비를 위해 흉노에게 다시 화친을 구하게 된다. 이때가 문제 후원(後元) 2년(B.C.162)으로, 역시 유씨 종실의 공주가 노상 선우에게 보내졌다. 2년 뒤인 후원(後元) 4년 노상 선우가 죽고 아들 군신 선우가 즉위했을 때도 한나라는 적극적으로 화친을 구하였고, 다시 종실 공주를 군신 선우에게 보냈다.

기원전 157년 한문제가 죽고 한경제(漢景帝)가 즉위한다. 경제 시기에는 모두 3명의 화친공주가 기원전 156년·155년·152년에 연이어 보내진다. 이렇게 된 것은 경제 초년에 발생했던 오초칠국(吳楚七國)의 난(B.C.154)과 무관하지 않다.[11] 한 고조 유방은 천하 통일 이후 국가 건립에 큰 도움을 주었던 7명을 각각 제후로 봉하였는데, 이 7국은 시간이 지나면서 중앙과의 결속 관계가 흐트러질 수밖에 없었고, 흉노와의 대규모 전쟁이 벌어질 때 내부적으로 불안 요소가 될 수 있었다. 경제는 즉위하자마자 제후들의 번지(蕃地)를 삭감하여 중앙집권화를 도모했다. 중앙의 압력에 불복한 제후국 가운데 오(吳)와 초(楚)가 중심이 되어 일곱 제후가 동시에 중앙을 향해 반기를 드는 오초칠국(吳楚七國)의 난(B.C.154)이 발생한다. 내부적으로 혼란에 빠진 한나라는 흉노의 존재가 부담스러웠고, 이런 급급한 상황은 5년간 3명의 화친공주를 보낸 기록을 통해서도 충분히 증명된다. 더욱이, 3차 화친공주는 경제의 친딸로 보고 있는 사람도 있다.[12] 즉, 이 시기 화친공주는 흉노가 정부를 향해 반란의

---

10) 台灣三軍大學, 《中國歷代戰爭史》第三冊, 北京, 軍事譯文出版社, 1983. 158쪽.

11) 台灣三軍大學, 위의 책, 160쪽.

12) 《漢書》에서 화친공주를 기록할 때 경제 前元5의 기록(遣公主嫁匈奴単于)을 제외하고는 대체로 종실녀(宗室女)라고 기록하고 있기 때문에, 경제 5년에는 진공주(眞公主)가 보내진 것으로 본 것이다.

깃발을 든 7국의 제후들과 관계하는 것을 막고, 또 내치의 시간을 벌려는 한경제의 고육지책(苦肉之策)에 속한다.

한무제 시기 강도공주와 해우공주

한무제(漢武帝, 재위 B.C.141~B.C.87)는 흉노와의 군신관계를 뒤집고 공격적으로 바꾼 황제다. 그는 자신의 치세 동안 화친공주를 적극적으로 활용했다. 무제 치세 동안 외국으로 보내진 화친공주는 3명으로, B.C.140에 흉노 군신선우에게 보내졌고, 두 번째와 세 번째는 각각 B.C.110년과 B.C.101년에 천산산맥(天山山脈)에 있는 오손(烏孫)의 왕에게 보내졌다.

무제는 전임자인 경제를 본받아 즉위하자마자(B.C.140) 자신의 딸을 흉노에 화친공주로 보내는 결단력을 보인다. 이는 분명 흉노의 노상선우를 기만하는 술책이었다. 그는 바로 다음 해(B.C.139)에 장건(張騫, B.C.?~114)을 서역으로 파견하여 월지국과 동맹관계를 맺어 흉노를 국제적으로 고립시키려고 했다. 장건은 서역 국가와 동맹관계를 형성하지는 못했지만, 그가 대완(大宛)에서 들여온 건장한 말은 천마(天馬)라 불리며 중시 받았고, 한나라는 흉노를 대적할 기마병을 양산할 수 있게 된다.

무제는 마읍(馬邑) 전투(B.C.133)를 시작으로, 기원전 90년까지 40여 년에 걸쳐 흉노와 15번의 대규모 전쟁을 벌였는데,[13] 전개되는 양상은 이전과 확연히 달랐다. 특히 원광(元光) 6년에 무제는 위청(衛青:B.C.?-B.C.106)과 곽거병(霍去病: B.C.140~B.C.117)을 4갈래로 보내 흉노를 습격하도록 하여 흉노를 몽고의 초원에서 몰아내는 큰 성과를 올린다. 무제는 이 시기의 승리를 통해 하서회랑(河西回廊)과 하투평원(河套平原;

---

13) 台湾三軍大學, 위의 책, 160쪽.

오르도스; Ordos, 네이멍구 자치구 남쪽 끝)을 차지했고, 감숙성(甘肅省)의 주천(酒泉), 무위(武威), 장액(張掖), 돈황(敦煌)에 하서사군(河西四郡)을 설치하는 기반을 마련했다. 그러나, 흉노를 끝끝내 완전히 제압할 수는 없었다. 무제 정화(征和) 3년(B.C.90)에 있었던 흉노와의 전투에서 한의 장수 이광리(李廣利, ?~B.C.58)가 흉노에 투항한 사건은 무제의 흉노 공략에 치명타를 주어 흉노정벌도 소강상태에 들어갔다. 이 당시 무제의 심기가 무척 좋지 않았다는 것은 사마천이 이광리를 변호하다 궁형을 받은 사건으로 충분히 알 수 있다.

무제 이전의 한나라가 화친공주를 어쩔 수 없이 보내는 분위기였다면, 무제 시대에는 매우 적극적으로 화친공주를 활용하는 모습을 보인다. 무제가 기원전 110년에 처음 오손(烏孫)에 보냈던 화친공주는 자신의 조카 딸이자 강도왕(江都王) 유건(劉建)의 딸인 유세군(劉細君)이며, 그녀는 오손 곤막(昆莫) 엽교미(猎骄靡)의 부인이 된다.

왕세군은 역사서에 이름을 남긴 최초의 화친공주로, 일명 강도공주(江都公主)라고 불린다.[14] 그녀는 국가적 명분과 실리로 인해 오손으로 보내진 구체적 기록을 남긴 최초의 여성으로 특별히 기록이 남아있고, 이 기록은 화친공주에 대한 전형적 서사를 구축하게 된다.

오손은 본래 천산산맥(天山山脈) 북방에서 유목국가를 이룬 비흉노계열 국가로, 흉노와 월지(月氏) 사이에 끼어있던 약소국이다. 이후 월지의 공격을 받아 오손의 국왕이 죽고, 본래 거점인 돈황에서 쫓겨나 흉노에게 의탁했다가, 다시 한무제 원광(元光) 5년(B.C.130) 즈음에 흉노와 함께 월지를 공격하여 자신의 고향에서 월지를 몰아낸다. 하지만, 본래 자신의 고향을 흉노가 점령하는 바람에, 천산산맥(天山山脉) 중서부로 이

---

14) 강도(江都)는 볶음밥으로 유명한 양주(揚州)의 옛 이름이다.

동하여 국가를 이루었다.

　장건이 서역 파견에서 돌아와서 무제에게 보고한 바에 따르면, 오손은 당시 이미 흉노와의 관계가 틀어진 상태였다.[15] 기원전 120년과 119년에 한나라 장군 곽거병(霍去病)과 위청(衛靑)이 흉노를 내몽고 지역에서 멀리 쫓아내어 서역으로 가는 길을 확보하자 이 두 국가는 강력하게 링크된다. 서역 국가의 사정에 대해 잘 알고 있던 장건은 무제에게 오손을 회유할 것을 건의했고, 그 결과는 매우 성공적이었다.

　여기에는 오손(烏孫)과 한나라의 이해관계가 서로 일치한 부분이 있다. 오손은 흉노가 차지한 자신의 본거지를 회복하기 위해서 한나라를 이용할 필요가 있었고, 한나라도 오손을 거점 국가로 활용하여 서역 지배력을 확장하여 흉노를 압박하려 했기 때문이다. 결국, 오손이 한나라의 동생을 자처하며 함께 흉노를 견제할 것을 무제에게 제안하면서, 기원전 110년 강도공주가 오손으로 가게 된 것이다. 따라서, 강도공주는 정치적으로는 한과 오손의 결합을 상징하는 존재이며, 문화사적으로는 한과 서역의 안전한 오아시스로의 확보를 의미한다.

　강도공주 유세군은 좀 특이한 집안 사정이 있다. 그녀의 아버지 강도왕(江都王) 유건(劉建)은 경제의 아들 유비(劉非, B.C.168~B.C.128)의 아들로 가학적 변태성욕자였다.[16] 유건은 아버지의 첩이 될 여인을 자기가 차지하려다 마음대로 되지 않자 죽이기도 했고, 아버지의 상중에 아

---

15) 司馬遷, 《史記·大宛列傳》: 故服匈奴, 及盛, 取其羈屬, 不肯往朝會焉。

16) 강도공주의 할아버지 강도왕 유비는 한무제와 어머니가 다른 형제다. 유비는 사치스럽고 용맹함을 자랑했던 사람으로 기록되어 있다. 그는 15세의 나이로 오초칠국의 난 때, 오나라의 군대를 격파했고, 이해에 강도(江都)에 왕(王)으로 봉해졌으며, 무제에게 흉노와의 전쟁에 참여할 수 있게 해달라고 요청하기도 했다.

버지의 첩과 사통하였으며, 자신의 여동생과도 관계를 맺었다. 또, 4명의 여성을 배에 태우고 물에 빠뜨려 모두 익사시켰고, 시녀의 실수를 구실삼아 옷을 벗겨 30일 동안 나무에 매달아 35명을 죽였으며, 시녀들에게 수간(獸姦)을 시키고 관람했다.[17] 이런 사실은 그가 회남왕(淮南王) 유안(劉安)의 반란에 공모한 여부를 조사하는 과정에서 드러났고, 그는 무제 원수(元狩) 2년(B.C.121)에 자살로 생을 마감했다. 그는 마지막 명예를 죽음으로 지키려 했지만, 그의 봉국인 강도(江都)는 강도국에서 광릉군(廣陵郡)으로 격하 되었다.[18] 왕건의 봉지가 번국의 수도를 의미하는 '도(都)'에서 일반 '군'으로 격하된 것은 왕건의 신분이 분봉 받은 왕에서 일반 종실로 격하된 것으로, 그의 자녀들 역시 왕자나 공주의 지위를 가지지 못한다. 따라서, 유세군은 오손 왕과의 결혼을 위해 기원전 110년에 강도공주란 명예직을 다시 받은 것이다.

강도공주 유세군은 오손에서 비교적 풍족한 생활을 누렸다. 반고(班固)의 《한서(漢書)》에 의하면 그녀는 자신의 거처를 스스로 지었으며, 주변 사람들에게 돈과 패물을 나누어 줄 정도로 풍족한 생활을 했다.[19] 어떻게 보면 역적의 자녀라는 신분에서 부귀한 오손 왕후가 되었으니, 지위와 명예가 한나라에 있을 때보다 높아지고 풍족한 삶을 누린 것이라고 할 수 있다. 그녀의 삶이 궁지에 몰렸다가 새로운 삶을 맞이한 것 같지만, 《한서》에는 "곤막은 늙었으며, 공주와 대화를 주고받을 수도 없었다. 공주는 마음속으로 슬픔을 느껴 노래를 지었다."라고 하며 그녀의

---

17) 《漢書·景十三王傳》.

18) 《漢書·景十三王傳》: 六年國除, 地入於漢, 爲廣陵郡. 광릉군은 B.C. 117년에 다시 광릉국이 되어 무제의 넷째 아들 유서의 봉지가 되었고, A.D 9년에 다시 군이 된다.

19) 《漢書·西域傳》.

고단한 삶을 기록했고, 동시에 그녀가 지은 슬픈 시를 수록하고 있다.

> 내 집안에서 나를 하늘 끝으로 시집 보내니,
> 멀리 타국의 오손 왕에게 의탁하게 되었네.
> 천막으로 집을 짓고 탄자로 담장을 만들고,
> 고기를 주식으로 먹고 유락을 마시며
> 항상 고향을 생각함에 마음이 아프니,
> 황곡이 되어 고향으로 돌아가고 싶구나.
> 吾家嫁我兮天一方, 遠托異國兮烏孫王。
> 穹廬爲室兮旃爲牆, 以肉爲食兮酪爲漿。
> 居常土思兮心內傷, 願爲黃鵠兮還故鄉。

▶《한서·서역전(漢書·西域傳)》[20]

‘가족’이 자신을 ‘하늘 끝(天一方)’으로 보냈다고 했으니, 이는 국가에 떠밀려 자신이 원하지 않는 곳으로 강제로 보내진 것에 대한 원망을 담은 서술이다. 본래 범죄자의 딸에서 이역만리 떨어진 오손에 와서 왕비의 신분이 되기는 했지만, ‘천막’, ‘양탄자’, ‘고기’, ‘유락(우유 수프)’와 같은 오손의 주거 환경과 음식 습관을 받아들여야 했다. 이런 일상적 불편함은 오손의 왕을 사랑해서 온 사람이라면 즐길만한 것이겠지만 원치 않은 결혼이기에 계속된 불편함으로 다가온다.

불행한 결혼과 생활은 그녀의 고향에 대한 그리움의 정서를 자극했다. 그래서, 마지막 구에서 그녀는 자신의 실현 불가능한 희망을 "황곡(黃鵠)이 되어 고향으로 가고 싶다(願爲黃鵠兮還故鄉)"라고 표현했다. 황곡은 한 번 날면 천 리를 난다고 알려진 전설의 새이니,[21] 당장에 고향으

---

20) 《漢書·西域傳》: 公主至其國, 自治宮室居, 歲時一再與昆莫會, 置酒飲食, 以幣、帛賜王左右貴人。昆莫年老, 言語不通, 公主悲愁, 自爲作歌。

로 가고 싶은 마음과 그렇게 될 수 없는 현실을 상징적으로 보여준다. 이 그녀가 지은 이 시에 보이는 버려진 원망과 삶의 어려움, 신세 한탄, 그리고 고국에 대한 그리움이란 정서는 후대 왕소군 문학으로 계승된다. 이 시를 받아본 무제는 그녀가 측은해서 1년 뒤에 사신을 보내면서 휘장과 비단을 그녀에게 보내주었다.[22] 그녀의 시는 고향에 대한 그리움을 담고 있으나, 이 그리움이 음식과 주거와 같은 인간의 육체적 감각에서 출발하여 촉발된 것이고, 이런 불편함이 사라진다면 그리움의 정서가 약해질 수 있다는 느낌 때문에, 그 깊이와 힘이 인간의 내면 깊은 곳으로 이어지기 어렵다. 이처럼 시에서는 정신적 고통으로부터 오는 고향에 대한 깊은 그리움이 적극적으로 표현되었다고 볼 수는 없지만, 그녀가 유목민족의 수계혼 풍습에 항거하는 행동과 그 좌절에 대한 《한서》의 기록은 화친공주의 비극적 일생을 보여주고 있다.

> 엽교미 곤막은 나이가 많아서, 손자 잠취(岑陬-관직명) 군수미(軍須靡)가 공주를 부인으로 삼게 하려고 했다. 공주는 이 명을 듣기 싫어서, 황제에게 글을 올려 사정을 설명했지만, 천자인 무제는 이렇게 말했다. "오손의 풍속을 따라야 할 것이다. 이렇게 해야 오손과 함께 흉노를 물리칠 수 있다." 잠취가 이에 공주를 부인으로 맞이하였고, 곤막이 사망하자 잠취가 대신 즉위하였다. … 잠취는 강도공주를 맞이하여, 딸을 한 명 낳았는데 이름이 소부(少夫)다. 공주가 죽은 뒤 한나라는 다시 초왕(楚王) 유융(劉戊)의 손녀 유해우(劉解憂)를 공주로 삼아 잠취에게 아내로 주었다.[23]
>
> 昆莫年老, 欲使其孫岑陬尚公主。公主不聽, 上書言狀, 天子報, 曰:

---

21) 《商君書·畫策》: 黃鵠之飛, 一舉千里。

22) 《漢書·西域傳》: 天子聞而憐之, 間歲遣使者持帷帳錦繡給遺焉。

23) 班固, 《漢書·西域傳》.

"從其國俗, 欲與烏孫共滅胡。"岑陬遂妻公主。昆莫死, 岑陬代立。
……, 岑陬尚江都公主, 生一女少夫。公主死, 漢復以楚王戊之孫解憂
爲公主妻岑陬。

▶ 반고(班固)《한서·서역전(漢書·西域傳)》

오손의 엽교미(猎骄靡) 곤막은 강도공주를 우부인(右夫人)으로 삼았다.
이 소식을 들은 흉노도 오손에 선우의 공주를 보냈는데, 엽교미는 흉노의
공주를 좌부인(左夫人)으로 삼았다. 흉노의 문화에서는 좌가 우보다 높
다.[24] 즉, 오손이 한나라와 흉노 사이를 가늠질 하는 과정에서 흉노를
좀 더 높인 것으로, 오손에 대한 흉노의 영향력이 더 높았음을 의미한다.

엽교미 곤막은 생의 마지막 해(B.C.105)에 자신의 후계자인 손자 군수
미에게 한나라 공주를 취하라고 했다.[25] 여기에는 두 가지 의미가 있다.
하나는, 앞서 언급했듯이 오손은 한나라에 의지하여 자신의 영토를 회복
하려 했기 때문에 한나라를 버릴 수 없었다. 나머지 하나는 오손의 내적
문제였다. 엽교미의 장남이자 군수미의 아버지는 요절했는데, 엽교미가
자신의 손자 군수미(참취)에게 왕위를 물려주자, 엽교미의 동생인 대록
(大禄)이 불만을 품고 군수미를 공격한 것이다. 즉, 엽교미는 내외로 불
안한 정치 상황을 한나라에 의지해 유지하려 했을 것이다. 따라서, 화친
공주의 재혼에는 당시 치열했던 국제 정치 관계가 강력하게 작용했음을
짐작할 수 있다.

---

24) 일반적으로 흉노는 좌를 우 보다 더 높게 보고, 오손도 이런 문화와 비슷하다고
추정된진다. 동북아역사닷넷,《중국정사외국전》, 각주 5번(http://contents.nahf.
or.kr/item/item.do?levelId=jo.k_0002_0096_0310_0040#jo.k_0002_0096_0310_
0040_0005). 그가 흉노의 여성도 맞이했는지는 알려지지 않았지만, 한의 공주
를 맞이했듯이 흉노의 공주도 맞이했을 가능성이 높다고 보인다.
25) 엽교미의 장남이자 군수미의 아버지는 요절했다.

강도공주는 군수미와 결혼 후 몇 년 만에 죽음을 맞이했다. 오손과의 결합을 강력히 원했던 무제는 강도공주가 죽었다는 소식을 받자 태초(太初) 4년(B.C.101)에 해우공주(解憂公主)를 군수미 곤막에게 보낸다. 해우공주 역시 강도공주와 마찬가지로 집안 내력에 문제가 있었다. 그녀의 할아버지는 초왕 유융(劉戎)인데, 유융은 한나라 경제 3년(B.C.154)에 발생한 오초칠국의 난의 핵심 국가인 초나라 왕이며, 반란이 실패로 돌아가 결국 자살로 끝을 맺은 인물이다. 무제가 오손에 반란 종실의 자녀를 보낸 것에는 분명 여러 요소를 헤아린 선택이다. 우선, 그녀들은 비록 국가적 죄를 지은 종실 출신이지만, 확실한 황족 혈통이 있었다. 둘째, 오손은 한나라와의 거리가 멀고, 또, 흉노와 한나라 가운데 끼어있어서 한나라에 직접적인 영향을 줄 수 없었고, 또 당시 한나라의 병력으로 충분히 제어할 수 있는 국가였다. 이런 상황에서 굳이 종친의 원망을 받으면서 나이 어린 종실 여성을 머나먼 이역으로 보낼 필요는 없었을 것이다. 셋째, 그녀들은 죄를 짓고 몰락한 종실의 후예이므로, 황제의 명령을 거부할 만한 명분이나 집안의 지원 세력이 없었다.

해우공주가 살았던 오손의 환경은 다른 화친공주와 다를 바 없었다. 20세 전후의 나이로 오손에 도착하여 불편한 의식주 환경 속에서 생활했음은 물론이거니와,[26] 수계혼 풍속에 따라 3번이나 곤막의 아내가 되어 험난한 인생을 살았다. 하지만, 그녀는 다른 화친궁주와 달리 기적적으로 고향인 한나라로 돌아올 수 있었다. 여기에는 당시 정치적 환경이 그녀에게 유리하게 작용했다는 점뿐만 아니라, 위기의 상황에서 매우 기

---

26) 해우공주가 오손에 도착했을 때 나이가 몇인지는 기록이 없지만,《한서(漢書)·서역전(西域傳)》에 그녀가 한선제(漢宣帝) 감로(甘露) 3년(B.C.51)에 한나라로 왔다고 하면서, "이 해에 나이가 70이었다(時年且七十)"라고 하였으므로, 오손에 도착했을 때(B.C.101) 해우공주의 나이는 20세가 된다.

민하고 과감한 결단을 내릴 수 있었던 그녀의 능력이 크게 작용했다.

그녀는 첫 번째 남편 군수미 사이에 소부(少夫)라는 딸 1명만 있었기 때문에, 오손의 대권 경쟁에서 제외된 인물이었다. 후계자는 군수미와 흉노 여성 사이에서 태어난 니미(泥靡)였다.[27] 군수미가 죽을 때 니미가 어렸기 때문에, 군수미는 왕권을 집안의 어른인 숙부 대록(大祿)의 아들 옹귀미(翁歸靡)에게 주었다. 그 조건은 니미가 장성하면 다시 물려주는 것이었다. 만일 이런 《한서》의 기록에 따른다면 군수미는 친흉노 쪽에 속하는 인물로 보인다. 그런데, 옹귀미는 군수미의 말을 따르지 않았으며, 한나라 세력을 이용해 죽을 때까지 오손의 왕 자리를 계속 유지했다. 옹귀미는 즉위하자마자 해우공주와 결혼하여 3남 2녀를 두었고, 자녀들은 모두 상당한 지위를 가진 인물이 된다.[28]

옹귀미가 선대 왕인 군수미의 유언을 깡그리 무시하고 죽을 때까지 왕의 지위를 소지했다는 점에서 옹귀미가 흉노보다 한나라에 우호적인 관계를 유지하려 했음은 분명하다. 군수미의 아들 니미가 흉노 혈통임을 고려한다면 옹귀미의 행동은 흉노·한·오손 간의 국제 분쟁을 일으킬

---

27) 니미의 어머니는 강도공주와 같은 시기에 흉노에서 오손으로 보내져서 엽교미의 좌부인이 된 선우의 딸이다. 崔明德의 <漢唐和親簡表>(《歷史敎學》 03, 1990)에 의하면 이 시기 흉노에서 오손에 보낸 흉노 선우의 공주가 그녀 하나 뿐이기 때문이고, 또, 군수미가 한나라 세력을 이용하기 위해 유세군을 아내로 맞이하였다면, 흉노의 세력을 이용하기 위해 엽교미의 좌부인을 맞이하지 못할 이유가 없기 때문이다.

28) 《漢書·西域傳》에 의하면 장남 원귀미(元貴靡)는 후계자 지위를 획득하고, 차남인 만년(萬年)은 위구르 지역의 교통 요지인 사차(莎車)의 왕이 되고, 셋째 대락(大樂)은 오손의 핵심 군대의 장수인 좌장군(左大將)이 된다. 장녀 제사(弟史)는 타림 분지 5대 국가 가운데 하나인 구자왕 봉빈(絳賓)의 아내가 되고, 차녀 소광(素光)은 왕 아래 등급인 흡후(翕侯: chiefdom) 약호(若呼)의 아내가 된다.

소지가 충분했다. 한소제(漢昭帝) 말엽(B.C.74~B.C.73)에 옹귀미의 오손은 흉노의 대대적 공격을 받는데, 옹귀미와 해우공주는 한나라에게 파병을 요청하여 위기를 모면했다. 이 일이 있고 나서, 한선제(漢宣帝) 원강(元康) 2년(B.C.64)에 옹귀미는 그와 해우공주 사이에서 태어난 장자 원귀미(元貴靡)를 오손의 후계자로 지명한다는 조건으로 한나라에서 공주를 보내달라고까지 했다. 한선제는 회의를 거쳐 해우공주의 친척인 유상부(劉相夫)를 원귀미의 부인으로 보내기로 했다. 유상부는 유명한 황실 원림인 상림원(上林苑)에 살면서 오손의 언어를 배우는 등 황후 수업을 받았다. 하지만, 그녀가 오손으로 출발한 뒤(B.C.60) 오손과 한의 국경 지대에서 옹귀미가 죽었다는 소식을 듣고 한나라로 다시 돌아온다.

옹귀미가 죽은 뒤 그 지위를 계승한 사람은 니미였다. 이 사건은 오손의 친흉노 노선을 의미하는 것이기에, 한나라와의 마찰은 예정된 것이었다. 니미는 이를 피하기 위해, 나이가 거의 60에 가까운 해우공주를 아내로 맞이하였고, 믿어지지는 않지만 치미(鴟靡)라는 아들 1명을 낳는다. 오손의 내적 명분으로 보면, 니미가 왕위 계승의 명분이 더 강하지만, 한나라는 전대 오손 왕인 옹귀미의 말을 구실 삼아 흉노의 내정을 간섭할 수 있었다. 실제로 한나라는 옹귀미가 죽고 니미가 즉위한 다음 해에 서역도호부(西域都護府)를 세워 오손을 압박한다.

중국 역사서서 니미는 '미친 왕(狂王)'이자 폭군으로 기록되고 있다. 니미와 갈등하던 해우공주는 이 시점에서 과감한 결정을 내리는데, 바로 한나라 군대와 연합하여 니미를 연회에서 제거하려 한 것이다. 그런데, 니미가 도주에 성공하여, 도리어 공격을 받아 위기를 맞게 된다. 그러나, 해우공주는 서역도호부의 군대로부터 보호를 받아 옹귀미와의 사이에서 태어난 장자 원귀미를 오손의 왕으로 옹립한다. 두 명의 왕이 있던 오손의 상황에서 오손의 국민은 니미를 더 응원했지만, 옹귀미와 흉노 부인의 아들 오취도(烏就屠)가 니미를 죽이고 한나라의 책봉을 받으면서, 오손은 해우공주의 아들과 한나라에 의해 장악된다. 역적의 손녀라는 이유로 머나먼 서역 땅에 있는 오손의 늙은 왕의 부인으로 보내졌던 나이 어린 한 여성은 복잡한 국제 정세 속에서 오손 왕의 어머니가 된다. 실로 파란만장한 인생이었다.

실로 남다른 극적인 인생을 살았던 그녀는 아들들이 죽은 다음 한선제(漢宣帝)에게 고국으로 돌아갈 수 있도록 허락해 달라는 편지를 썼다. 그녀는 변경을 안정시킨 공로를 인정받아 선제의 허락을 얻어 나이 70세 즈음에 한나라 장안(長安)으로 돌아와 3년을 살다가 죽는다(B.C.49). 《한서》에는 그녀가 한나라로 돌아오려 한 이유를 이렇게 기록하고 있다.

> 돌아가서 백골이라도 한나라의 땅에 묻을 수 있기를 희망합니다.
> 年老土思, 願得爲骸骨, 葬漢地。
>
> ▶《한서 · 서역전》29)

그녀의 이 말 한마디는 어쩌면 화친공주가 이국땅을 밟는 순간부터 죽을 때까지 평생토록 가슴 속에서 되새기는 말일 것이며, 왕공의 지위가 가진 풍요로움으로도 채워질 수 없는 고향에 대한 그리움이 담겨있다고 보인다. 개인적 입장에서 화친공주가 된다는 것은 매우 불행한 일이다. 왕의 아내라는 겉모습 뒤에는 너무나 많은 희생이 따르기 때문이다. 자기 선택이 아닌 강요로 이국땅으로 가야 했고, 이로써 생겨나는 문화적 단절 현상을 받아들여야 한다. 즉, 말도 통하지 않는 곳에서 늙은 왕의 아내가 되어야 했으며, 정치적 · 문화적 이유로 인해 왕의 아들들과

---

29) 《漢書 · 西域傳》: 愿得归骸骨葬汉地。

원하지 않는 결혼을 계속해야 했다. 또, 시시각각 변화하는 국제 정치 속에서 늘 감시의 대상이 되었고, 자신의 자손 역시 이 감시의 눈초리를 벗어날 수 없었다. 화친공주는 이 모든 것을 적국에서 홀로 감당해야 했다. 이런 화친공주의 개인적인 입장과 달리 한나라로서는 화친공주가 상당히 유용한 카드였다. 한나라의 여인이 유목국가 수장의 왕비가 되면서, 그녀들이 적극적으로 화친을 유도하기도 했고, 해당 국가의 정보를 한나라로 알려주는 역할도 했으며, 유씨 종실 여성이란 점 때문에 타국의 국정을 간섭할 수 있는 좋은 이유가 되었다.

이상에서 살펴본 대로, 한무제 시기 오손으로 갔던 두 명의 화친공주는 자신들의 인생과 문학작품을 통해 후대 문학이 화친공주와 관계할 통로를 열어주었다는 점에서 문학적·문화적 의의가 있다. 기원전 110년 오손으로 갔던 강도공주 왕세군은 오손에서의 힘든 삶과 돌아갈 수 없는 고향에 대한 그리움이 담긴 시를 후세에 남겼고, 강도공주를 이어 오손으로 갔던 해우공주는 보기 드문 극적인 화친공주의 삶을 역사서에 남겼다. 하지만, 이 두 사람이 남긴 글을 통해 알 수 있는 것은, 그녀들의 삶이 고난에 빠지건 혹은 풍족하건 간에 모두 고향으로 돌아가고 싶은 마음이 이들 화친공주의 인생을 관통하는 주제라는 사실이다.

제2장

다시 태어난 디아스포라: 왕소군과 청총

한나라를 떠나 북쪽 사막으로 가버리더니
황혼 곁에 청총(靑塚)만 덩그러니 남겨두었네
▶ 당·두보《영회고적(詠懷古跡)》1수

그림 1. 내몽고자치구에 있는 왕소군의 청총.

'왕소군이 변방 국경을 나선다'라는 뜻의 '소군출새(昭君出塞)'는 명나라 작가 진여교(陳與郊, 1544~1611)의 희곡 제목으로, 그녀의 후반 인생이 정해지는 여정이자, 그녀의 슬픔이 극적으로 형상화되는 지점을 포착하여 표현한 글이다.

왕소군을 소재로 다룬 문학작품 가운데 문학사적으로 큰 영향력을 끼친 작품이자 왕소군에 대한 통속적 서사의 결집으로 보이는 작품은 원대(元代) 저명한 희곡작가 마치원(馬致遠)의 잡극(雜劇)《한궁추(漢宮秋)》다.[1] 이 서사를 보면, 한나라 원제는 천하가 태평하다고 생각하고,

---

1) 幹春松·張曉芒,《中國文化常識》:《漢宮秋》以漢元帝與王昭君的愛情故事爲

화공인 모연수(毛延壽)에게 후궁을 모집하는 일을 맡긴다. 모연수는 재물욕이 대단했고, 자신에게 금품을 주지 않는 왕소군을 추녀로 그려서 원제에게 보고한다. 원제는 이 사실을 알게 되고 왕소군을 명비(明妃)로 삼고 모연수의 죄를 묻지만, 모연수는 국가를 배신하고 흉노의 선우에게 한나라 왕실에 왕소군이란 미녀가 있다는 사실을 알려 한나라와 흉노 사이에 전쟁을 일으킨다. 서한의 조정은 막대한 흉노의 대군 앞에 속수무책이었고, 왕소군을 흉노로 보내는 것을 결정한다. 원제는 눈물을 흘리며 왕소군을 전송하고, 왕소군은 흑강(黑江)에 투신하여 자살한다. 왕소군을 그리워하던 문제는 꿈속에서 왕소군을 만나지만, 기러기 소리에 잠을 깨고, 그녀가 곁에 없다는 사실에 눈물을 흘린다.

마치원의 《한궁추》는 왕소군 이야기를 강력한 이민족의 군사력 앞에 자신의 아내를 내어줄 수밖에 없었던 황제와 자신의 정절을 지키기 위해 자살로 생명을 끊은 여성의 비극적 이야기로 새롭게 재해석했다. 또한 과거 역대 시문의 중심 묘사가 왕소군에게 집중된 것과 달리 이 작품은 원제의 내면적 서사에 중심을 두었다.[2] 그런데, 이러한 왕소군에 대한 문학적 서사는 역사 사실과 크게 차이가 있다.

소군출새의 역사적 배경

왕소군이 흉노로 시집을 간 한원제(漢元帝) 경녕(竟寧) 원년(B.C.33)

主線, ……, 成功塑造了王昭君這一愛國者的形象, 對後世戲曲影響很大. 中國友誼出版公司, 2017년.

2) 鄭振鐸, 《中國中國文學常識》;《漢宮秋》……, 王昭君遠嫁的故事的, 這個故事曾感動了不少的詩人; 然致遠此劇的描寫中心乃不在昭君而在漢元帝, 這是它與別的以此同一故事爲題材的作品大殊異的一點.

에는 한나라와 흉노의 관계가 과거와 많이 달라져 있었다. 우선, 해우공주가 오손에 갔던 기원전 101년부터 왕소군이 흉노로 갔던 기원전 33년까지의 69년 동안 한나라에서 외국으로 화친공주를 보낸 기록이 없다. 그 주요 원인은 흉노의 쇠퇴와 한나라의 성장이었다.

흉노는 군신선우 이후 군신선우의 동생 이치사선우(伊稚斜单于, 재위: B.C.126~B.C.114)가 조카 어단(於单)의 왕위를 찬탈하면서 어단이 한나라로 망명한다. 이처럼 왕위 계승 문제로 혼란스러운 흉노를 한무제 휘하의 위청과 곽거병이 대거 격파하여 대대적 승전보를 올린다. 그 뒤를 이은 오유선우(烏維单于, 재위: B.C.114年~B.C.105年) 시대는 위에서 언급한 강도공주와 해우공주가 흉노로 파견되었던 시대로, 흉노는 서쪽에 있던 서역 지역 우방국들의 지원을 잃어갔다. 이후 오유선우의 셋째 아들 오사려(烏師廬)가 어린 나이로 흉노의 선우가 되는데, 그는 '아이선우(兒單于)'라 불리는 혼용한 군주였고, 국가를 혼란에 빠뜨렸다. 흉노는 한나라와의 경쟁에서 뒤처졌고, 오사려의 뒤를 이은 차제후선우(且鞮侯单于, 재위: B.C.101-B.C.96)는 한나라 황제를 장인으로, 자신을 사위로 자처했는데,[3] 이는 형과 아우로 맺어진 한나라와의 관계가 크게 뒤집히는 모습을 드러내고 있다.

이후 한과 흉노의 관계를 결정짓는 큰 사건이 벌어지는데, 기원전 71년 호연제선우(壺衍鞮单于)가 이끄는 흉노는 한나라와 친밀한 관계를 유지하는 오손을 정벌하러 1만 기병을 동원한 대규모 원정을 벌였다. 하지만, 해우공주의 연락을 받은 한과 오손의 연합군에 의해 이 정벌은

---

3) 司馬遷, 《史記·匈奴列傳》: 且鞮侯單于既立, 盡歸漢使之不降者。路充國等得歸。單于初立, 恐漢襲之, 乃自謂: "我兒子, 安敢望漢天子!漢天子, 我丈人行也"。

저지당했다. 이렇게 단순히 종식될 것 같은 상황은 느닷없이 불어닥친 유례없던 폭설과 혹한 때문에 흉노의 목축은 큰 타격을 입었고, 생환자가 10분의 1이 되지 못했다.[4] 설상가상으로 이 기회를 틈타 흉노로부터 독립을 원하던 오손과 같은 비흉노계열 서역 국가인 정령(丁零, 카라수크: Karasuk), 오환(烏桓)이 전쟁에 참여하여 흉노를 도륙하였으며, 여기다 흉노에 대규모 기아가 크게 번지면서, 흉노는 인구의 30%가 감축되고, 목축의 50%를 상실했다.[5]

한원제(漢元帝) 시기(B.C.49~B.C.33)가 되면 흉노는 호한야선우(呼韩邪單于)의 동흉노(東匈奴)와 질지선우(郅支單于)의 서흉노(西匈奴)로 분열된다. 이 둘은 본래 형제였지만 흉노의 선우를 두고 경쟁 관계가 되었다. 당시 상황으로는 형인 질지선우의 세력이 동생인 호한야선우를 앞서있었다. 호한야선우는 불리한 국면을 타개하기 위해서는 외부의 지지 세력이 필요했고, 한나라는 이런 흉노의 정치 상황을 이용하고자 했기에, 이 둘은 연합관계를 형성했다. 질지선우는 한과의 관계를 끊고 저항했지만, 원제 건소(建昭) 3년(B.C.36)에 서한의 서역도호(西域都護) 감연수(甘延壽)의 공격을 받고 죽임을 당한다. 이 소식을 들은 호한야선우는 한나라와의 관계를 확실히 정립할 필요성을 느끼고, 기원전 33년에 군신의 예를 갖추어 서한을 찾았다. 왕소군이 호한야선우의 부인으로 선발된 것은 이러한 시대적 배경에서 비롯된다. 이 시기《한서·원제기(元

---

4) 班固,《漢書·匈奴傳》: 其冬, 單于自將萬騎擊烏孫, 頗得老弱, 欲還。會天大雨雪, 一日深丈余, 人民畜產凍死, 還者不能什一。

5) 班固,《漢書·匈奴傳》: 于是丁令乘弱攻其北, 烏桓入其東, 烏孫擊其西。凡三國所殺數萬級, 馬數萬匹, 牛、羊甚眾。又重以餓死, 人民死者什三, 畜產什五, 匈奴大虛弱, 諸國羈屬者皆瓦解, 攻盜不能理。台湾三軍大學, 위의 책, 221쪽 참조.

帝紀)》의 기록은 다음과 같다.

경녕(竟宁) 원년(B.C.34) 춘 정월에 흉노의 호한야선후가 조회했다.
원제께서 조서를 내리셨다. "흉노 질지선우가 예법을 위반하였으나 이
미 벌을 받아 죽었다. 호한야선우는 한나라의 은덕을 잊지 않고, 한나라
의 예법을 사모하여, 조회하여 하례하는 예를 다시 갖추었다. 또한 변방
을 길이 보전하고, 변경의 전쟁을 영원히 사라지게 하고자 원하니, 이에
개원하여 '경녕'이라하고, 선우에게 대조액정(待诏掖庭) 왕장(王檣, 왕
소군)을 하사하여 연지로 삼도록 하노라"

竟寧元年春正月, 匈奴郅支單于背
叛禮義, 既伏其辜, 乎韓邪單于不忘恩德, 鄉慕禮義, 復修朝賀之禮,
愿保塞傳之無窮, 邊垂長無兵革之事。其改元為竟寧, 賜單于待詔掖
庭王檣為閼氏。"

▶ 반고(班固)《한서·원제(漢書·元帝紀)》

《원제기》에 따르면, 원제가 연호를 '경녕'이라고 바꾼 것은 질지선우
를 제압하고, 이에 호한야선우가 입궐하여 군신의 예를 확정한 것을 축
하한 것을 의미한다. 따라서, 왕장(왕소군)이 뽑혀 연지가 된 것은 굴욕
적 화친 때문도 아니며, 화친공주를 정치적으로 십분 이용하고자 한 것
도 아니다. 즉, 그녀의 출새(出塞)는 서한과 흉노의 관계가 한나라 중심
의 질서로 재편된 것을 기념하기 위한 여러 조치 가운데 하나일 뿐이다.

여기서 좀 더 생각해 볼 것은 대조액정(待詔掖庭)이란 그녀의 지위다.
'액정(掖庭)'은 궁녀들의 거소를 의미하고, '대조(待诏)'는 '황제의 부름
을 기다린다'라는 뜻으로, 이 문자의 의미는 아직 원제의 총애를 받지
않은 궁녀란 것이다. 따라서, 이전에 황가의 공주와 결혼했던 흉노의 선
우는 이제 유씨 종실 공주를 아내로 맞이하는 것이 아니라 "양가(良家)"
출신의 궁녀를 아내로 맞이한 것이다. 이는 과거 양국의 형제협약이 이

파기되고, 한나라에서의 흉노의 지위가 공식적으로 형제관계에서 군신 관계로 격하됨을 의미한다.

이처럼 한나라는 유씨 종실 공주를 흉노에 보내는 대신 왕소군을 보냄으로써 양국 관계의 확실한 상하 질서를 세웠다. 또한 왕소군이 원제의 은총을 받지 못한 후궁이라 하더라도 그녀는 엄연히 황제의 예비 아내이기 때문에, 한나라에서의 호한야선우의 지위가 특별한 것임을 보여줄 수도 있었다. 호한야의 입장에서는 양국의 관계가 형제에서 군신으로 강등되고, 또 국경 지대에서의 병력 철수라는 실리를 가져가지는 못했지만, 자신의 정권이 존중받고 인정받았다는 사실에 매우 만족해했다.[6]

왕소군의 흉노에서의 삶

중국 역사는 흉노로 시집을 갔던 화친공주에 대해서는 매우 무관심했다. 역사서에는 그녀들이 언제 흉노로 갔는지만 기록했을 뿐, 그녀의 이름과 삶에 대해서는 기록하지 않았다. 이에 비해 왕소군은 중국 문학 속에서 무척 많은 관심을 받았다. 이것은 왕소군이 살았던 시기의 한나라와 흉노의 관계가 불리했던 형제 관계에서 군신 관계로 변모했던 유리한 상황이 만들어낸

그림 2. 일본 에도시대에 그려진 왕소군

6) 班固,《漢書·匈奴傳》: 單于歡喜。

결과일 것이며, 이런 국제 정세가 그녀의 삶에 일정한 영향을 끼쳤다고 생각하는 것도 큰 무리는 아닐 것이다.

왕소군은 흉노에서 상당한 지위를 누렸으며, 그녀의 자녀도 고귀한 대우를 받았다는 것은 역사의 기록으로 충분히 알 수 있다. 그녀는 '흉노를 편안하게 한 선우의 아내'를 의미하는 "영호연지(寧胡閼氏)"라는 봉호를 받았다.[7] 이런 봉호는 과거의 화친공주에게 주어진 적이 없다. 이것은 그녀가 다른 누구보다 특별한 지위를 가지고 있다는 것을 의미한다. 즉, 그녀는 열등한 국가에서 보내온 여성이 아니라 비교 우위적 위치에 있는 국가에서 보내온 여성으로서, 선우의 정식 부인이란 자격을 공고히 해 주었을 것이며, 동시에 그녀의 아들이 차기 선우가 될 수 있는 자격을 부여받았다는 것을 의미한다.

그녀의 아들은 정말 선우의 세습권을 부여받았을까? 그녀와 호한야선우 사이에서 태어난 아들 이도지아사(伊屠智牙師)는 우일축왕(右日逐王)에 봉해졌는데,[8] 범엽(范曄)의 《후한서(後漢書)》에는 우일축왕은 선우의 아들이 세습하는 지위로 선우 계승권을 가졌기 때문에,[9] 그의 죽음이 선우 후계자 문제로 인한 것으로 기록하고 있다. 하지만, 당시 상황을 보면 그가 선우 계승권을 가지기는 어려운 것으로 보인다. 흉노 선우의 핵심 지위는 좌·우현왕(左·右賢王), 좌·우녹려왕(左·右谷蠡王)의 사각(四角)이며 이 가운데 좌현왕이 후계자를 의미한다. 호한야선우는 측근 좌이질자왕(左伊秩訾王)의 딸을 2명을 제1부인인 전거연지(顓渠閼

---

7) 班固, 《漢書·匈奴傳》: 王昭君号宁胡阏氏。

8) 班固, 《漢書·匈奴傳》: 王昭君, ……, 生一男伊屠智牙師, 爲右日逐王。

9) 范曄, 《後漢書·南匈奴列傳》: 次左右日逐王, 次左右溫禺鞮王, 次左右漸將王, 是為六角; 皆單于子弟, 次第當為單于者也。……初, 單于弟右谷蠡王伊屠知牙師以次当为左贤王。左贤王即是单于储副。单于欲传其子, 遂杀知牙师。

氏)와 제2부인인 대연지(大關氏)로 삼았다. 그녀들은 각각 2명과 4명의 자식을 낳았는데, 호한야선우는 임종 전에 그녀들의 자식들이 태어난 순서대로 선우의 지위를 계승하도록 규정하고 죽었고, 실제로 그렇게 선우가 되었다. 여기에 왕소군의 아들은 이름이 없다. 또, 우일축왕이란 지위는 이 사각(四角)이 통제하는 육각(六角)에 속하며, 육각 가운데서도 좌일축왕(左日逐王)을 보좌하는 '부(副)'의 성격을 지니고 있다.[10] 그래서, 권력관계로 보나 지위상으로 보나 아도지아사가 선우가 되는 것은 현실적으로 불가능에 가깝다고 보인다.

왕소군은 호한야선우가 죽은 다음 왕소군은 수계혼의 풍습에 따라 호한야선우의 장자 복주루선우(复株累単于)의 아내가 되어 딸 2명을 낳았으며, 모두 공주의 지위를 가졌다. 특히 장녀 운(雲)은 자신의 특수한 신분과 당시 정치적 상황을 이용해서 한나라와 흉노 두 나라에서 영향력이 있는 여성으로 성장한다. 그녀는 흉노의 명문 대귀족인 수복씨(須卜氏) 가문에 시집을 갔고,[11] 그래서 역사서에는 '수복거차(須卜居次) 운(雲)'이라고 기록된다. '거차(居次)'는 공주를 뜻하는 흉노어다.

그녀와 남편인 흉노 용사대신(用事大臣) 우골도후(右骨都侯) 수복당(須卜當)은 흉노의 대표적인 친한파다. 본래 호한야선우가 친한파였고, 그의 장인 좌이질자왕(左伊秩訾王) 역시 친한파였기 때문에, 수복당과

---

10) 李春梅 <匈奴政权中"二十四长"和"四角"、"六角"探析>,《内蒙古社会科学(汉文版)》(02), 2006.

11) 班固,《漢書 · 匈奴傳》: 復株累單于復妻王昭君, 生二女, 長女雲為須卜居次, 小女為當於居次。須卜과 当于는 흉노 귀족의 성씨인데, 이 가운데 '須卜'은 흉노의 4대 씨족 가운데 하나로, 대대로 연지를 배출한 가문이며 옥사를 주관했다.《史記 · 匈奴列傳》: 呼衍氏, 蘭氏, 其后有須卜氏, 此三姓其貴種也。裴駰《集解》: 呼衍氏 · 須卜氏, 常與單于婚姻 ; 須卜氏主獄訟。

운은 상당한 세력을 형성했다. 하지만, 호한야의 4번째 아들이자 제1부인 전거연지(顓渠閼氏)의 둘째 아들 오주류선우(烏珠留單于)대에 이르러 문제가 발생한다. 그는 자신의 이복동생 연제함(攣鞮咸)이 선우를 계승한다면, 작은고모 집안이 계속 선우를 세습하고, 자신의 자식들이 선우가 될 가능성이 적다고 판단하여, 자기의 핏줄로 정권을 이양하기를 원했다.12)

흉노 왕위 계승 문제는 한나라의 정권이 유씨의 한나라를 찬탈한 왕망(王莽)의 신(新)에서 크게 붉어진다. 왕망은 신(新)을 건국한 뒤 흉노를 분열시키기 위해서 호한야의 15명의 아들을 모두 선우를 봉해버린다. 이 가운데 차기 유력한 대권 후보인 '함'과 그의 둘째 아들 '조(助)'도 있었는데, 이들은 각각 왕망에 의해 '효선우(孝單于)'와 '순선우(順單于)'에 봉해진다(A.D.10).13)

이 위급한 상황 속에서 수복거차 운은 한나라와 흉노 사이에서 활발한 외교 활동을 통해 흉노에서의 입지를 굳힌다. 그녀는 왕망이 안한공(安漢公)이 된 다음 해인 한평제(漢平帝) 원시(元始) 2년(A.D.2)에 왕망의 요청으로 한나라에 입조하여 당시 태황태후로서 수렴청정을 하던 종실의 최고 어른인 효원황후(孝元皇后) 왕정군(王政君)을 직접 만나기도 했다.14) 그리고, 왕망이 한나라를 찬탈하고 신을 세운 다음에는 더욱 적

---

12) 班固, 《漢書 · 匈奴傳下》: 烏珠留單于在時, 左賢王數死, 以為其號不祥, 更易命左賢王曰"護于". 護于之尊最貴, 次當為單于, 故烏珠留單于授其長子以為護于, 欲傳以國。

13) 班固, 《漢書 · 匈奴傳下》: 使译出塞诱呼右犁汗王咸、咸子登、助三人, 至則胁拜咸为孝单于, 赐安车鼓车各一, 黃金千斤, 杂缯千匹, 戏戟十 ; 拜助为顺单于.

14) 班固 · 《漢書 · 匈奴傳下》: (元始二年) 王莽欲悅太后以威德至盛, 異于前, 乃風單于令遣王昭君女須卜居次雲入侍太后, 所以賞賜之甚厚

극적으로 활동을 하여, 신의 시건국(始建国) 2년(A.D.10C)에 함에게 왕 망에게서 봉호를 받으라고 조언했다. 이 일은 당시 흉노의 왕권을 자신 의 아들에게 물려주려는 오주류선우(烏珠留單于)로서는 자신에 대한 도 전이란 구실로 삼을 수 있었고, '연제함(挛鞮咸)'을 우리한왕(右犂汗王) 에서 속치지후(粟置支侯)라는 낮은 지위로 강등시켜 버린다.15) 동시에, 함의 동생인 락(樂)을 좌현왕, 그리고 제5연지의 아들 여(輿)를 우현왕에 봉함으로써 연제함을 견제했다.

위기의 상황에서 함은 수복거차 운과 연계하여 오주류선우 뒤를 이어 오루약제선우(烏累若鞮單于, 재위 B.C.13~B.C.18)가 되는데 성공한 다.16) 이로써 오루약제선우는 친한파적 성향을 지니게 되었고, 그녀는 함이 지속적으로 한과 우의관계를 맺도록 한다.17) 그러나, 정치는 순식 간에 돌변하여, 왕망이 함의 아들을 죽이면서(A.D.12) 그녀는 남편과 함 께 장안에서 생활하게 된다.

천봉 5년(A.D.15)에 오루약제선우가 죽고 여(輿)가 호도이시도고약제 선우(呼都而尸道皋若鞮單于)가 된다. 본래 연제여는 제5연지의 아들이 기 때문에 대권에서 거리가 먼 인물이었지만, 대권이 불확실하게 변화한 '함'과 연합 했다. 이는 함(咸)은 오루약제선우가 된 다음 '여'를 차기 대권 후보자를 의미하는 좌현왕(左賢王)에 봉했다는 것을 통해 추측할

---

15) 연제함은 위협을 당했다고 보고하지만, 오주류선우는 그를 어속치지후(於粟置 支侯)라는 낮은 지위로 강등시켰다.(班固,《漢書·匈奴傳》: 咸既受莽孝單于之 號, 馳出塞歸庭, 具以見脅狀白單于。單于更以爲於粟置支侯, 匈奴賤官也。)

16) 班固,《漢書·匈奴传下》: 匈奴用事大臣右骨都侯須卜當, 即王昭君女伊墨居次 雲之婿也。雲常欲與中國和親, 又素與咸厚善, 見咸前后爲莽所拜, 故遂越輿而 立咸爲烏累若鞮單于。

17) 班固,《漢書·匈奴傳》: 雲、當遂勸咸和親。

수 있다. 이 새롭게 등극한 호도이시도고약제선우는 즉위를 하자마자 수복거차의 아들을 장안으로 보내, 장안에 머물던 수복당과 수복거차와 만나게 해주었다. 이는 새로운 선우가 수복거차에게 보내는 우호적 메시지였지만, 왕망은 그녀를 내버려 두지 않았다. 왕망은 수복거차의 사촌 오빠인 왕흡(王歙)을 화친후(和親侯)에 봉하고, 그를 보내 수복거차 운을 만나게 한 다음, 그녀를 군대로 위협하여 강제로 한나라에 입조시키고, 그녀의 남편 수복당을 흉노의 왕으로 만들어주겠다는 말과 함께 선우에 봉한다.[18] 자의든 타의든 수복거차는 호도이시도고약제선우와 대립하는 상황에 놓이게 된다.

왕망의 정권에 기댄 꼭두각시로 장안에서 살던 그녀의 남편 수복당은 3년 뒤인 지황(地皇) 2년(21)에 죽고, 그녀의 장자 수복사(需卜奢)가 왕망의 사위가 되어 아버지의 직책을 계승한다. 하지만, 기원후 23년에 왕망 자신이 장안 미앙궁(未央宮)에서 죽임을 당하면서, 수복거차 운과 그녀의 아들 사 역시 죽음을 맞이한다. 왕소군의 아들 이도지아사 역시 범왕망과 흉노의 관계가 파국으로 치닫는 시기에 호도이시도고약제선우에게 죽임을 당하는 것으로 기록되어 있다.

처음 선우의 동생 우곡려왕(右谷蠡王) 이도지아사(伊屠知牙師)는 다음에 좌현왕(左賢王)이 되어야 했다. 좌현왕이란 선우에서 태자의 지위다. 하지만, (호도이시도고약제)선우는 자신의 아들에게 선우의 지위를 전해주고 싶었고, 마침내 지아사를 죽였다. 지아사는 왕소군의 아들이다.

---

18) 班固, 《漢書·匈奴傳》: 呼都而尸單于輿既立, ……, 遣大且渠奢與雲女弟當於居次子醯櫝王俱奉獻至長安。莽遣和親侯歙與奢等俱至制虜塞下, 與雲、當會, 因以兵迫脅, 將至長安。……當至長安, 莽拜爲須蔔單于, 欲出大兵以輔立之。

初, 單于弟右谷蠡王伊屠知牙師以次當爲左賢王。左賢王卽是單
于儲副。單于欲傳其子, 遂殺知牙師。知牙師者, 王昭君之子也。

▶ 범엽(范曄) 《후한서(後漢書)》

이 기록은 후대 역사학자들에게 진실 여부를 의심받는다. 하지만, 이
런 기록이 역사서에 기록된다는 점은, 적어도 당시 사람들에게 이러한
인식이 상당히 퍼졌고, 후대 왕소군의 비극 문학 창작에 상당한 영향력
을 행사했을 것이란 점은 충분히 추측할 수 있다.

왕소군 이야기의 생성과 전환

위에서 살펴보았듯이, 왕소군의 집안은 이처럼 흉노에 뿌리를 내렸기
때문에, 한나라보다는 흉노 귀족에 가깝다. 하지만, 그녀의 이야기는 중
국에서 한족 중심의 스토리텔링이 입혀지게 된다. 그녀에 대한 최초의
기록인 《한서·흉노전》에는 왕소군에 관한 이야기는 상당히 간략하다.

원제(元帝)께서 후궁 양가(良家)의 자식이며 자(字)가 소군(昭君)인
왕장(王墻)을 선우에게 하사하셨다. 선우가 기뻐하며 글을 올려 국경
수비가 상곡(上谷)에서 서로는 돈황(燉煌)에 이르는데, 이 지역을 영원
히 보전하고자 변경의 관리와 병사를 파하여 천자의 백성을 편안히 하
도록 하고 싶다고 아뢰었다.
元帝以后宮良家子王墻字昭君賜單于。單于歡喜, 上書願保塞上
谷以西至敦煌, 傳之無窮, 請罷邊備塞吏卒, 以休天子人民。

▶ 반고(班固) 《한서·흉노전(漢書·匈奴傳)》

이 글에는 선제가 호한야선우에게 왕장(왕소군)을 하사한 다음 호한
야선우가 국경 지역의 평화를 위해 군대 철수를 제안하는 내용이 수록되

어 있다. 호한야가 군대 철수를 건의한 것은 왕장을 하사받아 기쁜 마음에 제안한 것이 아니다. 하지만, 후대 왕소군 문학 창작에서는 호한야가 미녀인 왕소군을 얻었어서 군대를 철수시켰다는 이야기로 전복된다.

왕소군이 국가를 위해 희생당한 여성임에는 틀림이 없지만, 그녀는 흉노로 시집가는 결정을 내릴 수 있는 처지도 아니었거니와, 그녀의 존재가 한나라와 흉노 사이의 평화를 위해 얼마나 많은 영향력을 행사했는지에 관해서는 역사서에 기록된 것이 없다. 하지만, 그녀가 한나라와 흉노 사이의 평화에 커다란 공헌을 했다는 이야기는 왕망(王莽) 시기의 민간에서 이미 상당한 정도로 유행했다. 이것은 한대(漢代) 상수학(象數學)의 중요 저작인 《초씨역림(焦氏易林)》에 보인다.

① 《췌》괘의 지괘 《림》괘(《萃》之《臨》)
소군이 나라를 지키니, 모든 중국이 그 덕을 입네.
중국과 다른 민족이 하나가 되어, 우리 왕실을 받든다.
昭君守國,[19] 諸夏蒙德。異類既同, 宗我王室。[20]

---

[19] 이 부분은 전통적으로 왕소군과 관련되어 해석되었다(顧炎武《日知錄》). 관건은 《역림》의 저자가 왕소군의 사건을 아는가의 문제이고 《역림》의 작가를 고증할 필요가 있다. 《역림》의 작가 문제는 西漢의 焦贛인가 아니면 东汉의 崔篆인지의 문제로 귀납된다. 청대 고증학자들은 대체로 후자에 방점을 찍고 있다. 관련 사항은 餘嘉錫,《四庫提要辨證》, 中華書局, 1980, 741-758쪽을 참고. 湯太祥의 <《焦氏易林》作者考>는 여러 학설을 종합 서술하고 근대의 저명 역학가인 尚秉和의 설을 쫓지만(《阜阳师范学院学报(社会科学版)》(03), 2004, 40-42쪽), 尚秉和는 이 두 부분의 '소군'을 왕소군의 사적으로 해석하지 않고 새로운 학설을 주장하기 때문에 특별한 고증을 하지는 않았다. 尚秉和는 《焦氏易林注论》, (北京, 九州出版社, 2010, 363쪽 참조.

[20] 毛本은 '守'이고 宋本은 '死'로 되어 있다.(余嘉锡, 위의 책, 754쪽). 왕소군이 살아서 시집을 갔으므로 '死'자는 어울리지 않는다.(趙延花,馬翼,<焦延壽詠昭君詩"守"、"是"二字辨析>,《漢字文化》(06), 2006, 49-51쪽.) 본 글의 《易林》은

② 《췌》괘의 지괘 《익》괘(《萃》之《益》)

장성이 세워지니 사이가 신하로 복종하네.

사귐과 맺음이 화평하고 훌륭하니 이것은 소군이 내린 복이다.

長城既立, 四夷賓服。交和結好, 昭君是福。

▶ 《초씨역림(焦氏易林)》

이 두 글귀에 나타난 '소군(昭君)'은 바로 왕소군이다. ①의 '이류(異類)'는 흉노를 지칭한다. 호한야는 원제 경녕(竟寧) 원년에 입조하여 과거 흉노가 자주 침입했던 하북성(河北省) 승덕현(承德縣) 동쪽에 해당하는 상곡(上谷: 하북성 承德縣城東部)에서 서역의 입구인 둔황(燉煌)에 이르는 변경 지역을 방비하는 양국의 관리들을 철수시키는 건의를 내었다는 것은 앞에서 보았다. 그리고, 비록 원제가 후응(侯應)의 간언을 선택하여 이 건의를 받아들이지는 않았지만, 이후 40여 년간 전쟁 없는 기간이 지속된다. 《역림》의 저자는 이러한 역사적 사실을 왕소군의 이야기와 연결하고 있다.

②의 "장성이 세워지니"라는 말은 실제 장성이 세워졌다기보다는 장성을 경계로 상호불가침과 화평조약이 지속됨을 의미한다. 이하 '신하로 복종한다', '사귐과 맺음이 화평하고 훌륭하니'라는 말은 한나라 중심의 국제 질서가 성립되어 국제 평화가 이어짐을 의미하며, 이러한 것을 다시 왕소군과 연계하여 《주역》을 해석하고 있다.[21] 이는 이 책이 성립된 시기에 이미 왕소군이 국가를 위해 자신을 희생했다는 이야기가 상당히 퍼져있었던 생각이기 때문에 가능한 서사다.

《역림》은 당나라까지 서한 선제(宣帝)·소제(昭帝) 시기 활동했던 초

余嘉錫의 《四庫提要辨證》의 기술을 따른다.

21) 顧炎武《日知錄》(余嘉錫, 위의 책, 754-755쪽).

연수(焦延壽)의 저작으로 알려져 있으나, 명대에 이르러 이에 대한 회의가 진행되었고, 현대 문헌학의 대가인 여가석(余嘉錫)의 《사고제요변증(四庫提要辨證)》에는 왕망 시기에 활동한 최전(崔篆)의 작품으로 고증하고 있다.[22] 이러한 논의로 보면, 왕소군이 국가에 안녕을 가져왔다는 인식은 《역림》이 형성된 시기에 이미 확고한 형태로 형성되었다. 또한 《역림》은 《주역(周易)》 상수학(象數學) 가운데 기후의 변화 같은 천체의 운행에서 괘(卦)를 얻어 길흉을 점치는 점후(占候) 일파의 시작이 되는 저서로, 후대 막대한 영향력을 행사했으므로, 《역림》이 그녀의 애국적 이미지를 확산시키고 확립하는 데 도움을 주었다고 보는 것도 무리가 없을 것이다.

이 현상이 왕망 정권에서 시작된 것인지는 확실하지 않다. 왕망은 왕소군의 딸 운의 남편 수복당을 새로운 흉노의 왕으로 삼아 흉노를 정벌하려 했으므로, 왕소군이 국가의 안녕을 가져왔다는 스토리텔링은 그에게 유용한 선전 술책이 충분히 될 수 있으나, 《역림》이 왕망 정권에 대해 비판적인 입장을 견지한다는 점에서,[23] 왕소군의 이러한 스토리텔링을 왕망의 정권과 관련시키기는 어렵다.

이 형태를 이어서 그녀에 대한 인물 형상의 구체화 작업과 스토리 플롯의 형성과 같은 문학적 형상화는 왕소군이 흉노로 건너간 이후 250여 년이 지난 서진(西晉) 시대에 비로소 기록이 출현하는데, 이는 당시 민간 음악인 악부(樂府)와 관련이 있다.

한대(漢代)에서 당오대(唐五代)까지의 악부가사(樂府歌辭)를 집대성

---

22) 余嘉錫, 같은 책, 741-758쪽 참조.

23) 《역림》에 사용된 원제의 정비인 효원황후(孝元皇后)의 고사에는 왕망에 대한 비난을 담고 있다(여가석, 같은 책, 756쪽).

한 송대(宋代) 곽무천(郭茂倩)의 《악부시집(樂府詩集)》은 왕소군 관련된 악부 작품과 관련 문헌을 따로 분류하고 있는데, 그 최초의 작품을 서진(西晉) 석숭(石崇)의 《왕명군(王明君)》으로 기재하고 그 유래를 밝히고 있다.

　《왕명군》은 석숭의 작품으로 왕소군이라고도 한다. 《당서·악지(唐書·樂志)》의 기록은 다음과 같다. "《명군(明君)》은 한나라의 음악이다. …… 그녀가 떠날 때, ……, 천자가 후회했다. 한나라 사람들은 그녀가 멀리 시집을 가는 것을 불쌍하게 여겨, 이 노래를 지었다. 진나라 석숭의 가기 녹주가 춤을 잘 췄는데, 이 곡을 그녀에게 가르쳤고 스스로는 새로운 노래 가사를 지었다."……《고금악록(古今樂錄)》에 다음과 같이 전한다. "《명군(名君)》이라는 가무곡은 진나라 태강 시기 계륜(季倫, 석숭)이 지은 작품이다. 왕명군의 본명은 소군(昭君)인데, 진문제(晉文帝) 사마소(司馬昭)의 이름을 피하고자, 진나라 사람들이 그녀를 명군이라고 불렀다. 흉노가 강성함을 믿고 한나라에 청혼을 구하자 원제가 후궁 가운데 양가의 자녀인 명군을 배필로 삼게 했다. 처음, 무제가 강도왕 유건의 딸 유세군을 공주로 삼아 오손의 곤막에게 시집 보낼 때, 말 위에서 비파를 연주하여 그녀가 길에서 느끼는 심사를 위로했는데, 왕명군을 보낼 때도 또한 그러했을 것이다.
　석숭이 새롭게 만든 곡은 애절하고 원망하는 음색이 많았다. 남조 진나라와 송나라 이래 《명군》은 현초(弦隷)라는 악기로 상무(上舞)곡을 약간 연주했을 뿐인데,[24] 이 음악이 남조 양(梁)나라 천감(天監, 502~519) 연간에 음악을 관리하던 악부령에게 전해져서, 여러 악공과 함께 당시의 음악인 청상악의 두 간현(間弦) 곡조로 《명군》의 상무곡을 연주

---

24) '弦隷'는 '弦鞀'를 지칭하는 것으로 보인다. 弦鞀는 3현으로 된 진한시대의 시대 악기다. 《舊唐書·音樂志二》: 琵琶, 四弦, 漢樂也。初, 秦長城之役, 有弦鼗而鼓之者。淸·毛奇齡《西河詞話》卷三五: "三弦起於秦時, 本三代鼗鼓之製, 而改形易響, 謂之弦鞀。《漢語大詞典》, 112쪽)

했고,[25] 이것이 지금까지 전해진 것이다."

《王名君》石崇。一曰《王昭君》。《唐書·樂志》曰: "《明君》, 漢曲也。元
帝時, 匈奴單于入朝, 詔以王嬙配之, 即昭君也。及將去, 入辭, 光彩
射人, 悚動左右, 天子悔焉。漢人憐其遠嫁, 為作此歌。晉石崇妓綠珠
善舞, 以此曲教之, 而自制新歌。"…《古今樂錄》曰: "《明君》歌舞者,
晉太康中季倫所作也。王明君本名昭君, 以觸文帝諱, 故晉人謂之明
君。匈奴盛, 請婚於漢, 元帝以后宮良家子明君配焉。初, 武帝以江都
王建女細君為公主, 嫁烏孫王昆莫, 令琵琶馬上作樂, 以慰其道路之
思, 送明君亦然也。其造新之曲, 多哀怨之聲。晉、宋以來, 《明君》止以
弦隸少許為上舞而已。梁天監中, 斯宣達為樂府令, 與諸樂工以清商
兩相閒弦為《明君》上舞, 傳之至今。"

▶《악부시집·상화가사(樂府詩集·相和歌辭)》

《당서·악지》의 기록에 한나라가 흉
노의 핍박으로 왕소군을 보냈다라는 것
은 확실히 역사적 사실과 다르다. 그리
고, 서진(西晉)의 석숭(石崇, 249~300)
이 지었다는 《왕명군》이라는 작품은 현
재 전해지는 왕소군 문학작품 가운데
가장 이른 작품인데, 이를 통해 보면,
한나라가 흉노의 핍박으로 왕소군을 보
냈다는 이야기는 서진(西晉) 시대에는
이미 보편적인 이야기가 되었다는 것을
알 수 있다.

그림 3. 동진(東晉) 고개지(顧愷之)
의 《낙신부도(洛神賦圖)》

석숭은 형주자사(荊州刺史)로 있으면서 상권(商權)을 장악하여 산더

---

25) 《琴集》: 胡笳《明君》四弄: 有上舞、下舞、上間弦、下間弦。

미 같은 거대한 부를 이루었고, 또한 엄청난 사치로 유명했다. 특히 서진(西晉) 혜제(惠帝, 재위: 290~307) 시기 이 시대를 대표하는 저명한 문학가이자 오나라 명문가 육손(陸遜)의 아들 육기(陸機)·육운(陸雲) 형제, 그리고 좌사(佐史), 반악(潘岳)을 비롯한 24명의 문인과 함께 자신이 만든 정원인 황금 계곡 정원이란 뜻을 가진 "금곡원(金谷園)"에서 시문을 짓고 여흥을 즐겼기 때문에, 후대에는 이들을 금곡이십사우(金谷園二十四友)라고 부른다. 당시 그에게는 춤과 노래를 잘하는 녹주(绿珠)라는 예쁜 애인이 있었는데, 그는 그녀를 위해 기존의 왕소군 관련 음악과 가사를 애상적으로 편곡하고 무용을 도입해서 《왕명군》이란 작품을 아래와 같이 재창작 했다.

> 나는 본래 한나라의 여자,
> 이제 선우 궁궐로 시집가네.
> 작별이 채 끝내기도 전에,
> 행렬 머리에는 이미 깃발이 올라갔네.
> 마부도 이별에 눈물을 흘리고,
> 말들도 슬픈 울음을 우네.
> 슬픔으로 속이 쓰라리며,
> 눈물이 진주 모자 끈 적시네.
> 수 없는 날을 가고 가서,
> 마침내 흉노 도읍에 닿았네.
> 나를 양탄자 집으로 맞이하더니,
> 나에게 연지란 칭호를 주네.
> 다른 민족 편하지 못하고,
> 귀한 신분 영화롭지 않네.
> 아버지와 아들이 욕을 보이니,
> 이것이 부끄럽고 두렵구나.
> 죽는 일조차 쉽지 않으니,

말없이 구차히 살아가네.

이러한 삶 또 무엇을 하소연할까?

쌓인 그리움으로 가슴만 답답하네.

기러기 날개 빌려

다 버리고 떠나고 싶구나.

날아가는 기러기 나를 돌아보지 않고,

오랫동안 서성이며 방황하네.

이전엔 상자에 담긴 옥이더니,

지금은 오물 위의 꽃이네.

아침 꽃은 기뻐할 것 못 되니,

차라리 가을 풀처럼 되고 싶네.

후세 사람들에게 전하노니,

시집을 멀리 가니 정말 고달프다오.

我本漢家子, 將適單于庭。辭決未及終, 前驅已抗旌。

僕御涕流離, 轅馬為悲鳴。哀鬱傷五內, 泣淚霑珠纓。

行行日已遠, 乃造匈奴城。延我於穹廬, 加我閼氏名。

殊類非所安, 雖貴非所榮。父子見凌辱, 對之慚且驚。

殺身良未易, 默默以苟生。苟生亦何聊? 積思常憤盈。

願假飛鴻翼, 棄之以遐征。飛鴻不我顧, 佇立以屏營。

昔為匣中玉, 今為糞上英。朝華不足歡, 甘為秋草並。

傳語後世人, 遠嫁難為情。

▶ 곽무천(郭茂倩)《악부시집 · 왕명군(樂府詩集 · 王明君)》[26]

석숭이 지은 이 가사(歌辭)의 구성은 왕소군이 한나라 궁궐을 떠나는 순간부터 시작하여, 그녀가 흉노에서 살아가는 모습을 묘사하고, 마지막으로는 그녀의 마음을 하소연하는 내용으로 되어 있다. 이 시의 첫 부분

---

26) 郭茂倩《樂府詩集》

에서 그녀는 자신을 한나라의 여성이란 의미의 '한가자(漢家子)'라고 강조하고 있는데, 이런 자기 인식은 뒤에 서술되는 결혼과 수계혼 풍습, 생활 문화와의 충돌을 만들어내는 중요한 원인이다. 또, 실제 역사에서는 국가적 경사로 인해 시집을 갔지만, 문학에서의 그녀는 한나라 원제의 부인이 될 수 있었던 여성이었지만 강성한 흉노의 핍박을 받아 어쩔 수 없이 한나라를 떠났다고 각색되므로, 이 구절 속에는 국가적 슬픔과 개인적 슬픔이 함께 섞여 있다. "작별이 채 끝내기도 전에, 행렬 머리에는 이미 깃발이 올라갔네."라는 말에서 떠나고 싶지 않기에 작별이 더디고, 행렬의 출발이 너무 빠르게 느껴지고 있다. 다음 구절인 "마부도 이별에 눈물을 흘리고, 말들도 슬픈 울음을 우네."가 표현하는 것은 자신의 큰 슬픔에 대해 모든 사람이, 그리고 말조차 공감하여 울음을 울고 있다는 비극의 보편성을 노래한다.

흉노에 도착해서 그녀가 마주한 것은 너무나 다른 생활 문화와 존귀하지만 달갑지 않은 '연지'라는 칭호였다. 또, 이어서 왕소군처럼 유목민족에 시집간 화친 여성이 가장 견디기 힘든 수계혼의 풍습을 말함으로써. 흉노에서의 생활이 비록 선우의 부인이란 존귀한 신분이었으나, 이런 문화적 차이에서 오는 생활의 고통이 크며, 죽지 못해 살아간다고 표현하고 있다. 그녀 이러한 삶에서 벗어나고 싶어 새가 되어 날아가고 싶다라고 했는데, 이는 죽음과 삶의 경계에서 서성이는 자기 존재의 인식을 드러낸 강도공주의 시 "황곡이 되어 고향으로 돌아가고 싶구나(願爲黃鵠兮還故鄉)!"에서 빌려온 것이다. 이 시에서 눈에 띄는 비유는 자기를 '상자에 담긴 옥(匣中玉)'에 비유한 부분이다. 이 구절은 자신의 한나라 시절 생활을 표현한 것으로, 비록 자신은 아름다운 용모와 자태, 그리고 고아한 품격이 있었으나, 원제가 알아주지 않았다는 은근한 원망의 정서를 잘 담고 있다. 이 구절의 대가 되는 표현인 '지금은 오물 위의 꽃(今為

糞上英)'이란 표현은 다소간 거친 표현이며 민간 문학적 성격을 드러내는 언어 선택이다. "아침 꽃은 반길 것 못 되니, 차라리 가을 풀 되고 싶네(朝華不足歡, 甘為秋草幷)"라는 표현은 선우의 연지라는 짧은 화려함을 가진 존재보다 바람에 흩날리는 고된 삶이나 자유로운 한나라의 백성으로 살아가고 싶다는 마음을 표현한 것이지만, 아침 꽃은 저녁이 되면 시드는 짧은 영화를 누리는 존재이며, 또 가을 풀은 이미 시들어버려 정처 없이 바람에 흩날리는 존재이므로, 이 두 언어의 의상(意象)이 다소 비슷한 부분이 있어 확실한 대비적 상보관계를 이루지는 못한다.

전체적으로 작품 구성이 부드럽게 흘러가지만, 시어의 선택에 있어 단아한 표현과 거친 표현이 섞여 있는데, 이는 시가의 진정성을 중시한 작품이 아니라 문인 귀족 계층이 민가를 흡수하여 공연을 위해 만든 작품이란 특징 때문이다.

음악적으로도 살펴보면,《당서·악지(唐書·樂志)》에서 왕소군을 다룬 《명군(明君)》이란 음악이 이미 한대(漢代)에 있었다고 하고, 서진(西晉)의 승려 지장(智匠)이 편찬한 《고금악록(古今樂錄)》에서 한대의《명군》의 음악적 연원이 무제 시기 오손으로 시집을 갔던 강도공주를 전송하는 음악이라고 하였다. 그리고, 송대(宋代) 곽무천(郭茂倩)의《악부시집(樂府詩集)》에서 이 작품을 거리에서 노래하는《상화가사(相和歌辭)》로 분류했다. 만약, 이 이야기를 다 인정한다면, 왕소군을 소재로 한《명군》이라는 작품은 한대에서 시작되었으며, 음악적으로는 한대 관방에서 창작된 것과 민간에서 창작된 두 계통의 서사가 존재할 가능성이 있다. 그리고, 후대로 내려오면서, 관방의 음악은 전해지지 않고, 민간 악부만 전해오다가 남조 시기에 관련 음악이 정리되어 1명이 선창하고 3명이 화답하는 형태의 상화곡(相和曲)으로 변화했다고 볼 수도 있다.[27]

그리고, 곡의 성격도, 한대의 왕소군은 한나라 중심의 국제질서 재편을 상징하는 인물로서 나타나기 때문에, 한대 민간 음악은 상당히 긍정적이며 적극적인 내용일 가능성이 크다. 하지만, 동한 말에 채염(蔡琰)과 같이 흉노(匈奴)에 납치되어 12년 동안 구류되어 있다가, 다시 고향으로 돌아온 여성의 이야기가 있을 뿐만 아니라, 동한 말의 전쟁과 혼란을 통해 고향에서 살지 못하고 가족과 이별하여 떠돌아다니는 사람들이 상당히 많았을 것이므로, 왕소군의 운명적 이별과 고향에 대한 향수는 동한 말의 시대 정서와 상당한 관련성을 지니고 있다고 보인다. 따라서, 서진(西晉) 시대에는 왕소군의 이야기가 한족 중심의 국제 질서 재편과 이에 대한 찬양이라는 서사를 뒤집고, 불운하고 가련한 여인으로 그려지게 된 것일 수가 있다.

왕소군이 불우한 여성이라는 서사는 동진(東晉) 시기에 확정적 지위를 가지게 된다. 왕소군 관련 기록을 담고 있는 《서경잡기(西京雜記)》는 갈홍(葛洪)이 서한 시대 저명한 학자 유흠(劉歆)의 역사 저술에서 반고의 《한서》와 다른 점을 발췌했다고 알려진 책이다. 하지만, 이 책은 역대로 유흠의 저술이 아니란 의심을 받았고, 또, 갈홍이 저술한 것인지도 확실하지 않아서 훨씬 후대에 출현한 문헌으로도 주장되지만, 갈홍이 한대에서 서진에 이르는 각종 문헌을 취합하고, 대표적 작가인 유흠의 이름을 기탁하여 편찬한 저술로 인식되고 있으며,[28] 후대에는 역사서가 아니라 소설로 분류된다.

이 책은 문인적 필취가 농후하여 남조와 당나라 문학가 사이에서 크게 유행했고, 종종 문학 창작의 전고로 활용되었기 때문에 영향력이 작다고

---

27) 房玄齡, 《晉書》卷二十三〈樂志下〉. 馬以謹, <石崇〈王明君〉詩探源>, 《逢甲人文社會學報》第2期, 2001, 187-206쪽

28) 程章燦, <《西京雜記》的作者>: 葛洪利用漢晉以來流傳的稗史野乘, 百家短書鈔攝編集而成的。(《中国文化》(01), 1994, 93-96쪽)

할 수 없다. '서경(西京)'은 한나라의 수도 장안을 의미하고, '잡기'는 서한의 풍물과 풍속, 그리고 당시 명사들의 일화를 의미한다.[29] 왕소군의 이야기는 이 책의 제2권 첫 부분에 출현한다.

원제에게는 후궁이 많아서 정해놓고 만날 수가 없었다. 이에 화공에게 그림을 그리도록 해서, 그림을 보고 불러서 만났다. 여러 궁녀는 모두 화공에게 뇌물을 주었는데, 많게는 10만을 주었고, 적어도 5만 이하로는 주지 않았으나, 유독 왕장(왕소군)만이 그렇게 하려고 하지 않아서 원제를 뵐 수가 없었다. 흉노가 입조하여 미녀를 구해 연지로 삼으로 하자, 황제는 그림을 보고, 왕소군을 보내기로 했다. 그녀가 떠날 무렵이 되자 불러 보았는데, 용모가 후궁 가운데 제일이었으며, 응대도 뛰어나고, 행동도 품위가 있었다. 원제가 후회했지만, 이름이 이미 정해져 있었다. 원제는 외국에 대한 신의를 중시하였기 때문에 다시 사람을 바꾸지 않았다. 이에 이 일을 조사하여, 화공을 모두 기시했다. 이들의 집을 조사하여보니 재산이 모두 수백만을 넘었다. 화공 가운데는 두릉(杜陵)의 모연수(毛延壽)는 사람을 그리면 아름답고 못생기고 늙고 젊은 모습을 있는 그대로 그려냈다. 안릉의 진창(陳敞), 신풍(新豐)의 유백(劉白)과 공관(龔寬)은 모두 소와 말, 나는 새를 잘 그렸고, 인물도 잘 그렸지만, 미적인 표현은 모연수에 미치지 못했다. 하두(下杜)의 양망(陽望)도 그림을 잘 그렸는데, 색채감이 뛰어났다. 번육(樊育) 역시 색을 잘 표현했다. 이들이 모두 같은 날 기시(棄市: 공개 처형후 시신을 수습하지 않음)되자 서울에 화공이 드물게 되었다.

元帝後宮旣多, 不得常見, 乃使畫工圖形, 案圖召幸之。諸宮人皆賂畫工, 多者十萬, 少者亦不減五萬。獨王嬙不肯, 遂不得見。匈奴入朝求美人爲閼氏, 於是上案圖, 以昭君行。及去, 召見, 貌爲後宮第一, 善應對, 擧止閑雅。帝悔之, 而名籍已定, 帝重信於外國, 故不復更

---

29) 李學勤主編,《四庫大詞典》, 吉林大學出版社, 1996, 2167쪽.

人。乃窮案其事, 畫工皆棄市, 籍其家, 資皆巨萬。畫工有杜陵毛延壽,
為人形, 醜好老少, 必得其真。安陵陳敞, 新豐劉白、龔寬, 並工為牛
馬飛鳥, 亦肖人形, 好醜不逮延壽。下杜陽望亦善畫, 尤善布色。樊育
亦善布色。同日棄市。京師畫工, 於是差稀。

▶ 갈홍(葛洪) 《서경잡기(西京雜記)》

이 서사에는 왕소군의 신분에 대한 것은 《한서》와 같지만 보다 다양한
인물 형상과 플롯이 첨가되어있다. 우선, 이 글은 왕소군에게 아름다운
용모와 품위 있는 모습을 부여하고 있을 뿐만 아니라, 불합리한 상황에
부닥치더라도 격조를 잃지 않는 귀족적이며 정숙한 성격을 부여하고 있
다. 이런 형상은 역사적 사실이 아니라 당시 상상할 수 있는 가장 뛰어난
여성의 모습을 묘사한 것이다.

더 주목할 수 있는 것은, 이 글의 서사가 왕소군 보다 원제의 행동에
더 많은 무게를 두고 있는 점이다. 즉, 원제가 자신이 바라는 여성을 만
날 수 없었던 이유 가운데 궁녀가 많았다는 점도 있지만, 화공의 직무태
만과 탐욕에 근원적인 이유가 있고, 왕소군이 자신이 원하던 여성임을
인지한 순간 황제가 타락한 화공을 모두 혹형에 처해 기강을 바로잡았다
는 것이 중요한 대목이다.

이를 통해 알 수 있는 것은 한대 강조되던 왕소군이 흉노와 한나라에
평화를 가져왔다는 서사를 버리고 있다. 또, 비록 그녀의 아름다움을 표
현하지만, 문화적이고 고아한 인품을 강조하고, 나아가 황제가 미녀를
잃었지만, 국가를 바로잡는 행동을 했다는 정치적 교훈까지 담고 있다.
즉, 이 서사는 미녀와 같은 통속적인 감각의 유흥을 벗어나 고아한 정신
과 정치적 교훈이란 문인 서사가 지배하고 있다.

하지만, 갈홍의 《서경잡기》보다 수십 년 뒤에 편찬된 범엽(范曄398-
445)의 《후한서(後漢書)》에 나타난 왕소군은 《서경잡기(西京雜記)》의

내용과 사뭇 이질적 내용을 담고 있는데, 《서경잡기》가 황제인 한원제에 집중하는 것과 달리 서사의 초점을 왕소군에게 집중하고 있다.

> 소군의 자는 '장(嬙)'이며, 남군(南郡) 사람이다. 처음 원제시기에 양가의 자녀를 선별하여 액궁에 들였다. 당시 호한야가 내조하자 원제가 궁녀 5명을 하사할 것을 명했다. 소군은 입궁한 지 수년이 되었지만, 황제를 만나지 못해 슬픔과 원망이 쌓였다. 호한야가 연회에서 하직 인사를 할 무렵, 황제께서 5명의 여성을 불러 그에게 보여주었다. 소군의 아름다운 용모와 단정한 자태가 한나라 궁실에 빛났고, 자신 있는 태도는 좌중을 동요시켰다. 황제가 보고 크게 놀라며 그녀를 가지 못 하게 하고 싶었지만, 믿음을 잃을 수 없어서 결국 흉노에게 주었다.
>
> 昭君字嬙, 南郡人也。初, 元帝時, 以良家子選入掖庭。時呼韓邪來朝, 帝敕以宮女五人賜之。昭君入宮數歲, 不得見御, 積悲怨, 乃請掖庭令求行。呼韓邪臨辭大會, 帝召五女以示之。昭君豐容靚飾, 光明漢宮, 顧景裴回, 竦動左右。帝見大驚, 意欲留之, 而難於失信, 遂與匈奴。生二子。及呼韓邪死, 其前閼氏子代立, 欲妻之, 昭君上書求歸, 成帝敕令從胡俗, 遂復為后單于閼氏焉。
>
> ▶ 범엽 《후한서》

이 글은 《한서》나 《서경잡기》에 비해 왕소군에 관한 여러 정보가 상당히 구체적으로 진술되고 있다. 그녀의 고향으로 소개된 남군은 현 호북(湖北) 형주시(荊州市)다. 이 글은 서사에 있어서도 구체적일 뿐만 아니라 다른 두 기록과 확연한 차이점이 있다. 우선 《한서》와 차이점은 왕소군의 이름을 왕장(王嬙)이 아니라 왕소군(王昭君)으로, 자를 소군(昭君)이 아니라 "장(嬙)"으로 기록한 점이다. 또한 《한서》의 "대조액정(待诏掖庭)"이란 기록을 천착하여 "양가의 자식을 선별하여 액정에 들였다"라는 이야기를 더 붙였다.

《서경잡기》와 동일한 점은 그녀의 용모에 대한 미화, 오랫동안 원제를 만나지 못했던 것, 그리고 원제가 국제적 협약 때문에 어쩔 수 없이 그녀를 보냈다는 설정이다. 비록 원제를 만나지 못한 이유를 적는 것은 피했지만, 그녀가 흉노행을 결정한 이유를 원제가 자기를 알아보지 못한 것에 대한 불만으로 서사화한 것은 대단히 독특하다. 이런 권위에 대항하고 자기 계층에 속한 인물의 능력을 극대화하는 인물 서사는 민간문학의 특징이다. 악부시 《유소사(有所思)》는 자신을 돌봐주지 않는 남성에 대한 불만으로 절교를 선언하고 있다.

그리운 님은
큰 바다 남쪽에 있지
그대에게 무엇을 보내오리까?
두 알의 진주 박힌 바다거북 비녀.
옥으로 감아두었지.
그대에게 다른 마음 있다는 것 듣고
흩어버리고는 태워 버렸지
태운 다음에는
바람에 재를 날려 보냈지.
오늘 이후
다시는 그리워하지 않으리!
그대에 대한 그리움 끊어버리리!
닭이 울고 개가 짖어서,
가족도 다 알고 있는데.
아아!
소슬한 가을바람 속 새벽닭 소리에 생각은 깊어지고
잠시 뒤 동쪽 하늘 밝을 때면 분명해 지리라.[30]
有所思, 乃在大海南。
何用問遺君, 雙珠玳瑁簪。

用玉紹繚之。

聞君有他心，拉雜摧燒之。

摧燒之，當風揚其灰。

從今以往，勿復相思，想思與君絕！

雞鳴狗吠，兄嫂當知之。

妃呼狶！

秋風肅肅晨風颸，東方須臾高知之！

▶《악부시집·요가십팔곡지이·유소사
(樂府詩集·鐃歌十八曲·有所思)》

　《유소사》의 여성은 본래 대모(玳瑁)라는 바다거북 껍질에 두 알의 진주가 박힌 진귀한 비녀인 쌍주대모잠(雙珠玳瑁簪)을 그녀가 그리워하는 사람에게 주려 했다. 하지만, 그 남성의 변심을 알게 되면서 이 물건을 훼손하고 절교를 선언한다. 비녀에 대한 묘사는 자신의 사랑을 표현한 것이다. 즉 진귀한 보물로 거듭 꾸며도 자신의 사랑을 다 담을 수 없다는 의미다. 그리고, 이 비녀를 부수며 불 지르는 모습은 실연의 깊이와 함께, 미련을 단호히 단절하는 모습을 보여준다. 또한《맥상상(陌上桑)》에 묘사된 나부(羅敷) 는 권위에 당당히 저항하는 여성으로 그려지고 있다. 즉, 악부에는 실연에 연연하지 않고 진취적으로 자신을 개척하며 권위에 당당히 저항하는 여성이 등장한다. 이런 점에서 범엽의《후한서》에 표현된 왕소군의 인물 형상에는《서경잡기》에 보이는 외유내강한 귀족 여성이 아니라, 주동적이고 진취적인 민간 여성의 모습이 들어있다.

---

30) 魏耕原，《先秦兩漢魏晉南北朝詩歌鑒賞辭典》: 末句"東方須臾高知之"只是說一會兒東方太陽高高升起，它自然會照明我的心。陳本禮體會此處語氣說"言我不忍與君絕決之心，固有如皦日也。謂予不信，少待須臾，俟東方高則知之矣"(《漢詩統箋》)，這些話已得詩意。(北京: 商務印書館國際有限公司，2012)

왕소군 서사의 이데올로기적 해소

《금조(琴操)》는 금이라는 악기로 연주하는 악곡에 대한 해제를 기록한 책으로, 왕소군이 지었다는 《원광사유가(怨曠思惟歌)》에 대한 해제를 남조 양(梁)나라 유효표(劉孝標, 462~521)의 《세설신어주(世說新語註)》의 내용을 인용하여 담고 있다. 이 해제는 그녀의 탄생, 입궁(入宮), 출새(出塞), 그리고 심회(心懷)로 구성되어 있는데, 위진남북조까지 형성된 왕소군의 인물 형상에 대한 완전한 서사를 이루었다고 평가할 수 있다.

　　왕소군은 제나라(齊国) 왕양(王穰)의 딸이다. 왕소군이 17세 되던 해에 아름다운 얼굴로 나라에 소문이 파다했다. 왕양은 소군의 용모가 단정하고 수려하고, 집 밖의 일에 관심을 두지 않는 것을 보고 보통 사람이 아니라고 생각했다. 청혼을 구하는 사람이 있어도 모두 거절하고는 원제에게 헌상하였다. 하지만 거리가 멀어서 왕후가 되지 못하고, 후궁에 충원되었다. 5·6년이 흐르자 왕소군은 원망하는 마음이 쌓였고, 고의로 자신의 용모를 가꾸지 않았다. 원제가 매번 후궁을 둘러 볼 때 왕소군의 거처를 스쳐 지날 뿐 들르지 않았다. 이후 흉노의 선우가 한나라 조정에 사신을 보내 하례를 했다. 원제가 주연을 베풀었는데 후궁에게 차려입고 배석하라고 명했다. 왕소군은 원망이 오랫동안 쌓였고, 원제를 모시는 사람에 끼지 못하자, 화장을 고치고 옷을 아름답게 차려입으니, 얼굴과 몸에서 광채가 났다. 모두 열을 맞춰 앉으니, 원제가 흉노의 사자에게 말했다. "선우께서는 무슨 바라는 것이 있는가?" 사자가 대답했다. "진귀한 보물은 모두 가지고 계십니다만, 여자가 중국처럼 아름답지 못합니다." 그러자 황제께서 후궁들에게 하문하셨다. "내가 너희들 중 한 명을 선우께 하사하려 하니, 누구든 갈 수 있는 사람은 일어서도록 하라." 이에 왕소군이 탄식하며 자리에서 나와 원제의 앞에 오더니 이렇게 말했다. "천첩은 요행히 후궁에 충원되었습니다. 하지만, 용모가 추하여 폐하의 마음에 들지 못하였으니, 흉노로 가기를 간절히 청하옵니다." 당시 선우의 사자가 옆에 있었다. 원제는 크게 놀라며 후회했지만, 그녀를 다시 말리지는 못했다. 오랫동안 안타까워하며 "짐이 잘못했구나."라고 하고는 마침내 그녀를 사신에게 주었다. 왕소군이 흉노에 도착하자 선우는 크게 기뻐하며 '한나라가 나를 후하게 대접하는구나'라고 생각하여 주연을 베풀고 사자를 보내 둥근 백옥 한 쌍, 준마 10필, 흉노의 보물로 한나라에 답례하였다. 왕소군은 처음에는 원제가 처음 만나주지 않는 것을 원망하여 마음이 즐겁지 않았으나, 고향을 그리워하게 되었다. 이에《원광사유가(홀로 지낸 과거를 원망하고 그리워하는 노래)》를 지었다. 왕소군에게는 아들 세위(世違)가 있었는데, 선우가 죽고 아들 세위가 선우가 되었다. 흉노는 아버지가 죽으면 어머니를 부인으로 맞이한다. 왕소군이 세위에게 말했다. 너는 "한나라 사람이 되겠느냐? 아니면 흉노 사람이 되겠느냐?" 세위가 말했다. "흉노 사람이 되고 싶습니다." 왕소군은 약을 먹고 자살했다. 선우가 그녀의 장례를 치렀다. 흉노에는 흰 풀이 많지만, 그녀의 무덤만 홀로 푸르렀다.

王昭君者, 齊國王穰女也。昭君年十七時, 顏色皎潔, 聞於國中。穰見昭君端正閑麗, 未嘗窺看門戶, 以其有異於人, 求之皆不與。獻於孝元帝, 以地遠既不幸納, 叨備後宮。積五六年, 昭君心有怨曠, 偽不飾其形容, 元帝每曆後宮, 疏略不過其處。後單于遣使者朝賀, 元帝陳設倡樂, 乃令後宮妝出;昭君怨恚日久, 不得侍列, 乃更修飾, 善妝盛服, 形容光輝而出。俱列坐, 元帝謂使者曰:"單于何所願樂?"對曰:"珍奇怪物, 皆悉自備;惟婦人醜陋, 不如中國。"帝乃問後宮, 欲一女賜單于, 誰能行者起。於是昭君喟然越席而前曰:"妾幸得備在後宮, 粗醜卑陋, 不合陛下之心, 誠願得行。"時單于使者在旁, 帝大驚悔之, 不得複止。良久太息曰:"朕已誤矣!"遂以與之。昭君至匈奴, 單于大悅, 以爲漢與我厚, 縱酒作樂;遣使者報漢, 送白璧一雙、駿馬十匹、胡地珠寶之類。昭君恨帝始不見遇, 心思不樂, 心念鄉土, 乃作《怨曠思惟歌》曰雲雲。昭君有子曰世達, 單于死, 子世達繼立:凡爲胡者, 父死妻母。昭君問世達曰:"汝爲漢也?爲胡也?"世達曰:"欲爲胡耳。"

昭君乃吞藥自殺, 單于舉葬之, 胡中多白草, 而此塚獨青。

▶《금조(今朝)》[31]

왕소군은 본래 《한서》에서는 양가(良家)의 여성이란 출생 신분만 기록되어 있었고, 《후한서》에서는 고향이 첨가되었을 뿐이지만, 여기에서는 출생 지역과 아버지의 이름, 어린 시절, 그리고 그녀가 후궁이 되기까지의 과정을 자세히 기록하고 있다. 그녀가 흉노로 시집을 가게 된 상황 묘사는 《후한서》보다 자세하지만, 그 이유에 대해서는 《후한서》와 같은 맥락을 따르고 있다. 이것은 《후한서》의 기록이 음악과 관련이 깊다는 것을 의미하며, 민간 전설 계통을 따르고 있다는 것을 말해주고 있다.

《금조(琴操)》의 저자에 대해서는 서한시대 환담(桓譚,B.C.20~A.D.56), 동한(東漢)의 저명한 학자이자 문학가 채옹(蔡邕: 132~192), 동진(東晉) 시기 공자(孔子) 22세손 공연(孔衍, 268~320)이란 주장이 있다.[32] 하지만, 처음 《금조》의 왕소군 이야기를 인용한 사람은 범엽과 비슷한 시기 남조 양(梁)나라의 유효표(劉孝標: 462~521)이다. 그는 대략 양무제 천람(天覽: 502~519)시기 《세설신어》의 주석을 달았으므로, 적어도 6C에는 이러한 서사가 보편적인 인식이었다는 것을 알 수 있다.

이 글이 집중하는 부분은 원망, 그리움, 그리고 한족 문화 이데올로기다. 원망은 앞서 《후한서》에서 언급된 자신을 찾아주지 않는 원제에 대

---

31) 《琴操》: (劉孝標《世說新語註》)

32) 馬萌, <《琴操》撰者考辨>, 《中國社會科學院研究生院學報》02, 2005, 61-66쪽. 이 논문에서는 작자를 채옹으로 규명하고 있으나, 왕소군 관련 내용의 저술이 반드시 채옹의 저술은 아닐 것이다. 《금조》에 나타난 왕소군에 대한 서사는 이미 민간 전설을 대폭 수용하고 있어서 실제 역사와 많은 차이가 있는데, 동한 채옹이 저술했다면 이런 오류를 남겼을지는 의문스럽다.

한 것이고, 그리움은 흉노에서 고향인 한나라를 그리워하는 것으로, 강도공주의 시에서 연원한 석숭의 《왕명군사》를 계승했다. 특히 이 글은 왕소군의 자살 서사를 통해 이전 기록을 문화적으로 총결했는데, 이는 한족 문화 이데올로기 강화이며, 그 문학적 형상화가 왕소군의 무덤인 청총(靑塚)이다.

이 글은 우선 그녀가 선우를 계승한 자신의 아들 세위와 결혼하지 않기 위해서 자살한다는 설정은 역사적·문화적 오류를 담고 있다. 역사적으로 왕소군은 호한야선우의 후계자 복주루선우(复株累单于)와 결혼하였지 자신의 아들과 결혼하지 않았다. 더욱이, 흉노의 수계혼은 자신을 낳아준 부모와 결혼하지 않는 원칙이 있다. 또한 그녀의 아들인 이도지아사는 선우를 계승할 자격은 갖추었으나 현실적으로 불가능했기 때문에, 이 서사는 오손으로 시집을 갔던 해우공주의 아들이 오손의 후계자가 된 것에서 모티브를 얻었다고 볼 수 있다.

이 자극적 서사가 가지는 의미는 상당히 사회적이다. 우선, 이 서사는 흉노가 금수와 같으며, 한족과는 다르다는 이미지를 강하게 전달하고 있다. 또한 왕소군이 이를 거부하기 위해 자살했다는 서술은 그녀가 목숨으로써 자신의 한족 정체성을 지키는 행위다. 그리고, 하얗게 메마르고 황량한 흉노의 초원 위에 홀로 사시사철 푸른 빛을 발산하는 무덤인 청총은 한나라에 대한 그리움이 거짓이 아님을 신비화한 문학적 형상화다. 즉 청총은 한족 국가의 애국 이데올로기를 대변하고 있다. 이런 서사는 이민족 세력에 대해 죽음으로 항거하는 한족 여성의 이미지를 담고 있는 문인 서사다. 그래서, 이런 문화적 이데올로기화는 《금조》의 저자를 서한의 경학가 환담, 공자의 22세손 공연(孔衍), 저명한 학자 채옹(蔡邕)으로 소급하는 경향을 조장했을 것이다.

이 책에 기록된 왕소군의 자전적 시는 다음과 같다.

무성한 가을 나무 그 잎이 단풍 졌네.
산에 사는 새들이 뽕나무 뿌리에 모여있네.
아름답게 기른 깃털 용모에 빛이 나네.
피어나는 구름을 타고 위로 날아 비밀의 방에서 노니네.
적막한 텅 빈 궁궐은 나의 심장을 도려내네.
뜻이 가로막혀 자유롭게 날 수 없구나.
밥은 먹지만, 마음은 방황하네.
나 홀로 어찌하여, 오고 감이 어긋날까.
제비 훨훨 날아서, 멀리 서강에 모였네.
높은 산은 까마득하고, 강물은 넘실대네.
아버지 어머니, 길이 아득히 멀어요.
아 아, 울적하고 슬픈 마음이여!
秋木萋萋, 其葉萎黃。有鳥處山, 集于苞桑。
養育羽毛, 形容生光。既得生雲, 上游曲房。
離宮絕曠, 身體摧藏。志念抑沉, 不得頡頏。
雖得委食, 心有徊徨。我獨伊何, 來往變常。
翩翩之燕, 遠集西羌。高山峨峨, 河水泱泱。
父兮母兮, 道里悠長。嗚呼哀哉, 憂心惻傷。

▶ 왕소군 《원광사유가》

이 시는 비록 왕소군의 작품으로 기록되어 있지만, 현재 이 글을 믿는
사람은 많지 않다. 하지만, 이 작품은 작품 해제의 구성을 거의 다 그대
로 표현해내고 있어 해제와 표리를 이루는 작품이다. 이 시에서는 자신
을 산새로 표현하고 있는데, 자신의 희망을 상상의 새인 '황곡'에 비유한
강도공주의 시적 심상을 이어받았지만, 좀 더 현실주의적인 비유로 돌아
온 것을 알 수 있다. 이 시의 구성은 3부분으로 구분할 수 있다. 첫 부분
은 그녀가 태어나 입궁한 시기까지를 그리고 있다. 아름다운 산수 속에
서 살던 어여쁜 산새가 '뽕나무 뿌리(苞桑)'에 모여있다고 했는데, '뽕나

무 뿌리'는 《주역·비괘(周易·否卦)》에 의하면 늘 조심스럽게 행동하는 모습과 연관될 수 있어,[33] 그녀가 "문밖의 일을 엿보지 않았다"는 것을 의미한다. 이 새가 구름을 얻었다고 한 것은 요행히 신분이 상승했다는 것이니, "그윽한 방"이란 "곡방(曲房)"은 곧 궁녀들이 사는 액정(掖庭)이 된다. 두 번째 부분은 왕소군의 궁녀로서의 삶이다. 원제가 찾아주지 않으니 외로움에 사무치고, 원제의 비가 되고 싶은 그녀의 뜻 역시 펼쳐지지 못한다. 이곳에서의 삶은 의식주는 해결되었으나, 자기 뜻과 어긋나 있다. 세 번째 부분은 그녀가 흉노에 가서 사는 모습을 묘사하고 있다. '서강'은 본래 중국 사천 일대의 강족(羌族)을 의미하여 흉노를 직접 지칭하는 것이 아닐 수 있지만, 이 작품이 정확한 사실을 따지며 시를 짓는 시대의 작품도 아니고, 또, 연주를 위한 금곡의 가사인 점을 고려한다면, 흉노에 대한 비유로 충분히 허용될 수 있다고 보인다.[34] 마지막 부분은 그녀가 고향을 생각하는 마음이다. "까마득히 높은 산"과 "넘실대는 강물"은 그녀가 느끼는 흉노와 한나라 사이에 존재하는 장애물이다. 새로서는 이런 장애물을 넘어 날아가기는 힘들 것이다. 아버지와 어머니는 자신의 생물학적 부모를 지칭한다고 할 수도 있고, 고국을 지칭한다고 할 수도 있다. 그리고, 이 모두는 갈 수 없는 고향에 대한 그리움이 담긴 '울적하고 슬픈 마음'이란 표현으로 마무리 된다.

---

33) 《易·否》: 其亡其亡, 系於苞桑。孔穎達《疏》:若能其亡其亡, 以自戒慎, 則有系於 苞桑之固, 無傾危也。

34) '서강'을 흉노의 비유로 여기지 않는다면, 이 시는 지리적 오류가 너무 크다. 过元琛은 《中國文學中王昭君形象的古今演变》에서 이를 근거로 이 시가 왕소군이 지은 시가 아니라고 했다(复旦大学, 2010, 博士, 9쪽). 이 주장에 논리적 오류는 없지만, 이 논리를 확장한다면 시 자체가 왕소군에 대한 시가 될 수 없는 문제가 있다.

왕소군의 비극에 대하여

위에서 살펴본 것처럼 한나라는 질지선우를 제압하고(B.C.34), 호한야 선우를 군신관계로 복속시키면서(B.C.33) 흉노에 대한 대외관계를 한나라 중심으로 재편시켰고, 한원제는 이를 기념하기 위해 연호를 "국경의 안녕"을 뜻하는 경녕(景寧)으로 개원했다고 보인다. 따라서, 왕소군의 비극을 한나라의 비극으로 확장하는 것은 무리가 있다.

개인적 관점으로 그녀를 바라본다면 그녀의 일생은 비극으로 볼 수 있다. 그녀는 모두가 기뻐하는 순간 홀로 고향을 떠나 불안한 미래 속으로 걸어갔기 때문이다. 기원전 33년 원제 경녕 이후, 왕망이 신(新)을 세워 흉노와 갈등하기 전인 기원후 11년까지 한과 흉노 양국은 전쟁 없는 나날을 보낸다. 이런 유례없는 평화가 도래한 국제적 경축일에 그녀는 국가의 명령에 따라 고국을 떠나 돌아올 기약 없는 길을 떠나야 했다. 어쩌면 이런 점 때문에 그녀는 과거 화친공주에 비해 그녀는 월등히 좋은 환경 속에서 길을 떠났다고 생각할 수도 있다. 그녀 이전에 흉노로 갔던 여성은 이름이 없는 단순한 유씨 종실 여성으로, 혹은 이것조차 기록이 되지 않았을 수도 있기 때문이다.

그녀는 왜 이렇게 후대 사람들의 사랑을 받았을까? 그 이유는 그녀의 비극의 근원에 존재하는 민중 계층이란 하위신분에서 찾을 수 있다. 왕소군은 공주가 아닌 일개 궁녀에 불과했기에 흉노의 연지가 되어 흉노로 떠나가라는 원제의 명령 앞에 그녀를 위해 대신 말해 줄 사람 하나 없었을 것이며, 그저 묵묵히 받아들일 수밖에 없었을 것이다. 화친여성의 원형적 이미지의 문학화를 최초로 형성한 강도공주도 있고, 화친공주의 성공적 사례를 만든 해우공주도 존재했지만, 유독 왕소군이 사대미녀(四大美女)라는 타이틀로 민중의 사랑을 받게 된 이유는 왕소군의 이런 국가 권력에

희생당하는 비극적 요소가 있
고, 이것이 민중 계층과 공명하
는 지점이 되어, 민중이 그녀를
서사하는 동력이 되었다.

그녀에 관한 서술은 영웅적
서사와 동일하다. 영웅은 자신
의 재능을 고국에서 인정받지
못하고, 도리어 핍박을 받아 고
향에서 쫓겨나지만, 이역에서
자신의 능력을 증명하고 인정
받아 다시 고향에 돌아와 은혜
를 베풀고, 고향의 지지를 얻어
낸다. 왕소군 역시 마찬가지다.
그녀가 황제의 사랑을 요구하
고, 이것이 불가능해지자 흉노
로 가버리고, 황제를 후회하게
하고, 황제의 사과를 받는 것,

그림 4. 청대 《옹정12미인도》

그리고 흉노로 가서 신분 상승을 이룬 것은 모두 민중 문학의 성격을
강하게 드러내고 있고, 그녀의 혼인과 국제 평화를 연계시키는 과장된
미화에서 그녀는 한족 여성 영웅 인물 서사를 완성한다. 아마도 민중의
서사는 여기에서 그치기를 원했을 것이다.

그녀에게 다시 과거 화친공주의 비극 스토리를 가져와 충효 이데올로
기로 발전시킨 것은 문인계층의 서사다. 이 서사는 그녀에게 과거 무제
시기 오손으로 건너간 강도공주와 해우공주의 인생을 접목시켜 돌아갈
수 없는 고향에 대한 그리움, 그리고 자손이 타지의 왕이 되었다는 서사

를 완성시킨다. 그녀가 흉노에서 겪은 삶이 궁녀의 삶보다 나았을 수도 있다는 논의는 문인적 서사의 또 하나의 가지다.[35] 또한 그녀가 자신의 자식과 결혼을 거부하기 위해 죽음을 선택했으며, 이로 인해 흉노의 메마른 대지 위에 늘 푸르른 무덤이란 '청총'은 이 서사의 완결성을 보여준다.

왕소군은 한나라와 흉노 사이 화친을 위한 도구였다. 전대 화친공주와 다른 점이 있다면 그녀의 '출새(出塞)' 시점이 흉노에 대한 한나라의 우위가 확정된 시기란 점이다. 이것은 전대 화친공주가 모두 황성인 유씨였던 것과 달리 왕씨라는 일개 양가집 규수였던 것에서도 드러난다.

서한 말과 동한 초 사이 민중에서는 그녀에 대한 문학화가 시작된다. 이들은 그녀의 '출새'를 삶의 부조리를 변화시키기 위한 적극적인 선택으로 해석했다. 이 과정에서 그녀는 최고 권력자인 한나라 원제를 후회하게 했고, 흉노 선우의 연지로서 한과 흉노 사이에 국제 평화를 가져오는 민중 영웅으로 그려진다. 따라서, 그녀는 불합리한 세계를 자신의 힘으로 극복하고 세상에 가치 있는 행위를 불러온 존재가 된다.

문인들은 이러한 그녀의 적극적 운명 개척과 상처받은 황제의 위신, 그리고 커다란 업적에 대해 전통 이데올로기적 각색을 다양하게 진행했다. 《세설신어》에서는 그녀의 적극성을 수동적이면서 고아한 성품으로 치환했고, 《서경잡기》는 이것을 보충하여, 실추된 원제의 권위에 대해서 화공의 잘못을 규명하여 국가 체제의 문제를 개선하는 것으로 황제의 권위를 다시 일으켜 세웠다. 《금조》는 이런 문인화 과정을 종합한 서사라고 할 수 있다. 《금조》는 그녀의 적극적 '출새'가 의미하는 왕권에 대한

---

35) 王安石이 《明妃曲》에서 기존의 스토리 텔링을 전환하기는 했지만, 그의 이 작품의 본질적 의미는 왕소군을 빌려 자신의 신세를 한탄하는 작품이며 왕소군에 대한 직접적인 서사로 보기 힘들다.

도전과 고국을 저버린 결과를 이문화의 고통과 윤리적 문제로 확장하고, 문화적 고통은 한나라에 대한 동경으로, 윤리적 문제의 해결은 자살로 해소하는 순민(順民)적 서사를 남겼다. 《금조》에 나타난 '청총'은 충과 정절이란 봉건 이데올로기를 상징하는 표식이다. 이처럼 왕소군은 후대 문학적 서사에 의해 한나라를 위해 자신을 희생했고, 한나라를 그리워하며 일생을 고달프게 살았던 여성, 그리고 한족 윤리관을 지키기 위해서 목숨을 버리는 여성으로 변모함으로써, 중국적 윤리관과 국가관을 대표하는 아이콘이 되었다. 그녀를 노래하는 문학 작품에서 청총이 빠질 수 없는 이유가 여기에 있다.

제3장

고향으로 돌아가자: 도연명과 오류선생

돌아가자!
사귀지도 말고 찾아가지도 말자.
세상이 나와 서로 어긋나 있는데,
다시 수레를 몰아서 무엇을 구할 것인가?
― 도연명 《귀거래혜사(歸去來兮辭)》

도연명(陶淵明: 365~427)은 중국 시를 접하지 않았던 사람도 한 번쯤은 들어봤을 유명한 시인이다. 그는 은일의 시인, 또는 전원의 시인이라고 불리는데, 이것은 그가 세상을 떠나 전원에서 은일 하면서 문학을 창작했다는 현실적 의미와 그의 문학적 풍격이 은거와 전원에 적합한 형태를 지니고 있음을 의미한다.

그림 1. 명(明)나라 왕중옥(王仲玉)이 그린 정절선생상(靖節先生像)

도연명의 출생 시기에 관해서는 3가지 설이 있다. 도연명의 졸년(卒年)은 안연지(顔延之)가 《도징사뢰(陶徵士誄)》에서 유송(劉宋) 원가(元嘉) 4년(427)으로 적고 있어서 이견이 별로 없지만, 그의 출생 시기가 오리무중이라서, 고대에는 양(梁)나라 심약(沈約)의 63세설, 송대(宋代) 장연

(張續)의 76세설로부터, 근대에는 양계초(梁啓超)·육간여(陸侃如)의 56세설, 고직(古直)의 52세설이 있고, 현대에는 등안생(鄧安生)·공빈(龔斌)의 59세설 등 수없이 많지만, 이 책에서는 심약의 주장을 따라 63세로 간주하고, 서술을 진행한다. 도연명의 자는 원량(元亮)이고, 호는 오류선생(五柳先生)인데, 원량은 "뛰어난(元) 밝음(亮)"을 뜻하며, 그의 이름인 깊은(淵) 밝음(明)과 대를 이루고, 오류선생은 다섯 그루의 버드나무란 뜻이다. 동아시아 사회에서 벼슬을 버리고 은거하는 사람 가운데 많은 사람이 도연명의 시구를 따와서 자신의 은거지 이름을 지었으며, 은거의 한가함을 읊조리는 시를 창작하면서, 도연명을 염두에 두지 않았던 사람은 거의 없다. 즉, 그는 동아시아 문인의 은거를 대표하는 인물이다.

도연명은 한국(漢國)의 유연(劉淵)을 피해 낙양에서 남경으로 수도를 옮겼던 동진(東晉, 317~420) 시대 후기를 55년 동안 살았고, 만년 8년 동안은 유유(劉裕, 363~422)가 동진을 무너뜨리고 세웠던 유송(劉宋)에서 살았다. 이 시대는 중국 역사에서 한족 정권인 남조(南朝)와 유목 민족 정권인 북조(北朝)로 나뉘어 남북이 대립하던 남북조시대(南北朝時代, 420~589)였다. 남북조는 270여 년 지속되었는데, 이 동안 동진(東晉), 유송(劉宋), 제(齊), 양(梁), 진(陳)의 5개의 왕조가 교체되었다. 따라서, 남조의 각 왕조는 내부적으로 평균 50년 남짓밖에 지속하지 못하는 국가였고, 외부적으로는 늘 유목 민족국가인 북조의 압력에 시달렸기 때문에, 정치·사회적인 불안감이 지속되었던 시대였다.

도연명은 동시대 문인들에게서 그다지 주목받지 못한 존재였다. 남조의 유명 시인 대부분은 중앙 귀족의 문학 서클에 속해있던 사람들이었지만, 도연명은 이들과 달리 몰락한 귀족 출신으로, 정치적 변두리에 존재했던 사람이었으며, 굳이 이들의 문학 서클로 들어가려고 애쓰지도 않았다. 그의 문학 풍격도 시대와 맞지 않았다. 남조의 문학이 화려한 수사를 바탕으로 거창하고 화려한 사물이나 아름다운 궁정 여인을 묘사하는 귀족적인 성격으로 발전했다면, 도연명의 문학은 이러한 주류와 달리 표현에 있어 수식이랄 것이 없는 담백한 언어로 농사를 짓는 전원생활을 노래했다. 즉, 도연명은 당시 시대의 문학와 다른 방향으로 발전해서 독자적 문학세계를 구축했던 사람으로서, 동시대에는 먼지 속에 묻혀있다가, 후대에 그 가치를 인정받는 그러한 소수의 인물 가운데 한 사람이었다.

《오류선생전五柳先生傳》을 시작하며

도연명에 관한 기록은 남조(南朝) 양(梁)나라 심약(沈約, 441~513)의 《송서·도잠전(宋書·陶潛傳)》, 당(唐)나라 시대 방현령(房玄齡, 578~648) 등이 지은 《진서·도잠전(晉書·陶潛傳)》과 당나라 이연수(李延壽, ?-?)의 《남서·도연명전(南史·陶淵明傳)》이 있다. 이러한 역사서 외에도, 도연명의 지기인 안연지(顏淵之: 384~456)가 도연명을 추모하며 지은 《도징사뢰(陶徵士誄)》, 양나라 왕자의 신분이면서 특출난 심미안과 문학 애호가로 이름 높았던 양나라 소명태자 소통(蕭統, 501~531)의 《도연명전(陶淵明傳)》이 있다.

이상의 자료는 도연명을 이해하는 데 중요한 의미를 지니고 있지만, 도연명이 지은 《오류선생전(五柳先生傳)》은 특별하다. 양나라 소통은 《도연명전(陶淵明轉)》에서 도연명이 "《오류선생전》을 지어 자신을 비유한 적이 있었는데, ……당시 사람들이 실제 기록이라고 하였다(嘗著《五柳先生傳》以自況, ……時人謂之實錄)."라고 하였다. 즉, 이 작품이 도연명의 실제 모습과 상당히 이어져 있다는 것이다. 이 작품이 객관성보다 주관성이 앞선다고 할 수도 있지만, 그가 현실 속에서 실현할 수 없었던, 하지만 자신이 이루고자 했던 지향점을 문학적으로 형상화된 인물을 통

해 표현하였다는 점에서 좀 더 그
의 내면을 바라볼 가능성을 지니
고 있다.

《오류선생전》은 가상의 인물
에 자신의 인격을 담는 서술 형
식을 지닌 탁전(託傳)이다. 이런
형식은 서진(西晉) 시기 죽림칠
현(竹林七賢) 가운데 한 명인 완
적(阮籍, 210~263)의 《대인선생
전(大人先生傳)》에서 유래했
다.[1] 탁전의 주인공들은 보통 유
래를 알지 못하는 무명씨다. 즉,

그림 2. 당대 손위(遜位)의 《고일도(高逸
圖)》

작가는 탁전의 주인공을 형상화 하면서, 자신과 관련된 구체적 사실을
부여하지 않는 방식을 사용함으로써 자신과 거리를 둔다. 이렇게 되면,
새롭게 창조된 자아는 자신이지만 자신이 아니게 된다. 즉, 탁전의 주인
공이 작가 자신이란 것은 작가 정신적인 면을 계승했기 때문이고, 작가
자신이 아니란 것은 작가 자신의 구체적인 현실를 부여하지 않는다는
말이다. 따라서, 작가의 후천적인 부분을 걷어내고, 작가의 선천적인 인
격을 투영해서 형상화된 인물은 결국 작가의 이상화된 인격이 투사된
존재다. 이렇게 본다면, 오류선생은 도연명 스스로가 이상적이라고 생각
하는 인격을 형상화한 인물로 간주될 수 있다.

비록, 완적과 도연명이 같은 인물탁전 형식을 따랐다고 하지만, 이들

---

1) 박성원, 이석형, 「<오류선생전(五柳先生傳)>과 <륙일거사전(六一居士傳)> 비
교 연구」, 『중국어문학』, (78), 2018년, 36-37쪽.

이 지향하는 문학의 세계가 다르기 때문에, 같은 형식 속에 다른 의미가 내포될 수 있다. 완적의 경우 실제 생활은 어머니의 장례에 술과 고기를 배불리 먹는 등의 수없이 많은 기행을 벌렸지만, 정치·사회적으로는 민감한 발언은 모호하게 표현하는 신중한 처세로 유명하다. 문학의 경우 시에서는 아무도 알 수 없는 모호한 비유로 자신의 내밀한 속내를 표현했지만, 산문에서는 구체적인 비유를 통해 시대의 위선적 지식인을 비꼬면서 자신이 하고 싶은 말을 모조리 토해놓고 있다. 하지만, 도연명은 완적처럼 세상 사람들에 대해 울분으로 가득 차 있던 인물도 아니었으며, 모호한 언어를 통해 자신의 불만을 배설하지 않았다. 도연명은 남이 아닌 자신을 겨냥해 작품을 썼고, 그의 작품은 '평화롭고 담백하다(平淡)'한 풍격이 있다는 평가를 받는다. 하지만, 도연명에 관해 해독이 어려운 점은 작가의 고통과 고뇌가 정작 '평담'이란 두 글자 속에 녹아버려 쉽게 보이지 않는다는 점이다. 평화가 전쟁에 기반하고 있음은 누구나 알고 있다. 도연명의 외면적 평범함을 지탱해주는 힘은 현실과의 투쟁을 통해 길러진 것이다. 우리는 《오류선생전》을 살펴보면서 작가가 현실과 싸워서 이룩한 평화 속에 깃든 전장의 상처를 찾아보고, 그가 평생을 지키려했던 가치를 살펴볼 필요가 있다.

평범한 듯 비범한 오류선생

"다섯 그루 버드나무 선생에 관한 기록"이란 의미의 《오류선생전》의의 첫 부분은 다음과 같다.

선생이 어디 사람인지 모른다. 성과 자도 상세하지 않다. 집 가장자리에 버드나무 다섯 그루가 있어서 자신의 호로 삼았다.

先生, 不知何許人也, 亦不詳其姓字 ; 宅邊有五柳樹, 因以爲號焉。

▶ 도연명 《오류선생전》

　도연명은 스스로에 대해 태어난 곳, 이름과 자(字) 같은 중요하고 의미깊은 글자를 잊었다고 했다. 그리고, 그는 특별한 것 없는 '버드나무 다섯 그루'라는 "오류(五柳)"를 자신의 호로 삼았다. 이 말은 무슨 의미가 있을까? 이 해답을 실제 도연명과 비교를 통해 찾아가 보려고 한다.

　우선, 위의 글에서 도연명은 오류선생이 어디 사는지 모른다고 했다. 도연명의 고향은 강서성의 어느 작은 시골이다. 그러나, 그의 고향이 어디인지는 정확히 알 수 없다. 도연명은 정말 오류선생이 되어버린지 오래다. 어떤 사람은 강서성(江西省) 의춘시(宜春市) 의풍(宜豊縣)에 있다고도 하고, 어떤 사람은 같은 성의 구강시(九江市)에 있다고도 하고, 또 어떤 사람은 구강시의 성자현(星子縣)이라고도 한다. 이 가운데 그의 고향이 구강시라는 학설이 가장 주류이지만, 여전히 구체적인 지점을 확보하지 못하고 있다. 어떤 사람은 구강시 시상촌(柴桑村) 율리(栗里)라고도 하고, 어떤 사람은 백학촌(白鶴村)이라고 하고, 어떤 사람은 같은 성의 심양구(潯陽區) 모산두(茅山頭)라고도 한다.[2] 하지만 지도를 놓고 가만히 보면 이 지역들은 여산(廬山)을 중심으로 하나는 북쪽(모산두), 하나는 동쪽(백학촌), 하나는 남쪽(성자진·율리)에 있다. 이 가운데 이름만 놓고 보면 가장 마음에 드는 지역은 심약의 《남사·은일전(南史·隱逸傳)》에 기록된 시상촌(柴桑村) '율리(栗里)', 즉 '밤나무 동네'다. 작은 산골에서 힘들게 농사를 지으며 가난하게 늙어 죽었던 그와 잘 어울리는 동네 이름이다.

---

2) 夏汉宁, 「陶淵明故里之争评述」, 『동아인문학』, 2003년, 75-95쪽.

도연명이 오류선생의 성을 잊었다고 했는데, 사실 도연명은 동진(東晉) 명가(名家)의 후손이다. 도연명의 증조부는 도간(陶侃, 259~334)인데, 도간은 자(字)가 사행(士行)으로, 천하가 위·촉·오로 분열했던 삼국시대 후기에 강서성 파양(鄱陽)에서 출생하여, 통일왕조인 서진(西晉)과 동진(東晉) 교체기에 활약했던 유명한 장군으로, 동진 성제(成帝)시기 수도인 남경까지 장악했던 소준(蘇峻)과 조약(祖約)의 반란(327-328)을 평정했던 공로로 장사군공(長沙郡公)에 봉해졌고, 죽은 후에 대사마(大司馬)에 추존된다. 하지만, 도연명에 이르면 이러한 가세는 무너져버리고 가난만이 남는다.

도연명의 이름 역시 설이 분분해서 대략 10종의 학설이 있다.[3] 이름도 도잠(陶潛)이란 이름이 하나 더 있고, 자에도 "심명(深明)", "천명(泉明)"이란 것이 더 있기 때문이다. 안연지(顏延之)의 《도징사뢰(陶徵士誄)》에는,[4] 이름을 도연명이라고 기록했다. 하지만, 이후 양나라 문학가인 심약(沈約)의 《송서(宋書)》에서 이를 뒤집어서 도연명의 정식 이름을 "연명(淵明)"보다는 "도잠(陶潛)"으로 삼았다. 또한 심약 다음 세대로서 전대 문학의 총집인 《문선(文選)》의 편찬자로 유명한 소명태자(昭明太子) 소통(蕭统)이 《도연명전》에서 다시 도연명이라 쓰고, "어떤 사람은 잠(潛)이 이름이고, 자를 원명(淵明)이라고 한다(云潛, 字淵明)"라고 하여 또 한 번 뒤집는다. 이후, 당(唐)나라 방현령(房玄齡)의 《진서(晉書)》와 이연수(李連秀)의 《남사(南史)》에서 심약의 주장을 계승함으로써 도연명과 도잠 가운데 무엇이 진짜 이름인지 알 수 없게 되었다.

---

3) 朱自清, <陶淵明年谱中的问题>, 《古典文学论文集·下册》, 上海古籍出版社, 2009, 458쪽.

4) "징사(徵士)"는 국가에서 불렀지만(徵) 초야에 남아 은일한 지식인(士)을 뜻하며, "뢰(誄)"는 죽은 이의 사적을 기록한 글이란 의미를 지닌다.

이 글에서 그는 오류선생의 자신의 성과 자, 그리고 태어난 곳을 모른 다고 했을까? 성은 자신의 가문을 의미한다. 도연명은 비록 몰락한 귀족 귀족 집안이었지만, 도간의 후손으로서 사대부 집안의 인물에게 기대되 는 사회적 의무와 책임, 그리고 행위규범을 따를 것을 요구받았을 것이 다. 또한 '자(字)'는 남성이 20세 때 성인임을 표시하기 위해 치르는 사회 적 의례인 관례(冠禮)를 거치고 받는 또 하나의 이름이기 때문에,5) 호에 비해 사회적 무게가 높다. 예를 들면 이황(李滉)의 자는 '경호(景浩)'지 만, '퇴계(退溪)'라는 호가 더 알려져 있고, 이이의 자는 '숙헌'이지만, 그의 호인 '율곡'이 더 친근하다. 어쨌든 그가 "오류선생"의 성과 자를 모른다는 것은 이런 명문가의 후손으로서 요청되는 사회적 제약에서 벗 어나, 자연 상태의 존재로 있는 오롯한 자신만의 존재를 상상한 것이다. 즉, 도연명은 자신의 집안, 혹은 자신의 명성을 높이기 위한 자의식에서 비롯한 위압감이나 과장, 허위의식을 오류선생에게 물려주지 않았다. 또 한 그가 별 볼 일 없는 다섯 그루의 버드나무를 자신의 이름을 삼은 것에 는 사회적 삶보다 자기가 속한 일상생활에 매우 밀착된 행태의 삶에 의 미를 부여하고 있다.

마지막으로, 도연명 스스로는 이런 이름에서 오는 제약을 벗어났을 수도 있지만, 그에게는 자신이 붙인 것이 아닌 그의 주변 인물들이 그의 사후에 붙여준 "정절(靖節)"이란 사시(私諡)가 있다. "시(諡)"라는 호칭 은 본래 제왕이나 귀족 같은 사회적 지위가 있는 사람의 일생에 관해서 사회적으로 공인된 그룹이 평가해서 붙여주는 칭호이기 때문에, 상당히 사회적 문화 권력을 반영하는 명칭으로, 원칙적으로는 하대부(下大夫)

---

5) 柳宗元,《答韋中立論師道書》: 옛날에는 관례를 중시하였는데, 성인(聖人)의 임 무를 책임지우기 때문이다.(古者重冠禮, 將以責成人之道。)

부터는 가질 수 없는 명예다. 그런데, 그의 시호(諡號)에는 앞에 '사(私)'
자가 붙어있다. 즉, 업적에 대한 사회적인 평가나 공인이 없이 주변에서
사적으로 붙였다는 의미다.

도연명에게 정절(靖節)이란 '사시'를 붙여준 사람은 안연지(顏延之,
384~456, 73)다. 그는 당시 도연명보다 19세 어렸으며, 명성이 훨씬 높았
고, 관직도 광록대부(光祿大夫)라는 높은 지위에까지 올랐다.[6] 하지만,
이들은 나이와 지위를 잊고 친구가 되었다. 안연지는 도연명이 죽은 다
음 《도징사뢰(陶徵士誄)》라는 애도문에서 사시에 대해 이렇게 썼다.

> 그는 넉넉한 즐김으로 잘 마친 아름다움이 있고, 청렴한 생활로 극기
> 복례하는 마음가짐이 있었다.[7] … 벗들에게 물어보니, 시호는 '정절징사
> (靖節徵士)'가 합당하다고 했다.
>
> 若其寬樂令終之美, 好廉克己之操, ……詢諸友好, 宜諡曰靖節徵士。
>
> ▶ 안연지 《도징사뢰》

즉, '편안할 정(靖)'자에는 그가 "넉넉하게 천명을 즐겼다"라는 의미가
있고, '절(節)'은 청렴한 생활을 영위하는 '자기절제'란 의미가 있으니,
이 둘을 모은다면 절제 속의 풍요로움을 뜻한다. 또한 안연지의 글 제목
에 나오는 '징사(徵士)'는 국가가 벼슬을 주기 위해서 부른다는 의미와,
이것에 응하지 않았떤 지식인이란 의미가 있다. 전자는 도연명이 사회에
서 인정받는 독서인이었다는 것이고, 후자는 그가 세속의 가치를 마음에
두지 않았다는 의미가 있다. 따라서, 안연지의 '정절징사'는 도연명이 사

---

6) 안연지는 당시 대부 가운데 가장 높은 지위인 광록대부(光祿大夫)였다. 고대
　　공무원 등급은 대체로 20등급이었고 광록대부는 5급이었다.

7) 《逸周書·諡法解》: 寬樂令終曰: 靖, 好廉自克曰節。

회적으로 인정받아 자신의 빈곤함을 타개해 줄 수 있는 벼슬을 마다하고 천명 속에서 자연의 본성을 지켰으며, 동시에 자기절제를 통해 삶의 지조를 지키며 가난 속에서 즐거움을 잃지 않았다는 그의 인생을 담고 있다. 안연지가 이렇게 사사로이 시호를 붙인 이유는 다음과 같다.

> 사실은 뢰문으로 빛을 발하고, 명성은 시호로 높아진다. 어떤 사람의 인격이 덕과 의의 표준에 부합한다면 귀천을 어떻게 가늠할 것인가?
> 夫實以誄華，名由謚高。苟允德義，貴賤何筭焉。
>
> ▶ 안연지 《도징사뢰》

주나라 예법에 하대부 이하는 시호를 받을 수 없도록 규정되어 있다. 즉, 도연명 같은 사람들은 사회적 지위가 낮아서, 이들에 관한 사회적 평가를 할 필요도 없고, 할 수도 없다. 하지만 안연지는 이런 사회적 기준이 인간의 가치를 규정하는 것에 대해 반기를 든다. 즉 안연지가 도연명에게 사시를 붙여준 행동의 의미는 지위의 귀천이 인격의 귀천을 가늠할 수 있느냐는 질문으로 생각되며, 여기에는 위진시대에 유행했던 자유인의 인격, 그리고 일반적 지식인에 대한 고민이 드러나 있다.

따라서, 안연지의 "징사(徵士)"라는 말과 "정절(靖節)"이란 말은 자신의 명성과 경제를 바꿀 수 있는 사회적 지위를 부여하는 국가의 부름을 받았지만, 이를 거절하고, 안빈낙도(安貧樂道)와 자기절제의 가치로 자신의 독자적 가치를 추구했던 것을 찬양한 것이다. 그렇다면, 도연명의 출사와 은일의 갈림길에서의 선택이 과연 "정절"이란 이름에 걸맞는 행동일까? 이를 살펴보기 위해 그의 출사와 관련된 이야기를 살펴볼 필요가 있을 것이다.

아무것도 하지 않는다 ― 고대의 탕평躺平주의

《오류선생전》에서 고향, 성, 그리고 자를 잃어버린 다음 하는 말을 보면 정말 아무것도 하지 않으려했던 사람처럼 보인다.

> 한가하게 조용히 있으면서 말도 거의 하지 않았고, 부귀영화도 바라지 않았다.
> 閑靜少言, 不慕榮利。
>
> ▶ 도연명 《오류선생전》

위에서 인용된 《오류선생전》의 글을 통해 알 수 있는 것은 그가 말이 없는 사람이었고, 한가함과 조용함을 사랑했다는 점이다. 더욱이 그는 돈과 지위에 대해서는 생각이 없었다. 언뜻 보면 이런 말은 누구나 할 수 있다. 2021년 중국에서 유행하는 말 가운데 탕평(躺平)이란 말이 있는데, 이는 편안히 누워서 아무것도 하지 않는다는 의미다. 바이두(百度)의 한 사용자(好心的旅行客)가 쓴 "탕평이 곧 정의다"라는 글은 인터넷 검열을 통해 글이 지워져서 지금은 볼 수 없지만, 캡쳐된 일부 글을 볼 수가 있다.

> 일어설 수가 없다. 하지만 무릎 꿇고 싶지 않다. 그래서 탕평할밖에. 일어설 수 없다는 것은 생계 유지비가 너무 비싸고, 스트레스가 거대한 산처럼 크다는 것이다. 방값도 높고, 물가도 높은데, 일은 구하기 어려우니, 결혼해서 애를 낳는다는 말도 꺼내지 못하겠다.……나는 일생을 콘크리트와 전통 가정 관념을 위해 살아야 한다는 말에 넌덜머리가 난다…… 사람은 이렇게 괴로워하는 삶을 살지 말아야 한다.……나는 때로는 모처에 누워서 바쁘게 움직이는 사람을 향해 비웃음을 던진다. 나는 하루 동안 2끼만 먹을 수 있고, 1년 동안 한두 달만 일할 수도 있다.
> 站不起来, 但又不想跪着, 就只有躺平。站不起来, 因为生活成本

太高, 压力山大, 高房价, 高物价, 工作难求, 遑论结婚生子。……我厌
恶那种一辈子为了钢筋水泥和'传统的家庭观念'……, 人不应该如此
劳累。……我有时会躲在某处看着那些忙碌的人发笑。我一天可以只
吃两顿饭, 一年可以工作一到两个月。

▶ 安德烈 <躺平主义危险吗>8)

　　이 말속에는 각박하게 진행되는 경쟁사회를 뜻하는 "내이쥐엔(內卷)",9)
야근 수당 없이 오전 9시 출근 오후 9시 퇴근을 주 6일 동안 반복하는
비상식적으로 구성된 노동환경을 의미하는 "996"제도,10) 그리고 이런
전쟁 같은 가혹한 경쟁사회를 뚫고, 바이두(百度), 화웨이(華爲), 알리바
바(阿里巴巴), 샤오미(小米) 같은 보란 듯한 중국 IT 대기업에 취직하더
라도 35세가 되기 전에 잘려 나가는 허망한 인생,11) 그리고 45세가 되면

---

8) 安德烈, <躺平主义危险吗>, 《rfi》, 2021.02.11. https://www.rfi.fr/cn/%E4%B8%
　　AD%E5%9B%BD/20210601-%E8%BA%BA%E5%B9%B3%E4%B8%BB%E4%B9%
　　89%E5%8D%B1%E9%99%A9%E5%90%97

9) 이 말은 "농업의 내향적 정교화"를 의미하는 사회학 학술용어인 "involution"
　　에서 기인한 유행어다. 이 용어는 클리퍼드기어츠(Clifford James Geertz)가 《농
　　업의 내향적 정교화: 인도네시아의 생태적 변화 과정(Agricultural Involution:
　　the process of ecological change in Indonesia)》(1964)에서 사용했던 것으로, 어
　　떤 사회가 새로운 상황에 직면하였을 때, 기존 구조를 변화시키는 대신, 본래의
　　특성을 활용하여 기존 형태를 변형하지 않는 범위 내에서 변화하는 과정을 의
　　미하는데, 학술적으로 중국 사회의 현 상황을 진단하는 말로 사용되다가 비이
　　성적 경쟁을 지칭하는 용어가 되었다.

10) 중국의 996제도는 악명높다. 마윈(馬雲)같은 성공한 1세대 기업인들은 청년세
　　대의 나태를 지적하며 996제도를 당연한 듯이 바라보았는데, 한국의 《아프니까
　　청춘이다》처럼 많은 논란을 낳았다.

11) <中国互联网公司员工平均年龄出炉: 大型互联网企业员工平均年龄均不超过
　　35岁>, 《新闻时间》, 2021.10.31, https://newstimes.net.cn/entertainment/61330.
　　html.

시장에서 나물도 못 파는,[12] 죽어라 고생해서 굶어 죽을 판인 중국의 "따공런(打工人)"의 눈물 나는 소극적 저항이 보인다. 도연명의 경우 이런 각박한 세상에 대한 체념으로서의 허무주의는 아니다. 도연명이 말한 "한가하고 조용하다"라는 "한정(閑靜)"이란 말은 문학사적으로 생각해 보면 좀 다른 의미가 보인다.

남북조 시기는 문벌 귀족이 사회를 움직이는 핵심 권력이었고, 문학 역시 권세가 있는 고위층이 주도했다. 남조의 이런 문학적 경향을 대표하는 서클은 남제(南齊) 경릉왕(竟陵王) 소자량(蕭子良, 460~494)의 경릉팔우(竟陵八友)다. "우(友)"라는 글에서 보이듯 경릉왕은 왕의 신분임에도 하층계급 문인들 가운데 실력자들을 친구로서 대우해 주었는데, 사실 이는 재능있는 자를 알아보는 것으로 자신의 심미적 감각을 드러내 명성을 높이고, 문인들은 이들로부터 적절한 경제적 원조와 사회적 지위를 유지하는 윈-윈 구조를 가진다.

배경이 없는 한미한 문인으로서 이름을 세상에 알리고 일정한 생활을 영위하기 위해서는 저명한 명사에게 자신의 문학적 재능을 인정받아서 문학 서클에 가입을 해야만 했다. 즉, 귀족이 아닌 문인이 자신의 재능을 인정받으려면, 문학 서클을 이끄는 왕공 귀족의 기호를 어느 정도 맞춰줄 수밖에 없다. 이런 상황이다 보니, 문학적 재능이 있는 문인이라 하더라도 자력으로 관직을 얻기란 쉽지 않았으며, 설사 관직을 얻더라도 높은 지위로 올라가기란 거의 불가능했다. 물론, 하층 문인으로서 고위층까지 올라간 심약(沈約, 441~513) 같은 사람도 있다. 심약은 남조의 송나라·제나라·양나라의 핵심 문학 서클에서 활동했던 인물인데, 그가 10여 세 되던

---

12) <凤凰WEEKLY | 打工人的一生: 25岁內卷, 35岁被裁, 45岁禁止卖菜>, 《中国数字时代》, 2020.10.27, https://chinadigitaltimes.net/chinese/658668.html

시기 아버지가 송나라 원가(元嘉, 424~453) 말년에 황위 쟁탈전에서 피살되는 바람에 집안이 몰락하면서, 고생하다가 경릉왕의 경릉팔우 서클에 가입하면서 시대의 문호가 된다. 하지만, 이런 케이스는 드물다.

중국문학사에서 불세출의 문학비평서로 알려진 《문심조룡(文心雕龍)》의 저자 유협(劉勰)은 자신의 저서를 아무도 알아주는 사람이 없자, 그 당시 문단의 거벽(巨擘)으로 이름 높은 심약(沈約)의 행차를 목숨을 걸고 가로막아 자신의 저서를 보여주는 위험을 감수하는 행동을 해야 했다. 비록 그가 심약의 인정을 받고, 양나라 문학 서클의 핵심 인물 소명태자 소통과 교유했지만, 양나라에서 자그마한 벼슬을 하다가, 자신을 돌봐주는 소통이 죽은 다음 머리를 깎고 정림사(井林寺)의 승려로서 일생을 마감했다.

문학 상황이 이렇다 보니, 글을 쓰는 하층 문인은 비록 문학 서클의 주도자가 문학적으로 친구를 표방한다고 하더라도, 선을 지켜야만 했고, 동시에 자기 곁에서 함께 경쟁하는 문인보다 좀 더 나은 모습을 보일 필요가 있었다. 그 결과 남조의 문학은 화려함과 재치, 학식을 뽐내고 다투게 되었다.

> 글 전체를 대우로 아름답게 꾸미고, 글자 한 자의 기이함으로 가치를 다툰다. 생각은 있는 힘껏 모양을 표현하여 구체화하고, 표현은 온 힘을 다해 새로움을 추구한다.
> 麗采百字之偶, 爭價一字之奇;情必極貌以取物, 辭必窮力而追新。
> ▶ 유협(劉勰) 《문심조룡(文心雕龍)》

> 운 하나도 기이함을 경쟁하고, 글자 한 자도 교묘함을 다툰다.
> 競一韻之奇, 爭一字之巧。
> ▶ 이악(李諤) 《수서·이악전(隋書·李諤傳)》

정교한 대구(對句)와 전고(典故)의 수법(修法)은 모두 서진(西晉)에 이르러 폭발적으로 연구되었다. 이 시대의 문학은 정교함과 기발한 취향을 열심히 추구했기 때문에, 껄끄러운(生澀) 문학 언어가 생산되었고, 어려운 전고를 통해 재능과 학식을 다투게 되었다.

종합해 보면, 남북조시대 귀족 서클이 가진 문학은 귀족을 중심축으로 제한된 범위에서 농도 깊게 연마된 문학이기 때문에, 문학 서클의 핵심이라 할 수 있는 수장의 문학적 기호를 반영하지 않을 수 없었다. 이 시기 문학의 흐름 가운데 문학적 수사를 중시한 영명체(永明體)니 화려함과 염정이 가득한 궁체(宮體)니 하는 것은 대체로 문학 서클을 이끄는 수장의 문학적 편호를 반영한 것이다. 즉, 도연명 같은 하층 문인은 열심히 왕공 귀족을 쫓아다니면서 자신을 알아주는 고위층의 비위를 맞추는 문학을 해야 하고, 자신의 문학적 역량을 드러내 보여서 자신을 PR해야 한다.

이런 상황에서 도연명이 한가하게 조용히 말없이 있는다는 "한정"을 언급한 것은 당시 문인들이 보편적으로 행동했던 방식과 다른 행동을 선택했다는 것을 의미한다. 즉, 그는 생각과 견해를 담은 글과 말을 자랑하거나 남에게 알리고자 하지 않았는데, 이렇게 행동했던 이유를 자신이 세속적 부귀영화를 누릴 생각이 없었기 때문이라고 했다. 이런 판에 박은 듯한 말은 누구나 할 수 있지만, 그의 삶이 농축되어 나온 말이기에 무게가 다르다.

도연명과 출사

여기에서 그의 취직 생활을 한 번 살펴보자. 도연명의 출사와 관련하여 늘 언급되는 것은 그의 경제적 상황이다. 도연명은 어려서 아버지가 돌아가셔서 힘든 가사를 짊어졌다. 도연명의 친구였던 안연지(顔延之)의 《도징사뢰(陶徵士誄)》에는 다음과 같이 기록이 되어 있다.

> 어려서 부터 가난하고 병이 있었으며, 거소에는 하인도 없었다. 끼니를 잇지 못할 때도 있었으며, 명아주나 콩도 부족했다. 어머니는 늙고 자식은 어렸으며, 힘들게 부모를 모셨다.
> 少而貧病, 居無仆妾。井臼弗任, 藜菽不給。母老子幼, 就養勤匱。
> ▶ 안연지(顔延之) 《도징사뢰(陶徵士誄)》

도연명이 아들 도엄(陶儼)에게 쓴 편지인 《여자엄등소(與子儼等疏)》에서도 "나는 어려서부터 가난하고 어려워서, 매번 가난 때문에 이리저리 돌아다녔다(少而窮苦, 每以家弊, 東西遊走)"고 하였으니, 그의 말을 따르면 가난 때문에 출사한 셈이다. 그는 일생에 모두 5차례 직장을 가졌다. 사실, 도연명도 초기에는 공명에 뜻이 없었다고 할 수는 없다. 그의 《잡시십이수(雜詩十二首)》 가운데 제2수를 보자.

> 시간은 사람을 버리고 떠나는데,
> 뜻이 있으나 초대를 받지 못했네.
> 이것을 생각하니 마음이 슬프고 처량하여,
> 밤새 동틀 때까지 편안할 수 없구나.
> 日月擲人去, 有志不獲騁。
> 念此懷悲凄, 終曉不能靜。
> ▶ 도연명 《잡시 · 12수》 제2수

도연명이 느끼는 이 슬픔은 자신의 능력에 대해 자부하고 있고, 또, 그 능력을 펼치고 싶지만, 상황이 허락하지 않아서, 혹은 타인에 의해 그 길이 막힌 사람이 흘러가는 세월 속에서 버려진 자신을 바라볼 때 느끼는 감정이다. 그는 이 문제를 밤새도록 생각해도 마음이 편해질 수가 없었다.

생활고이든 자신의 개인적 욕망 때문이든, 도연명이 처음 가진 직업은 강주좨주(江州祭酒)였다. 그가 29세(393) 때의 일이다. "강주"는 강서성 구강시이고, "좨주"는 본래 제사와 연회시 술을 따르는 연장자의 존칭이기 때문에, 나이가 적은 그가 이런 일을 하지는 않았을 것이다. 아마도 서진 시대에 왕부(王府)와 공부(公府)의 속관을 좨주라 하였으니, 도연명은 강주의 왕공의 저택에서 제사와 연회 의례에 관한 일을 했을 것으로 추정된다. 그가 강주의 좨주를 얼마나 오래 했는지는 기록이 없지만, 얼마 가지 않아 좨주를 그만 두었다. 강주 정부가 군대와 관련한 중요한 일을 보는 주부(主簿)에 채용하려고 다시 그를 불렀지만 응하지 않았다.

두 번째 직장은 399년, 그가 35세 때로, 이때의 보스는 환현(桓玄)이다. 환현은 도연명보다 4살 어린 사람인데, 동진의 강대한 군사 실력자였고, 북벌을 통해 낙양(洛陽) 수복까지 성공했던 남군공(南郡公) 환온(桓溫)의 아들이다. 동진을 집어삼키려던 아버지처럼 그도 야망이 있던 인물이었는데, 399년에 그는 형주(荊州)를 기반으로 세력을 키워 조정과 대립했고, 결국, 403년 12월에 그는 아버지 환온의 뜻을 이은 듯이 동진 정권을 찬탈하여 국호를 초나라로 하고, 제위에 올랐다. 하지만, 그는 곧 유유(劉裕)에 의해 격퇴되고, 404년 살해당한다. 도연명이 환현의 막부에 출사했던 시기는 400년으로, 환현이 정부와 대립하던 시기였다. 환현의 막하에서 어떤 벼슬을 했는지는 알 수 없지만, 이 시기 도연명은 "경자년(400) 서울에서 돌아오는 도중에 규림에서 발이 묶이다(庚子歲五月中從都還阻風於規林二首)"라는 시를 남겼다.

집으로 가는 길로 가고 가다가,

날짜를 헤아리며 고향 집을 바라본다.

우선은 어머니를 뵐 수 있는 것,

그 다음 기쁨은 형제를 만나는 것이지.

노를 저어 굽이진 물길 가는데,

해를 바라보니 서쪽 귀퉁이에 서 있다.

강산이 어찌 험하지 않을까?

돌아가는 사람은 앞길만 생각하네.

남풍이 내 마음에 어긋나

노를 거두어 황량한 호수가에 머물러본다.

높게 우거진 수풀은 가없이 아득하고,

여름엔 나무가 유독 울창하다.

누가 나그네 뱃길 멀다고 하였나?

백여리 남짓한 거리가 눈앞에 훤한데.

눈을 들어서 남쪽 봉우리를 알아보고,

어떻게 가야 할지 탄식만 한다.

行行循歸路。計日望舊居。一欣侍溫顏，再喜見友於。

鼓棹路崎曲，指景限西隅。江山豈不險，歸子念前塗。

凱風負我心，戢枻守窮湖。高莽眇無界，夏木獨森疏。

誰言客舟遠？近瞻百里餘。延目識南嶺，空嘆將焉如！

▶ 도연명 《경자년(400) 서울에서 돌아오는 도중에 규림에서 발이
　　묶이다(庚子歲五月中從都還阻風於規林二首)》제1수

　　규림(規林)이 어디인지는 알 수 없다. 다만 그곳이 그의 고향으로 가
는 길과 겹쳐있다는 것을 시에서 알 수 있다. 규림에 발이 묶여 있기에
시인은 잠시 공무에서 해방된 순간을 맞이했을 것이고, 더없는 고향에
대한 상념에 잠겼을 것이다. "집으로 가는 길을 따라서 가고 가다"에서
"가고 간다(行行)"라고 같은 글을 겹쳐둔 것은 시인이 고향으로 가는
길을 계속해서 인지한다는 것이며, 그 인지의 의미가 점차 고향에서 가

까워질 것이란 상상에 사로잡힌 것임을 다음 구절에서 알 수 있다. 즉, 시인은 고향길을 인식하면서 어머니와 친구들을 만날 상상에 사로잡혀 마음에 잠시 기쁨이 깃든다.

하지만, "노를 저어 굽이진 물길 가는데, 해를 바라보니 서쪽 귀퉁이에 서있다."에서 다시 현실로 돌아온 것을 알 수 있다. 현실의 그는 고향으로 가는 것이 아니라 공무를 보러 가는 길이기에 시간이 흐를 수록 고향은 다가오는 것이 아니라 멀어지고, 결국 시간은 어느덧 해질녘이 되어버렸다. "강산이 어찌 험하지 않을까? 돌아가는 사람은 앞길만 생각하네."라는 말은 험한 인생살이를 이어가야만 하는 현실 속 자아와 고향으로 돌아가고 싶은 내면의 자아가 상반되게 표현되었다. 그리고 남풍처럼 세상의 일은 시인을 계속 고향에서 멀어지게만 하니, 잠시 젖는 노를 거두고 자신이 어떻게 할지를 생각해 본다. 눈 앞에 펼쳐진 풍경은 수풀이 한가득 가없이 펼쳐지고, 여름이라 나무에는 울창하게 맺은 잎새가 한창이다. "누가 나그네 뱃길 멀다고 하였나? 백여리 남짓한 거리가 눈앞에 훤한데."라는 말은 물리적 거리가 비록 멀다고 해도, 마음은 한달음에 달려갈 것 같은 고향길이란 의미. 마지막의 "눈을 들어서 남쪽 봉우리를 알아보고, 어떻게 가야 할지 탄식만 한다."라는 구절은 마음과 들리 눈을 들어 현실을 바라보면 여전히 높은 산이 가로막고 있어 갈 길을 모르겠다는 것이다. 이 시는 자아와 현실의 분리된 모습을 통해 고향에 대한 그리움과 갈 수 없음을 드러내고 있다.

옛부터 벼슬살이 괴롭다 탄식했지만,
나는 지금에야 그 의미를 알겠네
산천이 이리도 광활하니,
바람과 비를 예측하기 어렵구나.
날뛰는 파도는 요란하게 하늘을 올리고,

세찬 바람은 그칠 때가 없구나.

외지에서 오랫동안 다니다 고향 그리운데

어찌하여 이런 곳에 머무르고 있나?

가만히 생각해 보니 정원이 좋구나.

인간 세상을 정말로 떠나야겠네.

이 시절이 얼마나 될까?

마음 가는 대로 사는 것을 다시 의심하리오!

自古嘆行役, 我今始知之。山川一何曠, 巽坎難與期。

崩浪聒天響, 長風無息時。久游戀所生, 如何淹在玆。

靜念園林好, 人間良可辭。當年詎有幾? 縱心復何疑!

> ▶ 도연명 《경자년(400) 서울에서 돌아오는 도중에 규림에서 발이 묶이다(庚子歲五月中從都還阻風於規林二首)》 제2수

시인은 현실과 내면의 분리를 겪으며 벼슬살이의 괴로움을 절절히 느낀다. "산천은 어찌 이리 광활하며, 바람과 비를 예측하기 어렵구나."라는 구절에서 비와 바람은 그다음 구절에서 파도와 뚫을 계책이다. 그의 벼슬길이 순탄치 않음을 표현한 것으로 그다음 구절에서 "날뛰는 파도(崩浪)"와 "세찬 바람(長風)"으로 구체화 되어 있다. 그다음 구에서 "소생(所生)"은 나를 낳아 준 곳 혹은 사람을 의미하기 때문에, 고향과 어머니를 모두 의미할 수 있다. 어머니 맹씨(孟氏)는 다음 해인 401년에 돌아가신다. 아마도 도연명이 어머니의 병을 늘 걱정하였기에 이런 구절을 남긴 것으로 보이며, 또한 그가 벼슬을 그만둔 이유 가운데 하나일 것이다. 다음 구절은 정원은 자신이 원하는 삶을 추구할 수 있고, 벼슬살이 같은 세속의 속박을 벗어던질 수 있는 공간이 되며, 마지막 구는 그가 이 시를 지을 무렵 벼슬을 그만둘 결심을 하고 있었다는 것도 알려준다.

위의 두 편의 시를 보면, 그는 환현의 야망에는 조금도 관심이 없어 보인다. 그에게는 출세하겠다는 생각이 없으며 자연의 아름다움, 부모의

병을 걱정하고 있으며, 나아가 자신의 세속적 욕망 대신 "마음 대로(纵心)"라는 글을 통해 이상과 현실의 괴리에서 오는 고통으로 인해 고향으로 돌아갈 생각을 늘 하고 있음을 알 수 있다.

　다음 해에 지어진 "신축년(401) 7월, 휴가를 갔다가 강릉으로 돌아가며 밤에 도구[강서성(江西省) 무한시(武汉市)]를 지나다(辛丑岁七月赴假还江陵夜行涂口)"라는 시에는 이렇게 표현되어 있다.

> 한가로이 30년을 살다보니,
> 점차 세속과는 멀어졌네.
> 경전은 전 보다 더 좋아지고
> 전원에는 세속의 인정이 없었지.
> 어떻게 이런 곳을 버리고 떠나,
> 멀고 먼 서쪽 형주로 갔을까!
> 7월의 달빛에 노를 저으며,
> 물가에서 벗과 이별한다.
> 저녁이 될 무렵에 서늘한 바람이 일고,
> 달빛이 맑고 밝게 빛난다.
> 맑고 개운한 하늘은 광활하고,
> 맑고 빛나는 강 물결은 잔잔하다.
> 일 생각에 잠도 잘 겨를 없이,
> 한밤중에 홀로 길을 떠난다.
> 애가(哀歌)로 벼슬 구하기는 나와 무관하고
> 밭 가는 일에 마음이 쓰일 뿐이다.
> 관모를 던지고 옛집으로 길을 돌려
> 좋은 직책 때문에 얽매이지 않으리
> 허름한 집에서 참됨을 기른다면,
> 나의 이름을 착하게 할 수 있겠지.
> 閑居三十載, 遂與塵事冥。詩書敦宿好, 林園無世情。

如何舍此去, 遙遙至西荊！叩枻新秋月, 臨流別友生。
涼風起將夕, 夜景湛虛明。昭昭天宇闊, 晶晶川上平。
懷役不遑寐, 中宵尚孤征。商歌非吾事, 依依在耦耕。
投冠旋舊墟, 不為好爵縈。養真衡茅下, 庶以善自名。

▶ 도연명《축년(401) 7월, 휴가를 갔다가 강릉으로 돌아가며 밤에
  도구를 지나다(辛丑岁七月赴假还江陵夜行涂口)》

첫 구절은 바로 1년 전에 고향에 가지 못해 괴로워한 것을 생각한다
면, 30년 동안 한가로이 살았다는 것은 쉽게 이해가 되지 않는다. 30년
운운한 말은 그가 29세 때 좨주(祭酒)가 되기 전의 삶이 30년이란 뜻이
다. 그렇다면 이 구절의 강세는 "어떻게 이런 곳을 버리고 떠나, 멀고
먼 서쪽 형주로 갔을까!"에 있다. 즉, 자신이 살아온 길 위에서 관계에서
의 삶이 오히려 어색하다는 뜻으로, 일반적인 지식인이 꿈꾸는 출세하는
삶과는 다른 형태의 모습이다.

"초가을 달빛에 노를 저으며, 물가에서 벗과 이별한다."라는 그가 이
제 휴가를 마치고 강릉, 즉 자신의 직장이 있는 사현(謝玄)의 장막으로
돌아간다는 것이다. 그런데 이 부분부터 마지막까지 시인의 내면적 갈등
을 느낄 수 없다. 7월의 가을 달빛 아래에서 이별하는 장면은 이별의
아픔이나 슬픔 대신 청량감이 물씬 풍기는 한 폭의 수묵화처럼 느껴지
고, 한 해 전에 "남풍이 뜻과 어긋난다"라며 그와 대립하던 자연도 이제
는 서늘한 바람을 불어주고, 달빛은 그의 가는 길을 비춘다. 밝은 달밤
하늘이 달빛을 머금어 맑고 가벼우며, 그가 탄 배를 실어주는 물결도
잔잔하다.

하지만, 아직 까지는 마음속에 짐이 있다. 즉, 그는 아직 관직에 매인
몸이라 "일 생각에 잠도 못 자고", "한밤중에 홀로 길을 떠나야"하는
생활을 여전히 하고 있다. 그러나, 이런 일은 그에게 괴로운 짐으로 여겨

지지 않는다. 즉, 그는 이미 높은 벼슬을 할 생각을 접었고, 전원으로 돌아갈 생각을 가지게 된 듯하다. 이 시의 주제는 마지막 4구이다. 벼슬을 던져 버리고 전원으로 돌아가, 다시는 세상에 나오지 않고, 참됨을 닦는 자신을 위한 삶을 사는 것이다.

그러나 그는 40세 되던 해(404)에 다시 한번 직장에 나가야 했고, 그 진영은 사현을 몰락시킨 유유(劉裕)의 진영이었다. 유유는 맨손으로 시작하여 스스로의 힘으로 황제에 오른 일대 영웅으로 평가받는 인물이다. 유유는 가난한 2류 귀족 가정에서 태어났다. 젖먹이 때 어머니가 돌아가셨는데, 아버지가 돌볼 수가 없어 그를 버리려고 했다.[13] 우여곡절 끝에 장성한 그는 동진이 북조의 전진(前秦)을 방비하기 위해 만든 북부군(北府軍)에 입대했고, 대단한 군사적 재능을 보이면서 인생이 뒤바꼈고, 결국 동진을 멸망시키고 송나라를 건국한다. 404년 환현을 격파시킨 유유는 진군장군(鎮軍將軍)이 되어 동진 8주의 군대를 통솔하고 있었고, 도연명은 유유의 군대 참모 역할을 하는 참군(參軍)이 된다. 이 시기 그가지은 시로 "막 진군장군의 참군이 되어 곡아를 지나며"라는 《시작진군참군경곡아작(始作鎮軍參軍經曲阿作)》를 짓는다.

> 젊어서부터 세상사 밖에 뜻을 두고,
> 음악과 독서에 마음을 기탁 했다.
> 거친 베옷을 걸치면 기뻐하며 만족했고
> 쌀독이 자주 비어도 늘 편안했다.
> 실로 우연히 맞는 기회로
> 고삐를 돌려 도시 길에서 쉬게 되었다.

---

13) 司馬光, 《资治通鉴》卷111: 初, 彭城刘裕, 生而母死, 父翘侨居京口, 家贫, 将弃之。

지팡이 던져놓고 새벽길 채비를 시키고 나니
잠시 전원과 멀어지게 되었다.
외로운 배로 아득히 가노라니
돌아가고 싶은 생각이 끝없이 휘감는다.
내 길이 어찌 멀지 않겠는가?
천리를 넘는 길을 오르내린다.
눈은 생소한 길로 피곤하고,
마음은 산수에 있는 집을 그리워한다.
구름 바라보면 높이 나는 새에 부끄럽고,
물가에 닿으면 노니는 물고기에 부끄럽다.
참된 생각이 흉중에 처음 그대로인데
누가 형체에 얽매였다 하는가?
잠시 변화에 맡겨 옮겨가지만,
마지막에는 반고의 초가집으로 돌아가리라.
弱齡寄事外, 委懷在琴書。被褐欣自得, 屢空常晏如。
時來苟冥會, 宛轡憩通衢。投策命晨裝, 暫與園田疏。
眇眇孤舟逝, 綿綿歸思紆。我行豈不遙, 登降千里余。
目倦川途異, 心念山澤居。望雲慚高鳥, 臨水愧游魚。
真想初在襟, 誰謂形跡拘。聊且憑化遷, 終返班生廬。

▶ 도연명 《막 진군장군의 참군이 되어 곡아를 지나며
  짓다(시작진군참군경곡아작(始作鎭軍參軍經曲阿作)》

　제1구에서 제4구에 이르는 것은 그가 비록 참군 벼슬을 위해 떠나가
지만, 이것이 부귀를 바라고 가는 것이 아니라는 의미를 담고있다. 즉,
그는 나는 본래 세상에 뜻이 없고, 예술과 문학을 사랑했던 사람이며,
소박한 의식주에 만족해하는 사람이라고 말하고 있다. 이 시에서 보이는
도연명의 직장관은 부정적이다. "고삐를 돌려"로 해석한 "완비(宛轡)"
라는 단어에서 "완(宛)"자는 "굴곡"의 의미가 있다. 또한 "사방으로 뚫

린 거리(通衢)"는 벼슬길의 비유이며, 어느 곳으로 갈지 알 수 없는 혼란한 상황이다.

이하는 그가 참군에 부임하러 가는 길에 일어났던 여러 가지 상념과 자신의 의지를 보여주고 있다. 그는 전원을 떠나는 순간부터 이미 마음이 무겁다. 출근길이란 육체적으로는 "외로운 배(고주, 孤舟)"로 "아득히 머나먼(묘묘, 眇眇)" 곳을 향해 몸을 괴롭히며 가는 "피곤한" 여정이며, 정신적으로는 끊임없이 자신의 고향 자연에 둘러싸인 집으로 돌아가고 싶다는 생각으로 가득 채워진다. 결국 그는 나는 새와 노니는 물고기만 보아도 마음이 부끄럽다. 나는 왜 이들처럼 자연스러운 천성대로 살지 못하는가? 현재의 나는 세상의 변화 때문에 잠시 옮겨가는 것일 뿐, 최종 종착지는 반고(班固)가 《유통부(幽通賦)》에서 아버지 반표(班彪)가 "결국 자신을 보존하여, 후세에 본보기를 남겼으니, 뛰어난 인자가 머무는 곳에 머물렀다고 하겠다(終保己而貽則兮, 里上仁之所廬)"라고 한 것을 말한 것이다. 즉, 세상의 일로 자신을 해치지 않고, 지혜롭게 세상을 건너가겠다는 다짐을 스스로 한 셈이다. 하지만 그는 1년 즈음하다가 그만두고 집으로 돌아온다.

그는 다음 해인 405년 3월 다시 유경선(劉敬宣, 371~415)의 참군이 된다. 유경선은 훗날 유유의 장수로 활약했던 사람인데, 당시에는 환온의 아들이자 환현의 형 환흠(桓歆)을 토벌한 공로로 건위장군(建威將軍)·강주자사(江州刺史)가 되어 있었다. 하지만, 유유의 환대에 부담을 느낀 유경선이 강주자사를 사임하게 되면서, 그 역시 8월에 참군직에서 물러난다. 이 시기 그가 지은 시로는 을사년 3월, "건위장군의 참군이 되어 서울로 가는 길에 전계(錢溪)를 지나며(乙巳歲三月爲建威參軍使都經錢溪)"라는 시를 짓는다.

내가 이곳을 지나치지 않은 뒤에
세월이 이미 오랜 시간이 흘렀네.
아침·저녁으로 산천을 바라보자니
하나하나 모두 옛날과 같구나.
가랑비는 비는 높게 자란 숲을 씻어내고,
맑은 바람은 새를 구름 속으로 날린다.
저쪽을 바라보니 모든 것이 그대로고,
알맞게 부는 바람이 모두 막힘이 없다.
나는 무엇을 하는 사람이기에
이런 일에 열심인가?
육신은 제약을 받는듯 하더라도
평소의 뜻을 바꿀 수 없네.
전원을 날마다 꿈꾸노니,
어찌 오랫동안 떨어질 수 있으랴.
마지막 뜻은 돌아가는 배에 있으니,
그것은 바로 서리에도 푸르른 측백나무리라.
我不踐斯境, 歲月好已積。晨夕看山川, 事事悉如昔。
微雨洗高林, 淸飆矯雲翮。眷彼品物存, 義風都未隔。
伊余何爲者, 勉勵從玆役？一形似有制, 素襟不可易。
園田日夢想, 安得久離析？終懷在歸舟, 諒哉宜霜柏。

　　　　▶ 건위장군의 참군이 되어 서울로 가는 길에 전계(錢溪)를
　　　　　　지나며(乙巳歲三月爲建威參軍使都經錢溪)

　전계(錢溪)가 어디인지는 명확하지 않지만, 이 글이 당시 수도인 남경
으로 가는 길에서 지어진 것이기에, 이 지역은 도연명의 거소에서 남경
으로 가는 길에 지나치게 되는 곳이며, 과거의 그가 자주 다녔던 길일
것이다. 하지만, 이 길은 그가 공무로 가는 길은 아니었을 것이다. 왜냐하
면, 그는 이 길에 보이는 자연경관에 대하여 "하나하나 모두 옛날과 같다

(事事如昔)"라고 하며, 자세히 관찰하고 친근한 감정을 느낀다. 그 다음 구절인 "가랑비는 비는 높게 자란 숲을 씻어내고, 맑은 바람은 새를 구름 속으로 날린다."라는 자연에 대한 묘사는 평소의 그와 달리, 마치 산수시(山水詩)의 대가 사령운(謝靈運)처럼 산수의 빼어난 모습을 맑고 아름답게 묘사하고 있다. 그리고, "저쪽을 바라보니 모든 것이 그대로고, 알맞게 부는 바람이 모두 막힘이 없다."라는 말에서 그와 자연이 서로 대립하는 것이 아닌 조화를 이루고 있음을 알 수 있다. 즉, 가랑비와 숲, 바람과 새 이 모든 것이 자연스러운 조화 속에 있고, 모든 것은 예전 그대로 온전함을 갖추고 있다.

그러나, 도연명 자신의 존재는 불안하다. "나는 무엇을 위해서 다시 참군이 되려 하는가?"란 질문에 그는 선뜻 대답하지 못한다. 이어서 그는 평소의 뜻이 전원의 삶이며, 그 전원의 삶 속에서 "서리에도 푸르른 측백나무"가 되고자 한다. 즉, 앞의 구에서 "육신이 세상의 제약을 받는다"라는 것은, 그가 무슨 커다란 청운의 뜻을 품었기 때문이 아니라, 생활의 문제로 다시 직장에 갈 수밖에 없다는 의미다. 즉, 그는 목표를 세속적 영달에 둔 것이 아니라 진정한 자기의 모습을 찾는 것에 두었기 때문에, 늘 돌아갈 수 있었고, 추위를 견뎌내는 측백나무처럼 계속해서 마음속에 자리 잡을 수 있었다.

참군직에서 물러나자마자 그는 다시 405년 8월에 팽택현령(彭澤縣令)이 된다. 사실, 《송서·은일전》에 따르면 팽택현령은 사실 도연명이 스스로 구했다고 보는 편이 맞다. 어느 날 도연명이 친구에게 "금을 타서 노래하려니, 은자에게 주는 국가 보조금 지원을 좀 받아야겠는데, 이게 될까(聊欲弦歌, 以爲三徑三徑之資, 可乎)?"[14]라고 하자 담당자가 그에

---

14) 沈約, 《宋書·隱逸傳》.

게 팽택현령 자리를 마련해 주었다는 것이다. 하지만, 주선해준 사람이 무안하게도 그는 3개월도 안 되고 사표를 쓰고 나온다. 이 사건은 매우 유명한 사건으로 심약의 《송서·은일전》에 기록되어 있다.

군수가 독우(督郵)를 파견하여 이르렀다. 현리가 말했다. "허리띠를 조으고 만나십시오."도잠이 탄식하며 말했다. "나는 다섯 말의 쌀 때문에 향리의 소인에게 허리를 굽힐 수 없다."라고 하더니, 당일 도장 끈을 풀고는 직무를 떠나갔다.

陶潛為彭澤令時, 郡遣督郵至, 縣吏白: "應束帶見之."潛嘆曰: "我不能為五斗米折腰向鄉里小人!"即日解印綬去職.

▶ 심약 《송서·은일전》

"독우"라는 직책은 지역 관리자인 태수가 지역의 관리 감독을 위해 보내는 공문서를 전해주는 임무를 맡는 사람이다. 따라서 태수의 대리로서 찾아오는 그는 도연명과 그의 직속상관 사이에 존재하는 인물로서, 태수에게 도연명에 관한 인물 품평을 할 수 있는 사람이다. 현리가 독우를 만나는 도연명에게 옷을 똑바로 입고 상관을 만나라고 하는 말은 도연명을 위한 봉건시대 공무원 사이의 동료애가 깃든 충고다. 하지만, 도연명은 이 말에 사표를 던졌다. 그는 관직 서열 때문에 자신이 도저히 인정할 수 없는 인물에게 비굴한 자세를 취하는 자신을 용서할 수 없었다.

이상으로, 도연명의 직장과 관련한 이야기를 종합해보자. 도연명은 29세에 첫 직장인 강주좨주(江州祭酒)를 시작으로, 35세 때 환현(桓玄, 369~404) 휘하에서 3년 정도 일하다가 그만두었고, 40세 때 훗날 송나라를 세우는 유유(劉裕)의 막하에서 진군참군(鎮軍參軍)을 1년 정도 하다가 그만두고, 다시 41세 때, 건위장군(建威將軍) 유경선(劉敬宣)의 막하에서 참군(參軍)을 5개월 하다가, 팽택현령을 3개월이 못 되는 80일 정도 한 것을 끝으로 귀농했다. 이 기록을 보면 그의 재직 기간이 날로 짧아지고 있음이 보인다. 즉 은거의 마음이 처음에는 크지 않다가 가면 갈수록 커졌다고 할 수 있을 것이다. 그리고, 도연명은 팽택 현령을 끝으로 출사의 문제에 있어 흔들리지 않았다. 그는 '허리띠를 단정하게 하라'라는 말을 듣고 자신의 본성과 사회적 제약 사이에 놓인 갈등을 버려버린 것이다.

도연명의 구직기를 살펴보면, 내면적 가치의 추구가 사회적 가치의 추구 위에 있다는 느낌이 있다. 하지만, 후대에는 이 가치가 뒤집힌다. 즉, 도연명은 후대 인물에 의해 충의로운 사람으로 추앙되는데, 그 발단은 심약에서 시작되었다. 심약은 《송사·은일전》에서 도연명에 관해 글을 쓰면서 이렇게 말한다.

> 그(도연명)가 쓴 문장에는 모두 년 월이 기록되어 있는데, 의희(義熙, 405~418) 이전에는 동진의 연호를 기록했지만, 영초(永初, 420 - 422) 이후에는 오직 갑자만 기록했을 뿐이다.
>
> 所著文章，皆題其年月， 乂熙以前， 則書晋氏年号 ; 自永初以来，唯云甲子而已
>
> ▶ 심약 《송사·은일전》

동진 안제(安帝) 의희(義熙) 이후, 유유(劉裕, 356-422)의 송나라로 교체되면서 도연명은 갑자(甲子), 즉 연도만 기록하고 황제의 치세를 의미하는 연호를 기록하지 않았다는 것이다. 심약의 이 말은 도연명의 절의(節義)를 부각하는 효과가 있었다. 이어서, 당 현종(玄宗) 개원(開元)시기 유량(劉良)이 《문선(文選)》에 실린 도연명의 《신축세칠월부가환강릉야행도구작(辛醜崴七月赴假還江陵夜行塗口作)》에 주석을 달면서, 심약의 구절을 인용하고, 다시 "두 성씨를 섬기는 것을 부끄러워 했기 때문에 다르게 한 것이다(意者耻事二姓, 故以異之)."라는 설명을 붙여 "충신불사이군(忠臣不事二君)"의 절의를 강조했다. 이후, 남송(南宋) 시대 주희(朱熹) 학문의 정통 계승자로 알려진 남송(南宋) 진덕수(陳德秀)가 도연명의 《음주(飲酒)》제20수의 "복희와 신농이 우리 시대와 멀어지면서, 온 세상에 진실을 되찾은 사람이 적어졌지. 노나라 노인이 급급히 애써서, 미봉하여 순박하게 해놓았지(羲農去我久, 舉世少複真。汲汲魯中叟, 彌縫使其淳)."라는 구절에 근거하여, 도연명을 공자를 추존한 시인으로 해석하고, "공허한 현학을 일삼는 지식인이 넘볼 수 있는 경지가 아니다"라고 하면서, 도연명을 유가의 시인으로 평가하고, 동시에 유량의 주장에 더해 "동진 왕조를 그리워했다(其眷眷王室)"라고 하면서, 유유(劉裕)가 동진을 무너뜨리고 송을 세우자 자신의 이름을 도잠(陶潛)으로 바꾸었다고 주장했다.15) 즉, "잠기다"라는 의미의 "잠(潛)"에 "충(忠)"이란 봉건 이데올로기를 부여한 것으로, 쌀 다섯 말에 허리를 굽히기 싫어서 은거했다고 알려진 도연명을 역사와 호흡했던 충의의 시인으로 만들었다. 하지만, 도연명이 연도만 쓴 것은 그가 팽택(彭澤) 현령을 그만둔 시기이기 때문에, 유유의 송나라가 들어서기 십수 년 전이다. 그래서, 그에게 충의의 은사라는 칭호는 후대 문인들이 자신의 은일을 충성스럽게 보이기 위한 열망을 도연명에 기탁한 것일 뿐이다. 신중국이 성립된 이후에는 도연명은 다시 봉건사회의 어둠에 저항했던 시인으로 해석되었고, 그의 시에서 농민을 동정하는 시가 대거 재조명되기도 했다.

---

15) 真德秀,《跋黃瀛甫擬陶詩》: 以余觀之, 淵明之學, 正自經術中來, 故形之於詩, 有不可掩。……《飲酒》末章有曰: "羲農去我久, 舉世少複真。汲汲魯中叟, 彌縫使其淳。"淵明之智及此, 是豈玄虛之士所可望耶?……徒知義熙以後不著年號, 爲耻事二姓之驗, 而不知其眷眷王室, 蓋有乃祖長沙公之心, 獨以力不得爲, 故肥遯以自絕, 食薇飲水之言, 銜木填海之喻, 至深痛切, 顧讀者弗之察耳。

현대에 이르면 그의 이름에 고고한 중국 철학적 의미를 부여하여, "잠"을 《주역·건괘(周易·乾卦)》의 효사인 "잠긴 용을 쓰지 말라"는 "잠룡물룡(潛龙勿用)"에서, "연명"의 "연"을 "뛰어나가도 되고 연못에 있어도 된다"라는 "혹약재연(或跃在渊)"으로 해석하기도 하고, 도가의 이론을 붙여 해석하기도 한다. 하지만, 이는 후대의 지적 유희일 뿐, 진정한 모습과는 거리가 있다고 보인다. 그는 과연 충정에 적합한 인물인가? 봉건시대 노동자를 돌보던 지식인인가? 아니면 뛰어난 지식을 숨기고 있던 사람인가? 그는 과연 어떤 사람인가?

인간은 자신의 생명을 건 선택을 통해 자신의 운명을 드러낸다. 그의 마지막을 보면 생명의 가치를 무엇으로 바꾸었는지를 볼 수 있다. "돌아가자"라는 《귀거래혜(歸去來兮)》를 읊으며 집으로 가버리고는, 아무리 어려운 상황에서도, 동진에서건 유유의 송에서건 관직 제의가 들어와도 다시는 벼슬을 구하지 않았다. 동진 말년, 대략 그가 49세 즈음에 국가에서 그를 "저작좌랑(著作佐郎)"이란 총 9품 가운데 6품에 해당하는 국사 편찬위원으로 부르지만, 그는 춥고 배고픔을 선택했다. 그리고, 420년 동진이 멸망하고, 송이 세워진 이후, 62세가 되던 426년에 송의 유명한 장군 단도제(檀道济)가 강주자사(江州)가 되어 굶주리고 병든 도연명을 찾는다. "무릇 현자가 처세하는 방식이란, 천하에 도가 없으면 숨고, 도가 있으면 나오는데, 지금 그대는 문명 시대를 만났는데도, 어째서 이처럼 스스로 고생을 자초하십니까?(夫賢者處世, 天下無道則隱, 有道則至。今子生文明之世, 奈何自苦如此?)"라고 말하자 도연명은 이렇게 대답한다. "제가 어찌 현자이기를 바라겠습니까? 저의 지향은 현자에 미치지 못합니다(潛也何敢望賢?志不及也)." 그리고, 단도제가 주는 여러 보급품도 마다한다.

그의 말년에 지은 시에 보이는 추위와 배고픔으로 고통받고, 또한 구걸하는 모습에서 그가 단도제의 제안을 거절한 것은 어째서인가? 그는 이 시기 즈음에 《느낀 바가 있어 짓다(有會而作)》라는 시를 짓는다. "어려서 가난했던 삶이 늙어서는 더 오래 굶는다(弱年逢家乏, 老至更長饑)"라며 시작하는 이 시는 "한달에 아홉 끼를 못 먹고, 여름에도 겨울옷이 지겹다(恕如亞九飯, 當暑厭寒衣)"라는 현실에 관한 묘사로 이어진다. 이렇게 되자 그로서도 "십여 일 전부터 처음으로 굶주리고 곤궁함을 생각하게 되었다(旬日已来, 始念饥乏)."라고 고백했다.

> 죽을 주는 사람 마음 선량하고,
> 소매로 얼굴 가린 행동 옳지 않다 믿는다
> 어휴 와서 먹으라 한들 원망할 것이 있는가?
> 공연히 굶어 죽어 자기만 버렸네.
> 常善粥者心, 深念蒙袂非。
> 嗟来何足吝? 徒没空自遗。
>
> ▶ 도연명 《느낀 바가 있어 짓다(有會而作)》

사실 이 이야기는 《예기·단궁하(礼记·檀弓下)》의 내용을 빌려온 것이다. 춘추시대, 제(齊)나라에 큰 기근이 들자, 검오(黔敖)라는 한 귀족이 음식을 나눠주었는데, 한 굶주린 사람이 옷소매로 얼굴을 가리고, 신을 끌면서 왔다. 검오가 왼손에 밥, 오른손에는 마실 것을 들고 "어휴, 와서 먹어(嗟來食)"라고 하자, 그 사람이 눈을 치켜들고 귀족을 똑바로 보며 말했다. "내가 이런 '어휴, 와서 먹으라'는 음식 따위를 먹으려 하지 않았기 때문에 지금과 같은 꼴이 되고 말았다(予不食嗟來之食, 以至於斯也。)"라고 하며 음식을 사양하고 결국 굶어 죽었다. 여기까지 보면 단도제의 제안을 거절한 것이 사뭇 후회되는 것 같은 모습이다. 하지만, 이어지는 글을 보면 그렇지도 않다.

방종한 행동이 어찌 내 바램이랴?
곤궁해도 절조를 지키는 것이 나의 지향
굶주려도 그뿐,
많은 스승들이 예로부터 이러했지.

斯濫豈攸志, 固窮夙所歸。
餒也已矣夫, 在昔余多師。

▶ 도연명 《느낀 바가 있어 짓다(有會而作)》

《예기(禮記)》의 기록에는 공자의 제자인 증자(曾子)의 다음과 같은 논평이 있다. "그렇게 할 필요가 있었을까? 검오가 '어이'라는 말을 했을 때는 가면 되고, 그가 사과했다면 먹어도 되었다(曰: 微与!其嗟也可去, 其谢也可食)." 도연명도 자신의 거절이 궁핍함을 고수하는 바보 같은 행동이라 생각했다. 하지만, 인간의 존엄은 생명보다 귀한 것이다. 하지만, 그는 서문에서 자식들의 원망을 염려했던지 그는 "내가 지금 말하지 않으면 후손들이 어떻게 알 수 있을까(今我不述, 後生何聞哉)?"라고 썼다. 그는 실제로 그의 다음 시처럼 살았다.

몸 맡길 곳을 이미 얻었으니
천년을 서로 어기지 않으리.

托身已得所, 千載不相違。

▶《음주(飮酒)》제4수(其四)

서양 철학사에 대해 아는 것이 없지만, 스피노자(1632~1677)라는 사람의 일화는 유명하다. 그는 유대인이었지만 유대교의 유일신 체계를 부정하는 언사 때문에, 1656년 7월 유대교단으로부터 파문당하면서 생계에 큰 타격을 입었다.

천사의 충고와 성령의 판단에 따라 우리는 스피노자를 파문하고 저주하며 율법에 따라 축출한다. … 그에게 밤낮으로 저주가 있을지어다. … 지금부터 아무도 그와 얘기해서는 안 되고 서신 왕래도 해서는 안 된다는 것을 모두에게 경고한다. … 아무도 그를 도와주어서는 안 되고 그와 함께 같은 지붕 아래 기거해도 안 되며 그가 쓴 글을 읽어서도 안 된다.'

그래서, 그는 안경 유리를 깎는 일로 생계를 꾸렸고, 힘든 생활 속에서도 철학을 연구하여, 대륙 합리 철학을 대표하는 철학자가 되었다. 이후, 1673년, 독일에서 가장 오랜 역사를 가지고 있는(630여년) 하이델베르크 대학이 교수 자리를 제안했다.

'고명하신 귀하께'
… 귀하에게 전하의 저명한 대학에서 철학교수직을 맡으실 의향을 여쭙고자 합니다. … 귀하는 철학을 가르치는 일에서 충분한 자유를 누리게 될 것입니다. 전하는 귀하가 공적(公的)으로 확립된 종교를 어지럽히지 않으리라 믿고 계십니다. … 귀하께서 오신다면 철학자로서 만족스런 삶을 누리실 수 있을 겁니다. …
▶ 귀하를 진심으로 존경하는, 요한 루트비히 파브리티우스.
팔라틴 선제후의 고문이자 하이델베르크 아카데미 교수.

하지만 스피노자는 거절한다.

'삼가 말씀 올립니다'
제가 교수직을 소망한다면, 귀하를 통해 전하가 배려하신 교수직 외에는 생각하기 힘들 것입니다. … 그러나 공적으로 가르친다는 것은 한 번도 저의 소망이었던 적이 없기에, … 이 영광스러운 기회를 받아들이기 송구스럽습니다. 학생들을 가르치는 데 몰두하자면 저 자신의 철학

연구를 포기해야 하지 않을까 생각합니다. … 삼 가 말씀 올리오니, 저를 움직이는 것은 좀 더 나은 지위에 대한 희망이 아니라, 다만 평안에 대한 사랑입니다. …

▶ 베네딕투스 데 스피노자.

그와 도연명은 닮아있다. 도연명은 단도제의 권유를 뿌리친 다음 해인 427년 63세의 나이로 가난과 질병 속에서 죽음을 맞는다. 그가 자신을 위해 쓴 《나의 제문(自祭文)》은 그의 일생과 인생관을 압축해 놓은 작품이다.

> 가없는 대지,
> 아득히 높은 하늘,
> 이 하늘과 땅이 만물을 낳고,
> 나도 인간으로 태어났다.
> 사람으로 태어나면서,
> 가난한 운명을 만나,
> 밥 그릇과 표주박이 자주 비고
> 거친 베옷을 겨울에도 입었다.
> 그러나 기쁜 마음으로 골짜기에서 물을 긷고
> 땔나무 지고 걸어가며 노래했으며,
> 어둡고 누추한 집에서
> 아침부터 밤까지 내 일을 하였다.
> ……
> 일 할 때는 힘껏 열심히 하고
> 마음은 언제나 한가로웠으니,
> 천명을 즐거이 따르고 본분에 맡기며
> 이렇게 일생을 보냈다.
> 이 한평생을

사람마다 모두 아껴서,

이룬 바 없을까 두려워 하면서,

하루 한시를 탐하고 아까워한다.

살아 있을 때는 사람들의 존경을 받고,

죽은 뒤에도 그리워하길 바란다.

아, 나만은 홀로 나의 길을 걸으며

지금껏 세상 사람들과 달랐다.

사랑을 받는 건 내 영광으로 여기지 않으니

혼탁한 세상이 어찌 나를 검게 물들일까?

누추한 집일지언정 꼿꼿하게 지내며

흥겹게 술 마시고 시를 지으며 살아왔다.

……

나는 이렇게 죽어도

유감이 없다.

……

사람 사는 것 정말 어렵다.

죽음은 어떤 것일까?

아 슬프구나!

茫茫大塊, 悠悠高旻, 是生萬物, 余得為人。自余為人, 逢運之貧,
簞瓢屢罄, 絺綌冬陳。含歡谷汲, 行歌負薪, 翳翳柴門, 事我宵晨。……
勤靡余勞, 心有常閑, 樂天委分, 以至百年。……惟此百年, 夫人愛之,
懼彼無成, 愒日惜時。存為世珍, 歿亦見思。嗟我獨邁, 曾是異茲。寵非
己榮, 涅豈吾緇?捽兀窮廬, 酣飲賦詩。……余今斯化, 可以無恨。……
人生實難, 死如之何? 嗚呼哀哉!

▶ 도연명 《나의 제문(自祭文)》

이 시에서 그는 평생을 고단하게 보냈노라 이야기한다. 하지만, 그는
삶의 목표가 다른 사람과 달랐다고 이야기하면서 "사랑을 받는 건 내
영광으로 여기지 않으니, 혼탁한 세상이 어찌 나를 검게 물들일까(寵非

己榮, 涅豈吾緇)?"라고 이야기한다. 혼탁한 세상에 관해서는 그의《감사
불우부(感士不遇賦)》에 나와있다.

　　신의를 실천하고 충효를 생각하는 것은 사람으로서의 좋은 행동이다.
질박함을 간직하고 조용함을 지키는 것은 군자의 본 모습이다. 순박한
풍속이 사라져버리면서부터 허위의 풍조가 크게 일어났다. 민간에서는
청렴하고 겸양하는 절조가 헤이해지고, 조정에서는 쉽게 출세하려는 마
음이 치달리고 있다. 정의를 가슴에 품고 도에 뜻을 둔 선비 중에 어떤
사람은 한창나이에 재주를 감추고 은거하여 벼슬길에 나가지 않게 되었
다. 자인을 깨끗이 하여 지조를 바르게 하는 사람 중에 어떤 사람은 죽
는 날까지 헛되이 고생만 한다. 그러므로 백이·숙제와 상산사호가 "어
디로 돌아갈 것인가"하며 탄식하였고, 삼려대부 굴원이 "그만둘지어다"
라며 슬픔을 말하였던 것이다.
　　夫履信思順, 生人之善行 ; 抱樸守靜, 君子之篤素。自眞風告逝, 大
　　僞斯興, 閭閻懈廉退之節, 市朝驅易進之心。懷正志道之士, 或潛玉
　　於當年 ; 潔己淸操之人, 或沒世以徒勤。故夷皓有安歸之歎, 三閭發
　　已矣之哀。

▶ 도연명《감사불우부·서》

　이 글에서 그는 지식인의 삶에는 사람으로 살아가는 삶과 군자로서
살아가는 삶이 있다고 한다. 전자는 관리로서의 삶이며 후자는 은자로서
살아가는 삶이다. 이상적인 관리는 신의와 충효를 삶의 신조로 삼으며,
이상적 은자는 질박함과 조용함을 지킨다. 하지만 세상은 이미 허위의
세상이 되어서, 관리는 출세지향주의에 빠져있고, 군자는 지조를 지키지
못한다. 그는 "어디로 갈 것인가?"에 대한 해답을 전원에서 구했다. 이것
은 허위로 가득한 세상 사람들의 출세 지향적 삶과 달리, 가난하고 힘들
며 고독한 삶이지만 자신이 지향하는 인생의 가치를 추구할 수 있는 곳

이었다. 그가 생각한 인생의 가치는 매우 소박했다. 그는 영원할 수 없는 짧고 덧없는 인생에서 조용하고 즐거운 삶을 살다가 죽는 것이었다.

> 좋은 날씨에 감흥이 들면 홀로 나들이를 나서고,
> 혹은 지팡이 세워놓고 김매고 흙을 북돋우리라.
> 동쪽 언덕에 올라 휘파람 불고,
> 맑은 시냇가에서 시를 읊으리라.
> 懷良辰以孤往, 或植杖而耘耔。
> 登東皐以舒嘯, 臨清流而賦詩。
>
> ▶ 도연명《귀거래혜사(歸去來兮辭)》

그는 이러한 삶을 "천명을 즐긴다(樂夫天命)"(《귀거래혜사》)고 했고, 인간 본성의 발로를 따른다는 "임진(任眞)"(《연우독음(連雨獨飲)》)이라는 말로도 표현했다. 그가 꿈꾼 이상적인 삶이란 현실의 세속적 추구를 버리고 나면 누구나 행할 수 있는 것이다. 그러나 현실을 살아가면서, 세속적 추구를 멈출 수 있는 사람은 거의 없다.

> 사람 사는 곳에 집을 지었는데,
> 마차와 말의 시끄러운 소리가 없네.
> 그대에게 묻노니 어떻게 그럴 수 있는가?
> 마음이 멀어지니 사는 곳이 절로 멀어지는구려.
> 結廬在人境, 而無車馬喧
> 問君何能爾, 心遠地自偏
>
> ▶ 도연명《음주(飲酒)》제5수

도연명의 위대함이 존재하는 곳이 여기에 있다.

제4장

술로 빚은 전원 유토피아: 도연명과 전원

뛰어나도다, 시상의 노인이여,
백 년 동안 아침저녁으로 친애하네.
넘실대는 큰 물결 속에서도,
오직 그대만은 나루터에서 헤매지 않았네.
▶ 이황 《도연명집 음주시 20수에 화답하며(和陶集飮酒二十首)》

그토록 원했던 전원에서의 도연명은 무엇을 하며 살았을까? 이것을 《오류선생전》을 통해 다시 살펴보면 독서와 술이 된다. 우선 도연명의 독서 생활을 살펴보자.

독서를 좋아했지만, 깊은 이해를 구하지 않았다. 뜻을 이해할 때마다.
가만히 기뻐하며 밥 먹는 것을 잊었을 뿐이다.
好讀書, 不求甚解 ; 每有會意, 便欣然忘食.
▶ 도연명 《오류선생전》

그는 책 읽는 것을 좋아했다. 하지만, 그가 '깊은 이해를 구하지 않았다'라는 것은 무슨 뜻일까? 일본의 중국문학의 대가 요시카와 코지로(吉川幸行次郎)는 《중국시사(中國詩史)》에서 이말을 당시 유행했던 학문인 현학을 통해 이해하고 있다. 현학은 당시 유행했던 학문인 현학은 형이상학적 우주론이다. 예를 들면, 만물이 유(有)에서 시작되었는지, 무(無)에서 시작되었는지에 관한 문제는 당시 지식인 사이에 열띤 토론 주제였는데, 이런 만물 생성이론을 토론하려면 섬세한 개념정리와 복잡한 사고가 필요하고, 긴 논설이 필요하다. 하지만, 그는 아리송한 책의 내용에 대한 복잡한 분석 대신, 독서를 하다가 간혹 좋아하는 구절을 만나게 되면 그것으로 만족했다. 어떤 때는 책을 본다고 밥 먹는 것도 잊어 버렸다. 즉, 그는 취직 관련 활동처럼 독서 역시 시류를 따른다거나 다른 사람과의 토론을 위해서가 아니라 오로지 자신의 즐거움을 위해 읽었다는 것이다.

도연명에게서 빼놓을 수 없는 것으로 술이 있다. 도연명에게는 술과 관련된 에피소드나 시가 많다. 도연명은 팽택현령으로 있으면서, 논에 모두 찰수수를 심어 술을 빚으려 했다. 이에 대해 아내와 아들이 항의하면서 벼를 심을 것을 강력히 요구하자 할 수 없이 250무(畝)에 찰수수를 심게 하고 50무에 메벼를 심게 했다[1] 또, 안연지(顏延之)가 그에게 돈 2만 전을 주자 이것을 생활비 대신 술값으로 탕진한다.(안연지《도징사뢰(陶徵士誄)》) 정말 답이 없다. 그의 문학도 술과 불가분의 관계에 있다. 소통(蕭統)은 《도연명전》을 쓰면서 "도연명의 시는 편마다 술이 있다고 말하는 사람이 있다(有疑陶淵明之詩, 篇篇有酒)"라는 글귀까지 집어넣기도 했다. 그는 이런 자신을 어떻게 서술했을까?

본성이 술을 좋아했지만, 집이 가난해서 항상 술을 마시지는 못했다. 친척과 친구들이 이런 점을 알고 때때로 술을 마련해 그를 불렀다. 술

---

1) 沈約,《宋書·隱逸傳》: 公田悉令吏種秫稻。妻子固請種粳, 乃使二頃五十畝種秫, 五十畝種粳。

마실 때면 매번 끝까지 마시고, 반드시 취하려고 했다. 그리고, 술에 취하면 물러났으며, 가고 머묾에 연연한 적이 없었다.

性嗜酒, 家貧, 不能常得, 親舊知其如此, 或置酒而招之。造飮輒盡, 期在必醉。旣醉而退, 曾不吝情去留。

▶ 도연명 《오류선생전》

우선 점잖게 말하고 있지만, 첫 부분의 서술은 술이 모자란다는 것이다. 《산해경을 읽다가(讀山海經)》라는 시 가운데 이런 구절이 있다.

나는 이 새를 통해,
서왕모에게 이런 말을 하고 싶네.
세상에 있을 때 다 필요 없고,
오직 술과 장수를 바란다고.
我欲因此鳥, 具向王母言。
在世無所須, 惟酒與長年。

▶ 도연명 《산해경을 읽으며·13수(讀山海經·13首)》 제5수

이 새는 삼청조(三靑鳥)이며 곤륜산의 신녀(神女) 서왕모(西王母)가 기르는 새다. 그녀를 찾아간 사람들은 으레 그녀의 비전인 불사약(不死藥)을 요구했는데, 그는 여기에 더해 술을 요구하고 있다. 즉, 오래오래 살면서 술을 마시겠다는 생각이다. 또, 술을 마시면 반드시 취하고, 지나치게 예의를 차리지 않는 "가고 머묾에 연연한 적이 없었다"라는 특징을 서술하고 있지만, 이런 성격의 사람들은 꽤 있다. 그래서, 별로 중요한 서술이 아니라고 하겠지만, 《장마로 독작하며(連雨獨飮)》라는 시와 연계한다면 이야기가 달라진다.

첫 잔은 백 가지 생각을 멀어지게 하고,

다시 마시니 문득 하늘도 잊었다.
하늘이 어찌 여기를 떠났으랴?
진실에 맡기니 먼저랄 것이 없네
試酌百情遠, 重觴忽忘天。
天豈去此哉！任真無所先。
도연명《장마에 독작하며(連雨獨飮)》

　　그는 인생사의 여러 문제를 잊기 위해서 술을 마신다. 이것은 일반적이지만, 여기에 더 나아가 "하늘을 잊는다"라고 한다면 좀 더 깊은 의미가 있다.

　　　만물을 잊고, 하늘을 잊는다는 것은 말하자면 자신을 잊는다는 것이다. 자신을 잊은 사람을 하늘로 들어간다고 한다.
　　　忘乎物, 忘乎天, 其名爲忘己。忘己之人, 是之謂入於天。
　　　　　　　　　　　　　　　　　▶《장자·천지편(庄子·天地)》

　　이렇게 보면 그는 음주 행위에 "하늘을 잊는다"라는 거창한 의미를 부여했고, 취함에 대해 "진실에 맡긴다(任真)"라고 생각한다. 그래서 반드시 취한다는 것은 곧 세상과 자신의 대립이 사라진 "망아(忘我)"를 의미하고, "가고 머묾에 연연한 적이 없었다(曾不吝情去留)"라는 것은 "진실에 맡긴다"라는 "임진(任真)", 즉 우주의 근원으로서의 자연에의 귀의라는 가치와 연결되어 있다. 이렇게 보면, 그의 삶이 대단히 고아하게 보이고, 세계를 초월한 존재처럼 보이지만, 이런 고아함이 피어난 기반은 추위와 더위로 가득한 공간이다. 그래서 더욱 이채롭다.

　　　주위를 빙 두른 벽은 아무것도 없어서, 바람과 해를 가리지 못했다. 짧고 거친 옷에 난 구멍을 깊어 입고, 밥그릇과 국자는 매번 텅 비어 있었지만, 마음은 편안하다.

環堵蕭然, 不蔽風日 ; 短褐穿結, 簞瓢屢空, 晏如也!

▶ 도연명 《오류선생전》

그의 집 벽에는 옷가지·이불도 없고, 지붕은 허름하고, 추위나 더위를 편안히 보낼 옷도 없다. 게다가 먹을 것도 없었다. 즉, 그는 경제력이 형편없었다. 비록, 부인과 자식 5명이 아버지를 어떻게 생각하는지는 잘 알 수 없지만 마음은 편안했다고 말한다. 이렇게 살다가 죽었다.

《오류선생전》의 마지막 서술은 글쓰기에 관한 것이다.

항상 문장을 쓰면서 즐거워했고, 어느 정도 자기 생각을 보였다. (글을 쓰면서) 득실을 잊었다.

常著文章自娛, 頗示己志。忘懷得失。以此自終。

▶ 도연명 《오류선생전》

그가 글쓰기를 독서와 술 뒤에 놓지 않고, 경제 상황에 관한 서술 뒤에 놓은 것은 글쓰기의 지위가 독서나 술과 다르다는 것이다. 본래 글쓰기란 문인이 밥을 먹는 수단이기 때문에, 글쓰기는 그의 직업이다. 이 글에서 그가 글을 쓰는 것을 매우 좋아했으며, 또한 자신만의 독창적 세계관을 갖고 있었다는 것을 알 수 있다. 이 부분은 그가 유일하게 자신에게 무언가가 있다고 자부한 부분일 것이다. 하지만, 문제는 잘되거나 잘못되거나 상관하지 않았다는 점이다. 즉, 그는 자신의 글을 남에게 보이기 위해 쓰지 않았다. 이것은 그의 경제적 상황을 어렵게 만드는 직격타가 되었을 것이다.

그의 인생을 전반적으로 바라보면, 그는 시원하게 사표를 쓰고 시골에서 농사를 지으며 살다가 죽었다. 그래서, 극적이며, 문인적인 모습을 지닌 다른 이들에 비해 특별한 모습을 보이지 않는다. 그래서인지 그와 동시대의 사람에게는 실제로 별 볼 일 없는 사람이었다. 남북조 문학계에서 그는 일류 시인이 아니라 이류 혹은 삼류 작가였다. 종영(鍾嶸)의 시평론집인 《시품(詩品)》에는 도연명을 상중하 가운데 중품에 넣었다. 또한 《도연명집(陶淵明集)》을 만들고 그 《서문(序文)》까지 썼던 소통(蕭統)은 자신의 이름을 걸어놓은 문학 선집인 《문선(文選)》에 도연명의 시를 8수만 기재했다. 《문선》에서 가장 많은 작품이 실린 작가는 삼국시대 위나라 조조의 아들 조식(曹植)으로 무려 39수나 된다. 그리고, 조조의 형이자 위문제(魏文帝)가 되었으나 문학적 재능을 별로 인정받지 못했던 조비(曹丕)의 시를 《문선》에 9수나 수록했다. 이것은 도연명보다 1작품이 많으니, 그 중요도 역시 약간 앞선다고 볼 수 있다.

도연명은 당시(唐詩)를 대표하는 이백(李白)이나 두보(杜甫), 그리고 왕유(王維) 같은 문인들로부터도 그다지 좋은 평가를 받지 못했다. 하지만, 이들 이후의 문학가들은 도연명의 팬이 많다. 당나라 백거이(白居易)는 도연명 문학의 열렬한 신봉자였다. 그가 중앙 정계에서 좌천되어 도연명의 고향인 구강(九江)의 사마(司馬)로 부임했을 때, 그는 도연명이 살던 집을 찾았다. 이때 그는 그냥 성이 도씨인 사람을 만나도 가슴이 두근거렸다고 고백해 놓고 있다.

내가 그대 뒤에 태어나서
…
지금 그대의 옛집을 방문하였습니다.
…
그대 후손 중 들어본 사람 없지만,
도씨가 아직 이곳을 떠나지 않았습니다.
매번 성이 도씨인 사람을 만나면

내 마음은 그대를 생각합니다.

我生君之後, …

今來訪故宅, …

子孫雖無聞, 族氏猶未遷。

每逢姓陶人, 使我心依然。

▶ 백거이(白居易) 《도공의 옛집을 방문하며(訪陶公舊宅)》

주희 역시 도연명 문학의 팬이었다. 그는 도연명 고향 바로 옆에서 지방관으로 있으면서, 역시 도연명의 집터를 찾았다.

어제 다시 도연명의 취석(醉石)이있는 곳에 갔다. 그리고 간적관(簡 寂觀)과 개선(開先)을 지나왔다. 산수의 승경(胜景)이 실로 다른 곳이 미칠 수 없었다.

昨日又到陶翁醉石處, 過簡寂、開先而歸, 山水之勝, 信非他處所 及。

▶ 주희 《답여백공(答呂伯恭)》[2]

당시 도연명의 집터는 흔적도 없었다. 그럼에도 불구하고, 주희는 도 연명의 고향을 "산수의 승경"이라 칭했다. 그리고, 도연명이 술에 취하 면 누워서 쉬던 바위'라고 전해지는 '취석(醉石)'옆에 '귀거래관(歸去來 館)'이란 정자를 만들어 그를 기념했고,[3] 이런 시도 지었다.

내가 천년 후에 태어나,

---

2) 朱熹, 《朱文公文集》卷三十四.

3) 朱熹, 《跋颜鲁公栗里诗》: 栗里, 今南康軍治西北五十里, 穀中有巨石, 相傳是 陶公醉眠處。予嘗往遊而悲之, 爲作'歸去來館'於其側, 歲時勸相間一至焉。

천년 전의 사람과 친구를 맺네.
매번 고아한 선비의 전적을 찾다가
연명 그대에게 유독 감탄하였지.
취석에 이르자,
사람들이 그대가 잠을 자던 곳이라 하네.
산천은 고풍스러울 뿐만 아니라,
은은히 바람과 연기 감추고 있네.
우러러 나무 우거진 그늘 바라보고,
날아갈 듯 흐르는 샘물 소리 고개 숙여 듣자니,
경물이 저절로 한없이 맑아져서,
산행에 세월을 잊겠네.
푸르고 가파른 곳에 초가집 짓고,
술잔 들어 가볍게 흩뿌리네.
바람에 긴 휘파람 불고서,
《귀거래사》를 읊어보네.

予生千載后, 尚友千載前。每尋高士傳, 獨嘆淵明賢。
及此逢醉石, 謂言公所眠。況復巖壑古, 縹緲藏風煙;
仰看喬木陰, 俯聽橫飛泉, 景物自清絕, 優游可忘年。
結廬倚蒼峭, 擧觴酌潺湲。臨風一長嘯, 亂以歸來篇。

▶ 주희(朱熹) 《여산잡영(廬山雜詠)》

주희는 도학자다. 꼬장꼬장하고 매사에 꼼꼼히 자신의 행동거지를 체크하면서 조금의 빈틈도 보여주지 않을 것 같은 그도, 도연명을 만나 마치 위진시대 명사의 풍모를 드러내는 듯 "바람 맞이하며 긴 휘파람"을 불었다. 비단 중국뿐만 아니다. 고려의 이인로 역시 도연명의 팬이다. 그는 도연명의 《도화원기(桃花源記)》를 본떠서 《청학동기(靑鶴洞記)》를 지었고, 이황(李滉)도 도연명의 시에 화답하는 시를 많이 지었다. 이처럼, 그는 후대에 남조 시인 중에 그 누구보다 국제적인 문학적 명성을 누리게 된다.

도연명과 협객의 꿈

세파에 시달려 자연 속 은거를 찾는 사람들에게는 두 가지가 필요하다고 생각된다. 하나는 세상에 대한 달관적 자세와 은거를 위해서 현실의 여러 문제를 잘라낼 수 있는 강력한 결단력이다. 그리고, 또 하나는 힘들게 찾은 은거의 길을 유지하는 힘이다.

물론, 이 결단력 이전에 필요한 것은 세속적 열망을 넘어선 어떤 열망의 존재이겠지만, 우선은 도연명이 은거를 위해 세속적인 욕망과 고뇌를 잘라낼 수 있는 결단력을 살펴보겠다. 담박(淡泊)하고 평이(平易)한 문학으로 평가받는 도연명에게는 특이하게도 진시황을 암살하려다 실패했던 자객인 형가(荊軻)를 노래한 《형가를 노래하다(詠荊軻)》라는 작품이 있다.

군자는 자신을 알아주는 사람 위해 죽기에,
형가는 검을 들고 연나라 수도를 떠났네
⋯⋯
영웅의 머리털이 높은 모자로 치솟고,
맹렬한 기운이 긴 갓끈에 충만하다.
⋯⋯
소슬한 슬픈 바람 스치고,
조용히 차가운 파도가 일어나네.
⋯⋯
가면 돌아오지 못할 것을 알지만,
후세에 이름을 남기리.
마차에 오른 뒤 뒤돌아본 적 있었던가?

마차는 나는 듯이 진나라 조정으로 들어갔네.

맹렬한 기세로 만리를 넘고,

구불구불한 천 개의 성을 지나네.

지도가 끝나는 곳에서 일이 벌어지니,

일세의 영웅호걸 군주도 놀라 허둥거렸지.

안타깝구나, 검술이 모자라,

뛰어난 공이 수포가 되었네.

그는 비록 죽었지만,

그의 정신은 천년에 넘실대리.

君子死知己, 提劍出燕京。……

雄發指危冠, 猛氣沖長纓。……

蕭蕭哀風逝, 澹澹寒波生。……

心知去不歸, 且有後世名。登車何時顧, 飛蓋入秦庭。

凌厲越萬里, 逶迤過千城。圖窮事自至, 豪主正怔營。

惜哉劍術疏, 奇功遂不成。其人雖已沒, 千載有余情。

▶ 도연명 《형가를 노래하다(詠荊軻)》

형가와 이 시는 낙빈왕(駱賓王)에 관한 글에서 이미 소개하였다. 도연명의 "그는 비록 죽었지만, 그의 정신은 천년에 넘실대리."라는 말은 형가의 정신이 영원할 것이라는 찬사이자, 자신 역시 형가의 생각에 동조하며, 그렇게 하고 싶다는 열망을 보여준다. 황제를 일개 평민 백성이 대의를 위해 암살한다는 내용의 글이 정통 역사서인 사마천의 《사기》에 들어있다는 점도 놀랍기는 하지만, 도연명이 황제를 암살하는 자객에 관한 시를 지었다는 사실은 그를 전원에서 은일과 평온을 노래한 사람으로 이해하고 있는 사람들에게 사뭇 충격을 주었으며, 주희(朱熹) 역시 그 가운데 한 명이었다.

도연명의 시를 사람들은 모두 평담하다고 한다. 하지만, 내가 볼 때, 그는 호방하다. 다만, 이 호방함을 느낄 수 없을 따름이다. 이러한 진면목을 드러낸 작품이 바로 《형가를 노래하다》라는 작품이다. 평담한 사람이 어떻게 이런 말을 할 수 있겠는가?

陶淵明詩人皆說是平淡. 據某看, 他自豪放, 但豪放得來不覺耳. 其露出本相者是《詠荊軻》一篇, 平淡底人如何說得這樣言語出來.

▶ 주희, 《주자어류·논문하·시(朱子語類·論文下詩)》[4]

주희는 도연명의 평담함에 깃든 뜨거운 열정을 보았고, 그것을 호방함으로 해석하였다. 도연명의 또 다른 작품인 《의고(擬古)》라는 작품 중에도 그의 호기로운 모습이 나타난다.

젊은 시절의 나는 건장하고 굳세어서
검을 어루만지며 홀로 돌아다녔지.
누가 가까운 곳을 돌아다녔다 하는가?
장액(張掖)에서 유주(幽州)까지라네.
少時壯且厲, 撫劍獨行游.
誰言行游近? 張掖至幽州.

▶ 도연명 《의고9수(拟古9首)》 제8수

그는 자신의 젊은 시절을 회고하며, 검을 들고 서북쪽 하서회랑(河西回廊)에 속한 감숙성(甘肅省) 장액(漿液)과 동북쪽의 유주(幽州)와 같은 변새를 돌아다녔다고 했다. 그는 변새의 영우이 되고싶었던 것일까? 그의 《멈추어 선 구름(停雲)》은 친구 사이의 깊은 정을 드러낸 시다.

---

4) 朱熹, <論文下詩>, 《朱子語類》卷第一百四十.

멈추어선 어두운 구름,
부슬부슬 내리는 봄비.
팔방이 모두 어두워지더니,
평평 대로가 모두 막힌다.
조용히 동쪽 창 가까이에서,
봄 막걸리 담은 잔을 홀로 어루만진다.
좋은 벗 멀리 있어,
우두커니 머리만 긁적인다.
靄靄停雲，濛濛時雨。八表同昏，平路伊阻。
靜寄東軒，春醪獨撫。良朋悠邈，搔首延佇。

　장마지던 어느 날, 그는 동쪽 창가에서 도연명은 술을 마신다. 어쩌면
그는 해야 할 일이 있지만, 비가 와서 일할 수가 없었다. 비가 내려 태양
이 사라지고 사방이 어두워졌고, 그래서 모든 길이 막힌다. 이렇게 자기
의 일을 가로막는 구름을 바라보면서, 문득 현재 먼 거리로 인해 만날
수 없는 친구를 생각한다. 사물의 거리가 심리적 거리를 소환한 것이다.

멈추어 선 구름은 검고,
봄비는 부슬부슬 내린다.
사방이 온통 어두워졌고,
평평한 구릉은 강이 되었다.
마침 술이 있어
한가로이 동쪽 창가에서 마신다.
그리운 이가 생각나지만,
배와 수레가 있어도 갈 수 없다.
停雲靄靄，時雨濛濛。八表同昏，平陸成江。
有酒有酒，閑飮東窗。願言懷人，舟車靡從。

친구가 있다면 이런 답답한 상황을 이야기라도 하며 풀어내 볼 것이지만, 그가 그리워하는 친구는 만날 수 없다. 시의 어두운 분위기, 그리고 "배와 수레가 있어도 갈 수 없다"라는 말을 통해, 첫 번째 단에서 "좋은 벗 멀리 있어(良朋悠邈)"라는 작가와 친구의 거리가 물리적 거리가 아닐 수도 있다는 이미지를 부여한다.

정원 동쪽 나무
가지마다 무성해지기 시작하네.
새로운 자태를 다투는 모습이
나의 옛정을 불러일으키네.
사람들은 말하지
세월이 빠르게 흘러간다고.
어찌해야 가까이 마주 앉아,
그대와 평생의 일을 이야기 할 수 있을까?
東園之樹, 枝條再榮。競用新好, 以招余情。
人亦有言, 日月於征。安得促席, 說彼平生。

이제 시상은 과거로 흘러간다. 그는 동쪽 창문 너머로 보이는 나무들이 푸른 잎을 다투듯 내어놓아 녹음이 지는 모습에서 그와 친구가 서로를 풍요롭게 했던 과거를 생각한다. 그리고, 만약 곁에 있다면 그와 헤어진 뒤에 일어나고 경험했던 일들을 서로 나눌 수 있겠다고 상상한다. 하지만, 그와 친구의 거리는 이미 아득하여 이번 생에 다시 만날 날을 기약할 수 없다.

훨훨 날던 새가
내 뜰 나뭇가지에서 쉰다.
한가로이 깃을 거두고서

고운 소리로 서로 지저귄다.
어찌 다른 사람이 없겠냐만,
정말 그대가 많이 생각난다.
생각하지만 만날 수가 없으니,
한탄한들 무슨 소용일까.
翩翩飛鳥, 息我庭柯。斂翮閑止, 好聲相和。
豈無他人, 念子寔多。願言不獲, 抱恨如何！

▶ 도연명 《멈춘 구름(停雲)》

   그는 정원으로 날아와 서로 지저귀는 새들을 바라본다. 새들은 함께
있으며 서로 이야기를 나눌 수 있지만, 그는 생각하는 사람을 만날 수
없다. "어찌 다른 사람이 없겠냐만, 정말 그대가 많이 생각난다."라는
화려하지는 않지만 단순하고 조용한 어조로 내뱉는 짙은 그리움의 감성
에서 도연명에게 그는 정말 소중한 사람임이며, 정말 그를 보고 싶은
마음이 일어났음을 알 수 있다. 하지만, 이것은 그의 소망일 뿐, 그는
그저 체념 섞인 말로 이런 마음을 달랠 뿐이다. 청대 공자진(龔自珍)은
다음과 같은 시를 남겼다.

   도잠은 시에서 형가를 노래하기를 좋아했고,
보고 싶은 마음에 《멈춘 구름》이란 호방한 노래를 불렀지.
은혜와 복수를 노래함에 이르러 심사가 북받치는,
강호에 협객의 풍도 있는 사람이 많지는 않으리.
陶潛詩喜詠荊軻, 想見《停雲》發浩歌。
吟到恩仇心事湧, 江湖俠骨恐無多。

▶ 공자진 《배에서 도연명 시를 읽다(舟中讀陶詩)》5)

---

5) 龔自珍,《己亥雜詩》之一二九, 劉逸生《龔自珍己亥雜詩注》, 中華書局, 1980,

그림 3. 호계삼소. 송대 작품. 대만고궁박물원. 호계삼소는 경계와 초월에 관한 이야기다. 여산(廬山) 동림사(東林寺)의 혜원(慧遠)이 도연명(陶淵明), 육수정(陸修靜)을 전송할 때, 이야기를 나누다가 혜원이 무심결에 사찰 앞의 호계(虎溪)를 건너게 된다. 혜원은 본래 호계를 건너가지 않기로 맹세했던 적이 있다. 따라서 호계삼소에는 경계의 초월이란 가치를 내포하고 있다.

이 공자진의 시 1구와 2구는 각각 도연명의 《형가를 노래하다(詠荊軻)》와 《멈춘 구름(停雲)》을 지칭한다. 공자진은 이 두 시를 빌려 시대에 협객의 풍도를 가진 인물이 없음을 탄식하고 있는데, 그는 이 시를 "호방한 노래"라고 느꼈다. 어쨌든 그는 도연명의 풍격에 맑고 잔잔한 "평담(平澹)"이란 것 외의 강맹한 풍격을 발견한 것이다. 도연명의 이런 새로운 풍격을 느낀 사람은 중국현대문학의 아버지 노신(魯迅)도 있었다. 노신은 "논객들이 탄복하는 '유연히 남산이 눈에 들어온다(悠然見南山)'라는 구절 외에도 '정위(精衛)는 작은 나뭇가지를 물고, 창해 바다를 메우려 했지. 형천(刑天)이 방패와 도끼를 들고 춤을 추었으니, 용맹한 뜻은 여전히 있었도다'와 같은 금강역사의 성난 눈매와 같은 형상도 있다. (除論客所佩服的'悠然見南山'外, 也還有'精衛銜微木, 將以填滄海, 刑天舞幹戚, 猛志固常在'之類'金剛怒目'式)6)"라며, 도연명이 평담 외에

---

pp. 182-183.

강맹한 성격이 있음을 지적했다.

전원을 향해서

그의 《귀거래사》는 버려버린 홀가분함과 되찾은 기쁨을 노래한 것이
다. 그에게 주어진 압박은 생활고와 관리가 되는 것 사이에 존재한다.
서문을 보면 그가 관직에 나아간 것이 팽택이 집에서 가깝고 봉급으로
술을 마실 수 있기 때문이라고 하면서, 이번 출사가 자신의 이상을 위해
서가 아님을 분명히 밝힌다. 그렇다면 그는 왜 출사를 거부하는가? 여기
에 대한 해답은 "사불우부에 대한 감상"이란 의미의 《감사불우부(感士
不遇賦)》의 서문에 보인다. "사불우부"는 서한(西漢) 동중서(董仲舒)의
《사불우부》와 사마천(司馬遷)의 《비사불우부(悲士不遇賦)》를 말한다.
이 두 작품은 모두 주변의 상황에 의해 부정되고 인정받지 못한 지식인
의 비애를 다룬 작품이다.

> 자기 뜻을 굽혀 남을 따르는 사람은
> 내가 되고 싶은 사람이 아니다.
> 몸을 바르게 하고 때를 기다려
> 장차 죽음에 이르리라
> 屈意從人, 非吾徒矣。
> 正身俟時, 將就木矣。
>
> ▶ 동중서 《사불우부》

형체가 있어도 드러낼 수 없고,

---

6) 魯迅, 《題未定草六》, 《魯迅全集》第六卷, 人民文學出版社, 1981, p. 422.

능력이 있다 해도 펼칠 수 없구나.
곤궁함과 통달함은 사람을 이토록 쉽게 미혹하고,
실로 선악은 분별하기 어렵구나.
......
복이 앞에 있다고 나서지 말고,
화의 시작을 건드리지 말지어다.
자연에 순응하여
도와 하나가 되리라.

雖有形而不彰, 徒有能而不陳。何窮達之易感, 信美惡之難分, 时
悠悠而蕩蕩, 將遂屈而不伸, ……。無造福先, 無觸禍始。委之自然, 終
歸一矣。

▶ 사마천 《비사불우부》

이 두 작품은 모두 시대의 암흑을 마주한 지식인이 어떻게 처신해야
되는지를 말해준다. 이들은 모두 자신을 굽혀 세상을 따르는 것이 아니
라 죽음으로써 자신의 도를 지키려고 한다. 도연명은 이 작품을 읽고
이렇게 썼다.

신의를 지키고 생각을 바르게 하는 것은 사람으로서의 좋은 행동이
다. 질박함을 간직하고 고요함을 지키는 것은 군자의 본 모습이다. 순박
한 풍속이 사라지면서 허위(虛僞)의 풍조가 크게 일어났다. 민간에서는
청렴하고 겸양하는 절조가 해이해지고, 조정에서는 쉽게 출세하려는 마
음이 치달리고 있다. 정의를 가슴에 품고 도에 뜻을 둔 선비 중에 어떤
사람은 한창나이에 재주를 감추고 은거하여 벼슬길에 나가지 않게 되었
다. 자신을 깨끗이 하여 지조를 바르게 하는 사람 중에 어떤 사람은 죽
는 날까지 헛되이 고생만 한다. 그러므로 백이(伯夷)·숙제(叔齊)와 상
산사호(商山四皓)는 "어디로 돌아갈 것인가"라고 탄식하였고, 삼려대
부(三閭大夫) 굴원(屈原)은 "그만둘지어다"라며 슬퍼했다.

夫履信思順, 生人之善行 ; 抱樸守靜, 君子之篤素。自真風告逝, 大
偽斯興, 閭閻懈廉退之節, 市朝驅易進之心。懷正志道之士, 或潛玉
於當年 ; 潔己清操之人, 或沒世以徒勤。故夷皓有安歸之歎, 三閭發
已矣之哀。

▶ 도연명 《감사불우부》

그는 사람이라면 선을 행하고, 이 가운데 군자는 깨끗한 절조가 있어
야 한다고 생각했다. 하지만 세상이 허위로 가득 차면서, 세상에는 겸손
하고 양보하는 미덕이 사라지고, 조정과 시장에는 세속적 영달에만 골
몰하는 사람들이 생겨났다. 그리고, 이런 세상에서 과연 지식인은 어디
로 가야하는가라고 자문하고 있다. 그의 해답은 고향의 전원으로 돌아
가는 것이었다. 그는 이 작품에서 "차라리 곤궁함을 굳게 지키며 뜻을
이룰지언정, 뜻을 굽혀서 스스로를 해치지는 않으리(寧固窮以濟意, 不
委曲而累己)."라고 답을 했다.

이렇게 뜻을 해치지 않기 위해서, 그는 《귀거래해사》에서 전원으로
"돌아가자(歸去來兮)"라고 했고, 자신의 과거에 이루어진 출사(出仕)를
"마음을 형체의 노예로 삼는 것(以心爲形役)"이라 평했다. 즉 어지러운
세상에서 벼슬을 한다는 것이 자신을 굽혀 세상에 영합하는 행동이라고
본 것이다. 그리고 그는 현재가 이러한 과거를 단절하고 미래를 열어주
는 열쇠라고 여겼다.

과거를 질책해 본들 소용없음을 깨닫고,
미래를 좇을 수 있음을 알겠네.
悟已往之不諫, 知來者之可追。

▶ 도연명 《귀거래해사》

궁핍한 생활이라는 현실적 압박에도 불구하고 벼슬을 던지고 고향으

로 돌아가는 결단을 내린 것은 앞서 살펴본《영형가(詠荊軻)》·《정운(停雲)》과 같은 작품에 나타난 그의 열정적이고도 강맹한 성격이 없다면 이루어지기 어려웠을 것이다. 《귀거래해사》에는 이런 결단을 내린 다음에 느껴지는 자연의 평온함과 사람들의 따스함을 이야기한 다음, 마지막을 이렇게 맺는다.

> 그만두자!
> 몸을 이 세상에 붙일 날이 다시 얼마나 되기에,
> 어찌 마음을 풀고 가고 머무름을 자연에 맡기지 않는가?
> 무엇 때문에 허겁지겁 대며, 다시 어디로 가려 하는가?
> 부귀는 내가 바라는 것이 아니며,
> 하늘나라는 기약할 수 없구나.
> 已矣乎, 寓形宇內複幾時, 曷不委心任去留? 胡爲乎遑遑兮欲何之? 富貴非吾願, 帝鄕不可期。
>
> ▶ 도연명《귀거래해사》

그는 스스로에게 묻는다. 하루하루를 그토록 바쁘게 지내는 이유가 무엇인가? 그렇게 바쁘게 지내는 것은 다름 아닌 부귀영화라는 세속적 가치 때문이 아닌가? 그토록 자신을 굽혀 어두운 세상과 영합하여 살아가는 일에 짧은 인생을 허비할 것인가? 그는 부귀를 원하지도 않고, 영원한 육체의 삶을 원하지도 않는다. 그가 원하는 것은 다음과 같은 소박한 삶이다.

> 좋은 날씨라 생각 들면 홀로 나들이 가고,
> 때로는 지팡이를 세워놓고 김매고 흙을 북돋우리라.
> 동쪽 언덕에 올라 휘파람 불고,
> 맑은 시냇가에서는 시를 읊조리리라.

懷良辰以孤往, 或植杖而耘耔。登東皐以舒嘯, 臨清流而賦詩。

▶ 도연명 《귀거래해사》

그는 이렇게 사는 삶을 천명을 즐긴다고 표현했다.

잠시나마 자연의 변화를 따르다가 죽음으로 돌아가는 것이니
천명을 즐기는 데에 다시 무엇을 의심하리.
聊乘化以歸盡, 樂夫天命復奚疑。

▶ 도연명 《귀거래해사》

이런 점을 보면, 그는 하늘이 자신에게 부여한 본성을 어기지 않고
살아가는 것에 인생의 가장 큰 가치를 두었다. 그의 전원시는 바로 이러
한 삶에서 느끼는 한적함과 고요함을 드러내고 있다. 즉, 이런 작품이
의미가 있는 것은 이러한 작품 속에 세속적 야망과 허위적 의식이 드러
나지 않는 데 있다.

콩을 남산 아래 심었는데
풀이 무성하고 콩 싹이 희미하다.
새벽 되면 잡초 자란 밭 매고,
달과 함께 괭이 메고 집으로 온다.
길 좁고 초목 우거지니
저녁 이슬이 내 옷을 적신다.
옷이 젖는 것 신경 쓸 것 못 되니
다만 바람이 어긋나지 않기를.
種豆南山下, 草盛豆苗稀。
晨興理荒穢, 帶月荷鋤歸。
道狹草木長, 夕露沾我衣。
衣沾不足惜, 但使願無違。

▶ 도연명 《귀원전거(歸園田居)》

즐거운 이야기 하며 봄 술 마시고,
내 정원의 채소를 딴다.
보슬비 동쪽에 내리는데,
좋은 바람도 넉넉히 함께하네.
歡言酌春酒, 摘我園中蔬。
微雨從東來, 好風與之俱。

▶ 도연명《산해경을 읽으며(讀山海經)》

　　그의 전원은 그의 이상과 현실이 만나 하나가 된 지점이다. 비록 전원이 그의 이상이 실현된 사적 생활공간에 불과하지만, 풍요하지만 거짓으로 물든 세속적 삶을 추구하는 사람들에게 인간 본연의 가치를 드러내고 있다는 점에서 사회적 의의를 찾을 수도 있다. 안연지(顔延之)는 이렇게 칭송한다.

　　선옥(璇玉)이 지극히 아름답지만, 도시에서 매매되는 보배가 될 수 없고, 향료인 계초(桂椒)가 실로 향기롭지만, 정원에서 가꾸는 유실수가 아니다. 어찌 이것들이 깊은 곳에 있고 먼 산속에 있는 것을 좋아해서이기 때문이겠는가? 이는 그 성품이 달라서일 따름이다. 발이 없지만 찾아오는 것은 사람들이 주군의 아래에 있기를 원해서이고, 발꿈치를 쫓아 서 있는 것은 사람들이 자신을 가볍게 여기기 때문이다. 요임금 시기 은자인 소부(巢父)와 우임금 시기 은자인 백성자고(伯成子高)의 고결한 행동, 백이(伯夷)의 높은 절개는 요임금과 우임금을 동네 할아버지로 바라보고, 주나라와 한나라를 티끌처럼 가볍게 여겼다. 하지만, 세상이 이들과 점차 멀어지고, 훌륭한 정신이 이어지지 못하면서, 지식인의 정수가 사라지고, 그 향기로운 흐름이 말라 없어져 버리게 되었다. 이 어찌 애석하지 않은가? 비록 지금의 지식인들이 스스로 성취가 있다하지만, 은거를 시작하다가 중도에 포기하고 다른 길을 가는 사람이 많으니, 어찌 고매한 지식인 정신의 끝 경관을 비추고, 그 여파에 배를 띄운 것이라 하리오!

夫璇玉致美, 不爲池隍之寶 ; 桂椒信芳, 而非園林之實。豈其深而
好遠哉?蓋云殊性而已。故無足而至者, 物之藉也5 ; 隨踵而立者, 人之
薄也。若乃巢高之抗行, 夷皓之峻節7, 故已父老堯禹, 錙銖周漢8。而綿
世浸遠, 光靈不屬。至使菁華隱沒, 芳流歇絶, 不其惜乎!雖今之作者,
人自爲量, 而首路同塵, 輟涂殊軌者多矣。豈所以昭末景、泛余波!

▶ 안연지《도징사뢰》

당시 지식인의 행동을 거스르는 것처럼 보이는 도연명의 행동은 안연
지의 눈에는 마치 고대의 은자인 소부(巢父)와 백성자고(伯成子高)의
고결함을 이어받아 세속의 영화를 허깨비로 보는 듯했고, 은자의 삶을
중도에 포기하고 변절해버리는 사람들과 다르게 보였으며, 심지어는 도
연명 자체가 세속적인 인물과는 다른 특별한 종류의 사람이라고 생각했다.

전원의 삶이 가진 인생철학은 아래 시에서 극명하게 표현되어 있다.

사람 사는 곳에 집을 지었는데
수레나 말 우는 소리 없다.
당신은 어찌하면 그럴 수 있나?
마음 멀어지니 자리가 절로 외진 곳 되네
동쪽 울타리 아래서 국화를 꺽어드니
유연히 남산이 눈에 들어온다.
산은 노을에 아름다운데
나는 새들이 서로 함께 돌아온다.
이 가운데 진실을 알리는 뜻이 있지만
말을 하려다 말조차 잊었다.
結廬在人境, 而無車馬喧。
問君何能爾, 心遠地自偏。
采菊東籬下, 悠然見南山。

山氣日夕佳, 飛鳥相與還。
此中有真意, 欲辨已忘言。

▶ 도연명 《술을 마시고(飮酒)》 제5수

이 시는 도연명의 문학세계를 대표하는 작품이다. 좀 더 내용을 생각해보자. 1구에서 4구를 보면, 적어도 이 시를 보면 그는 사람이 없는 한적한 집에서 살았던 것이 아니라 주변에 사람들이 살고 있었다. 삶을 살아가다 보면, 모종의 이익을 위해 자신의 본심을 숨기고, 타인을 밟고 올라서기 위해 타인을 비방해야 하고, 또, 남에게 자신의 것을 뺏기지 않기 위해 노심초사해야 하는 상황이 오기 마련이다. 또, 그는 지식인 계층이다. 일반적 지식인이 꿈꾸는 삶은 문학을 통해 명성을 높여 부귀를 추구하는 것이다. 만약 그가 명예와 지위를 거머쥐기 위해 노력했다면 그의 집에는 늘 수레나 말이 오갔겠지만, 그의 집은 그렇지 않았다. 그는 담백하고 소박한 전원의 삶에 침잠했다. 정치인은 가끔 정계 은퇴를 선언하지만, 마음은 여전히 정치판을 계산한다. 《장자》에는 이런 구절이 있다.

몸은 강과 바닷가에 있지만, 마음은 위나라 궁궐 안에 살고 있다.
身在江海之上, 心居乎魏闕之下。

▶ 《장자 · 양왕(莊子 · 襄王)》

그리고, 자기는 나오고 싶지만, 환경이 그의 은퇴를 허락하지 않는다는 변명을 하기도 한다. 하지만, 도연명은 말뿐만 아니라 현실 속에서 자신의 삶과 생명이 지향하는 바를 완성했다. 어떻게 그럴 수 있었을까? 그는 마음이 멀어지니 자연스럽게 그렇게 되었다고 했고, 이것을 아래 구에서 말로 표현하는 대신 행동으로 표현하고 있다.

그는 《오류선생전》에서 술을 마시면 꼭 취한다 했으니 술에 취했을 것이다. 술에 취한 그는 동쪽 울타리 아래 그가 심은 국화가 만개한 것을 보았다. 국화가 피었으니 아마 가을이었을 것이다. 그는 국화에 다가가 꺾고 허리를 펴서 국화를 코끝으로 가져다 대며 향기를 맡아보았다. 그리고, 그 순간 남쪽에 있는 산과 하나가 되었다.

"유유히 남산이 눈에 들어온다(悠然見南山)."라는 이 구절은 '유연(悠然)'이란 글자를 합당하게 해석하고 번역하는 것이 어렵다. '유연'은 '유유자적', '종용(從容)'의 의미다. 즉 '한적하고, 안정되고, 서둘지 않고, 넉넉하고, 편안하다.'한국어의 '조용하다'가 여기서 왔지만, 의미가 변용되었다.[7] 그래서, 이런 뉘앙스를 적절히 전달하는 단어가 생각이 잘 안난다. 여기서는 '유유히(悠悠)'라고 해석했다. 두 번째 어려움은 '유유히'가 수식하는 대상이다. 일반적으로 3가지 설이 있다.

① 부사: 보는 행위가 '유유자적'하다.
② 부사: 남산이 유유자적하게 눈에 들어왔다.
③ 형용사: 남산의 모습이 유유자적하다

① 부사로 번역한 예
동쪽 올 밑에서 국화 따며,
유연히 남산을 본다.

▶ 퇴계학 연구원 《퇴계전서》

② 부사로 번역한 예
동쪽 울타리 밑에서 국화를 따노라니,
유연히 남산이 눈에 들어오네.

---

7) 《표준국어대사전》어원<종용ᄒ다<《첩해신어》(원간본)(1676)>←종용 [<從容] + ᄒ

▶ 이치수 《신기질사선(辛棄疾詞選)》

③ 형용사로 번역한 예
유유자적한 남산이 눈에 들어온다.
▶ 요시카와 코지로(吉川幸次郎)《중국시사(中国诗史)》

①번은 문법적 번역이다. 중국어는 고립어이고 위치를 통해 문법이 결정된다. 중국어의 수식어는 피수식어 앞에 온다. 그래서 '유유히(悠然)'는 '보다(見)'를 수식한다. 즉, 내가 유유히 바라본다는 것이며, 대부분의 해석이 이 해석을 좇는다. ②는 문학적 이해다. 시는 문법을 초월한다. 이 해석을 제시한 사람은 송대 저명한 문학가 소식(蘇軾: 1036~1101)이다. 그가 ①처럼 작가가 주동적으로 사물을 바라본다는 식의 해석에 불만을 드러낸 이유는 작위적인 느낌이 강하다는 것이다.8) 그의 이야기를 좀 더 생각해 보면, 다음과 같이 이해할 수도 있을 것이다. 즉, 도연명이 의식적으로 남산을 바라본다면, 나 자신의 모습이 남아 있다고 할 수 있다. 그는 자기가 처한 현실에 대한 해소되지 않은 불만의 흔적을 가지고 남산을 바라보게 되어 스스로 은자인 척하는 속된 모습이 있다. 하지만, 남산이 자연스럽게 그의 눈에 들어왔다면, 국화를 캐는 자신을 향해 남산이 찾아왔다는 것이며, 이때 그는 자아의식이 사라져 사물과 하나를 이룬 무아의 시적 경계가 이루어진다는 것이다. 이것을 왕국유(王國維: 1877-1927)는 '나라는 존재가 없는 경계—무아지경'이라고 했다.

---

8) 宋 · 蘇軾《慎改竄》: 近世人輕以意改書, 鄙淺之人好惡多同, 故從而和之者眾, 遂使古書日就訛舛, 深可忿疾。…。陶潛詩"采菊東籬下, 悠然見南山。", 采菊之次偶然見山, 初不用意 ; 而境與意會, 故可喜也。今皆作"望南山"。…, 便覺一篇神氣索然也。

(시에는) 유아지경과 무아지경이 있다. … '동쪽 울타리 아래서 국화를 캐는데 유유히 남산이 보인다'는 무아지경이다. 유아지경은 내가 사물을 보는 것이다. 그래서 사물이 모두 나의 색채로 젖는다. 무아지경은 사물을 통해 사물을 바라보는 것이다. 그래서 무엇이 나인지, 무엇이 사물인지 알 수 없다. 고전 작품에서 유아지경이 드러난 작품이 많지만, 무아지경을 쓸 수 없었던 것은 아니다. 이는 뛰어난 문학가라야 이룩할 수 있었던 경지였을 뿐이다.

有有我之境, 有無我之境。…'探菊東籬下, 悠然見南山。', …, 無我之境也。有我之境, 以我觀物, 故物皆著我之色彩。無我之境, 以物觀物, 故不知何者為我, 何者為物。古人為詞, 寫有我之境者多, 然未始不能寫無我之境。此在豪結之士能自樹立耳。

▶ 왕국유(王國維) 《인간사화(人間詞話)》

어감상 '무아지경'이 '유아지경'보다 어렵다고, 그래서 무아지경이 더 뛰어난 것처럼 이해될 수도 있지만, 어느 한쪽이 더 뛰어난 경지는 아니라고 하지만, 확실히 무아지경은 표현하기 어렵다.

③은 비교적 새로운 해석이다. 여기에는 좀 더 보충할 것이 있는데, 앞의 2가지 해석의 경우 남산의 모습만을 형용했기 때문에, 시 전체를 아우르며 관통하는 작가의 의식을 건드리지 못한 부분이 있다는 것이다. 그래서, 이 설을 주장한 사람은 이 구절에는 ①②의 의미가 모두 들어있다고 주장한다. 확실히, 시는 산문처럼 하나의 의미 맥락을 분명하게 서술하는 장르가 아니라, 의미를 함축하고 수렴하며, 확장하는 장르이기 때문이다. 하지만, 이러한 해석은 좀 번거롭다는 생각이 든다. 어쩌면, 이 구절은 해석을 보류하는 것도 좋을 것이다.

의미를 좀 더 살펴보자. 일단 '남산'이라고 했는데, 앞서 지도를 보았듯이 그의 집 뒤에는 여산(廬山)이란 유명한 산이 있다. 이 산의 주봉을 '향로봉(香爐峯)'이라고 하는데, 산의 안개가 산꼭대기에서 피어오르는 것이 마치 향로에서 향이 피어오르는 것 같다는 의미다. 수많은 시인이 이 산을 찾아와, 유려하고 기이한 산세를 읊었다. 아마 시의 신선이라 불리는 이백(李白)의 시가 대표적인 작품일 것이다.

> 향로봉에 햇빛 비치니 보라빛 안개 생기고,
> 아득히 비단 폭포가 강에 걸려있네.
> 수직으로 삼천 척을 날아 흘러내려 가니,
> 은하수가 구천에서 떨어지는 것인가.
> 日照香爐生紫煙, 遙看瀑布掛前川。
> 飛流直下三千尺, 疑是銀河落九天。
>
> ▶ 이백《여산의 폭포를 바라보며(望廬山瀑布)》

이백은 여산의 폭포가 일으키는 포말로 인해 향로봉에서 피어난 안개가 햇살에 비친 것이 보라빛으로 보였고, 폭포의 거대하고 세찬 흐름을 표현하기 위해서 우주의 은하수를 끌어왔다. 하지만, 도연명의 언어 속에서 여산은 그저 집 남쪽에 있는 산일 뿐이다. 또한 여산은 압도적인 풍광으로 그에게 성큼 다가선 것이 아니라 살포시 다가왔을 뿐이다. 온갖 세상의 거친 풍파와 절대 풍경도 그의 경계에 들어서면 산들바람과 동산으로 변화해 버리는 것 같다.

이제 시는 단풍이 펼쳐진 아름다운 여산에 가을 석양이 비끼고, 그리고 삼삼오오 무리 지어 여산으로 돌아오는 산새를 묘사한다. 이 표현 속에서 그는 사라지고 없다. 그는 마치 산새와 여산을 품고 있는 우주 속으로 사라졌으나 그의 의식이 곳곳에 존재하고 있는 것 같다.

"이 속에 참됨의 뜻이 있지만, 말을 하려다 말조차 잊었다(此中有真意, 欲辨已忘言)."라는 시의 마지막 부분에서 '진의(真意)'의 번역이 까다롭다. 단어 구조를 술 이름인 '진로(真露)'와 같은 '형용사(진: 참)+명사(로: 이슬)'구조라고 이해한다면, '진'은 '의(의미, 뜻)'를 수식하는 형용사가 되어 '참뜻', '진짜 뜻'으로 해석된다.

이 속에 참된 뜻이 있으나,
말을 하려다 말조차 잊었다.

즉, '국화를 따고 산이 보이는 것', 그리고 '황혼에 비치는 여산과 여산으로 돌아오는 새'를 통해 해석되고 이해될 수 있는 의미이다.

또 하나의 해석은 '참됨의 뜻'이다. 여기서 '진(眞)―참됨'은 '인생의 진실', 혹은 '우주의 진리'라고 할 수 있고, 뒤의 '의(意)―뜻'은 이런 진리가 현상으로 드러나 이해될 가능성을 제시한다는 의미다. 얼굴이 푸르락 붉으락 하는 사람의 얼굴은 '분노의 뜻'을 드러내고, '도시락 폭탄에는 독립을 이루려는 애국의 뜻이 있다. '국화, 여산, 새'와 교감하는 과정에는 자연과 물아일체가 된 사람의 경지가 드러내는 보편 진리의 뜻이 있다. 그래서, 이것을 자세하게 전하고자 했지만, 언어로 표현할 수 없었다는 것이다.

필자는 진의(眞意)를 거짓 없는 참된 인생이란 의미로 해석하는 후자를 선호한다. 왜냐하면, 국화를 따고 여산이 보이는 것에는 작위의 흔적이 없다. 또 산새가 날아 돌아오는 것을 보는 것에는 자의식이 크게 느껴지지 않는다는 점에서, 이는 거짓 없는 인생과 그 귀의처를 표현한 것이다. 즉, 국화를 따는 행위는 의식적 행위가 아니라, 생각이 행동으로 직결된 것이며, 남산이 보이는 것 역시 의식적으로 남산을 무엇으로 보는 것이 아니라 남산이 스스로 다가선다. 그리고, 아름다운 노을을 배경으로 산새가 산으로 돌아옴은 세계 속에서 자신을 바라보는 것이다. 따라서, 그의 모든 행위는 자연에서 나오는 참의 명제를 구현한 것이며, 그 행위의 귀의처는 자연이란 것을 말하고 있는 것이다. 만약 이것을 스스로 표현한다면 자신의 행위를 매타적으로 바라보는 행위가 되어, 의식이 없는 경지가 아니라 유의식적 행위로 빠지게 됨으로써 진부한 설명적인 시가 되었을 것이다. 그래서 그는 말을 하고 싶어도 할 수가 없다.

전원을 넘어서

도연명이 돌아온 전원은 매우 아담했다. 그의 《귀원전거》 시에는 다음과 같이 그의 전원이 묘사된다.

> 네모난 땅 10여 무에,
> 초가집이 여덟·아홉 칸.
> 느릅나무와 버드나무 집 뒤 처마에 그늘 지우고,
> 복숭아나무 오얏나무가 대청 앞에 늘어서 있지.
> 方宅十餘畝, 草屋八九間。
> 榆柳蔭後簷, 桃李羅堂前。
>
> ▶ 도연명 《귀원전거(归园田居)》

이 시를 보면 마치 정지용의 《고향》을 보는 듯한 느낌을 받는다. 하지만, 그가 전원에서 이상적 생활을 했다고 생각하는 것은 오산이다. 그가 전원에 돌아갔다고 해서, 현실의 고통에서 해방된 것이 아니기 때문이다. 다가 귀농 이후 3년 차에 그는 상상 밖의 도전에 직면했다. 도연명은 408년에(43세) 집이 전소되는 상황을 맞이한다.

> 외진 골목 초가에 살고자
> 화려한 집도 달게 거절했건만

여름에 어쩌다 강한 바람 급하게 불더니
숲속의 집이 순식간에 타버렸네.
온 집에 처마 하나 남지 않아서
집 앞 두 척의 배에서 생활하네.
草廬寄窮巷, 甘以辭華軒。
正夏長風急, 林室頓燒燔。
一宅無遺宇, 舫舟蔭門前。

▶ 도연명《무신년 6월 화재를 당하여서(戊申歲六月中遇火)》

집이 전소되고 배에서 생활을 꾸려야 하는 43살의 가장은 이 사건을 어떻게 대처했을까? 이어지는 내용을 보자.

길고 긴 초가을 저녁
높이 뜬 달은 점점 둥글어 간다.
과일과 채소가 다시 싹을 틔우는데,
놀라버린 새들은 아직 돌아오지 않았다.
한밤에 우두커니 아득한 생각에 잠겼다가,
한 번 눈을 떠 구천을 돌아본다.
迢迢新秋夕, 亭亭月將圓。
果菜始復生, 驚鳥尚未還。
中宵佇遙念, 一盼周九天。

▶ 도연명《무신년 6월 화재를 당하여서》

화재는 진압되었고, 밭을 살펴보니 곡식과 과일은 아직 생명이 붙어있다. 하지만, 화재가 남긴 여파는 여전히 남아있다. 그 순간 그는 깊은 생각에 잠긴다. 그리고 눈을 떠서 하늘을 바라본다. 마치 영화처럼 보이는 이 장면에서 이미 흔들리지 않는 단단한 마음가짐이 보인다. 이어지는 독백은 살짝 사족 같다는 생각이 든다. 차라리 다 제거한 다음 맨 마지막 구만 이어 붙였으면 더 좋았을 것 같다.

> 상투 틀고부터 독실한 기개를 품었는데,
> 어느덧 사십이다.
> 육체는 변화를 따라 계속 나이를 먹지만,
> 정신은 늘 홀로 한가하다.
> 올곧고 굳건함은 본래 기질이니,
> 옥석도 이만큼은 단단하지 못하리.
> 우러러 동호계자 시대를 생각해 보니
> 남은 곡식을 밭에 그냥 두었고,
> 배를 두드리며 아무 근심 없이,
> 아침에 일어나 저녁에 돌아와 잠을 잤었네.
> 이런 시절 이미 만날 수 없으니,
> 우선 나의 밭에 물을 대야지.
> 總發抱孤介, 奄出四十年。
> 形跡憑化往, 靈府長獨閑。
> 貞剛自有質, 玉石乃非堅。
> 仰想東戶時, 余糧宿中田。
> 鼓腹無所思 ; 朝起暮歸眠。
> 既已不遇茲, 且遂灌我園。
>
> ▶ 도연명 《무신년 6월에 화재를 당하다》

동호계자(東戶季子)는 한나라 회남왕(淮南王) 유안(劉安)이 문객들을 동원해서 편찬한 《회남자(淮南子)》에 나오는 사람으로, 도로에 떨어진 물건을 줍지 않고, 농기구와 곡식을 밭에 두어도 아무 문제가 없었던 시절을 말한다.9) 그는 이런 시절이라면 어려움이 생겼다면 도움을 청할

---

9) 《淮南子·繆稱訓》: 昔東戶季子之世, 道路不拾遺, 耒耕、餘糧宿諸畝首。

수도 있고, 또, 자신도 관직에 나아갈 수 있었겠지만, 현실은 그렇지 못하다. 그래서 마지막 구절이 인상 깊다.

그가 이처럼 현실의 고난에 대해 흔들림 없는 자세를 가질 수 있었던 것은 삶과 죽음, 그리고 존재의 가치를 치열하게 생각하고 실천했기 때문이다.

그의 《형영신(形影神)》이란 작품은 그의 이러한 갈등을 드러난 작품인데, 형영신(形影神)은 각각 몸, 마음, 정신에 대비되며, 몸은 삶의 유한성, 마음은 삶에 대한 진정성, 정신은 초월성을 상징하고 있다.

(1) 《형체가 그림자에게(形贈影)》

형(形)은 '유한한 육체'를 의미하고, 육체의 가장 궁극적 가치는 쾌락의 추구로 이어진다.

> 천지는 없어지지 않고 영원하며
> 산천은 변화하지 않는다.
> 초목도 변치 않는 이치를 알아
> 서리와 이슬에 시들었다 다시 피네.
> 사람이 가장 존귀하여 지혜롭다고 하지만,
> 산천초목만 같지 못하다.
> 금방 세상에 살던 사람을 보았는데,
> 연히 떠나가더니 돌아올 기약이 없네
> 어찌 한 사람이 없음을 느끼고
> 친척이나 친구인들 어찌 나를 그리워하랴!
> 그저 평생의 물건만 남았으니
> 눈을 들어서 바라보면 마음이 슬퍼지네
> 내게는 신선이 되는 술법이 없으니,
> 필연을 의심할 수 없네

원컨대 그대여 내 말을 듣고,

술을 마시게 되면 구차히 사양 말게나.

天地長不沒。山川無改時。草木得常理, 霜露榮悴之。

謂人最靈智, 獨複不如茲！適見在世中, 奄去靡歸期。

奚覺無一人, 親識豈相思？但余平生物, 舉目情凄洏。

我無騰化術, 必爾不複疑。願君取吾言, 得酒莫苟辭。

▶ 도연명 《형체가 그림자에게(形贈影)》

여기 한 존재가 있다. 그는 수많은 사람, 수많은 생명체 가운데 하나다. 출생지, 이름, 행적, 그 무엇 하나도, 광대하고 영원한 우주의 시간 속에서는 그 가치가 제로로 수렴한다. 즉, 우주 속에서 유한한 생명이 가진 존재의 가치는 한없이 영으로 수렴한다. 여기에서 현실적 쾌락주의가 생겨난다. '술 마시자'는 "썩으면 문드러질 몸 아껴서 무엇하나"와 같은 존재의 허무를 쾌락으로 도피하라고 주장한다.

(2) 《그림자가 형체에 답하며(影答形)》

영(影)은 '형체의 그림자'다. 이것은 형체에 깃든, '나'라는 것에 깃든 '마음', 즉 '이성'이 되고, 이성은 인간 세계 속에서 자신의 합당한 도리를 통해 육체의 의혹을 극복한다. 즉, 존재의 허무주의를 가치관의 확립을 통해 극복한다.

영원히 존재하는 생명을 이야기할 수 없고,

삶을 지키는 것도 매번 괴롭고 서툴다

곤륜산과 화산에서 놀기를 간절히 원하지만

아득히 멀리 바라보이는 이 길은 끊어져 있네.

그대와 서로 우연히 만나서 왔지만

슬픔과 기쁨을 달리 겪지 않았지.

나무 그늘에서 쉴 때는 잠시 떨어져 있었지만
햇빛 아래에 머물 때는 절대 헤어지지 않았지.
(하지만) 이렇게 함께 하는 것이 영원할 수 없으니,
참담하지만 모두 동시에 사라질 것이다.
몸이 죽으면 이름 역시 끝나니,
이것을 생각하니 온 마음이 뜨거워지네.
선한 행동은 후대에 인애(仁愛)를 남길 수 있으니
어찌 스스로 있는 힘을 다하지 않으리오?
술이 능히 근심을 사라지도록 한다지만
이것에 비하면 어찌 졸렬하지 않으리오?
存生不可言, 衛生每苦拙。誠願遊昆華, 邈然玆道絕。
與子相遇來, 未嘗異悲悅。憩蔭若暫乖, 止日終不別。
此同旣難常, 黯爾俱時滅。身沒名亦盡, 念之五情熱。
立善有遺愛, 胡爲不自竭。酒雲能消憂, 方此詎不劣!

▶ 도연명 《형영신·그림자가 형체에 답하며(形影神·影答形)》

　　이 부분은 존재의 허무주의를 개괄하고 있다. 영원히 살 수 없고, 이
한 생명을 온전히 보존하기도 어렵다. 신선이 사는 곤륜산과 화산에서
논다는 것은 신선이 되어 영원한 생명을 추구한다는 의미다. 하지만, 이
성적 판단을 한다면, 신선이 되는 길은 존재하지 않는다. 햇빛과 그림자
는 무엇일까? 햇빛은 육체이고, 그림자는 자아 의식다. 인간은 육체가
있을 때 나는 존재하지만, 육체가 없어지면 나는 사라진다. 자아는 육체
가 죽으면 함께 소실된다. 나라는 존재는 어떻게 영원을 향할 수 있을까?
마음이 생각하는 인생에 대한 자세는 유가(儒家)와 닮아있다.
　　이상의 논의를 종합하면, '그림자(영, 影)'는 형체가 존재해서 생긴다.
가만히 생각해 보면 이 의식은 인간과 동물의 차이를 만든다. 동물은
인간과 달리 본능에 따라 행위 한다. 본능은 제어가 아니라 따를 뿐이다.

즉, 자연 상태에서의 동물은 자신의 행위를 제어함으로써 문화를 만들어 내기 어렵다. "밥 먹을 때는 개도 안 건들인다."라는 말은 개는 밥을 먹을 때 밥 먹는 행위만 존재하고, 이 행위를 간섭하는 존재에 대해 강력한 적대감을 보인다. 하지만, 인간은 다르다. 인간은 밥을 먹을 때, 다른 가치에 의해 충분히 간섭받을 수 있다. 즉, 인간은 자신이 밥을 먹을 때 자신의 행위를 문화적으로 만든다. 즉, 언제, 어디서, 어떻게 먹는가를 창조하게 된다. 따라서 이 '그림자'는 육체를 제어하는 '문화충차'의 의식이며, 유한한 육체가 가진 존재적 허무주의에 행위 가치를 부여함으로써, 존재의 허무를 극복하고 있다.

육체는 삶의 유한성 때문에 존재적 허무주의로 빠지게 되고, 이것은 육체적 쾌락주의로 흐르게 된다. 하지만, '영(그림자)'는 도덕적 가치를 통해 육체의 행위를 제어함으로써 가치를 창출하고, 유한한 생명일지라도 후대에 남을 가치를 남길 수 있다. 시에서 이 가치는 '인애(仁愛)'로 제시되고 있고, 이것은 유가의 가치관을 의미한다.

(3) 《정신의 해석(形影神·神釋)》

신은 초월의 세계와 관계하는 인간의 정신이다. 첫 부분은 '신'에 대한 설명이 나오지만, 먼저 '형'과 '영'이 가진 문제에 대한 '신'의 답을 들어보자.

> 그대들과는 비록 다르지만,
> 태어나면서부터 서로 의지했지.
> 섞여 함께 선악을 함께 하였으니,
> 어찌 서로 말하지 않을 수 있는가?
> 삼황은 대성인(大聖人)이지만,
> 지금 또 어디에 있나?

팽조는 수명이 영원하다 했지만,
머무르고 싶어도 머무를 수 없었네.
사람은 늙으나 젊으나 죽음은 하나여서,
어짊과 어리석음도 따질 수 없네.
날마다 술 취하여 혹 잊는다고 하지만
장차 수명을 단축하는 도구가 아니겠는가?
선한 일을 하는 것은 항상 기쁜 일이지만
누가 너에게 합당한 평가를 해줄 것인가?
지나친 생각은 도리어 내 생명을 상하게 하니
마땅히 천명에 순응하는 것이 바를 것이네
넘실대는 파도처럼 인생의 변화 속에서
기뻐할 것도 무서워할 것도 없다.
끝나야만 할 곳에서 끝나는 것이니
다시 홀로 많은 생각을 할 필요가 없네
與君雖異物, 生而相依附。結托善惡同, 安得不相語！
三皇大聖人, 今複在何處？彭祖壽永年, 欲留不得住。
老少同一死, 賢愚無複數。日醉或能忘, 將非促齡具？
立善常所欣, 誰當為汝譽？甚念傷吾生, 正宜委運去。
縱浪大化中, 不喜亦不懼。應盡便須盡, 無復獨多慮。

▶ 도연명 《형영신·정신의 해석(形影神·神釋)》

이 시는 우선 형과 영의 견해에 비판을 가하는 내용이 전반부, 그리고,
자신의 도리를 설명하는 것을 후반부로 삼았다. '형(육체)'에 대한 비판
은 유한한 육체에 대한 것으로 진행한다. 인생에서 죽음은 모든 사물에
평등하게 적용되는 법칙이다. 그리고, 술은 좁은 나의 육체에 갇힌 현실
을 회피하는 것이지 문제를 해결하는 방도가 아니다. 이것은 오히려 나
의 죽음을 재촉한다.

그리고, 영의 주장에 대해서는, 삼황은 선행을 한 사람이지만, 현 세계

에서 이들에 대한 추존이 존재하는가? 이들이 남긴 도리가 현 시대에는 아무 의미가 없다는 것으로 영에 대한 비판을 기한다. 그리고, 영이 추구하는 '법'역시 시대에 따라 변화하고, 상황에 따라 변화하는 상대적 가치 위에 있고 주장한다. 실제로 인간 사회의 도덕 판단 기준인 '선'역시 절대기준이 없다. '선'은 개인 행위의 사회적 가치평가이다. 사회적 가치평가는 나와 타인 사이에 발생한다. 만약 주변에 아무도 없다면, 밤에 노래를 부르건, 밥을 먹고 치우지 않던 그 사회적 평가는 존재할 수 없다. 인간 행위의 선과 악의 구분은 자아와 외부의 관계 속에서 발생하고, 사회적 관계가 복잡해질수록 선과 악은 무수한 차선과 차악으로 분화되고, 상황에 따라 그 기준도 변화한다. 일 예로 《맹자》에는 효로 이름 높은 순임금이 아버지를 대하는 방식을 기록해두었다[10]. 그 내용은 보통 사람이 살인하면 그 죄를 처벌하지만, 순임금의 아버지가 살인을 했다면, 순임금은 자신의 지위를 버리고 아버지와 함께 도망쳐서 천륜의 즐거움을 누린다. 이것은 사회적 지위보다 천륜을 중시하는 유가의 도를 시사한다. 하지만, 죽은 사람의 아들은 누가 공정함을 따져 주는가? 이처럼 인간의 세계에서 사람마다 마땅히 해야 하는 것이 서로 충돌한다. 그렇다면 누가 있어 이 행위의 정당한 심판을 가려줄 것인가?

인간의 세계에서 선악의 공정한 심판이 현실로 실현되기는 어렵고, 이것은 인간 역사의 어두운 부분이다. 예를 들어 사마천의 《사기 · 열전》의 첫 대목은 백이(伯夷)와 숙제(叔齊)의 이야기를 다룬다. 백이와 숙제는 모두 고대의 현인이다. 그들은 주나라 무왕이 은나라 주왕을 토벌하는 것을 말렸지만 실패한다. 주나라가 성립된 이후 이들은 수양산에서 고사리를 먹다가 굶어 죽었다. 사마천은 《백이열전(伯夷列傳)》에서 인

---

10) 《孟子 · 盡心上》

간 사회의 문제를 통찰하고 있다.

누군가 "천도(天道)는 공평무사해서 항상 착한 사람을 돕는다"라고
하였다. 백이와 숙제는 착한 사람이 아닌가? 인덕을 쌓고 깨끗한 행동
을 했지만, 이들은 굶어 죽었다. …… 하늘이 선한 사람들에게 보답하는
것이 어째서 이런가? 도척(盜跖)은 날마다 죄 없는 사람을 죽이고 사람
의 살을 회쳐서 먹으며 포악무도한 짓을 함부로 하며 수천명의 도당을
모아 천하를 횡행하였지만 끝내 천수를 다 누리고 죽었다. 이것은 그의
어떠한 덕행에 의한 것이란 말인가? …… 행실이 좋지 않고, 사람들이
꺼리고 싫어하는 일만 하면서 종신토록 편안히 향락을 누리고, 부귀함
이 여러 대에 그치지 않은 사람이 있다. … 나는 (천도가 공평무사해서
항상 착한 사람을 돕는다는 말에 대해) 매우 당혹스럽다. 만약에 이런
것이 천도라면 그 천도는 과연 맞는 것인가? 틀린 것인가?
　　或曰: "天道無親, 常與善人。"若伯夷、叔齊, 可謂善人者非邪？積
仁潔行, 如此而餓死。…… 天之報施善人, 其何如哉？盜蹠日殺不辜,
肝人之肉, 暴戾恣睢, 聚黨數千人, 横行天下, 竟以壽終, 是遵何德
哉？…… 操行不軌, 專犯忌諱, 而終身逸樂, 富厚累世不絶。…… 余甚
惑焉, 倘所謂天道, 是邪非邪？
▶ 사마천 《백이열전(伯夷列傳)》

이 부분에 대한 불만은 완적(阮籍)의 《영회시》 제54편에서 "삽시간에
만년의 세월이 흐르고, 천년의 세월이 부침을 겪는다. 누가 옥과 돌이
같다고 했는가? 눈물이 아래로 흘러 그칠 수 없다.(一餐度萬世, 千歲再
浮沈。誰雲玉石同, 淚下不可禁。)"에서도 동일하게 느껴진다. 인간 세계
에서 천도가 이루어지지 않음은 인류 역사의 암흑이며, 2천 년이 지난
지금도 요원한 일이다. 완적이 눈물을 흘리며 애통해했다면, 도연명은
어떻게 이 괴로움을 극복했는가하는 것은 "지나친 생각은 도리어 내 생
명을 상하게 하니, 마땅히 천명에 순응하는 것이 바를 것이네"라는 글귀

에 보인다. 여기서 그는 노심초사하며 남이 자신을 알아주기를 바라는 것보다 자연의 도에 따라 흘러감에 맡기라고 한다. 중요한 것은 '나의 생명'이다. 즉, 내 삶의 주인은 내가 되고, 사회가 되어서는 안 된다. 이것은 《장자(莊子)》에서 주장하는 다음의 이야기와 이어지고 있다.

> 과거 도를 알았던 사람은 외물의 변화를 따르지만, 내면의 마음은 변화하지 않는다. 지금 사람은 내면의 마음이 자주 변화하여 외부의 변화를 따를 수 없다.
> 古之人, 外化而內不化 ; 今之人, 內化而外不化。與物化者, 一不化者也。
>
> ▶《장자 · 지북유(知北游)》

이 말은 외부의 변화에 흔들림 없는 내 마음의 본연을 지켜 내 생명을 지킨다는 것이며, 이것은 '무심(無心)'과 '무위(無爲)'로 이어진다. 이 말을 이어서 도연명의 '천명에 순응'이란 말을 생각해 보면, 도연명은 이 세계의 정의 심판이란 선악의 결과를 모두 천명에 맡겨 현실 속에서 부족한 대로 둘 것을 주장한다. 이 부분에서 도연명의 가치관과 청년기의 삶과 가치 충돌이 일어날 수 있다. 만약 청년기의 인물이 인생의 고난에 대한 체험 없이 관념적으로 천명을 운운하여 세계와 부딪침을 피한다면, 그에게서 생명의 질적 승화를 기대하기는 어렵다. 그래서, 운명적 인생관을 반영하고 있는 도연명의 시는 삶의 열정으로 가득한 사람에게 큰 감동을 주기 어려우며, 사뭇 답답한 느낌을 줄 수 있을 것이다. 하지만, 인생의 매 단계에 자신과 공명하는 문학이 있기 마련이다.

도연명이 보기에 인생은 우주 안의 파도를 따르는 것이다. 파도가 그치는 순간 개체의 생명은 끝나지만, 이것은 우주의 변화 가운데 하나일 뿐이다. 내가 이루지 못한 아쉬움, 또, 목표를 성취한 자신감은 모두 파도를 자신으로 착각하여 만들어낸 상에 불과하다. 파도가 바위에 부딪치는 순간 괴로움과 자만은 마치 물거품처럼 흩어진다. 그러니, 세상에서 인간이 바라는 소망, 정의, 혹은 가치의 공정한 실현 역시 어쩌면 수많은 변화 가운데 하나일 뿐이므로 나를 괴롭힐 필요는 없다. 공자도 이렇게 말하지 않았던가?

남이 알아주지 않아도 성내지 않는다면 역시 군자가 아닌가?
人不知而不慍 不亦君子乎?

▶《논어 · 학이(論語 · 學而)》

시의 마지막에서 '하늘의 도가 평등하다'라고 한 것은 하늘의 도는 천지 운행의 '도(道)'다. 죽음의 문제를 통해 생각해 보자. 누구나 태어나 살다가 죽는다. 유한한 삶의 영화를 애써 쫓는 것은 수십 년 동안의 일이며, 본래 정해진 죽음을 피하려는 피나는 노력은 실패할 것이다. 그리고, 인간의 미추와 선악은 본래 사회적 공정함을 기대하기 힘들다. 어쩌면 여기에서 유가와 도가의 구분을 볼 수 있다. 유가는 이 미추와 선악의 전도를 합당한 인간의 윤리의식에 의해 바로잡으려는 시도이다. 도가는 이 행위를 가뿐히 웃어버리고 벗어버린다. 전자는 비장함과 의연함 속에서 생명력의 폭발을, 후자는 소탈하고 소요하는 모습에서 생명의 깨끗함을 드러낸다.

도연명이 추구한 것은 하늘 땅에 우뚝한 인간의 모습이다. 즉, 그는 인간의 정신을 통해 천지의 조화 · 만물의 이치를 이해하고, 이들과 하나된 존재를 이상적 인간으로 추구한다고 보인다. 내가 생각하는 이념은 제한적이고 상대적 가치관일 뿐이며, 이것이 이 세상에서 공정함이 실현되고 못되고, 정당한 가치평가가 존재하지 않는 것에 연연할 필요는 없다. 내가 할 수 있는 일은 나 자신의 생명에 대한 책임을 지는 것이다.

이 시를 보면 그는 악부에서 보였던 쾌락주의의 삶도 없고, 완적(阮籍)처럼 삶의 괴로움 속에서 방황하지도 않았고, 조조처럼 천하통일의 패업을 위해 열정을 불태우지도 않았다. 대신, 그는 정신을 통한 초월의 세계를 지향했다. 하지만, 그가 '천명에 따른다'라는 명제로 실제 인생의 제반 문제를 해탈했다고 여길 수 있을까? 인간은 생명을 받는 순간 이 문제를 잉태하고, 죽는 순간에야 벗어버릴 수 있지 않을까? 하지만, 그의 죽음 앞에서도 거짓 없는 맑고 투명한 삶을 위해 꿋꿋하고 당당하게 자신의 원칙을 지켜나가는 모습에서 숙연해지지 않을 수 없다.

도연명은 중국 문학사에서 매우 특별하다. 왜냐하면, 그의 모습 속에는 문학가의 모습뿐만 아니라 이런 존재의 진실을 탐구하는 철학자의 모습이 있기 때문이다. 시인이면서 철학자인 경우는 도연명 이전에도, 또 도연명 이후에도 좀처럼 보기 힘들다. 시인은 감정에 흔들리고, 인생의 처음과 끝을 방황 속에서 혹은 황홀경 속에서 노래하지만, 여전히 미망의 존재이기 때문이다. 철학자는 인생의 처음과 끝, 그리고 생명의 마지막 귀속처를 탐구한다. 《시경》에는 다음과 같은 글귀가 있다.

> 솔개가 하늘로 날고, 고기가 연못에 뛴다.
> 鳶飛戾天, 魚躍于淵。
>
> ▶《대아 · 한록(大雅 · 旱麓)》

이 시는 본래 주나라의 기틀을 세운 문왕(文王)에게 제사를 지내는 노래다. 이 시에 대해 여러 해설이 존재하지만, 만약 도연명의 시를 통해 이해한다면, 이 시가 말하는 것은 새와 물고기로 상징되는 생명체가 자신이 살 곳을 얻어 자유롭고 활기차게 사는 모습이다. 새가 하늘을 날고,

물고기가 물에서 헤엄치는 것이 특별한 것도 없지만, 이것을 본 도연명은 부끄러움과 부러움을 느꼈다. 그가 생각한 것은 다음과 같은 질문이 아니었을까? 나는 어디에 있어야 할까?

위에서 살펴본 도연명의 삶과 문학을 통해서 전원의 의미를 생각해 볼 필요가 있다. 전원은 일반적으로 자신과 맞지 않는 현실 속에서 그가 세상을 피해 자신을 보전하기 위한 곳으로 생각된다. 하지만, 현실 속 전원이 그의 전부였다면 보금자리가 전소되었을 때, 그는 매우 큰 실망에 빠져야 했다. 하지만, 그는 남에게 도움을 청하기도 전에 직접 밭에 물을 대는 것으로 일어났다. 즉, 전원이란 그가 현실 속에서 세상에 맹렬하게 저항하는 힘으로 가꾸어 나가는 질퍽한 곳이다. 즉, 이곳은 세상과 자연과 그가 서로 호흡하는 곳이지 그가 삶의 고난을 모두 여의고 최종적으로 귀속한 곳은 아니다. 이곳은 자신이 오롯이 자기의 뜻으로 삶을 영위하고, 자연으로부터 응답을 받는 것이 약속된 것처럼 보이는 공간이다. 이 믿음 속에서 그는 전원을 통해 하늘과 땅 사이에 인간으로서의 가치를 추구했는데, 그 가치는 육체적, 사회적 가치 밖에 있었다. 육체와 사회는 현실적 인간의 전부다. 하지만, 그는 이 둘을 넘어선 존재의 차원에서 삶을 대했다. 즉, 도연명의 전원이 가진 의미는 두 가지다. 하나는 실제 그가 돌아간 시상촌(柴桑村) 율리(栗里)이며, 또 한 곳은 그의 정신에 존재하는 초월적 공간이다. 그는 중국 문학사에서 드물게 이성적 초월을 지향한 인물로서, 시적 형상화를 거친 전원이란 단어를 통해 정신의 고향을 보여준 문학가였다.

제5장

다정한 변새 영웅: 낙빈왕과 그녀들을 위한 변명

공명을 말 위에서 취할 수 있어야,
진정한 영웅 대장부라네.
▶ 잠삼 《이부사가 적서관군으로 가는 것을 송별하며》

그림 1. 돈황(敦煌)의 옥문관(玉門關) 유적. 옥문관은 양관과 함께 현재 신장지역인 서역(西域)으로 들어가는 관문이었으며, 전란의 불안감이 감도는 곳이다.

변새시(邊塞詩)는 중국 시가 문학에서 산수시(山水詩), 전원시(田園詩), 영사시(詠史詩), 영물시(詠物詩), 회고시(懷古詩), 애정시(愛情詩)와 함께 하나의 시체 장르로 인정받는 시가 체제이다. 즉, 중국 시가가 대체로 서정시라고 할 때, 변새시는 시가의 제재(題材)로 구분한 서정시의 일종이다.

대체로 변방 지역은 군사적 위협이 도사리고 있는 곳이다. 그래서, 국경 지역에서는 군사적인 면이 강조된다. 즉, 이런 지역에서는 문화가 향유보다 생존에 밀착되는 경향이 있어서, 이런 지역은 수도권이나 내륙의 중심 도시보다 문화적 수준이 미치지 못하는 경우가 많다. 그래서, 중국 문학에서 이런 변방의 요새 지역에서 창작된 문인 문학은 대체로 문인 작가가 모종의 이유로 변방 요새로 이동하여 지은 것이거나, 혹은 문인 작가가 변경 지역을 이동했다고 상상하며 지은 것이 많다.

변새란 말을 살펴보자면, "변(邊)"은 "변방의 국경"을 의미하는 "변경(邊境)"을, 그리고 "새(塞)"는 "요새(遼塞)"를 의미한다. 따라서 이 지역은 중앙에서 가장 멀리 떨어진 지역이자, 국가적 구분선이 그어진 군사적 경계 지점이 된다. 이런 의미로 변새 문학의 탄생을 생각해 보면, 변새 문학은 국경이 확정된 시점부터 생겨났다고 해야 할 것이다.

하지만, 변새란 개념이 최초로 등장한 시대는 중국이 하나의 통일 왕조를 이룬 한(漢)나라 시대에 시작된다. 사마천은 한나라 무제(武帝)가 자신의 세 아들인 제왕(齊王) 유굉(劉閎), 연왕(燕王) 유단(劉旦), 광릉왕(廣陵王) 유서(劉胥)를 왕으로 봉하면서 신하들과 이야기한 내용을 《사기·삼왕세가(史記·三王世家)》에 실어 놓았는데, 여기서 곽거병(霍去病)이 무제에게 후계자를 결정할 것을 요청하면서 "마땅히 전심전력을 다해 변새(邊塞)의 일을 염려하고 황야에서 해골이 된다고 해도 황제의 은혜에 보답할 수 없을 것이오나(宜專邊塞之思慮, 暴骸中野無以報)"라고 했다. 즉, 장수가 변방의 일만 잘하면 되는데, 권력 승계에 간섭하는 것이 외람되다는 말이다.

또한 반고(班固)의 《한서·소제기(漢書·昭帝紀)》의 기록에서도 "변새"라는 말이 보인다. 서한 소제 시원(始元) 6년(B.C. 81)에 "변새는 광활하고도 아주 멀리 있으니, 천수, 농서, 장액군에서 각각 2개 현을 취해 금성군에 두었다(以边塞阔远,取天水、陇西、张掖郡各二县置金城郡)."라는 말이 있다. 이 말은 중국 서북쪽 유목민족인 서강(西羌)과 흉노의 관계를 끊고, 하서회랑 지역에 대한 관리 강화의 목적으로 현재의 감숙성(甘肅省) 난주시(蘭州市)에 금성군을 세운 것이다.

따라서, 이상의 두 말을 종합한다면, 《사기·삼왕세가》에서 곽거병이 흉노 정벌에 혁혁한 공로가 있던 장군이 변새를 언급하고, 《한서·소제기》에서 서북쪽 장악을 위해 새롭게 금성군을 설치하자는 말을 하면서 변새를 언급하였다는 점은, 변새라는 이 단어에 변방에 존재하는 국가와 국가 간의 국경적 구분이라는 의미뿐만 아니라, 국경을 경계선으로 하는 민족적 구분 의식도 존재한다는 것을 보여주고 있다.

변새시는 당나라 시대 가장 두드러진 발전을 보이지만, 이 당시에는 변새를 제재로 삼은 특수한 문학적 장르로서 변새시를 따로 분류하지 않았다. 변새를 문학 장르로 인정한 시기는 송대(宋代)에 시작된다. 북송 초기의 문학가 요현(姚鉉, 968~1020)은 당나라에서 송대에 이르는 시의 정수를 뽑아 《당문수(唐文粹)》를 편찬했는데, 이 책에서 비로소 '변새(邊塞)'를 시체(詩體)로 따로 분류하고 있다.[1] 따라서, 변새시에 대한 문학적 인식은 다른 체재보다 늦게 비롯했다고 할 수 있다. 그러나, 그의 변새라는 분류는 널리 통용되지는 못했다. 이것은 원대(元代) 저명한 문학가인 방회(方回, 1227~1305)가 당나라와 송나라 370명의 시인의 시를 모아 유파를 나누어 평론한 《영규율수(瀛奎律髓)》에는 변새(邊塞)에 관한 이야기가 없다는 점에서 볼 수 있다.[2]

변새라는 시체 장르가 본격적으로 거론되며 하나의 시체로 다루어진 것은 20세기가 되면서부터다. 이 시기부터 "변새시"라는 개념이 당나라 문학의 한 장르로 거론되고, "변새파(邊塞派)"라는 시파가 따로 독립적으로 분류되기 시작한다. 또한 당나라 시인이라면 누구나 몇 편의 변새시를 창작한 것으로 거론되었고, 그 수량도 천여 수가 넘게 통계가 잡히

---

1) 閻福玲 (1999), 「邊塞詩及其特質新論」, 『河北師範大學學報(哲學社會科學版)』, (01), pp. 101-105.

2) 應曉琴, 『唐代邊塞詩綜論』, 博士, 華東師範大學, 2007. p2

면서, 변새시는 활기차고 낭만적인 당나라 시대를 상징하는 시가 된다. 이후 연구가 지속되면서, 변새시의 분류는 변방이라는 소재가 중심이 되어 그 범위가 확장되었고, 당나라를 벗어나 위로는 중국 문학의 시작인 《시경(詩經)》에서도 변새시를 분류하게 되었으며, 변새시의 내용도 다양한 범위로 확장되었다.

하지만, 변새시의 핵심 시대가 당나라 시대라는 것은 변화하지 않는다. 우선, 시의 제재에서 당나라 시대에 변새시가 크게 돌출될 배경에는 당나라와 서역 국가 간의 전쟁을 꼽을 수 있다. 당나라 태종 시기에는 서북 지역을 적극적으로 경영하여 돌궐(突厥)을 쫓아내고(630), 토욕혼(吐谷渾)을 복속시켰으며(634), 서역의 고창국(高昌國)을 멸망시켰다(640). 그러나 서역 국가와의 전쟁에서 늘 승리한 것은 아니다. 641년 당태종(唐太宗)은 강성해지는 토번(吐蕃)과의 관계를 개선하기 위해서, 문성공주(文成公主)를 송첸캄포(松贊干普)에게 보내 정략결혼을 했다. 670년 당고종(唐高宗)은 토번(吐蕃)과의 대비천(大非川) 전투에서 대패했고, 9년 뒤에도 10만 대군을 이끌고 토번을 공격하지만, 참패를 면치 못한다. 이어서 등극한 당 중종은 돌궐과의 전쟁(706)에서 참패한 다음 금성공주(金城公主)를 보내(710) 화친을 시도하게 된다. 이러한 당 제국과 서역 국가의 긴장관계는 당 현종(재위: 712~756) 초기에 어느 정도 만회된다. 현종은 돌궐을 복속시키고(742), 하서지역을 지배하여(753) 토번을 제압하는 형세를 이룸으로써 서역 지역에 대한 주도권을 가지게 되면서 일단락 된다. 하지만, 이어 터진 고선지(高仙芝)의 탈라스 전투 패배(751)로 큰 타격을 입었고, 결정적으로는 안사의 난이 일어나면서, 서역 지역에 대한 지배권을 상실하게 된다. 이런 시대적 배경에서, 중앙 정계로 진출이 막힌 문인들은 서역 지역으로의 종군을 통해 자신의 커리어를 전환할 생각을 가지고 서역 지역을 관리하는 당나라의 안서도호부로 진출하였고, 수많은 변새시를 탄생시킨다.

변새시의 탄생에 미친 또 하나의 영향을 꼽자면, 통일제국으로서의 당나라가 지닌 혼합을 지향하는 문화적 특징을 생각해 볼 수 있다. 우선 중국 내적으로는 통일왕조의 성립으로 인해 남방의 환상적이고 개인적이며 유려한 문학적 특징과 북방의 현실주의적이고 역사주의적인 의식이 결합하였고, 동시에, 당나라 조정의 민족 문화 융합 정책에서 비롯된 문화적 혼합성은 변새시에서 서역 문화를 적극적으로 도입하는 것에 대한 거부감을 낮추었다고 볼 수 있다. 즉, 당나라 시대의 문화 혼합적 의식은 중국의 남과 북, 그리고, 서역의 이질적 문화가 하나로 융합된 새로운 미감을 지닌 변새 문학이 등장하는 배경이 될 수 있다.

또한 신생 통일 국가로서, 당나라는 새로운 지배계층을 위한 지지 세력을 모으기 위해, 과거 성립된 문벌을 억제하였다. 즉, 당나라는 거대한 대장원을 장악한 귀족이 사회를 농단했던 위진남북조(魏晉南北朝) 시대의 왕조와 달리, 한족(漢族) 귀족과 선비족(鮮卑族)의 혈통이 결합한 섬서성(陝西省)의 관중(關中) 지역과 감숙성(甘肅省) 동남방의 농서(隴西) 지역에 기반한 관농집단(關隴集團)이 지배한 국가였기 때문에, 초기에는 기존의 세력을 억제하면서 자신의 세력을 넓힐 필요가 있었다.

마지막으로, 북방의 중앙과 서방 지역의 혼종으로 탄생한 관롱집단에서 상무(尚武)의 기풍이 강했던 점도 변새시를 자극했다. 즉, 남북조시대 이래 전통적인 문인 지배계층이 강조했던 문학에 대한 소양못지않게, 무예에 대한 숭상이 상당했다. 당나라 2대 황제인 태종(太宗) 이세민(李世民)은 서북지역을 지배하는 천가한(天可汗)으로 불렸고, 등극 후에도 직접 맹수와 격투를 벌리는 등의 용맹을 보여주었다. 이 시기 활동했던 저명한 정치가인 위징(魏徵)은 이런 당태종의 행보를 보다 못해 "맹수와 다투는 것에 관한 간언"이란 의미의 《간격맹수표(諫格猛獸表)》를 올려

"개인적 취향의 오락은 끊어버리고, 격투의 즐거움은 그만두십시오(割私情之娛, 罷格鬥之樂)"라고까지 직간한다. 당시 문인들 역시 문무에 대한 차별적 시각이 없었는데, 이들은 개인적 출세와 국가에 대한 충성을 위해 험난한 변경 지역에 주둔한 군대에 입대하는 것을 마다하지 않는 호기로움을 보였고, 적지않은 시인들이 종군(從軍)의 경험과 전쟁에 대한 환상을 노래하였는데, 이런 제재는 변새시에서 특히 두드러지게 나타나고 있다.

앞으로 살펴볼 문인 변새 작품에는 변방으로 이동해 국가를 호위하고 자신의 명예를 높이려는 의식이 드러나 있으며, 시인의 눈으로 바라본 국경지대의 이국적 문화에 대한 기록이 있다. 이러한 사람들은 인생의 위기에서 새로운 활로를 뚫기 위해 변방으로의 이동을 적극적으로 선택했던 자들이기 때문에, 이들의 호기로운 자신감은 이동 전에 보지 못했던 새로운 자연과 문화를 신선하게 받아들여 새로운 미감을 탄생시켰다. 동시에, 이들 작품에는 고향과의 이별에 따른 애수와 짙게 드리운 그리움과 고뇌의 정서, 그리고 비판적 정서가 흐르고 있다. 즉, 변경을 안정시켜 국가와 민족의 안정과 번영을 이루고 화려한 환향을 지향하는 영웅의 웅지의 이면에는 언젠가는 성공하여 고향으로 돌아가리라는 강렬한 회귀 의식이 자리하고 있었고, 그 결과 변새시의 작품 가운데는 고향에 대한 짙은 향수가 드러나는 작품이 있다. 그리고, 이러한 작품의 반면으로서, 회귀의 소망이 작가의 개인적·국가적 운명 앞에서 고난에 빠지거나 좌절되면서 암울한 상황에 대한 절망과 반성, 그리고, 비판의식이 드러나게 된다. 즉, 개인의 운명과 사회의 운명이 하나로 뒤섞여 있게 되면서, 변새시에는 개인 서정시로서의 감성은 진취적·애상적인 모습을 가지게 되고, 사회 서정시로서의 감성은 애국적·비판적인 면모를 보이게 된다. 이러한 모습을 지닌 사람을 문학적 창작으로 형상화하는 경우, '영

웅(英雄)'이란 단어가 쉽게 떠오르는 것도 충분히 이해될 수 있다.[3]

> 6월의 화염산(火焰山)은 더 뜨겁고
> 적형(赤亭)의 도로도 인적이 끊어겼겠지.
> 그대가 기련성(祁連成)으로 가는 길에 익숙한 것은 알지만,
> 어찌 윤대(輪台)에서 달을 보며 우수에 잠기지 않을 수가 없겠지.
> 말안장 걷고 잠시 주막에 들러,
> 그대가 서쪽으로 오랑캐 치러가는 만리 길을 전송하네.
> 공명을 말 위에서 취할 수 있어야
> 진정한 영웅 대장부이지.
> 火山六月應更熱, 赤亭道口行人絕。
> 知君慣度祁連城, 豈能愁見輪臺月。
> 脫鞍暫入酒家壚, 送君萬里西擊胡。
> 功名祇向馬上取, 眞是英雄一丈夫。
>
> ▶ 잠삼 《이부사가 적서관군으로 가는 것을
> 송별하며(送李副使赴磧西官軍)》

변새시 작가들 역시 서역이라는 거대하고 험난한 고난의 도전을 뚫고 거머쥘 성공을 기대하면서, 영웅이란 단어를 언급하며 서로를 위로했다고 볼 수 있다.

낙빈왕駱賓王에 들어가며

낙빈왕(駱賓王, 약640~684)은 왕발(王勃), 양형(楊炯), 노조린(盧照鄰)과 이름을 나란히 했는데, 중국 시가 문학사에서는 이들을 묶어 "초

---

3) 劉冬穎,《中華傳統詩詞經典·邊塞詩》, 中華書局, 2015, p. 1.

당사걸(初唐四傑)"이라 부른다. 즉 당나라 성립에서 현종(玄宗) 개원(開元, 713~741) 이전 시기를 대표하는 걸출한 문학가 4인 그룹에 속해있다. 이런 평가가 《구당서(舊唐書)》에 나타난 것을 보면, 당나라 말기에 이미 정론으로 굳어진 것을 알 수 있다.[4] 그는 이 그룹에서 순서상 맨 마지막에 거론되는 사람이지만,

그림 2. 절강성(浙江省) 의오(義烏)에 위치한 낙빈왕 공원. 이 공원에는 그가 지은 《영아(咏鹅)》의 배경이 되는 지점을 재현해 놓은 곳도 있다.

사실은 노조린과 거의 비슷한 연배로, 왕발이나 양형 보다 10살 정도 더 많다.

그는 다른 사람들과 달리 시뿐만 아니라 산문에서도 남다른 성취가 있어서, 당나라 시인 두보는 "팽주자자 고적과 괵주장사 잠삼에게 30운의 시를 붙이다"라는 《기팽주고삼십오사군적괵주잠이십칠장사잠삼십운(寄彭州高三十五使君適虢州岑二十七長史參三十韻)》시에서 훗날 당나라 산문의 대가였던 부사모(富嘉謨)와 함께 낙빈왕을 거론했다.

> 천하 사람들 모두가 부사모와 낙빈왕을 슬퍼하고,
> 근자에는 노조린(盧照鄰)과 왕발(王勃)을 애석해하네.
> 그대는 관직이 고귀해졌지만,
> 이전 시대 현자의 운명은 슬프기만 하구나.
> 擧天悲富駱, 近代惜盧王。
> 似爾官仍貴, 前賢命可傷。

---

4) 《舊唐書·楊炯傳》: 炯與王勃、盧照鄰、駱賓王以文詩齊名, 海內稱爲王楊盧駱, 亦號爲四傑。

당나라 초기의 문장은 유려함에 중점을 둔 글쓰기가 유행했지만, 부사모는 경학에 기반한 글쓰기로 이름을 날렸다. 두보는 이 두 사람의 불우한 일생이 비슷하다는 점 외에도 낙빈왕의 문풍이 부사모와 견줄만했다고 생각했기에 이렇게 시에서 이름을 나란히 놓았다.

낙빈왕은 두보의 시에 나타난 것처럼 자신의 재능을 피우지 못하고 사라진 애석한 인물이었다. 그는 절강성(浙江省) 의오(義烏)에서 태어났다. 그는 어려서부터 상당한 문학적 재능을 드러냈기 때문에,[5] 신동(神童)으로 유명했다. 그가 7세 때 지었다는 《거위를 읊다(詠鵝)》라는 시는 현재 중국 소학교 교재에 수록되어 있다.

> 꽥, 꽥, 꽥,
> 목을 구부려 하늘을 향해 노래하네
> 흰 털로 덮여 푸른 물에 떠서는,
> 붉은 손바닥으로 맑은 물결 일으키네.
> 鵝, 鵝, 鵝, 曲項向天歌。
> 白毛浮綠水, 紅掌撥清波
>
> ▶ 낙빈왕《영아(咏鵝)》

이 시는 어린 낙빈왕이 시를 지을 수 있다는 이야기를 들은 어떤 사람이 호수의 연못에 있는 거위들을 보고 시를 지어보라고 했을 때 지은 것이라고 한다.[6] 첫 구와 둘째 구는 거위가 우는 모습을 과감한 의성어의

---

5) 劉昫,《舊唐書·文苑傳》: 駱賓王, ……, 少善屬文。

사용과 운율미를 통해 생동감 있게 묘사하고 있고, 셋째와 넷째 구는 거위가 움직이는 모습을 강렬한 색채의 대비와 함께 고운 동작으로 표현하고 있는데, 어린아이의 순수한 감성과 인식을 느낄 수 있다. 많은 사람들이 "목을 구부려 하늘을 향해 노래하네"는 현명한 군주를 만나 자신의 재능을 펼쳐볼 것을 기대하는 마음을 드러낸 것이라 하지만,[7] 이런 사회적 의미를 부여하지 않더라도 시가 전하는 미감은 충분히 드러나고 있다.

낙빈왕의 일생

낙빈왕의 아버지는 강소성(江蘇省)에 있는 청주(青州) 박창현(博昌縣)의 현령(縣令)을 지냈는데, 어릴 때 아버지가 돌아가시는 바람에 이곳저곳을 전전하는 빈곤한 청소년기를 보낸다. 하지만, 낙빈왕은 어려운 집안 환경에도 불구하고, 자존감이 대단히 높은 사람이었다. 그는 고종(高宗) 영휘(永徽) 연간(650~655)에, 도왕(道王) 이원경(李元庆)의 막하에 들어갔는데, 도왕이 그에게 재주를 보여달라고 하자 이를 수치스럽게 여기고 도왕의 요구를 거절한다.

이처럼, 권위에 굴복하지 않는 성격 탓인지는 모르지만, 낙빈왕의 관직 생활은 그다지 평탄하지 않았다. 그는 궁정 제사를 담당하는 종9품(從九品) 봉예랑(奉禮郎)직에 있다가, 대략 30대 전후에(670) 동태상정학사(東台詳正學士)가 된다. '동태'는 국가가 반포하는 각종 명령을 검열하는 문하성(門下省)을 의미하고, 상정학사(詳正學士)는 당나라 고종

---

6) 胡應麟, 《補唐書駱侍禦傳》:賓王生七歲, 能詩. 嘗嬉戲池上, 客指鵝群令賦焉. 應聲曰:"白毛浮綠水, 紅掌撥清波."客歎詫, 呼神童.

7) 薛寶生, 《論駱賓王掙紮在功利情懷下的詩歌創作》: 詩人"向天歌"是想得遇明主盡展其才以優遊於朝堂之上。牡丹江大學學報, 2010, p. 41-42+48.

의풍(676-679)시기 홍문관(弘文館)의 서적을 관리하고 검수하는 직책을 말한다. 즉, 행정부 소속 도서 관리인이 된 것이다. 하지만, 얼마 가지않아 모종의 일로 폄적되어, 서역 출정을 자원하게 된다.[8]

서역 지역에서 돌아온 지 얼마 되지 않아(673), 그는 현재의 운남(雲南) 지역에 속한 요주도(姚州道)의 대총관(大總管) 이의(李義)의 군막에 있으면서, 만족(蠻族)의 반란 진압에 참여한다.[9] 함께 이름을 날린 노조린(盧照鄰)을 만나 시를 주고 받는다.

그가 노조린과 주고받은 시 가운데 "사랑, 곽씨를 대신하여 노조린에게 답하다"라는《염정대곽씨답노조린(艳情代郭氏答卢照邻)》이란 시가 있다. 이 시의 내용을 보면 노조린의 무정함을 비판하는 내용이다. 노조린이 현재의 사천인 촉지방에 있을 때, 곽씨라는 애인이 있었다. 그녀가 아이를 가졌을 때, 노조린이 일이 생겨 낙양으로 가게 되었다. 노조린은 자신이 돌아올 때 정식으로 그녀와 결혼할 것을 약속했지만, 떠나간지 몇 년 동안 돌아오지 않았다. 노조린의 서신도 기대할 수 없었던 곽씨는 그만 아이마저 잃어버린다.[10] 낙빈왕은 노조린을 기다리는 곽씨의 심정을 대변하여 이렇게 읊는다.

---

8) 《詠懷古意上裵侍郎》,《從軍行》,《西行別東臺詳正學士》,《早秋出塞寄東臺詳正學士》,《夕次蒲類津》,《晚度天山有懷京邑》,《軍中行路難同辛常伯作》,《邊庭落日》,《在軍中贈先還知己》,《久戍邊城有懷京邑》등이 있다. 이는 陳熙晉의《駱臨海集箋注》卷4(陳熙晉箋注, 世界書局印行, 民國五十一年)에 따른 것으로, 이하 낙빈왕의 종군과 관련된 시는 이 체례를 따른다. 안병국 (1995),「駱賓王 生卒年 小考」,『中國文學』, (-), p.312. 안병국 (1995),「駱賓王 生卒年 小考」,『中國文學』, (-), p.312.

9) 관련 시로는《兵部奏姚州破賊設蒙儉等露布》,《兵部奏姚州道破逆賊諾沒弄楊虔柳露布》,《從軍中行路難》가 있다.

10) 聞一多,《宮體詩的自贖》

멀리 풀이 무성한 도로로 이어진 지천(芝田)을 바라보고,
아득히 함곡관(函谷關)에 가로막힌 촉나라 땅을 한탄하네.
돌아 가는 구름이 이미 부강(涪江) 밖으로 떨어졌으니,
돌아 온다 던 기러기는 낙수(落水)의 전하(瀍河)를 건넜겠지
낙수 근처에 이어진 장안성 곁에서
황궁의 높은 건물에는 봉황의 날개가 드리워 있겠죠.
낙타 동상이 있는 길 위에는 천 그루 버드나무,
금곡원(金谷园)에는 꽃들도 한창 빛나겠죠.
버드 나무 잎과 정원의 꽃들은 곳곳마다 새롭고,
낙양의 복숭아 배나무 꽃도 한 봄의 향기를 내고 있겠지.
저는 쌍류에서 돌 거울만 바라보았고
그대는 삼천에서 옥인형을 지키고만 있었죠.
이 때 이별을 어떻게 말할 수 있을까요?
이 날 텅 빈 침대에 누워 꽃 핀 못을 바라보았죠.
못에는 비목어가 헛되이 노닐고,
그윽한 길에서는 다시 숙망초가 자랐죠.
흐르는 바람이 눈을 휘감는 듯한 자태는 빼어하고 아름다우며
훌륭한 말의 물고기 비늘 무늬는 헛되이 아름답네요.
뭇 여인의 사랑을 받는 반악 같은 그대,
성도에서 술파는 탁문군 같은 나
가난 하다고 아무도 돌아보지 않는다 하지 마세요
부귀하다고 반드시 결과가 좋다는 말도 하지 마세요
녹주는 석숭의 사랑을 받았고
조비연도 한때는 한무제의 사랑을 받았죠.
그대는 어디에서 술을 그토록 마시기에
아무 말없이 헛된 명성만을 지키고 있나요?
새로이 얻은 그녀가 바느질만 잘한다 푸념하고
옛 검을 뒤집어 평범하게 만들었나요.
이별 전에 꾼 길몽으로 아들을 낳았지만,

이별 후에 눈물 자국이 대나무에 자랐죠.
이별할 때 분명히 서로 약속하였건만,
이미 결혼한 사람과 열심히 사시나요.
함께할 때는 손바닥 위의 구슬처럼 하더니
어찌 정원 가의 옥을 먼저 부셔버리나요.
슬피 울어도 주변에서는 아무도 물어주지 않고,
애를 끊는 울음은 누구를 위함인가요?
그대를 생각하며 망부대에 올르고 싶지만
여유롭게 장추곡을 들을 수가 없네요.
무겁게 지는 해는 산 밑으로 향하고,
처마 앞으로 돌아오는 제비는 머리를 함께 하며 깃드네요.
무릎을 끌어안고 창문가에서 달을 바라보고,
텅 빈방에서 귀 귀울여 새벽 닭 소리를 들어요.
춤추는 나비는 계단 근처에서 홀로 춤을 추고,
울음을 우는 새는 사람을 만나 함께 울어주네.

迢迢芊路望芝田, 眇眇函關恨蜀川。歸雲已落涪江外, 還雁應過洛水瀍。洛水傍連帝城側, 帝宅層甍垂鳳翼。銅駝路上柳千條, 金谷園中花幾色。柳葉園花處處新, 洛陽桃李應芳春。妾向雙流窺石鏡, 君住三川守玉人。此時離別那堪道, 此日空床對芳沼。芳沼徒游比目魚, 幽徑還生拔心草。流風回雪儼便娟, 驪子魚文徒可憐。擲果河陽君有分, 賣酒成都妾亦然。莫言貧賤無人重, 莫言富貴應須種。綠珠猶得石崇憐, 飛燕曾經漢武寵。良人何處醉縱橫, 直如循默守空名。倒提新繡成慊慊, 翻將故劍作平平。離前吉夢成蘭兆, 別后啼痕上竹生。別日分明相約束, 已取宜家成戒尉。當時似弄掌中珠, 豈謂先摧庭際玉。悲鳴五里無人問, 腸斷三聲誰為續?思君欲上望夫臺, 端居懶聽將雛曲。沉沉落日向山低, 檐前歸燕并頭棲。抱膝當窗看夕兔, 側耳空房聽曉雞。舞蝶臨階只自舞, 啼鳥逢人亦助啼。

▶ 낙빈왕《염정대곽씨답노조린(豔情代郭氏答盧照鄰)》중에서

1·2구는 낙양으로 간 노조린과 촉땅에 그녀 자신의 간격이 가져오는 거리 만큼이나 깊어진 시름을 드러내고, 3·4구의 "돌아 가는 구름"과 "돌아 온다던 기러기"는 각각 노조린을 비유하고 있는데, 노조린이 촉땅 밖으로 떠나간 사실과 다시 만나기로 한 사실을 표현하고 있다. 또한 이어지는 5·6·7·8 구는 촉땅 보다 번화하고 낭만적인 낙양의 거리를 상상하고 있다 이 가운데 "금곡원"은 진나라 석숭(石崇)이 지은 정원으로, 그가 자신의 미녀 가기(歌妓)인 녹의(綠珠)와 함께 연회를 가진 곳이다. 낭만적인 정원에 피어난 아름다운 봄꽃들은 모두 노조린이 돌아오지 않는 이유가 번화한 낙양 땅의 아름다운 여성과의 만남 때문이 아닐까 근심하는 그녀의 마음을 대변하고 있다. 그리고 이어지는 구절에서는 그녀의 아무도 알아주지 않는 괴로움과 아들의 죽음, 그리고 노조린의 무정함을 비난하고 있다. 이 시로 인해 노조린은 역사적으로 무정한 남자라는 비난을 면치 못했다. 이런 일은 한 번에 그치지 않았다. 그는 "여도사 왕령비를 대신해 도사 이영에게 보내다"라는 《대여도사왕령비증도사이영(代女道士王靈妃贈道士李榮)》이란 글을 지었다. 이야기는 이렇다. 이영이란 도사는 사천에서 재주와 명망이 있는 도사였는데, 장안으로 떠나고서 기별이 없자, 왕령비란 여성을 대신해서 이영에게 시를 지어 붙인 것이다. 이 작품에서 그는 이 여도사를 동정하며 이렇게 썼다.

> 눈 같은 매화꽃 실 같은 버들가지,
> 해가 가고 해가 오니 견디지 못하겠네.
> 처음에는 추울 때 각자 있지 말자더니
> 봄이 와도 봄에 더 생각이 날줄 어찌 알았을까.
> 梅花如雪柳如絲, 年去年來不自持。
> 初言別在寒偏在, 何悟春來春更思。
> ▶ 낙빈왕 《대여도사왕령비증도사이영(代女道士王靈妃贈道士李榮)》

위의 글을 보면 그녀의 처지가 곽씨와 다를 바 없음을 알 수 있다. 이 작품에서는 다음 구절이 상당히 매력적으로 다가온다.

> 서로 사랑하고 서로 그리워하며 서로 가까이 함께,
> 한 평생 한 세상 한 쌍의 연인으로.
> 相憐相念倍相親, 一生一代一雙人。
> ▶ 낙빈왕《대여도사왕령비증도사이영(代女道士王靈妃贈道士李榮)》

낙빈왕은 이처럼 어려움에 처한 여인을 동정하고 그녀들을 위해 노력하는 다정한 사람이자, 약자의 편에서고자 하는 사람이었으며, 지고지순한 낭만적 사랑을 믿었던 사람인 것 같다. 서정시를 사랑했던 문일다는 다소 과장된 어투로 낙빈왕의 이런 시들을 이렇게 평가했다.

> 낙빈왕의 실패가 이백약(李百药)의 성공보다 가치가 없다고 할 수 있을까? 그는 적어도《진부음(秦妇吟)》을 위한 길을 다져주었다. 이 "한 웅큼의 흙이 아직 마르지 않았는데, 육척의 고아는 지금 어디에 있는가?"라는 말로써 역사상 최고로 뛰어난 여성의 간담을 서늘하게 만들어준 문인은 천생 협객으로 태어나, 아무 것도 아닌 일에 관여하는 것을 좋아해서, 남이 불의를 당하는 것을 견디지 못하고, 사람을 죽여서까지 복수를 했고, 혁명을 거행했으며, 치정을 지닌 여성을 위해 마음을 저버린 남자를 비난해 주었다. 이 모든 것을 그가 했었다.
> 駱賓王的失敗, 不比李百藥的成功有價值嗎?他至少也替《秦婦吟》墊過路。這以"一抔之土未幹, 六尺之孤何托", 教曆史上第一位英威的女性破膽的文士, 天生一副俠骨, 專喜歡管閑事, 打抱不平, 殺人報仇, 革命, 幫癡心女子打負心漢, 都是他幹的。
> ▶ 문일다(聞一多)《궁체시의 자속(宮體詩的自贖)》

이백약은 당나라 역사가인데, 아버지가 수나라 역사가였다. 그는 어린 시절, 병이 많아서 "백 가지 약초"라는 뜻의 백약이란 이름을 가지게 된다. 7세의 글을 지을 수 있어 신동으로 불렸고, 수나라에서 벼슬을 하다가 당나라에서 중앙 관료가 되었는데, 당태종 시기에 아버지의 글과 자신의 글을 합해 《북제사(北齊書)》를 지어 바쳤다. 문일다가 언급한 낙빈왕과 이백약의 성공과 실패 운운은 이들의 일생을 두고 말한 것 뿐만이 아니라, 이 둘의 문학의 성취를 이야기한 것이다. 즉 낙빈왕의 이 시가 황소의 난을 배경으로 고난을 경험한 여성의 아픔이 주제가 된 "섬서성 여인의 노래"란 당나라 말기의 시인 위장(韋莊)의 《진부음(秦婦吟)》이란 작품의 선조격이란 이야기다. 문일다가 이백약을 왜 굳이 이야기했을까? 자세한 설명을 알 수는 없지만, 이백약에게는 매미를 읊은 시가 있다.

> 맑은 마음으로 스스로 이슬을 마시며
> 슬픈 곡조로 잠시 바람을 노래한다.
> 화관의 옆에 오르지도 못했는데,
> 먼저 놀라 나뭇잎 속에 숨네.
> 清心自飲露, 哀響乍吟風。
> 未上華冠側, 先驚翳葉中。

▶ 이백약 《영찬(詠蟬)》

이백약의 이 시는 벼슬살이의 험난함 속에서 자신의 맑고 고귀함을 지키는 모습을 보여주고 있는데, 이 시를 통해 연약하고 부드러운 감성, 그리고 조심스러운 태도를 느낄 수 있다. 낙빈왕 역시 매미를 읊은 시가 있는데, 이백약의 격조와는 사뭇 다른 모습을 보여준다. 이것은 각자 천성과 인생 경험이 달라 이처럼 상이한 감성 때문일 것이다.

낙빈왕의 매미와 관련한 시는 그의 인생에서 생사를 오가는 사건을 통해 창작된다. 그는 고종 의봉(仪鳳) 3년(678)에 장안(長安)의 주보(主簿)가 되었다가 다시 입조하여 시어사(侍禦史)가 된다. 하지만 모종의 이유로 하옥되었다가 가까스로 석방될 수 있었는데, 유명한 "감옥에 갇혀 매미를 읊다"라는 《제옥영찬(在獄咏蟬)》이란 시를 남긴다. 이 시기 그가 맡은 시어사란 직책은 공경(公卿)의 상소를 관리하고, 관원들을 감찰하고 탄핵하는 일을 맡는다. 그래서, 일설에는 그가 올린 상소가 측천무후의 심기를 거슬렀기 때문에, 무고를 당해 하옥되었다고 한다. 시를 보기 전에 그가 쓴 서문을 보자.

내가 갇혀있는 감옥의 벽 서쪽은 법을 판결하는 일을 하는 곳이다. 여기에는 오래된 홰나무 몇 그루가 있다. 비록 생기가 남아 있지만, 마치 평생 뜻을 이루지 못한 은중문(殷仲文)의 시든 나무 같다. 송사를 듣는 일을 여기서 하니, 주(周)나라 소백이었던 소공(昭公)이 팥배나무(甘棠) 아래서 분주히 송사를 판결하던 생각도 난다. 매번 저녁 빛에 그늘이 낮게 깔리는 시기가 되면, 가을 매미가 이따금 목청을 길게 뺀다. 매미 우는 소리가 그윽히 잦아들면, 평소에 듣던 것보다 더 처절하게 느껴진다. 사람 마음이 과거와 달라서 벌레 소리가 이전보다 슬퍼진 것인가? 아! 소리는 사람을 감동하게 만들고, 덕은 현인 같구나! 매미가 몸을 깨끗하게 함은 군자와 달인의 고아한 행위를 갖춘 것이고, 가죽을 벗음은 신선이 우화(羽化)하는 영험한 자태가 있는 것이다. 때를 기다려 나타남은 음양의 변화를 따르는 것이고, 계절에 맞춰 변화함은, 숨고 드러나는 시기를 살피는 것이다. 눈을 부릅뜬 모습은 어두운 길에 자신의 눈이 혼미해지지 않게 하고자 함이며, 날개가 얇은 것은 세속의 많은 욕망으로 자신의 진실을 가리지 않기 위함이다. 높은 나무에 이는 미풍을 노래하는 모습은 기품 있는 자연 그대로의 모습을 드러내고 있고, 깊은 가을에 떨어진 이슬을 먹음은 고결함을 남이 알까 근심하기 때문이다. 나는 길을 잃고 고생과 근심을 만나, 죄인을 묶는 검은 줄에 묶이게 되었다. 슬퍼하지는 않지만 자신을 원망하게 되니, 떨어지진 않았지

만 먼저 쇠잔해지는 가을 매미를 닮았구나. 매미가 부르는 노랫소리를
듣고서, 판결의 결과가 이미 상주 되었음을 알겠고, 사마귀의 웅크린 그
림자를 보고서, 위기가 가라앉지 않았음이 두렵구나. 마음에 느낀 바가
있어 시를 지어 친우들에게 보낸다. 감정이 사물을 따라 반응하여, 가냘
픈 날개가 쇠잔하여 떨어짐이 슬프구나. 이를 사람들에게 알려 나의 쓸
쓸한 목소리가 지닌 적막함을 불쌍히 여겨주게 하오. 정식으로 쓴 글은
아니지만, 근심어린 심사를 대신하노라.

余禁所禁垣西, 是法廳事也. 有古槐數株焉, 雖生意可知, 同殷仲
文之古樹, 而聽訟斯在, 卽周召伯之甘棠. 每至夕照低陰, 秋蟬疏引,
發聲幽息, 有切嘗聞 ; 豈人心異於曩時, 將蟲響悲於前聽? 嗟乎! 聲
以動容, 德以象賢, 故潔其身也, 稟君子達人之高行 ; 蛻其皮也, 有
仙都羽化之靈姿. 候時而來, 順陰陽之數 ; 應節爲變, 審藏用之機.
有目斯開, 不以道昏而昧其視 ; 有翼自薄, 不以俗厚而易其眞. 吟喬
樹之微風, 韻資天縱 ; 飮高秋之墜露, 淸畏人知. 僕失路艱虞, 遭時
徽□, 不哀傷而自怨, 未搖落而先衰. 聞蟪蛄之流聲, 悟平反之已奏 ;
見螳螂之抱影, 怯危機之未安. 感而綴詩, 貽諸知己. 庶情沿物應, 哀
弱羽之飄零 ; 道寄人知, 憫餘聲之寂寞. 非謂文墨, 取代幽憂云爾.)

▶ 낙빈왕《재옥영찬서(在獄詠蟬序)》

"은중문의 시든 나무"는 낙빈왕이 불우한 자신의 운명을 빗대어 말한
것이다. 은중문은 동진(東晉) 시기의 저명한 문인인데, 당시 대사마(大
司馬)였던 환온(桓溫)의 집에 있는 나이 많은 홰나무(槐树)를 보고 "이
나무가 잎은 무성하지만 생기는 없다"라고 하여 자신을 빗댄 전고를 취
했다. 또한 "소공(昭公)이 팥배나무 아래에서 송사를 처리한다"는 것은
이른바 주나라 재상인 소공이 남쪽 국가를 순행하면서 감당 아래서 정무
를 돌보았는데, 사람들이 이를 기념하여 감당을 베어버리지 않았다는 이
야기에서 유래한 전고를 취했는데, 이는 송사의 판결이 자신의 무죄를
증명해 줄 것을 기대하는 마음을 드러낸 것이다. 이어지는 글은 그가

가을 매미를 보고 쓴 것으로, 그가 옥에 갇혀 삶과 죽음의 시간 사이에 존재하고 있는 자신의 모습을 마치 가을 날 힘이 빠져 나무에서 땅으로 떨어지는 매미의 애잔한 울음 소리와 슬픈 처지와 같다고 여겨 감정을 이입하고 있다. 그가 쓴 시를 보자.

가을 매미가 목 놓아 우는 날,
죄인 모자를 쓴 객이 깊은 생각에 잠긴다
매미의 그림자를 견디지 못하여
《백두음》을 읊는다.
이슬이 무거워 날아 들지 못하고,
바람이 거세어 울음 소리는 쉬이 잠겨 버린다.
아무도 나의 고결함을 믿어주지 않으니
누가 나의 마음을 밝혀줄까.
西陸蟬聲唱, 南冠客思深。
不堪玄鬢影, 來對白頭吟。
露重飛難進, 風多響易沉。
無人信高潔, 誰為表予心?

▶ 낙빈왕 《재옥영찬(在獄咏蟬)》

"매미의 그림자"란 것은 가을날 땅에 떨어진 매미다. 《백두음》은 한나라 민가인 악부시이며, 내용은 두 마음을 품은 남자를 원망하는 내용인데, 이 가운데 다음과 같은 구절이 있다.

산 위의 눈처럼 하얗고
구름 사이의 달 처럼 밝구나.
그대에게 두 마음이 있다는 것을 듣고
그대와 헤어지기 위해 왔네.
......

처량하고 또 처량하구나.
시집 장가를 갔으면 울지 말아야지.
마음이 한결같은 사람을 만나
백발이 되도록 헤어지지 말아야지.
……

皚如山上雪，皎若雲間月。
聞君有兩意，故來相決絕。
……

凄凄復凄凄，嫁娶不須啼。
願得一心人，白頭不相離。
……

▶ 작자 미상 《백두음》11)

이 "두 마음을 가진 사람"과 "한결같은 사람"은 서로 대우를 이루고 있는데, 하나는 현실이고 하나는 이상이다. 이 이상과 현실이 낙빈왕의 처지에서 무엇을 지칭하는지는 구체적으로 알 수 없지만, 고결한 매미가 늦가을에 땅에 떨어져 죽음을 기다리는 것과 자신이 가진 이상과 실제 현실이 어긋나 있는 상황 때문에 감옥에서 생사의 판결을 받는 현재의 상황과 비슷하다고 여기고, 이를 애도하기 위해 《백두음》을 읊은 것으로 보인다. 이어지는 구절에서 "이슬이 무거워 날아들지 못하고, 바람이 거세어 울음소리는 쉬이 잠겨 버린다."라고 읊은 매미의 현실은 자신의 진실을 아무도 알아주지 않는 현재 상황을 빗대고 있다. 이 한편의 문장과 시에서 삶과 죽음의 기로에서 두려움에 떨고 있는 한 인간의 모습과

---

11) 동진(東晉) 갈홍(葛洪)의 《서경잡기(西京雜记)》에는 이 악부시가 사마상여의 부인인 탁문군의 작품으로 소개되어 있지만, 이 책은 민간 전설을 모은 것으로 확실한 주장이라고 할 수 없다.

자신의 진실을 알리고 싶은 인간의 간절함을 느낄 수 있다.

그는 사면되어 감옥을 나왔지만, "참언을 하는 간특한 무리들이 끝이 없도다(讒言巧佞讜無窮)"[12]라고 하며, 관직을 버리고, 현재 북경·하북 지역에 속한 유주(幽州)와 연주(燕州) 지역으로 유람을 떠나 재차 군대에 투신한다.[13] 이후, 감로(調露) 2년 (680)에는 현 절강성(浙江省) 도부에 있는 임해현(臨海縣)에서 현령을 보좌하는 현승(縣丞)이 되었지만, 불만과 실망으로 벼슬을 버리고 떠난다.[14]

그림 3. 측천무후. 그녀는 중국 역사에서 유일무이한 여성 황제였다. 이 일이 중국 역사에서 가장 찬란했던 왕조인 당나라에서 발생했다는 것도 재미있는 대목이다.

그가 이름을 크게 남긴 것은 684년에 지은 측천무후를 비판한 글이 큰 작용을 했다. 측천무후는 중국 역사에서 유일한 여성 황제로서, 탁월한 정치적 능력을 보여주었고, 후대 현종 시기 태평성대를 지칭하는 정관지치(贞观之治)의 기초를 닦았다고 알려져 있다. 특히 그녀가 과거제도를 시행한 것은 실로 중국 역사에서 빼놓을 수 없는 업적일 것이다. 하지만, 그녀가 권력을 잡는 과정에서 많은 사람이 죽은 것도 사실이다.

그녀의 이름은 무조(武曌)이며, 그녀의 아버지는 본래 산동(山東) 사

---

12) 駱賓王, 《疇昔篇》

13) 이 시기의 시는 다음과 같다. 〈詠懷古意上裵侍郎〉, 〈從軍行〉, 〈西行別東臺詳正學士〉, 〈早秋出塞寄東臺詳正學士〉, 夕次蒲類津〉, 〈晩度天山有懷京邑〉, 〈軍中行路難同辛常伯作〉, 〈邊庭落日〉, 〈在軍中贈先還知己〉, 〈久戍邊城有懷京邑〉

14) 劉昫, 《舊唐書·駱賓王傳》: 快快失志, 棄官而去"

람으로, 목재를 파는 상인이었다. 하지만, 그는 수나라를 무너뜨리고 당나라를 세운 당나라 창업자 이연(李淵)과 인연이 닿아, 당나라에서 건설부 장관에 해당하는 공부상서(工部尙書)가 된다. 그녀는 14세 때 당태종 이세민이 불러 비빈(妃嬪)의 등급 가운데 중간 정도 지위에 해당하는 재인(才人)이 된다. 태종이 죽은 다음, 신분 세탁을 위해 감업사(感業寺)의 비구니가 되고, 다시 당 고종의 부인이 된다. 당나라 시대에는 불교의 승려나 도교의 도사가 되면 이전에 있던 속세의 신분이 없어진다고 여겼기 때문에, 즐겨 이런 수법을 동원해서 신분세탁을 했다. 익히 아는 현종의 부인인 양귀비도 본래 현종의 18째 아들 수왕(壽王) 이모(李瑁)의 부인이었지만, 역시 비슷한 절차를 밟아 현종이 자신의 부인으로 취한다.

당 고종이 죽은 다음(683) 자신의 3째 아들 이현(李顯)이 중종(中宗)으로 등극하면서, 그녀는 수렴청정(垂簾聽政)을 한다. 하지만, 그녀는 바로 다음 해(684)에 중종을 황제의 자리에서 끌어내려 여릉왕(廬陵王)으로 삼고, 자신의 4째 아들 이단(李旦)을 예종(睿宗)으로 세운다. 이후 각종 반란이 이어졌지만, 그녀는 이를 모두 수습하고, 6년 뒤인 690년에 황제로 등극한다.

중종이 폐위되고 예종이 등극한 시기에 서경업(이경업)의 난이 일어났고,[15] 낙빈왕은 이 반란에 참가한다. 그는 《이경업을 대신해 천하에 격문을 전한다(代李敬業傳檄天下文)》에서 측천무후를 "거짓으로 수렴청정하는 무씨는 사람이 온순하지 못하며, 신분도 미천하다. 옛날에 태종의 시첩이 되었다가, 다시 옷을 갈아입고 궁에 들어와 고종의 시중을 들었다.(僞臨朝武氏者, 人非溫順, 地實寒微。昔充太宗下陳, 嘗以更衣入侍)"고 몰아붙이기 시작하더니, 마지막 부분에서 천하에 반란을 독려

---

15) 서경업의 이씨는 당나라에서 하사받은 성씨다.

하며 "한 움큼의 흙이 아직 마르지 않았는데, 육척의 고아는 지금 어디에 있는가(一抔之土未乾, 六尺之孤安在)?"라고 하였다. "한 웅큼의 흙"이란 고종의 시신을 덮은 무덤의 흙이고, "육척의 고아"는 정식으로 황위를 계승한 중종을 지칭한다. 그가 측천무후를 비판한 내용은 역사적 사실에 부합하는 부분이 많으며, 또한 반란을 독려하는 문장 역시 가슴이 웅장해지는 느낌일 주기 때문에, 성토문에서 요구되는 "사실을 적시하고, 이치를 변별하며, 기세가 성대하고, 글이 과감해야 한다(事昭而理辨, 气盛而辞断)"라는 요건을 충족하고 있다고 평가된다.16)

하지만, 반란이 일어났던 해인 11월 서경업의 반군이 패하고, 낙빈왕 역시 종적을 알수 없게 된다. 그의 죽음에 관하여서는 여러가지 주장이 있다. 당나라 초기 장작(张鷟)의 《조야첨재(朝野僉載)》에서는 낙빈왕이 강물에 투신했다고 하고, 당나라 후기에 활동했던 맹계(孟棨, ?~871)의 《본사시(本事诗)》에서는 낙빈왕이 승려가 되어 숨어서 살았다고도 한다.17) 또한 북송(北宋) 구양수(歐陽修)가 편찬한 《신당서(新唐書)》에서는 그가 망명하여 간 곳을 알 수 없다고 하였으며, 《자치통감(資治通鑑)》에서는 그가 서경업과 함께 피살되었다고 전한다. 어쨋든 그는 측천무후에게 반기를 들었던 유명한 문인으로서, 여러 사람의 관심과 동정을 받았던 인물이다.

---

16) 陳振鵬, 章培恒(主編), (1997), 『古文鑒賞辭典』, 上海:上海辭書出版社, p.840.

17) 孟棨, 《本事诗》: 当敬业之败, 与宾王俱逃, 捕之不获。将帅虑失大魁, 得不测罪。时死者数万人, 因求戮类二人者, 函首以献。后虽知不死, 不敢捕送。故敬业得为衡山僧, 年九十余乃卒。宾王亦落发, 遍游名山。至灵隐, 以周岁卒。

낙빈왕의 변새 문학

낙빈왕은 노조린(盧照鄰)과 함께 7언 가행(歌行)에 뛰어났는데, "재주와 정취가 풍부하고, 구성이 심오하여(富有才情, 兼深組織)", "시에 능하다는 찬사를 받았다.(得擅長什之譽)"[18] 그의 장편가행시인《제경편(帝京篇)》은 가행시의 수작으로 꼽히고,《주석편(疇昔篇)》,《염정대곽씨증노조린(豔情代郭氏贈盧照鄰)》, 《대여도사왕령비증도사이영(代女道士王靈妃贈道士李榮)》등의 시는 아름다운 언어를 사용하면서도, 격조가 높고 서정적 서사가 드러난 수작으로 꼽힌다. 비록 이런 시들이 위진남북조(魏晉南北朝)의 남방 국가였던 육조(六朝)에서 귀족 계층 사이에 유행하던 소부(小賦)를 변화시킨 작품이지만, 육조 문학에서 나타난 대우(對偶)과 운율(韵律), 유려하게 정제된 언어, 음절의 부드러운 조화뿐만 아니라, 작품을 관통하는 감정이 상당히 풍부하여, 남북의 문화가 융화된 당대 문학의 특징을 보여주고 있다.

그의 변새와 관련한 작품은 대략 15수인데,[19] 이 가운데 몇 편을 살펴보면서 그의 변새시에 나타난 사상과 감정을 살펴보도록 하겠다. 그는 다른 당대 문인과 다를 바 없이, 중앙의 고위 관료가 되기를 진정으로 희망했다. 하지만, 앞서 살펴본 그의 일생을 통해 그의 중앙 관직 생활이 평탄치 않았으며, 위기의 상황에서 종군을 통해 활로를 뚫고자 했다는 것을 알 수 있다. 낙빈왕은 일생에 3차례 종군했고, 그 지역은 서북과 서남, 동북 방면에 두루 걸쳐있다. 그는 670년에 처음 서역으로 종군하였는데, 이때 그는《종군행(從軍行)》이란 시를 지었다.

---

18) 胡震亨《唐音癸簽》

19) 應曉琴, 『唐代邊塞詩綜論』, 博士, 華東師範大學, 2007. pp. 102~103.

평생토록 한 마음으로 중요하게 생각한 것은
의기가 넘쳐나는 삼군이었지.
야전의 해가 창끝에 비춰 반짝이고
하늘의 별은 검의 무늬와 같구나.
활시위는 한나라 달을 감싸고,
말 발굽은 서역 먼지를 밟고 있네.
살아서 요새로 들어가기를 구하지 않고,
오직 죽음으로 국가에 보답할 수 있기를!

平生一顧重, 意氣溢三軍。
野日分戈影, 天星合劍文。
弓弦抱漢月, 馬足踐胡塵。
不求生入塞, 唯當死報君。

▶ 낙빈왕《종군행(從軍行)》

　　이 시는 그가 가진 포부를 드러낸 작품이다. 1·2구는 군대에 종군하는
것이 그의 평생 소원이었음을 이야기하고 있고, 이하 3·4·5·6구는 모
두 전쟁에 대한 그의 로망을 서술하고 있다. 이른바 하늘의 해와 달 그리
고 별의 정기를 받은 군대로 서역을 평정하리라는 것이며, 마지막에는
서역의 원정에서 죽음으로써 국가에 보답하겠다는 의지를 서술하고 있
다. 이런 정취는 당시(唐詩)에서 보여주는 낭만성이 나타난 표현이며,
즉 서역에서 온 힘을 다해 전쟁에 임해 성공해서 돌아오리라는 희망도
담고 있으나, 양형(楊炯)의 시실제 경험을 담고 있는 느낌이 들지 않아
종군의 경험없이 지은 양형(楊炯)의 시와 비슷하다.

　　봉화가 서경을 비추니
마음속에서 불만이 나도 모르게 피어오르네
호부가 봉황 궁궐을 떠나니
철기가 용성을 에워싼다.

눈보라가 깃발 그림을 지우고
세찬 바람에 북소리가 어지럽다.
차라리 백부장이 되는 것이
서생이 되는 것보다 낫다.
烽火照西京, 心中自不平。
牙璋辭鳳闕, 鐵騎繞龍城。
雪暗凋旗畫, 風多雜鼓聲。
寧爲百夫長, 勝作一書生。

▶ 낙빈왕《재군중증선환지기(在軍中贈先還知己)》

양형 역시 왕발·노조린·낙빈왕 못지 않게 어려서 문학 신동으로 뽑혀서 11세 때 이미 장안성에서 교서랑(校书郎, 책교정관)이 되었던 인물인데, 확실히 변새시는 그가 낙빈왕보다 뛰어나다. 즉, 양형의 "차라리 백부장이 되는 것이, 서생이 되는 것보다 낫다."라는 말이 낙빈왕의 "살아서 요새로 들어가기를 구하지 않고, 오직 죽음으로 국가에 보답하기를 바라노라."보다 힘이 더 있고, 동적으로 전투 상황을 묘사한 양형의 구절이, 정적으로 군대의 행려와 활의 모양을 묘사한 낙빈왕의 글귀보다 더 생동감이 넘친다. 특히 "눈보라가 깃발의 그림을 지우고, 세찬 바람에 북소리가 어지럽다."라는 묘사는 눈이 날리는 열악한 환경에서 전투를 벌렸을 때의 상황을 묘사한 것으로, 군대의 행렬은 무너지고, 오직 북소리만으로 전투의 심각성을 모호하기는 하지만, 더 확실하게 전달하고 있다. 양형의 이 시에 빗댈 만한 작품은《종군중행로난2수(從軍中行路難二首)》다.

그대는 보지 못했는가?
옥문관의 먼지 빛이 변경 지역을 그늘 지우면
백동빛 말을 타고 잡로가 장성을 도적질하지.

천자는 검을 쓰다듬으며 용맹스러운 자를 소집하고,
장군은 출정 명령을 받고 종횡으로 일에 임하네.

부절이 붉은 깃발을 허락하니 흰깃발로 군대를 나누고,
충정과 차가운 칼로 밝은 군주에 보답하려 하네.
오로지 한 가지 군왕만을 알도록 하였으니
누가 국경의 전쟁을 고되다고 꺼리리오!
가는 길 어렵구나, 가는 길이 어렵구나!
갈림길이 천 갈래로 나뉘어지니
다시는 돌아가는 구름에 짧은 글 붙이지 않으리,
그저 해를 보며 장안 생각에 잠긴다.
君不見, 玉關塵色暗邊庭, 銅鞮雜虜寇長城。
天子按劍徵餘勇, 將軍受脤事橫行。
…
絳節朱旗分白羽, 丹心白刃酬明主。
但令一技君王識, 誰憚三邊征戰苦。
行路難, 行路難, 歧路幾千端。
無復歸雲憑短翰, 空餘望日想長安

▶ 낙빈왕《종군중행로난2수(從軍中行路難二首)》

첫 부분은 양형의 "봉화가 서경을 비추니, 마음속에서 불만이 나도
모르게 피어오르네"만큼 간결하고도 강렬한 느낌을 주지 않는다. 이어지
는 구절의 첫 부분의 "봉절(絳節)"은 '심홍색(絳)'의 '부절(符節)'이란
뜻으로, 병력 동원에 관한 황제의 허가 명령을 담고 있으며, "주기(朱
旗)" 역시 붉은 색으로 된 전쟁 깃발을 의미한다. 그리고 "백우"는 군대
를 지휘하는 대장군의 흰색 깃발이다. 즉 황제가 출정 명령을 내리면,
대장군이 군대를 편성·지휘하는데, 전군에 오로지 황제의 명령에 복종
하도록 명을 내리자 전군이 하나같이 충성스러워서 전쟁의 고통을 기꺼

이 감내한다는 의미다. 전체적으로 보면 황제의 명령과 군대의 출정, 대장군의 충성, 그리고 그가 길러낸 정예병의 모습을 표현하는 데에 있어, 화려한 문자로 수식함이 없이 사실적으로 묘사하고 있는데, 붉은색과 흰색의 깃발은 전쟁 분위기를 자아내고, 단심과 흰 칼날은 피로 쓴 맹세처럼 강인한 충정을 드러내고 있으며, 아래 두 구절은 충성스럽고 용맹한 장병들의 모습을 그려내고 있다. 이 구절에서 "충정과 차가운 칼로 밝은 군주에 보답하려 하네"라는 것이 그의 본심이며, 그 방식이 서역 지역에 대한 진압과 정벌로 나타나 있는데, 이런 감정은 그가 평생을 간직한 소망이다.

그가 모종의 이유로 죄를 지어 배행검(裴行儉, 619~682)에게 종군을 희망하는 의사를 비추는 글로 알려진 "옛 뜻을 생각하며 시를 읊어 배시랑에게 올리다"라는 《영회고의상배시랑(詠懷古意上裴侍郎)》이란 작품 역시 《종군행》과 비슷하지만, 여기에는 자신의 인생에서 마지막 희망을 걸고 종군을 염원하는 비장함이 들어있어 앞서본 《종군행》과 구별된다.

32세가 넘어 관직에서 파하니
머리카락은 반악처럼 희어졌네.
49세에 다시 조정에 들어가니
나이는 주매신과 같지 않다네.
월나라에 매여 종횡으로 수심에 빠졌고,
진나라에 노닐면서 힘들고 지친 신세였지.
새장을 나와도 날개가 짧아 곤궁하였고
수레바퀴 자국에 갇힌 말라 버린 물고기 신세였네
시문을 연마해도 써주는 사람 없고
칼자루를 두드려 본들 누구에게 하소연 할까?
천자께서 일을 맡기지 않으시니

덧없이 세월만 보내고 있다네.
목숨을 가볍게 여기고 항상 비분강개함에 사로잡혀
힘을 다해 죽음을 무릅쓰는 마음 홀로 자부하네.
역수의 나그네 부질없이 노래불러보고
장안에서 덧없이 늙어만 가네.
한 번 변방을 보게 된다면
만 리 길이 어찌 괴로울까?
칼은 칼집에 꼽혀 변방의 서리빛 드리우고
활은 한나라 달 바퀴처럼 휘도다.
황금 도에는 가을 햇빛이 번쩍이고,
철기는 바람에 이는 먼지를 박차네.
나라를 위해 정성의 마음을 다지고
몸을 바칠 뿐 빈천을 잊는다.
공을 세움은 두헌과 비교되고,
계책의 결정은 진평을 속인다오.
만약 서리와 눈의 추위를 견디어 내지 못한다면
장안의 봄을 헛되이 날려 보내는 것이리.
三十二餘罷, 鬢是潘安仁。四十九仍入, 年非朱買臣。
縱橫愁繫越, 坎壈倦游秦。出籠窮短翮, 委轍涸枯鱗。
磨鉛不霑用, 彈鋏欲誰申。天子未驅策, 歲月幾沉淪。
輕生長慷慨, 效死獨殷勤。徒歌易水客, 空老渭川人。
一得視邊塞, 萬里何苦辛？劍匣胡霜影, 弓開漢月輪。
金刀動秋色, 鐵騎拍風塵。為國堅誠款, 捐軀忘賤貧。
勒功思比憲, 決略暗欺陳。若不犯霜雪, 虛擲玉京春。

▶ 낙빈왕 《영회고의상배시랑(詠懷古意上裵侍郎)》

이 시에서는 《종군행》에서 보이는 낭만적인 군대 행려의 모습이 없다. 대신 "시문을 연마해도 써주는 사람 없으니, 칼자루를 두드려 본들 누구에게 하소연할까? 천자께서 일을 맡기지 않으시니, 덧없이 세월만 보내고 있다네."라는 말에는 자신의 처지를 바라보는 시선에 절절함이 묻어나와 처연함과 불쌍한 생각마저 들게 한다. 하지만, 그는 "한 번 변방을 보게 된다면, 만 리 길이 어찌 괴로울까?"라고 하여 여전히 서역 원정을 통한 웅지를 보여주고 있다. 마지막 두 구에서 "만약 서리와 눈의 추위를 견디어 내지 못한다면, 장안의 봄을 헛되이 날려 보내는 것이리."라고 한 말은 자신이 늙어서 서역의 추위를 견디지 못하리라 생각하지 말아 달라는 것이고, 또한 장안에서의 노력이 헛되지 않게 해달라는 부탁을 담고 있다.

낙빈왕의 변새시에서 또 하나 볼만한 것은 감정에 대한 솔직한 술회다. "군대에서 먼저 돌아온 지기에게 보낸다"라는 《재군중증선환지기(在軍中贈先還知己)》를 보면 이런 점이 잘 드러난다.

정처 없이 함께 수자리 하고 있다가
임기가 다 되어도 홀로 돌아가지 못하네.
마음은 천자가 계신 궁궐을 헤매지만
희망은 옥문관에서 끊어지네.
싸움에 승리함에 있어 곽거병에 부끄러움이 많아서,
제후에 봉해짐에 몇 번이나 반초에게 양보하였나?
바람과 먼지는 흰 머리를 재촉하고
세월은 붉은 얼굴을 상하게 하네.
사라지는 기러기가 가을 요새에 멀리 날고,
놀란 오리가 어두워진 물가에서 날아오른다.
변방의 서리는 칼끝같고
한나라 지역의 달은 칼 자루의 고리 같다.
이별 후에 변방의 정원에 심은 나무
그리움에 몇 번이나 잡아당겼던가?
蓬轉俱行役, 瓜時獨未還。

魂迷金闕路, 望斷玉門關。
獻凱多慚霍, 論封幾謝班。
風塵催白首, 歲月損紅顏。
落雁低秋塞, 驚鳧起暝灣,
胡霜如劍鍔, 漢月似刀環。
別後邊庭樹, 相思幾度攀。

▶ 낙빈왕《재군중증선환지기(在軍中贈先還知己)》

이 시의 풍격에서는 당시(唐詩)에서 일반적으로 거론되는 "기이한 장
관과 호걸스러운 강개함(瑰奇壯偉, 豪情慷慨)"[20]의 기상을 볼 수 없다.
대신, 장안으로 돌아가고 싶은 한 사람의 괴로움이 가득하다. 1·2구에서
장안으로 돌아가는 친구에 대한 부러운 마음을 솔직하게 말하고 있으며,
3·4구에서 "마음은 천자가 계신 궁궐을 헤매지만, 희망은 옥문관에서
끊어지네."라는 표현은 장안으로 돌아가고 싶어도 서역과 중국을 나누는
요새인 감숙성(甘肅省) 돈황(敦煌)에 있는 옥문관에서 자신의 바람이
끊어진다고 표현함으로써, 당대 서역 출입을 관장하는 옥문관이 자신의
감정과 일치되어 있어 비록 진부한 느낌은 있으나, 문학적 감응력을 느
낄 수 있다. 5·6구는 전고를 사용했다. 곽거병(霍去病, B.C.140~B.C.117)
은 요절한 전한(前漢) 무제시기 장군으로, 18세가 되던 해부터 6번이나
흉노 토벌에 나아가 누구보다 앞서 적진 깊숙이 돌진했던 인물로 알려져
있다. 또한 반초(班超)는 본래 반고의 동생이었는데, 벼슬을 하지 못해
대필이나 해주면서 살다가, '붓을 던져버리고 군대에 입대한다'는 '투필
종융(投筆從戎)'의 고사를 남기며 서역으로 출정해, 서역의 50여 개 국
가를 복속시켰던 인물로서, 서역 원정의 성공으로 정원후(定远侯)에 봉

---

20) 袁行霈,《中國文學史·第四节 唐代文学的风貌及其在中国文学史上的地位》

해진 인물이다. 즉 낙빈왕은 자신의 공적이 남보다 못하였기 때문에 자신이 장안으로 돌아갈 수 없다고 여긴 것이다. 7·8구는 헛되이 늙어가는 자신의 신세를 한탄하고 있고, 9·10구는 떠나가는 자와 남아있는 자를 돌아가는 기러기와 놀란 오리로 비유하고 있다. 11·12구는 자연물에 이입된 자신의 감정을 보여주고 있는데, 변방의 서리는 현실의 자신의 처지를 일깨워주듯 차가움이 새롭게 느껴지고, 한나라의 달은 고향의 달이지만 서역에서 종군하는 자가 차고 있는 칼자루의 고리 부분처럼 느껴지니 고향의 아득함이 현실의 차가움으로 치환된 지역의 교차를 보여준다. 13·14구는 돌아갈 수 없는 고향에 대한 상상이다. 그는 자신의 과거 아이덴티티를 고향에 자신이 심은 나무에 걸어두고, 고향에 대한 상상으로 돌아갈 날을 고대하고 있다.

낙빈왕의 가장 대표적 작품은 "역수에서 송별하면서"라는 《어역수송인(於易水送人)》이란 시다.

이곳은 연나라 태자 단(丹)을 이별하던 곳
장사의 머리털이 모자를 향해 곤두섰다지.
옛 사람은 이미 없지만
오늘의 역수는 여전히 차갑다.
此地別燕丹, 壯士髮衝冠。
昔時人已沒, 今日水猶寒。

▶ 낙빈왕 《역수에서 전송하며(于易水送人)》

그는 678년 죽음의 기로에서 살아난 이후 현재의 북경·하북지역인 유주(幽州)와 연주(燕州) 지역으로 유람하게 된다. 역수(易水)라는 곳은 현재 하북성(河北省) 서쪽에 잇는 강으로, 과거 진시황(秦始皇)을 암살하기 위해 떠나던 형가(荊軻)를 위해 연나라 태자인 단(丹)이 연회를 가졌던 장소다. 형가는 본래 현재의 산동, 하북, 하남 지역에 속한위(衛)나라 사람이었다. 그는 영웅호걸과 교류했는데, 남에게서 굴욕적인 말을 듣거나 행동을 당해도 묵묵히 이를 참고 피했던 인물이다. 연나라 태자 단은 과거 진시황 영정(嬴政)과 함께 조(趙)나라 수도 한단(邯鄲)에서 함께 질자(質子)의 세월을 보내며 우정을 나눈 역사가 있다. 하지만, 영정이 진나라의 왕이 된 이후, 다시 진나라의 질자로 오게된 단을 대하는 영정의 태도는 과거와 달랐기 때문에, 그는 진나라에서 도망쳐서 다시 연나라의 왕이 된다. 진시황의 세력이 커져서 동쪽의 여섯 나라를 억압하자, 연태자 단은 진시황 암살을 계획하고, 암살자로 형가가 선택된다. 진시황의 암살을 위해 떠나가는 연회 날, 형가는 자신의 음악가 친구 고점리(高漸離)의 음악을 들으면서 연나라 태자의 연회에 보답하는 뜻을 담아 이렇게 읊는다.

> 바람 소리 쓸쓸한데 역수가 차갑구나.
> 장사는 한번 가면, 다시 오지 않으리.
> 風蕭蕭兮易水寒, 壯士一去兮不復還。
> ▶ 형가(荊軻) 《사기·자객열전(史記·刺客列傳)》

쓸쓸한 바람 부는 차가운 역수는 건너면 살아서 돌아오지 못하는 죽음의 강이다. 《사기·자객열전》에는 비장한 노래로 이 노래를 다시 부르자 사람들이 형가의 노래에 감동받아 "사람들이 눈을 부릅뜨고, 머리카락이 모두 모자를 가리켰다(士皆瞋目, 髮盡上指冠)"라고 기록하고 있다. 역수를 건너면서 부른 이 시가는 형가의 인격과 관련 역사 기록이 얽히면서 상당한 감화력을 지녔고, 후대 많은 문인이 이와 관련한 시를 짓는데, 낙빈왕의 시 1·2구에 나타난 이야기 역시 이 이야기를 담고 있다. 앞의 두 구가 역사적 전고를 이야기한 것이라면, 3·4구는 그의 마음을 대변하고 있는데, 표현이 압권이라 할 수 있다. 이것을 도연명(陶淵明)이 지은 "형가를 노래하며"라는 《영형가(詠荊軻)》와 비교해서 보자.

> 그는 비록 죽었지만, 그의 정신은 천년에 넘실대리.
> 其人雖已沒, 千載有餘情。
>
> ▶ 도연명《형가를 노래하며(詠荊軻)》

　모두 형가의 정신을 오늘날에도 볼 수 있다는 말을 하고 있지만, 낙빈왕의 "오늘의 역수는 여전히 차갑다"란 표현이 도연명보다 더 은유적이다. 즉, 도연명의 "천년에 넘실대리"라는 말은 형가의 모습을 역사적 시점에 두고 객관화시켜 평가한 말로서, "오늘의 역수는 여전히 차갑다." 라는 말을 통해 느껴지는 형가와 낙빈왕의 일체감에 미치지 못한다. 즉, 형가가 느낀 차가운 감각이 현재도 전해져서 느껴진다는 낙빈왕의 말이 가진 문학적 감화력이 훨씬 더 깊게 다가온다.

제6장

어디든 내 고향 아니리: 소식과 황주

매일 여지(荔枝) 삼백 개를 먹을 수 있다면,
영원히 영남인으로 사는 것을 사양하지 않으리.
▶ 소식《여지를 먹으며》

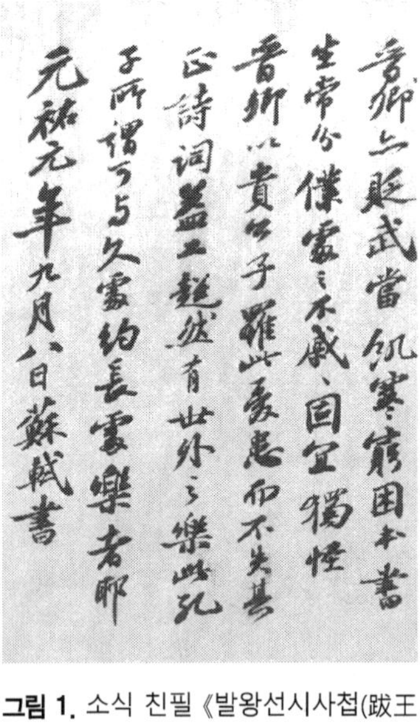

소식(蘇軾, 1036~1101)의 자(字)는 자첨(子瞻), 호는 동파거사(東坡居士)이며, 소동파(蘇東坡)라는 명칭으로 잘 알려져 있다. 그는 송대 문학에서 타의 추종을 불허하는 인물이면서 중국문학사에서 굴지의 인물이다. 시에서는 "소황(蘇黃)"이라 불리며 황정견(黃庭堅, 1045~1105)과 함께 송나라 시를 대표하는 인물이면서, 산문에서는 당나라와 송나라를 통틀어 8명의 대표적 산문가를 지칭하는 당송팔대가(唐宋八大家) 가운데 아버지 소순(蘇洵), 동생 소철(蘇轍)과 함께 삼소(三蘇)라는 명

그림 1. 소식 친필《발왕선시사첩(跋王詵詩詞帖)》. 부분. 북경고궁박물원

칭으로 불기는 하지만, 3명 뿐만 아니라, 8명 가운데에서 소식의 지위는 단연 독보적이다. 또한 사(詞)라는 음악과 관련이 깊은 장르에서도 두각을 나타내어, 여성적인 풍격에서 남성적인 풍격으로의 획기적인 전환을 이룬 호방사(豪放詞)의 비조(鼻祖)로 평가된다. 철학적으로도 《동파역전(東坡易傳)》,《동파서전(東坡書傳)》 등과 같은 경학(經學) 관련 전문 서적을 남겼고, 정치적 견해와 법리적 견해를 밝힌 글이 다수 존재한다. 또한 예술적으로도 그는 붓글씨와 그림에서 뛰어난 작품을 남겼고, 예술 비평에서도 수준 높은 심미안을 보여주는 기록을 적지 않게 남기고 있으며, 음식 방면에서도 양생과 관련한 연구 기록을 남기고 있다. 이러한 귀족문화뿐만 아니라 속문화적으로도 유명한데, 일상 음식에도 그의 흔적을 남겨 중국 요리 몇몇은 그를 시조로 삼고 있고, 심지어는 1093년에서 1095년까지 정주지부(定州知府)로 있을 때 민간 무술 조직인 궁전사(弓箭社)를 정비하여 무술 방면에도 업적을 남겼으며, 기체조로 알려진 도인(導引)·토납(吐納)·추나(推拿)에도 연구 실적을 남겼다. 즉, 소식은 문학 뿐만 아니라 송대 문화 전반에 걸쳐 자신의 이름을 남겨두고 있으며, 이것이 오늘날까지 이어져 그의 이름을 들어보지 못한 동아시아 독서인이 거의 없을 정도로 전방위적인 역사 문화 현상을 남기고 있는 인물이다.

소식과 자화상

1101년 66세의 소식(蘇軾)은 여행으로 상당히 바쁜 나날을 보냈다. 그는 3월에 건주[虔州, 현 강서(江西) 공주(贛州)]에서 출발해서, 남창(南昌), 당도(当涂), 금릉(金陵)에 도착했고, 다시 5월에 진주[真州, 강소(江苏) 의정(仪征)]에 도착했다. 그는 진주에 도착해서 이종사촌 정덕유

(程德孺)와 해남도(海南道)에 유배 시기에 여러 가지 도움을 받았던 전 제명(錢濟明)과 함께 금산사에 모였다. 금산사에는 과거 그의 절친 불인(佛印, 1032~1098)이 승려로 있었던 곳이다. 불인은 3년 전에 입적했지만, 금산사에는 당시 저명한 화가 이공린(李公麟, 1049~1106)이 그린 소식의 초상화가 있었다. 그는 자신의 젊은 시절을 담은 이 화상을 보면서 아래의 글을 남겼다.

> 마음은 이미 재가되어버린 나무요,
> 몸은 메어있지 않은 배로다.
> 너에게 평생의 업적이 무엇인가 묻는다면
> 황주요, 혜주요 담주라고 하리라
> 心似已灰之木, 身如不系之舟。
> 問汝平生功業, 黃州惠州儋州。
> ▶ 소식 《금산의 서화상에 글을 쓰다(自題金山畫像)》

마음이 "이미 재가되어버린 나무"란 것은 《장자(莊子)》에 나오는 말로, 마음이 고요하여 아무런 동요가 없다는 것으로, 세상사의 시비를 잊고 자신의 천진함에 거한다는 의미다.[1] 몸이 "메어있지 않은 배"라는 것도 《장자》가 출전이다.[2] 말의 뜻은 세상을 자기 뜻대로 억지로 살려고 하지 않고, 마치 물이 흐르는 대로 움직이는 배처럼 자연스러운 흐름에 맡긴다는 것이다.

---

1) 《莊子·齊物論》: 形固可使如槁木, 而心固可使如死灰乎?郭象《注》: "死灰槁木" 取其寂漠無情耳. 夫任自然而忘是非者, 其體中獨任天真而已, 又何所有哉!

2) 《莊子·列禦寇》: 巧者勞而知者憂, 無能者無所求, 飮食而遨遊, 泛若不繫之舟, 虛而遨游者也. 成玄英《疏》云 "唯聖人泛而無繫, 泊爾忘心, 譬彼虛舟, 任運逍遙"

이렇게 그는 자신의 현실 속 삶을 표현했다. 이 말들은 정신적 고아한 모습을 담고 있지만, 소식은 세상에 미련을 두기에는 이미 너무나 늙고 병든 상태다. 세상에 아무런 미련이 없는 자신의 모습에 대한 묘사는 종종 마지막을 의미한다. 소식의《연보》에 따르면, 그는 이 시기에 말라리아가 크게 일어나 여행을 중도 포기하고 상주(常州)로 돌아왔고, 결국 6월에는 사직을 표명한다. 신법당(新法黨)과 구법당(舊法黨)의 정치적 갈등의 소용돌이가 걷히고, 겨우 얻은 사면으로 북송의 수도로 돌아가려던 그는 스스로 그 길을 이렇게 포기했다. 그리고, 7월 28일에 상주에서 죽는다.

그림 2. 《소식소상(蘇軾小像)》. 원(元) 조맹(趙孟) 작품. 대만고궁박물관

다시 그림으로 돌아가자. 늙고 쇠약해진 순간 그는 자신의 젊은 시절을 담은 그림을 본다. 이 그림을 그린 이공린(李公麟)은 안휘성 출신으로 1070년 진사 급제를 했다. 당시 소식이 35세였는데, 소식은 20대에는 과거와 아버지 소순의 죽음 등으로 몹시 바쁜 나날을 보냈고, 또 아버지의 장례를 마친 34세에 개봉으로 복귀했고, 45세부터 황주[黃州, 현 호북성(湖北省)]로 폄적되기 때문에, 이공린이 그린 소식 초상화는 어쩌면 그의 파란만장하던 관직 생활 초기의 혈기가 왕성했던 30대와 40대의 모습일 수 있다. 즉, 그는 열정으로 순수했던 장년의 자신을, 그리고, 얼마 있지 않아 오대시안(烏台詩案)으로 황주로 떠나가며 억울한 심정을 느끼게 될 자신을 바라보면서, 세상의 여파에 조금도 흔들리지 않게 되었노라고, 그리고 얼마 남지 않은 생명을 느낀

다고 말하고 있다. 그리고, 그의 마지막 두 구는 매우 의미심장하다.

너에게 평생의 업적이 무엇인가 묻는다면,
황주요, 혜주요, 담주라고 하리라.

황주·혜주·담주는 모두 그
가 폄적되었던 지역이다. 황주
는 현재의 호북성(湖北省)이
고, 혜주는 광동성(廣東省), 그
리고 담주(儋州)는 그의 마지
막 폄적지인 중국 최남단인 해
남도(海南道)다. 동시대 모든
사람이 공인했던 천재로서, 그

그림 3. 소식의 자화상을 그렸다는 이공린의
《오마도(五馬圖)》

리고 자신감으로 가득 차 있던 자신의 과거 모습을 바라보며, 이렇게
자신의 귀양지를 들먹이는 것은 자신에 대한 조소로 읽힐 수도 있다.
내가 아는 성공한 사람들을 기억해보면, 이들은 두 가지 상반된 모습
을 보인다. 우선, 자신이 이룬 업적을 내세우는 사람이 있는 반면에, 자신
의 업적을 초라하게 바라보면서 허무함을 느끼는 사람도 있다. 사회적으
로 크고 작은 성공을 거둔 사람은 시간이 되면, 되려 타인의 눈에 얽매인
다. 어떤 사람은 자신의 성공 일대기를 다룬 자서전을 내기도 하고, 어떤
사람은 돈을 번 다음 유명 대학의 명예 졸업장을 받기도 하고, 또 어떤
사람은 좋은 차를 타고 좋은 옷을 입는 것을 통해 자신을 드러낸다. 이러
한 행위의 의도는 사람들이 자신의 성공을 알아주기를 바란다는 것이다.
자신의 인생이 허무한 것이 되는 것을 견디기 어려운 것이다. 인생에서
세속적인 것에 몰두하고, 그 열매를 달게 여겼던 사람은 업적 그 자체로

는 자신의 공허함을 만족시킬 수가 없기에, 자신의 것을 드러내 보임으로써 얻어지는 타인의 추종과 찬양을 통해 자기 인생의 공허함을 채운다. 그러나, 마치 밥을 먹으면 다시 배가 고프듯이 이른바 세속적 욕망을 아무리 자기 욕심껏 채워나간다고 하더라도 그 끝에는 늘 공허함이 기다리고 있다. 자신에게 솔직한 사람이라면 이런 허무함을 인정할 것이다. 당나라 문인 구양수는 자타가 공인하는 대문호다. 하지만 그는 53세 때 《제야기미지(除夜寄微之)》란 시에서 "머리카락이 불현듯 하얗게 셌는데, 한 가지 일도 이루지 못하여 스스로 견딜 수 없구나(鬢毛不覺白毿毿, 一事無成百不堪)"라고 했다.

어쨌든 이 모든 것은 죽음이 가진 허무에서 온다. 그리고, 업적이 크면 클수록 놓기 힘들다. 그래서 업적을 부여잡고 허세를 부리기도 하고, 사계절이 끊임없이 이어지는 자연에 비해 자신의 존재가 가진 유한성에서 벗어나고자 영생(永生)이란 현실적이지만 헛된 꿈을 꾸기도 하고, 마지막에 마주하는 무한의 시공 속으로의 여행 앞에 서서 느끼는 자신의 허약하고 보잘것없음 때문에 슬퍼하기도 한다.

그렇다면, 소식은 무엇을 느꼈던 것일까? 소식 연구로 이름이 높은 중국 학자 왕수조(王水照)는 이렇게 표현했다.

> 나라를 일으키고 다스리는 '공업'이란 측면에서 보면, 이 말은 자조가 섞인 반어적 표현이다. 하지만, 다방면에 걸친 문학적 공업으로 말하자면 이는 자부하는 자신의 업적에 대한 총평이다. 혹 좀 더 보충 설명을 하자면, 황주·혜주·담주에서의 10여년 동안의 폄적 생활은, 소식의 문학적 업적이 휘황찬란했던 시기였을 뿐만 아니라, 그의 인생관과 사상이 발전하고 성숙하여, 최후로 완성되는 관건이 되는 시기였다. 좌절과 시련으로 단련되어 높은 성취를 이룬 이 시기가 없었다면, 소동파가 될 수가 없었다."[3]

그의 말 대로라면, 소식은 구양수보다 좀 더 당당하고 무언가를 이루어 놓은 것 같다. 그가 이룬 것은 마치 아일랜드의 시인 예이츠(Yeats, 1865~1939)가 《비잔티움으로의 항해(Sailing to Byzantium)》에서 "나를 영원한 세공품으로 만들어주소서(Into the artifice of eternity)"라고 했던 것처럼, 그는 자신의 문학적 업적이 삶을 넘어 영원히 이어질 것이라 생각했던 것일까.

하지만, 제3구인 "너에게 평생의 업적"이란 말속에는 두 가지 의미가 보인다. 하나는 초상화의 자신이 이루고자 생각하던 업적이 있을 것이고, 또 하나는 삶을 마치기 일보 직전의 그가 실제 경험을 관조하며 생각하는 업적이다. 즉, 여기서 "너"라는 것은 과거의 자아와 현재의 자아가 연결되는 지점이다. 이런 점에서 자신이 이룬 업적을 "자부하는 총평(自豪的總結)"이란 말보다는 현재의 나가 과거의 나를 바라보며 덤덤히 그

그림 4. 《고목괴석도(枯木怪石圖)》. 소식 작품으로 추정. 일본인 아베 후사지로(阿部房次郎)가 수집해서 갖고 있다가 2018년 11월 26일에 4.636억홍콩달러(약 669억 675만원)에 낙찰되어 중국으로 돌아갔다.

---

3) 王水照 저, 『蘇軾傳: 智者在苦难中的超越』, 天津: 天津人民出版社, 1999년, pp. 382-383.

리고 당당히 알려주는 삶의 이정표란 표현이 어떤가 하고 생각한다. 그는 과거로 돌아가서 자질구레한 승리의 비법을 알려줄 정도로 세속적이지도 않고, 또 예이츠처럼 예술이 가진 영원불멸성을 찬양하지도 않았다. 이미 몸과 마음이 "식은 재"와 "빈 배"가 되어버린, 그리고 곧 그렇게 될 그가 과거의 자신에 연연해하지는 않았을 것이기 때문이다. 따라서, 이 시는 과거의 자신에게 당부하는 말임과 동시에 현재 죽음을 눈앞에 둔 자신에게 하는 말이다.

그렇다면, 그는 어떻게 해서 황주·혜주·담주로 가게 되었을까? 그리고, 그곳에서 무엇을 보고 느꼈을까? 그리고, 자신의 마지막 순간 과거의 그에게 이런 말을 하게 된 것에는 무슨 의미가 있는 것일까? 이러한 의문을 소식의 황주에서의 삶과 문학을 통해 추적해보고자 한다.

황주로 가기 전-오대시안烏台詩案

소식은 어떻게 해서 황주로 가게 되었을까? 여기에는 1079년에 발생한 오대시안(烏台詩案)이란 사건이 얽혀있다. "오대(烏臺)"에서 "오"는 "까마귀"이고 "대"는 "건물"이다. 즉, "까마귀가 많이 모인 건물"이란 뜻인데, 지칭하는 곳은 "어사대(御史臺)"다. 어사대는 황제의 명령으로 특별 감찰 또는 탄핵을 주관하는 국가 최고 감찰 기구이므로, 현재의 검찰청 정도가 될 것이다. 어사대를 "까마귀 건물"이라 지칭한 것은 한나라 시대 어사대 주변에 까마귀가 많이 살았기 때문이다.[4] 까마귀는 전통적으로 불길한 새로 여겨졌다. 한나라 시대의 《주역(周易)》 계통 저

---

4) 《漢書·朱博傳》: 是時, 御史府吏舍百余區井水皆竭;又其府中列柏樹, 常有野烏數千棲宿其上, 晨去暮來, 號曰'朝夕烏'.

술인 《초씨역림(焦氏易林)》에서는 "까마귀가 들에서 시끄러우니 재앙을 조심한다.(鴉鳴庭中, 以戒災凶)"라는 글에서 볼 수 있다. 즉, 어사대가 황제 직속 수사 기관이란 점은 의미가 깊다. 전제국가에서 황제의 명령은 거두어질 수 없는 절대명령이기 때문이다. 당시 관료들은 없는 잘못도 만들어내어 황제의 권위를 세워야만 했던 어사대를 두려워하지 않을 수 없었을 것이다. 따라서, "오대시안(詩案)"이란 시로 인해 어사대 탄핵 사안이 발생했다는 의미이고, 이 사안으로 소식은 벗어나기 어려운 죄명과 처벌을 받아야만 했다는 것도 유추할 수 있다.

소식은 당시 44세였는데, 이미 8년 전부터 중앙에서 쫓겨나 지방관을 전전하던 시기였다. 1071년 항주통판(杭州通判)을 시작으로,[5] 1074년에는 밀주[密州, 현재 산동(山東) 제성(諸城)] 지주(知州),[6] 1076년 말에는 하중부[河中府, 현 산서(山西) 영제(永济)]의 지부(知府)가 되었고,[7] 다시 서주[徐州, 현재 강소(江蘇) 서주(徐州)]의 지주가 된다. 이 시기에 소문사학사라 불리는 황정견(黃庭堅), 진관(秦觀), 조보지(晁補之), 진사도(陳師道) 등이 차례로 그를 찾아와 문인이 됨으로써, 소식은 자신의 문학 집단을 형성하게 된다. 하지만, 3년 뒤인 1079년에 다시 절강성(浙江省)의 호주(湖州)로 임지가 옮겨갔는데, 이때 "오대사안"이 발생한다.

소식이 이처럼 지방관을 전전한 까닭은 사실 왕안석(王安石)이 주관했던 개혁정치인 "신정(新政, 1069~1073)"을 추진하는 당파인 신법당(新法黨)과 이를 반대하는 구법당(舊法黨)의 치열한 정치 싸움 때문이

---

5) 통판(通判)은 송대에 신설된 보직으로, 지방 최고 책임자의 업무를 보조하는 일을 했다.
6) 지주(知州)는 해당 지역의 최고 책임자를 말한다.
7) 지부(知府)는 부(府)의 일을 책임지는 관리자를 말한다.

었다. 왕안석의 신법에 관해서는
여러 해석이 있을 수 있지만, 당시
시대적 상황은 개혁이 필요했다.
1074년 신종 앞에 한 폭의 그림이
도착한다. 그 그림에는 북송의 수
도 개봉의 도로에 집 없이 떠도는
굶주린 난민의 참혹한 모습이 그려
져 있었다. 이 그림을 그린 사람은
개봉성의 문을 여닫는 일을 하는
정협(鄭俠)이란 사람이었고, 신종
황제는 눈물을 흘렸다고 한다.8)

그림 5. 문관도(文官圖) 벽화. 북경고궁박
물관.

왕안석은 22세 때 1042년에 실
시한 과거에 합격한다. 성적은 합
격자 839명 가운데 전체 4위였다.
그는 우수한 성적에도 중앙 관직을 마다하고 지방관을 역임했으며, 이후
49세 때인 1069년에 파격적으로 참지정사(參知政事)란 관직에 보임한
다. 참지정사는 국정 참여권이 재상급에 해당하는 보직이다. 그는 참지
정사가 되면서 제치삼사조례사(制置三司條例司)라는 기구를 따로 만들
어 젊은 인재를 끌어들인다. 비록 이 속에는 그의 지지자인 여혜경(呂惠
卿)도 있지만, 훗날 그의 열렬한 반대파가 되는 송대 리학(理學)의 반석
을 다진 명도선생(明道先生) 정호(程顥)와 소식의 아버지 소철(蘇轍)도
있었다. 즉, 성향을 막론하고 젊은 인재들 사이에서 개혁의 필요성은 상
당히 만연해 있었다고 할 수 있다.9)

---

8) 李燾, 《續資治通鑑長編》卷二百五十二, 熙寧七年四月, 甲戌日條。

하지만, 개혁이 진행되면서, 이정(二程) 가운데 한 사람인 정호(程顥)와 소식의 아버지 소철(蘇轍)이 사표를 쓰고 나갔으며, 시대의 문학 종장인 구양수(歐陽修), 대역사가 사마광(司馬光), 심지어 왕안석의 추천을 받았던 여공착(呂公着) 등도 격렬하게 신법을 반대했다. 하지만, 왕안석은 신종(神宗)의 비호 아래 조정의 권력을 장악하면서 개혁을 진행했다. 왕안석 신법의 핵심인 면역법(免役法)·모역법(募役法)·시역법(市易法)이 진행되던 1072년 비가 내리지 않는 날이 계속되었다. 반대파 관료들은 전통적인 천인감응설(天人感應説)을 이용하여 가뭄이 신법 때문이라고 주장했다. 신법 시행에서 비롯되는 여러 소리를 미리 예견한 듯, 왕안석은 1070년 봄에 참지정사의 직무를 맡으며 이런 말을 했던 적이 있다.

> 하늘의 변화를 모두 두려워할 것 없고, 선조들도 모두 본받을 필요도 없고, 사람들의 말도 다 구애될 필요가 없습니다.
> 天変不足畏, 祖宗不足法, 人言不足恤。
>
> ▶《송사·왕안석열전(宋史·王安石列傳)》

이른바 "삼부족설(三不足說)"로 일컬어지는 이 말은 하늘과 조상 그리고 사람들을 모조리 무시하는 패기를 보여주고 있다. 이러한 언사는 고대 사대부로서는 과도한 말이기 때문에, 왕안석을 싫어하는 사람들이 그를 비난하기 위해 만든 말로 여기는 사람도 있다. 하지만, 송대 역사의 대가 등광명(鄧廣銘)은 이 말을 "사마광 같은 사람은 이런 창조적이며 개혁적인 뜻이 담긴 말을 만들어낼 수 없다"[10]라며 왕안석이 직접 말한 것으로

---

9) 宮本一夫 등,《中國·歷史的長河》(ebook), 台北: 台灣商務印書館, 2020.
10) 鄧廣銘 저, 『北宋政治改革家王安石』, 石家庄: 河北教育出版社, 2000, p117.

여긴다. 어쨌든 왕안석은 당시 사회로서는 보기드문 인물이었고, 감당하기 어려운 사람이었다. 1068년 왕안석이 지었다는 시를 한 수 보자.

> 폭죽 소리 속에서 한 해가 가고,
> 춘풍이 따스함을 도소주(屠蘇酒)에 불어 넣는다.
> 빛나는 햇살 천만 가구에 비치면,
> 새로운 도부(桃符)로 오래된 도부를 바꿔야겠네.
> 爆竹聲中一歲除, 春風送暖入屠蘇。
> 千門萬戶曈曈日, 總把新桃換舊符。
>
> ▶ 왕안석《설날(元日)》

이 시에는 새해에 마시는 술인 '도소주'가 나오고, 새해에 악귀를 쫓아내기 위해 대문 곁에 걸어두는 도부(桃符)가 나와서 마치 세시풍속을 묘사한 것처럼 보인다. 하지만, 이 시가 그의 신법 시기에 지어진 시라고 생각한다면 의미가 다르게 보인다.[11] 왕안석은 1068년(48세)에 한림학사(翰林學士)로 발탁되어 신종에게 경전을 교육하는 시강(侍講)이 된다. 그리고, 다음 해에 참지정사(參知政事)가 되어 신법 개혁을 주관하였고, 1070년부터 본격적으로 신법을 시행한다. 즉, 이 작품을 왕안석이 개혁가로서 첫발을 떼기 시작한 시기의 포부가 들어있는 작품으로 본다면, 시에서 묘사한 것은 새해 풍속이지만 자신이 추진하는 신법을 통해 새로운 시대가 도래하여, 백성의 삶을 마치 기분 좋은 도소주처럼 살기 좋게 할 것이며, 낡은 도부를 새로운 도부로 바꾸듯, 구법을 철폐하고 신법을

---

11) 張健松·張健樺의《中國古典詩詞精品賞讀叢書: 王安石》(五洲傳播出版社, 2008. ebook)에서는 이 시를 대략 1070년 즈음으로 보고있다. 비슷한 견해를 보인 문헌으로는 李夢生의《宋詩三百首全解》(復旦大學出版社, 2007, p65), 黃瑞雲의《宋詩三百首》(中州古籍出版社, 1997, p59)가 있다.

시행하리라는 의미가 부여되어 있다.

하지만, 세상살이가 누군들 뜻대로 되는 것은 없다. 왕안석은 변법 시행 6년 만에 재상직을 내어놓았고, 다음 해에 다시 재상에 복귀했지만, 1년 뒤에 고향인 강녕(江寧)에서 은거하며, 임종까지 조정의 일은 돌아보지 않게 된다. 다음 왕안석의 시를 보자.

> 벽 모퉁이 몇몇 가지에 매화가,
> 추위를 무릅쓰고 홀로 피었네.
> 멀리서도 눈이 아닌 줄 아는 것은,
> 그윽한 향기가 가만히 다가와서지.
> 牆角數枝梅, 凌寒獨自開。
> 遙知不是雪, 爲有暗香來。

▶ 왕안석 《매화(梅花)》

왕안석의 시는 창작 시기가 전해지지 않아서 이 시가 언제 지어진 것인지는 알 수 없다. 만약 이 시에 나타난 은거의 분위기를 강녕의 분위기가 만들어 낸 것이라 가정한다면, 수많은 꽃이 피기 전인 초봄에 추위를 무릅쓰고 피어난 매화는 마치 수많은 비난과 원망을 무릅쓰고 시행된 개혁 또는, 그 개혁을 시행하였던 자신을 의미할 것이다. 그리고, 마치 흰 매화가 멀리서는 내리는 눈과 구분하지 못하지만, 그 존재의 향기만은 지울 수 없듯이, 그 개혁의 의의

그림 6. 《사매화도(四梅花圖)》 남송 양무구(揚無咎) 작품. 북경고궁박물관

는 진실의 가치를 담고서 존재할 것이라는 그의 믿음이 보인다.

1079년, 왕안석이 강녕에서 은거하고 있었던 때, 소식은 당시 호주에서 검찰에 송치된다. 그를 탄핵했던 사람들은 권감찰어사리행(權監察禦史里行, 감찰어사 임시대리) 하정신(何正臣)과 서단(舒亶), 국자박사(國子博士, 국가 최고 대학 교수) 이의(李宜), 권어사중승(權禦史中丞, 어사대 임시 장관) 이정(李定) 등이었다. 이들은 주로 소식의 신간인《원풍속첨소자첨학사전당집(元豐續添蘇子瞻學士錢塘集)》세 권에 담긴 작품을 조사하여 소식에게 시대를 풍자하고, 조정을 능멸하며, 신종(神宗)을 비난한다는 죄명을 씌웠다.

하정신은 소식이 호주로 부임하며 신종에게 올린 감사의 글인《사상표(謝上表)》에서 문제를 찾았다. 그는 이 글에서 "폐하께서 어리석은 제가 시대를 알지 못하여, 새로이 뽑힌 사람들을 따라잡기 어렵고, 늙어서 새로운 일을 하기 힘드니, 어쩌면 백성들이 적은 지역은 다스릴 수는 있을 것이라고 보셨습니다(陛下知其愚不識時, 難以追陪新進。察其老不生事, 或能牧養小民)."라는 부분이 "조정을 비웃고 자신을 뽐내는 것을 사방에 선전한다(愚弄朝廷, 妄自尊大, 宣傳中外)"라며 비방했다.[12]

서단은 소식의《산촌오절(山村五絶)》이란 5편의 절구(絶句)를 예로 들었다.

> 지팡이를 짚고 도시락도 준비해 먼 길을 왔지만,
> 푸른 동전은 흩어보자마자 손을 뒤집듯 사라진다.
> 얻은 것이라곤 아이의 발음이 좋아진 것인데,
> 한 해의 태반을 도시에서 보내기 때문이지.
> 杖藜裹飯去匆匆, 過眼青錢轉手空。

---

12) 朋九萬,《東坡烏台詩案》. 이하 오대시안과 관련된 내용은 이 문헌을 참고하였다.

贏得兒童語音好, 一年強半在城中。

▶ 소식 《산촌오절(山村五絶)》제4수

왕안석은 1069년 참지정사가 되자마자 청묘법을 시행했다. 청묘법은 봄과 가을 수확기 전에 곡식이 덜 익어 양식이 부족한 상황에 직면한 농민이 해당 관청으로 가서 미성숙한 농작물인 청묘를 담보로 저금리로 돈을 빌려 어려운 시기를 견디고, 농작물을 수확 후에 이를 갚도록 하는 방법이다. 즉, 이른바 보릿고개라 알려진 춘궁기를 견딜 수 있도록 했던 제도였다.

이 시에서 "청천(青錢)", 즉 푸른 돈은 청묘법(青苗法)으로 빌린 돈이다. 소식은 이 돈이 "눈 깜짝할 사이 손에서 텅 비었네"라고 한 원인을 구체적 알 수는 없지만, 하층계급 사람들이 돈을 제대로 관리하지 못한다는 메시지가 들어있다. 또한 "얻은 것이라곤 아이의 발음이 좋아진 것인데"라는 것은 시골 사람들이 세련된 언어를 습득했다는 것이고, 그 이유가 "1년의 태반을 도시에서 보내기 때문이지"라는 것은 농민들이 돈을 빌리는 일로 관청 사람들과 자주 만났다는 것이다. 즉, 농민들이 도시로 와서 돈을 헤프게 쓰고, 남는 것이라곤 언어를 빨리 배우는 아이들의 쓸모없는 재능이란 것이다. 시의 품격이 높지 못하여, 소식의 시라고 믿기 어려울 정도다.

물론 청묘법에도 좋은 점만 있던 것은 아니다. 수확이 망하면 저당잡힌 밭을 팔아야 했고, 그 결과 토지겸병과 토지를 잃은 유민이 발생할 수 있었다. 소식의 "오나라 지역에 사는 부인의 탄식"이란 뜻의 《오중전부탄(吳中田婦歎)》에는 당시 심각한 농촌의 현실이 그려지고 있다.

올해는 벼가 더디 익는데,
아마도 곧 서릿바람이 불어오겠지.
서릿바람 불어올 때면 폭우가 쏟아져서,
고무래에 곰팡이 피고 낫이 녹슬지.
눈이 마르고 눈물이 다하도록 비는 그치지 않고,
누런 이삭이 시퍼런 진흙에 누워있는 것을 차마 볼 수 있을까!
거적을 덮고 한 달이나 밭두렁에서 잠을 자고,
날 개어 벼 거두고 수레 따라 돌아오네.
땀 흘리고 어깨에 피멍 들며 짊어지고 시장에 들어가도,
값으로 주는 돈이 싸라기 값이구나.
소를 팔아 세금 내고 집을 뜯어 밥을 하는 것은,
당장이 급해서 내년 기근은 생각조차 못 하기 때문이지.
지금 관청은 돈만 받고 쌀은 받지 않으며,
서북 만리에서 오랑캐를 불러들이네.
공수·황폐 같은 사람이 조정에 많으면 인민의 삶은 더욱 힘든 법,
하백의 아내 되느니만 못하여라.
今年粳稻熟苦遲, 庶見霜風來幾時。
霜風來時雨如瀉, 杷頭出菌鎌生衣。
眼枯淚盡雨不盡, 忍見黃穗臥青泥!
茅苫一月隴上宿, 天晴獲稻隨車歸。
汗流肩頳載入市, 價賤乞與如糠粞。
賣牛納稅拆屋炊, 慮淺不及明年饑。
官今要錢不要米, 西北萬里招羌兒。
龔黃滿朝人更苦, 不如卻作河伯婦!

▶ 소식 《오중전부탄(吳中田婦歎)》

이 시의 전반부에는 비가 너무 많이 와서 고되게 농사짓는 농민의 모습
이 그려져 있고, 중반부에는 힘들게 지은 곡식을 도시의 시장에서 헐값에
판매하는 모습이 그려져 있으며, 마지막 부분에는 안으로는 이러한 농민

의 고민을 살펴보지 못하고, 밖으로는 속수무책으로 요(遼)와 서하(西河)에게 휘둘리는 정부를 비난하고 있다. 여기서 조정에 득실댄다고 표현된 공수(龔遂)·황폐(黃霸)는 반고(班固)의 《한서·순리전(漢書·循吏傳)》에 나오는 영민하고 법을 잘 이용한 정치가이자 관리들이다. 즉, 소식은 "뛰어난 사람들이 조정에 가득해서 백성이 도리어 힘들다"라며 신법당의 인물들을 반어법으로 풍자하고 있다. 생생한 묘사와 지적인 위트는 자신보다 낮은 계급의 사람들을 저열하게 바라보는 《산촌오절》에 비해 품격이 확실히 높다. 다만, 그에게 현실의 농민을 구제할 방도로써 왕안석이 추진하는 청묘법보다 더 나은 비책이 있는 것도 분명해 보인다.

그림 7. 《치평첩(治平帖)》 소식 작품. 북경고궁박물관.

이상이 현실 속으로 떨어질 때는 늘 음과 양이 존재한다. 하지만, 아무것도 하지 않아도 질곡을 벗어나기 힘들고, 무엇인가를 해도 장래는 밝아지지 않는다. 그렇다면, 마치 루쉰(魯迅)이 처절한 적막의 현실을 무너뜨리기 위해 《외침(吶喊)》을 썼듯이, 적어도 무엇인가 해보는 것이 더 가치가 있는 것이 아닐까? 또한 당시 왕안석의 신법을 반대했던 사대부들로서는 자신들의 계층적 이익 때문이란 비판을 벗어나기 어렵다. 즉, 국가가 중개상 없이 국민을 대상으로 진행하는 왕안석의 여러 신법은 각종 상업과 고리대 등과 밀접한 관련을 맺으며 사회적 이익을 독점하던 송대 사대부 계층과는 마찰이 일어나지 않을 수밖에 없다. 그래서, 왕안석의 청묘법을 비난하면서 종종 언급되는 범진(範鎭, 1007~

1088)의 "백성을 짓밟는 정책(殘民之術)"이라는 평가에서, "백성"은 일반 백성을 지칭하는 것이라기보다는 지주계급을 지칭하는 말로 이해해야 할 것이다.

또한 소식이 신법을 반대했다는 것은 엄연한 사실이다. 그리고, 이러한 기로에서 보수적 선택을 했던 그를 과도하게 비난할 필요는 없겠지만, 그렇다고 굳이 그에게 시대적 임무를 외면했던 면죄부를 줄 필요는 없다. 그가 아무리 문학적인 성취가 높고, 인격적인 고매함을 지니고 있으며, 중국문학사에서 독보적인 인물로 추앙받는다고 하더라도, 시대적·계층적 한계성을 가지고 있다는 것은 인정해야 한다.

다시 오대시안으로 돌아와서 생각해 보면, 시대 상황을 담은 소식의 문학작품이 과연 어사대에서 처리할 만큼 문제점이 있느냐란 것이다. 당시 왕안석의 신법을 비난하는 글과 말은 수없이 많았을 것이고, 소식의 글 보다 훨씬 더 원색적이고 직접적인 비난을 했던 사람도 적지 않았을 것이다. 따라서, 이들이 굳이 소식을 걸고넘어졌던 까닭은 특별히 소식의 글이 문제가 되었다기보다는, 시대의 천재이자 문학가로서 구법당을 대표할 만한 소식을 처리함으로써 반대 세력의 기세를 꺾고, 신법에도 탄력이 붙을 수 있을 것이라는 정치적 이익을 노린 사건이라고 보는 편이 좋을 것 같다.

탄핵을 받은 소식은 어사대 감옥에 수용되었고, 상황이 여의치 않음을 살핀 그는 죽음을 생각했다. 이 시기 지었던 유명한 시《감옥에서 자유(子由)에게《(獄中寄子由)》를 살펴보자. 이 시의 원래 제목은 "《내가 일로 어사대 옥사와 연계되었는데, 옥리(獄吏)가 조금 못살게 구니 견디지 못하리라 생각되었다. 옥에서 죽는다면 자유와 이별할 수 없으니, 시를 두 수 지어 옥졸 양성(梁成)에게 주어 자유(子由)에게 보낸다(予以事系禦史台獄, 獄吏稍见侵, 自度不能堪, 死獄中, 不得一别子由, 故作二诗,

授獄卒梁成以遺子由二首)》"이다. '자유(子由)'는 그의 동생 소철(蘇轍, 1039~1112)이다. 이 제목을 보면 소식은 옥리가 자신에게 거칠게 대하자, 죽음이 임박했음을 느꼈고, 이 순간 가장 생각나는 사람인 동생 소철에게 이 두 편의 시를 지어 보냈음을 알 수 있다.

> 성스러운 군주께서는 마치 하늘이 만물에 봄이 오게 하는데,
> 나는 우매하여 스스로 나를 죽음에 이르게 했네.
> 백 년이 체 못되어 먼저 빚을 갚으니,
> 돌아갈 곳 없는 열 명이 더욱 남에게 누를 끼친다.
> 나야 이곳의 청산에 뼈를 묻으면 되겠지만,
> 훗날 밤비가 내리면 너 혼자 마음 아파하겠구나.
> 너와는 영원토록 형제가 되리니,
> 못다 한 인연 내생에 다시 맺어지기를.
> 聖主如天萬物春, 小臣愚暗自亡身。
> 百年未滿先償債, 十口無歸更累人 。
> 是處青山可埋骨, 他年夜雨獨傷神。
> 與君世世爲兄弟, 更結來生未了因。
> ▶ 소식 《감옥에서 자유(子由)에게》제1수

시의 시작은 시대에 대한 한탄과 스스로에 대한 자책과 반성이다. 지금 시대는 만물을 소생시키는 봄처럼 활기차지만, 자신만 홀로 이렇게 감금되어 죽음을 기다린다는 것이다. 그는 다시 자신에게서 타인에게로 관심이 옮겨간다. 우선, 인생 백 년인데 명을 채우지 못하고 먼저 죽게 되었으니, 타인에게 의지해 살아가야 하는 자신의 가족을 걱정하고, 다시 자신이야 이곳에서 죽으면 그만이지만, 남겨진 동생 소철은 비가 내리는 밤이면 마음 아파하며 죽은 형을 그리워할 것이라 염려한다. 그리고, 마지막 구에서 그는 동생에게 다음 생에도 다시 형제로 맺어지기를

소망한다고 말함으로써 동생에게 짙은 우애를 드러내고 있다. 이 부분이 이 시의 가장 아름다운 부분이다. 이어지는 시는 죽음을 대하는 소식의 마음이 보인다.

> 측백나무 늘어선 어사대에 밤새 서릿기운 처연한데,
> 바람이 쇠사슬 흔들고 달이 아래로 기운다.
> 구름 멀리 있는 산을 꿈꾸며 두루 돌아다니는 마음은 사슴 같고,
> 끓는 물과 타오르는 불에 놀란 혼은 명이 닭 같구나.
> 눈앞에 보이는 코뿔소의 뿔이 실로 나와 닮았고,
> 등 뒤의 거적 때문에 아내에게 미안하네.
> 백 년 동안 떠돌던 귀신은 어디에 자리할까?
> 누워 묻힐 자리는 절강(浙江)의 서쪽이라네.
> 柏台霜氣夜淒淒, 風動琅璫月向低。
> 夢繞雲山心似鹿, 魂驚湯火命如雞。
> 眼中犀角真吾子, 身後牛衣愧老妻。
> 百歲神遊定何處, 桐鄉知葬浙江西。
>
> ▶ 소식 《감옥에서 자유(子由)에게》 제2수

"측백나무"는 제후의 묘지 수림으로 알려진 나무이며, [13] 또한 한나라 시대 어사대 주위에 많이 있었다는 기록이 있다. 즉 앞에서 나온 까마귀는 이 측백나무에 많이 모여 있었다. 이어지는 "바람이 쇠사슬 흔들고 달이 아래로 기운다."라는 표현은 상당히 인상 깊다. 이 구절을 통해 감옥의 분위기와 이곳에서 잠 못 들며 하염없이 달을 바라보는 소식의 모습과 마음이 생생하게 그려지기 때문이다. 이어지는 두 구는 자신의 마음과

---

13) 王志長《周禮註疏刪翼》卷十三: <疏>尊者丘高而樹多, 卑者封下而樹少。按《春秋緯》云: 天子墳高三仞, 樹以松; 諸侯半之, 樹以柏; 大夫八尺, 樹以藥草; 士四尺, 樹以槐; 庶人無墳, 樹以楊柳。又《王制》云: 庶人不封不樹。

운명을 묘사한 부분이다. "구름 멀리에 있는 산"을 꿈꾸며 돌아다닌다고 했으니 이곳은 죽음을 앞둔 이가 그리는 곳으로서, 바로 그의 고향이다. 하지만, 고향을 그리는 마음은 죽음을 앞둔 자신의 마음을 더욱 두렵게 만든다. 왜냐하면, 다시 살아서 볼 수 없으며, 이 시의 마지막 구처럼 죽어서야 돌아갈 수 있기 때문이다. 이어지는 구에서 그가 죽음을 맞이하여 느끼는 감정을 볼 수 있다.

그림 8. 《송인종황후상(宋仁宗皇后像)》. 중앙에 조씨를 두고 좌우 측에 각각 한 명의 시녀를 두었다. 현재 대만고궁박물관에 소장되어 있다.

"끓는 물과 타오르는 불"은 자신의 형이 확정되어 형장에서 사형되는 것을 상징하고 있고, 이어서 자신의 운명을 뜨거운 불에 삶겨져 요리되는 닭의 운명에 빗대어 죽음이 피할 수 없는 일이며, 동시에 배를 불릴 생각에 닭의 죽음을 기다리듯, 그의 죽음을 기다리는 사람들의 차가운 마음을 전달하고 있어, 무력하고 처량한 느낌을 자아내고 있다.

하지만, 소식은 소식이었다. 소식의 급보를 알게 된 그의 지인들이 앞다투어 그를 위해 달려왔다. 할아버지 인종의 부인이자 양아버지 영종이 죽은 뒤 수렴청정을 통해 신종의 등극에 영향력을 끼쳤던 태황태후 조씨(曹氏)는 병중에 신종을 불러 "나를 위해 천하 죄인을 다 석방하지 않아도 좋으니 소식만 풀어달라"고 하였고,[14] 조정의 전임 재상이자 소식을

---

14) 신종은 태왕태후의 병이 위독하자, 태후의 병에 차도가 있기를 기원하며 죄인

자신의 정적이었던 구양수(歐陽修)에게 추천했던 장방평(張方平) 및 범진(范镇)과 같은 원로들이 앞다투어 소식 구명운동에 나섰고, 강녕에 은거하던 왕안석(王安石)도 "성세에 재사(才士)를 죽인단 말인가?(豈有圣世而杀才士者乎)"라며 거들었다.

결국 소식은 1079년 8월 18일에 어사대 감옥에 구금되었다가 12월 28일에 풀려난다. 대략 4개월여 동안 어사대 감옥의 생활을 끝내고 집으로 돌아가던 때의 심정을 담은 시 《12월 28일, 은혜를 입고 검교수부원외랑·황주단련부사를 책수(責授)받았는데 이전의 운을 따서 두 편을 짓다 (十二月二十八日, 蒙恩责授检校水部员外郎、黄州团练副使复用前韵二首)》를 보자.

> 백일만에 돌아가는 때가 마침 봄이니,
> 남은 삶 기쁜 마음으로 살아가는 것이 가장 큰 관심이네.
> 감옥 문을 나서자 청풍이 얼굴에 불어오고,
> 돌아가는 말 발걸음 가볍고 까치도 나를 보며 운다.
> 술잔을 마주하니 모든 것이 꿈만 같아,
> 붓을 휘둘러 시를 써보니 신바람이 이는 듯하네.
> 이번 재난의 잘잘못을 깊이 구할 것 있겠는가?
> 관록 도적질에 이유가 있었던 적 있었나.
> 百日歸期恰及春, 余年樂事最關身。
> 出門便旋風吹面, 走馬聯翩鵲哢人。
> 卻對酒杯渾似夢, 試拈詩筆已如神。
> 此災何必深追咎, 竊祿從來豈有因。
> ▶ 소식 《출옥하며 이전 운을 차운하여 지은 시 2수》 제1수

을 사면하려 했다. 《소식전(蘇軾傳)》

이 시의 앞부분은 사면을 받은 기쁨을 묘사하고 있다. 맑은 바람이 얼굴로 불어오고, 평소와 달리 말의 걸음걸이도 가벼우며, 까치도 자신을 반기는 듯하다. 이런 평범한 일상을 감옥에서는 느낄 수 없기에, 그토록 원했던 자유가 찾아왔기에 소중하고 새롭게 느껴진다. 술을 마셔도 꿈만 같고, 이것이 꿈이 아닌 현실이란 것을 시를 지어봄으로써 느끼고 있다. 여기까지는 갇혀있던 상태에서 풀려난 상태로의 이동과 꿈같은 자유를 만끽하고 있음을 신선하고 생동감있게 표현하고는 있지만, 이런 느낌은 다른 시에서도 더러 보이는 것이다. 사실 이 시의 압권은 마지막 부분이다. "이번 재난의 잘잘못을 깊이 구할 것 있겠는가? 관록 도적질에 이유가 있었던 적 있었나."라는 말의 첫 부분은 자신을 탄핵한 사람들에게 원한을 가지지 않겠다는 뜻이며, 아래 구절은 자신이 관록을 도적질한 잘못이 있기는 하지만, 이것이 이번 탄핵의 이유가 되지 못한다는 의미다. 즉, 한 편으로는 타인에 대한 용서를, 그리고 또 한 편으로는 이번 일에 대한 자책 뿐만 아니라, 자신에 대한 탄핵의 근거가 없음을 밝히고 있다. 그는 이 짧디 짧은 14글자를 통해 4개월 동안의 그가 받은 수모와 고통의 시간을 위트와 재치로 날려버리고 있다.

황주에서 동파를 찾다

소식은 검교상서수부원외랑(檢校尙書水部員外郞)로서, 황주단련부사(黃州團練副使)직을 충원하기 위해 신종 원풍(元豊) 3년(1080) 2월에 황주(黃州) 황강시(黃岡市)에 있는 정혜원(定惠院)에 도착했다.[15] 황주

---

15) 蘇軾, 《別王文甫子辯》: 仆以元丰三年二月一日到黄州, 家在南都, 独与儿子迈来。(王水照編, 《宋人所撰三蘇年譜彙刊》, 中華書局, 2015. ebook)

는 현재 호북성(湖北省) 황강시(黃岡市) 서남쪽, 그리고 양자강의 북쪽에 해당하는 지역이다. 하지만, 소식은 실질적 행정업무를 보지 못했다. 그가 제수받은 "검교상서수부원외랑"에서 "수부(水部)"는 "수자원부서"이고, 행정부

그림 9. 《귀거래해사(歸去來兮辭)》 소식 작품. 대만고궁박물관 소장.

인 상서부(尚書部)에서 총괄하는 인사과인 이부(吏部), 세무과인 호부(戶部), 교육부인 예부(禮部), 국방부인 병부(兵部), 사법부인 형부(刑部), 국토개발부인 공부(工部)의 6부 가운데 공부의 하위 4개 부서 가운데 하나다. 상서(尚書)는 장관을 보좌하는 부장관(副長官)인데, 임시직 또는 대리를 의미하는 "검교(檢校)" 성격을 지니고 있으니, 정식으로 임명되지 않은 "수자원부 부장관"이란 뜻이다. "단련부사(團練副使)"란 지방 군대 관리자이지만, 문관으로서 무관의 일을 보게된 것으로 사실별 볼일 없는 직책이다. 즉, 소식의 체면을 생각해서 붙여준 직책일 뿐이다. 게다가 소식에게 이러한 벼슬을 주면서 "본주안치(本州安置)"라는 4글자를 덧붙였다.[16] 즉, 소식은 국가에서 지정한 지역을 벗어나 생활하는 것이 금지되어 있었으니, 사실상 지방행정 회의에 참여를 금지해 놓았던 셈이다. 소식은 이런 상황에 대해 어떻게 느끼고 있을까? 그가 지은 《처음 황주에 도착해서(初到黃州)》라는 시를 보자

---

16) 宋·王宗稷 編撰, 《東坡先生年譜》<二年己未>:十二月二十九日責授黃州團練副使, 本州安置。(王水照編, 《宋人所撰三蘇年譜彙刊》, 中華書局, 2015. ebook)

일생 동안 입 때문에 바쁘니,

늙어서 하는 일이 우습게 되었다.

장강이 성곽을 둘러친 모습에서 물고기가 맛있겠다 생각되고

아름다운 대나무가 산을 이어 자란 모습에서 대나무향기를 느낀다.

쫓겨난 객에게는 원외랑 직도 괜찮으니,

시인은 옛부터 수자원부 공무원을 지냈음이라.

다만 공무에 가는 털끝 만큼도 도움이 못되면서,

공금을 써서 빚어둔 술팩을 사는 것이 부끄러울 따름이다.

自笑平生爲口忙, 老來事業轉荒唐。

長江繞郭知魚美, 好竹連山覺筍香。

逐客不妨員外置, 詩人例作水曹郞。

只慚無補絲毫事, 尚費官家壓酒囊。

▶ 소식 《처음 황주에 도착해서》

　　소식다운 글이다. "일생토록 입 때문에 바쁘다."라는 것은 자신이 지은 시 때문에 어사대에 구금되었던 "오대시안"을 빗댄 것일 뿐만 아니라, 아래에 나오는 살진 물고기와 풍미가득한 죽순 등 맛있는 음식을 먹을 생각에 바쁘다는 것이고, 더 나아가 하는 일 없이 국가 공금으로 술을 먹는다는 이야기까지 이어진다. 이 시를 읽으면, 그가 여전히 자신의 처지에 대해 조소하는 모습을 가지고 있다는 것을 발견할 수 있다. 특히 "다만 공무에 가는 털끝 만큼도 도움이 못되면서(只慚無補絲毫事)"라는 말에서 현실적인 참여를 원하고 있는 모습을 드러낸다. 즉, 그는 자신이 할 일 없이 맛있는 음식이나 먹고 공금으로 술이나 먹게 된 현재의 상황이 불합리하다는 생각을 마음에 담아두고 있는 것이다.

　　소식은 1080년 5월에 두 가지 사건을 겪는다. 하나는 거소를 정혜원에서 임고정(臨皋亭)으로 옮겨 남당(南堂)을 지어 살게된 것이고, 또 하나는 황주성 동문 밖에 있는 황무지를 개간할 수 있게 된 것이다. 우선

임고정으로 거소를 옮기며 지은 소식의 《임고정으로 거소를 옮겨 살게
되면서(遷居臨皋亭)》를 보자.

내가 천지 간에 태어난 것은
개미 한 마리가 큰 맷돌에서 살아가는 것이구나
조금씩 조금씩 오른 쪽으로 가보려 하지만,
맷돌 자루가 왼쪽으로 도는 것은 어쩔 수 없네.
비록 인의를 걷는다 하였지만,
추위와 배고픔을 피할 수 없으며,
칼 끝에서 밥을 짓듯 위태하고,
바늘 방석이라 편안히 앉을 수도 없네.
어찌 아름다운 산수가 없으랴만,
비바람이 자니가는 것이 눈에 들어온다.
늙기 전에 전원으로 돌아간다지만
용기 있게 결단한 사람이 몇명 있던가!
운좋게 내가 이곳에 버려지니,
피곤한 말이 안장을 푼 것이네.
온 가족이 강가 역참에서 살게 되고,
아름다운 경치 하늘이 나를 위해 마련해 준 것이네.
이것이 배고픔과 가난함을 상쇄하여
슬퍼해야할 지 축하해야할 지를 모르겠다.
담담히 걱정도 기쁨도 없으니,
고생한다는 말이 되지 않네.
我生天地間, 一蟻寄大磨。
區區欲右行, 不救風輪左。
雖云走仁義, 未免違寒餓。
劍米有危炊, 針氈無穩坐。
豈無佳山水, 借眼風雨過。
歸田不待老, 勇決凡幾個。

幸茲廢棄余，疲馬解鞍馱。
全家占江驛，絕境天為破。
饑貧相乘除，未見可弔賀。
澹然無憂樂，苦語不成些。

▶ 소식 《임고정으로 이사하면서》

첫 부분은 자신을 맷돌 위의 개미로 비유하면서, 뜻대로 되지 않는 인생살이를 묘사하고 있다. 개미가 맷돌 위에서 방향을 잡고 가려고 하지만, 맷돌이 움직이는 범위는 개미의 움직임을 무위로 돌려놓고 만다. 이것은 그가 삶의 원칙인 인의(仁義)에 따라 살아가려 하지만, 세상은 그를 그렇게 하도록 내버려 두지 않는다. 인의를 행하는 것은 추위와 배고픔을 가져왔고, 어사대 감옥 갇혀있을 때는 밥을 먹어도 먹은 것이 아니고, 누워도 편안하지 못했다.

그는 아무것도 할 수 없는 현실을 도연명식 전원으로의 귀향으로 생각했다. 누구나 전원으로의 은거를 생각하지만, 대부분 늙어서 밀려나 다른 선택이 없을 때 어쩔 수 없이 가게 되는 길이다. 어떤 사람이라야 도연명처럼 자신의 원칙에 따라 용기 있는 결정을 할 수 있을까? 이런 생각에 미치자 그는 자신의 처지가 다행이라고 생각한다. 이제 가족이 임고정에 모여 오손도손 있을 수 있고, 아름다운 경치를 볼 수 있다. 소식의 글에 의하면 임고정은 실로 아름다운 곳으로 묘사된다.

임고정 아래 80여 보를 가게 되면 거대한 장강이고, 그 물의 반이 아미산의 눈이 녹아 흐른 물이다. 나는 먹고 마시는 일과 목욕하는 것을 모두 여기에서 한다. 고향에 돌아갈 필요가 있을까? 강물과 산, 그리고 바람과 달은 본래 차지하고 있는 주인이 없고, 한가한 사람이 주인이다. 듣자하니 범자풍(范子丰)이 집과 정원과 못을 새로 장만했다고 하는데,17) 이곳과 비교할 대 어느곳이 더 나을까? 그곳이 이곳에 비해 못한 점은 이곳은 봄과 가을에 내는 세금이 없고, 부역을 면제해주는 세금도 없다는 점일 것이다.

臨皐亭下八十數步, 便是大江, 其半是峨眉雪水, 吾飮食沐浴皆取焉, 何必歸鄕哉!江山風月, 本無常主, 閑者便是主人。聞范子豐新第園池, 與此孰勝?所不如者, 上無兩稅及助役錢耳。

▶ 소식 《임고한제(臨皐閑題)》

그는 이곳의 아름다운 산수 속에서 살아가는 것이 너무나 행복해서 고향에 갈 생각을 잊었다고 했다. 하지만, 그는 《임고한제》에서 범자풍(范子豐)이란 인물과의 비교를 진행하고 있고, 《임고정으로 이사하면서》에서는 인의를 따르는 것이 세상과 어긋난다고 생각하고 있으며, 이 어긋나는 것 때문에 오대시안을 겪고 황주로 폄적되었다고 생각한다. 비록 그가 황주로 오게 되면서 아름다운 자연과 가족과의 단란한 생활을 할 수 있는 다행스러운 은거라 생각하는 발상의 전환이 보이지만, 이는 이성적 해석을 통한 현실적 불합리의 해소 과정으로서, 세계와의 조화를 통해 종황무진 하기에는 여전히 인식에 있어서나 행위에 있어 인위적 요소가 남아있다. 이 시기에 지어진 소식의 시와 산문에는 이처럼 약간은 자의식적 요소가 남아있지만, 그의 사(詞) 작품에는 서정적인 외로움이 더욱 강하게 보인다. 그가 황주 정혜원에 와서 지은 사 작품을 하나 보자.

이지러진 달이 앙상한 오동나무에 걸려있고, 물시계가 끊어지자, 사람의 온기도 멈췄네. 누가 숨어 지내는 사람이 홀로 오가는 것을 보았는가? 외로운 기러기의 은은한 그림자 같구나.

---

17) 범자풍(範子豐)은 소식의 딸이 시집간 집안의 사람이다.

놀라 일어나 고개를 돌려보니, 아무도 돌아봐 주지 않는 슬픔이 있다. 차디찬 가지를 다 헤아려 보았지만 머물고 싶지 않네. 적막한 모래사장은 차갑기만 하다.

缺月掛疏桐, 漏斷人初靜。誰見幽人獨往來, 縹緲孤鴻影。

驚起卻回頭, 有恨無人省。揀盡寒枝不肯棲, 寂寞沙洲冷。

▶ 소식 《복산자·황주 정혜원에 있는 거소에서 짓다
(卜算子·黃州定慧院寓居作)》

송대에 이르면 시와 산문은 사대부의 필수교양이자 남에게 평가받는 장르가 되어버린다. 이렇게 사대부의 자격 요건을 갖춘 작품을 쓰다 보니 시와 산문 작품에 사대부적 페르소나(persona)가 강하게 들어가게 된다. 답답함을 느낀 문인들은 대중 노래 가사에서 출발한 사(詞)라는 장르를 창작하면서 자신의 솔직한 감정을 토로하게 된다. 소식의 이 사 작품 역시 시에서 보이는 것과 완전히 다른 풍격을 드러내고 있다. 즉, 여기서는 적막하고 외로운 그의 모습이 보인다. 인적이 끊어진 한 밤중에 그는 홀로 잠못들고 이리저리 배회하고 있는데, 그 이유는 아무도 그의 마음을 알아주지 않기 때문이다. 그는 자신을 다른 새처럼 가지에 앉아있지 않고 적막하고 외로운 모래사장에 홀로 앉아있는 기러기에 비유했다. 외로운 기러기의 이미지는 위진남북조시대 죽림칠현(竹林七賢) 가운데 한 명인 완적(阮籍, 210~263)의 《영회시(詠懷詩)》에 닿아있다.

한밤중에 잠들지 못하여,
일어나 앉아 금을 타 울린다.
얇은 장막에 밝은 달이 비치고,
맑은 바람이 내 옷깃을 스친다.
외로운 기러기 교외에서 울고,
마음껏 노니는 새는 북쪽 숲에서 지저귄다.

방황하며 무엇을 보려하는가?

슬픈 생각에 홀로 마음 아파한다.

夜中不能寐, 起坐彈鳴琴。

薄帷鑒明月, 清風吹我襟。

孤鴻號外野, 翔鳥鳴北林。

徘徊將何見? 憂思獨傷心。

▶ 완적 《영회시》제1수

완적은 조(曹)씨의 위나라와 사마(司馬)씨의 진나라가 교체하던 시기를 살았던 사람이다. 그는 조조가 특별히 대우했던 일곱 명의 문학자인 건안칠자(建安七子) 가운데 한 명인 완우(阮瑀, ? 165~212)의 아들로서 문학과 탈속적 행동으로 이름 높

그림 10. 《후적벽부도(后赤壁賦圖)》. 북송 교중상(喬仲常) 작. 미국 넬슨 앳킨스 미술관(The Nel-son-Atkins Museum of Ar).

은 유명인사였기 때문에, 진나라 정권으로서는 비교적 꺼림직한 존재였다. 사마소와 그 일당은 완적을 꼬득여 정치에 관한 말을 토해내도록 무진장 노력했다. 하지만, 그는 이미 10대 때 조비가 왕위를 찬탈하는 모습을 보았고, 사마씨(司馬氏)와 조씨(曹氏)의 투쟁도 지겹도록 보았으며, 사마씨 천하에서 죽림칠현 가운데 혜강(嵇康)이 형장의 이슬로 사라지는 것을 목도했기에, 민감한 문제에 대해서는 입도 뻥긋하지 않았을 뿐만 아니라, 말을 하더라도 무슨 말을 하는지 모르게 했다. 사마소(司馬昭)는 완적의 이런 모습에 감탄하며 한마디 한다. "그는 지극히 신중한 인물이다."18)

완적은 이 과정에서 겪은 자신의 심리적 고통을 《영회시》로 표출했다. 위의 시에서 북쪽 숲에서 마음껏 "노닐며(翔)" "지저귀는(鳴)" 일반 새들과 달리 "외로운 기러기"는 중심부에서 멀리 떨어진 곳에서 "울고(號)" 있다. 이 "외로운 기러기"는 세상의 불합리와 자신의 불안한 상황 때문에 깊은 밤에도 잠들지 못하는 사람이며, 마음을 가라앉히고자 음악을 연주하면서 잠시 안정을 되찾지만, 예술적 흥취가 다하면 여전히 슬픔에 젖어 이리저리 배회하는 작가 자신이다. 소식의 이 작품에서도 마찬가지일 것이다.[19]

소식이 도연명을 떠올린 것에는 나름의 까닭이 있다. 도연명은 말년에 스스로 "한 달에 아홉 끼를 못 먹고, 여름에도 겨울옷이 지겹다(慼如亞九飯, 當暑厭寒衣)"라며 가난으로 허덕이던 상황에서도 "곤궁해도 절조를 지키는 것이 나의 지향이라네(固窮夙所歸)."라며 생활보조 물품을

---

18) 劉義慶《世說新語·德行》: 晉文王稱阮嗣宗至慎, 每與之言, 言皆玄遠, 未嘗臧否人物。

19) 이 사작품의 창작 이유에 관하여 명말 모진(毛晉)의 《급고각(汲古閣)》 판본 《동파사(東坡詞)》의 해제에는 이렇게 되어 있다. "혜주의 도감(都監) 온(溫)씨에게는 딸이 있었는데, 상당히 아름다웠다. 그녀는 16세가 되어도 시집을 가려고하지 않는데, 소식이 왔다는 소식을 듣고 매우 기뻐했다. 그녀는 매일 밤소식이 읊조리는 소리를 듣고자 창문 아래를 배회했다. 소식이 이를 눈치체고 창문을 열어젖히자 그녀는 담을 넘어 돌아갔다. 동파가 이 일을 수소문해서 알게 된 다음 '내 왕상(王庠, 동생 소철의 사위)을 불러 그의 아들과 혼인시켜야 겠구나.'라고 했다. 얼마 있지 않아 소식이 바다를 건너가자, 온도감의 딸이 죽었고, 모래 사장 곁에 묻혔다. 동파가 혜주로 돌아갔을 때 이 사를 지었다(惠州有溫都監女, 頗有色, 年十六, 不肯嫁人。聞坡至甚喜, 每夜聞坡諷詠, 則徘徊窗下。坡覺而推窗, 則其女逾墙而去。坡從而物色之, 曰: '吾當呼王郞與之子爲姻。' 未幾而坡過海, 女遂卒, 葬丁沙灘側。坡回惠, 爲賦此詞)。" 하지만, 외로운 기러기는 소식의 작품 가운데 7군데에 나타나지만 여성을 빗대어 쓴 경우는 드물다. 또한 완적 이래 외로운 기러기는 대체로 세속과 거리를 두고있는 고아한 지식인을 의미하는 경우가 많아서, 본문에서는 이 설을 취하지 않았다.

주려고 그를 찾은 단도제(檀道濟)의 제안을 거절하고,[20] 추위와 배고픔 속에서 삶을 마감한다. 자신의 원칙을 생명으로 지키는 일을 과연 "누가 이렇게 할 수 있을까?(問君何能爾)"[21]

소식은 도연명에 비해 낫긴 했다. 그를 찾아오는 사람도 있었고, 이들로부터 적지않은 도움도 받았다. 황주지주(黃州知州) 서군유(徐君猷)는 소식에 대해 십분 호의적이었고, 찾아오는 사람도 적지 않았으며, 친구들과의 교유 역시 상당히 활발했다. 하지만 경제적으로는 사대부의 체면과 가족의 끼니를 걱정해야 했다.

> 처음 황주에 도착했을 때 창고로 들어오는 재물이 끊어졌다. 식구도 적지 않아서 내심 걱정이 많았다. 하지만, 절약하고 검소하게 자신을 채찍질해서, 하루 사용하는 돈이 150전을 넘지 않도록 했다. 매월 1일에 4천5백전을 취해서, 30으로 나누어 집의 대들보에 걸어두고, 평소에는 나무 막대기로 한 무더기를 취한 다음에는 막대기를 감추었다. 그리고 큰 죽통에 쓰고 남은 돈을 저축하여 빈객을 접대하는데 썼다.
>
> 初到黄, 廩入既絶, 人口不少, 私甚憂之, 但痛自節儉, 日用不得過百五十。每月朔, 便取四千五百錢, 斷為三十塊, 掛屋梁上, 平旦, 用畫又挑取一塊, 即藏去叉, 仍以大竹筒別貯用不盡者, 以待賓客。
>
> ▶ 소식 《진관에게 답하는 편지(答秦太虛書)》

즉 월급 4천5백 전을 1달인 30일로 나눈 150전을 일비로 사용했고, 남은 돈을 비축해서 손님을 접대했다고 했다. 비록 경제적으로 힘들기는 했지만, 적어도 그는 도연명과 달리 관직을 유지하고 있어서 긴축재정을 통해 생활과 체면을 유지하였던 것인데, 이를 통해 보면, 그의 황주 생활

---

20) 陶淵明, 《有會而作》。
21) 陶淵明, 《飮酒》其五。

은 도연명보다 훨씬 나았다. 하지만, 이런 경제 규모는 당시 사대부의 생활수준에 상당히 미치지 못했고, 40대까지 천하에 명성이 자자한 인물로서, 또한 송대 문화의 진수를 담지한 문화인으로서 살았던 그에게 있어 상당한 시련을 남겼다고 보인다.

이런 경제적 상황은 마정경(馬正卿)이란 사람이 1082년 관청에 소동파를 위한 탄원서를 제출하면서 전환된다. 본래 거주지 이동이 불가능했던 그에게 이 탄원서가 받아들여지면서 황주성 동문 밖에 위치한 과거의 군대 주둔지 부근에 있는 수십 무(畝)의 황무지를 경작할 수 있게 된 것이다.

> 내가 황주에 온 지 2년째가 되면서 하루하루가 곤궁했는데, 지금은 죽고 없는 마정경이 내가 음식이 부족한 것을 안타까워하여, 군청사에 옛 군대 주둔지 수십 무를 주도록 청하여, 내가 직접 이 밭에서 일하게 했다. 이곳의 땅은 오랫동안 잡풀과 돌이 무성했던 황무지였는데, 올해는 마침 크게 가뭄이 들어서 개간하는 노동으로 육체의 힘이 거의 소진되었다.
>
> 余至黃州二年, 日以困匱, 故人馬正卿哀余乏食, 爲于郡中請故營地數十畝, 使得躬耕其中。地既久荒爲茨棘瓦礫之場, 而歲又大旱, 墾辟之勞, 筋力殆盡。
>
> ▶ 소식 《동파팔수·서문 (東坡八首·序文)》

이때부터 소식은 경제적으로 안정을 얻을 수가 있었고, 이를 기념하여 이 경작지 지대를 동파(東坡)라고 하고, 자신을 동파거사(東坡居士)라고 불렀다. 황주성 동문 쪽에 있는 언덕이란 의미의 "동파(東坡)"에는 또 다른 의미가 있는데, 이는 당나라 시인 백거이(白居易, 772~846)와 관련이 있다. 남송(南宋)의 문학가 홍매(洪邁)의 《용재삼필(容齋三筆)》에는 "소동파가 백락천(白樂天)을 흠모했다(東坡慕樂天)"라는 주제로 쓴 글이 있는데 여기서 "소동파가 죄를 지어 황주에 거할 때 처음으로 자신을 동파거사라고 불렀다. 이 의미를 자세히 생각해보면, 전적으로 백낙천을 사모해서 이렇게 한 것이다."[22]라고 했는데, 백거이의 자가 낙천(樂天)이다.

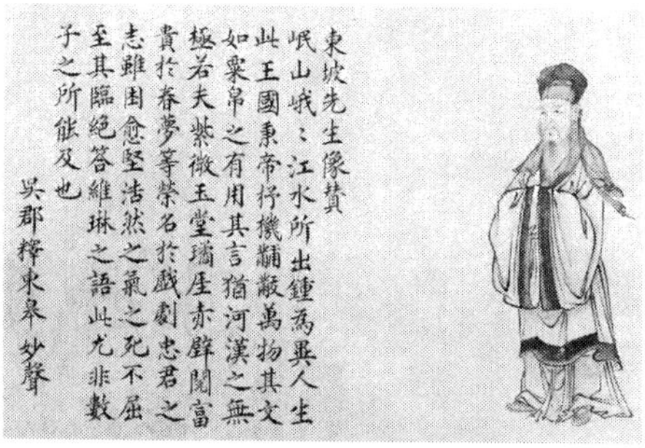

백거이는 안사의 난이 막 종식된 성당(盛唐) 시기의 당나라를 대표하는

그림 11. 《동파선생상찬(東坡先生像贊)》. 원 묘성 (妙聲) 작. 북경고궁박물관

문인으로서 시대의 병폐를 비판하는 시를 짓다가 현재의 강서성(江西省)인 구강(九江)으로 쫓겨났다가, 다시 현재 중경(重庆)인 충추(忠州)에 자사(刺史)로 부임하게 된다. 백거이는 충주에 있으면서 동쪽 언덕이라 불리는 동파(東坡)에 꽃과 나무를 심어두고 자주 산보를 다니면서 시를 창작하곤 했다. 소식은 이러한 백거이의 삶을 무척 존경했다. 백거이의 "거이(居易)"는 "안정되고 평안함에 거처한다."는 뜻으로 《중용(中庸)》에 "위로는 하늘을 원망하지 않고, 아래로는 타인을 원망하지 않는다. 그러므로 군자는 안정되고 평안함으로 천명을 기다리고, 소인은 험난한 길을 가면서 요행을 바란다.(上不怨天, 下不尤人, 故君子居易以俟命, 小人行險以徼幸)"에서 취했으며, "낙천(樂天)"은 《주역·계사상전(周易·繫辭上傳)》의 "두루 행하면서 휩쓸리지 않고, 천도를 즐기고 천명을 알기에 근심이 없다(旁行而不流, 樂天知命, 故不憂)"에서 취했다. 모두 인생의 고난 앞에 인간으로서 어떻게 합당한 선택을 할 것인가를

---

22) 南宋·洪邁, 《容齋三筆·卷五·東坡慕樂天》: 蘇公責居黃州, 始自稱東坡居士。詳考其意, 蓋專慕白樂天而。

그림 12. 《소상죽석도(瀟湘竹石圖)》 소식 작품으로 추정. 중국미술관(中國美術館)

고민한 흔적이 보이고, 이 선택을 통해 인생의 불안함을 안정으로 돌리려는 모습이 읽힌다. 소식이 백거이의 동파(東坡)를 따랐다면, 아마도 세파에 흔들림 없이 자신만의 언덕을 마음속에 간직하려 한 부분에 있다고 할 것이다. 따라서, 소식의 "동파"는 곧 자신의 인생에 대한 흔들림 없는 마음을 상징하는 비유로 읽힌다.

소식이 소동파로서의 출현을 알리는 글 가운데 대표적인 작품이 《정풍파(定風波)》다. 이 작품의 창작 배경은 이렇다. 1082년 3월 7일 소식은 사호(沙湖)라는 곳을 가다가 도중에 비를 만났다. 마침 우산을 앞 행렬에 두는 바람에 길을 함께 가던 사람들은 모두 큰 비를 맞으며 허둥거리며 울상을 짓기에 바빴다. 하지만, 그는 이런 비가 그다지 상관없다고 생각되어 작품을 지었다고 했다.[23] 이제 작품을 보자.

<상결(上闋)>
숲을 뚫고 나뭇잎 때리는 소리가 노래하고 읊조리며 더디 가는 것에 방해가 될 것인가. 죽장 짚신이 말보다 가벼우니 무엇이 두려운가! 도롱이 하나로 안개 비속을 평생토록 종횡 했지.
<하결(下闋)>
살짝 싸늘한 춘풍이 불어 술에서 깨어나 보니, 약간 한기가 도는데, 산머리 비스듬한 햇살이 마중을 나온다. 조금 전 우수수 비가 내린 곳으

---

23) 蘇軾《定風波·序》: 三月七日, 沙湖道中遇雨, 雨具先去, 同行皆狼狽, 余獨不覺。已而遂晴, 故作此。

로 되돌아 가보니, 비와 바람도 없고 맑은 적도 없다.

　[上闋]莫聽穿林打葉聲, 何妨吟嘯且徐行。竹杖芒鞋輕勝馬, 誰怕! 一蓑煙雨任平生。[下闋]料峭春風吹酒醒, 微冷, 山頭斜照卻相迎。回首向來蕭瑟處, 歸去, 也無風雨也無晴。

▶ 소식《정풍파》

사대부 행차이니 신분이 있는 사람들이다. 돌연 비가 내리면서 미리 우산을 챙기지 못했다. 한바탕 소란이 일 것인데, 소식은 술도 한잔했겠다 옛날 우의인 도롱이에 짚신 신고서 죽장 짚으며 앞으로 나아갔다. 그리고, 얼마 뒤 약간 쌀쌀한 봄바람에 술이 깨어 조금 어슬어슬한 상황에서 따스한 햇볕이 나타나 잠시 온기가 돌았다. 이제 술이 깨서 그곳으로 가보니 비바람은 온데간데없다. 그래서 날이 갠 적도 없다고 했다. 즉, 인생길에 만나는 고난은 이 비바람이 오고 가는 것과 같아서 좋은 것도, 나쁜 것도 없다는 것으로, 그는 자연의 변화로 상징되는 인생의 고난이 더이상은 자신의 마음에 영향을 주지 않는다고 선언한다. 우리는 "도롱이 하나로 안개 빗속을 평생토록 종횡 했네(一蓑烟雨任平生)"에서 소동파의 탄생을 목격할 수 있다.

하지만 문학적으로 이러한 마음을 표출했다고 해서, 세상의 고난으로부터 완전히 벗어났다고 할 수는 없다. 앞서 살펴본 1082년 5월에 지어진 작품에서 여전히 그는 세상의 고난으로부터 완전한 자유를 얻지 못했음을 보았다. 즉, 인생은 늘 걸어가는 과정에 있고, 고정되어 있지 않기 때문이다. 일 순간의 찬란한 빛은 순식간에 사라지고, 다시 우리는 소식이 "동파"라 불렀던 마음의 안식처에서 나와 인생의 길을 걸어가야 한다. 즉, 동파는 존재의 차원에서 얻어진 것이기에 행위라는 형이하의 차원에서 실현될 때는 또 다른 굴곡을 만들어낼 수밖에 없다. 하지만 마음의 지향을 "동파"에 두고 이 길을 걸어갈 뿐이다.

제6장 어디든 내 고향 아니리: 소식과 황주

제7장

시공을 초월한 사랑: 탕현조의 《모란정》

삶과 죽음도 뜻대로 할 수 있다면,
아무도 이 쓰라린 감정을 아무도 원망하지 않을 텐데.
▶ 모란정·제12척·심몽

작가에 대하여

탕현조(湯顯祖, 1550~1617)는 호가 옥명당(玉茗堂)이며, 명대 저명한 희곡작가다. 그의 대표작품인 《자차기(紫釵記)》, 《모란정(牡丹亭)》, 《남가기(南柯記)》, 《한단기(邯鄲記)》 4편은 임천사몽(臨川四夢), 혹은 옥명당사몽(玉茗堂四夢)이라 불린다. 임천(臨川)은 그가 태어난 곳으로, 현 강서성(江西省) 무주시(撫州市)의 무하(撫河) 중류에 있다. 후대에 그가 지은 희곡작품의 풍격을 본뜬 임천파(臨川派) 혹은 옥명당파(玉茗堂派)가 형성되기도

그림 1. 탕현조 기념관에 있는 청(淸)나라 진작림(陳作霖, 1837~1920)의 《약사선생소상(若士先生小像)》

했다.

옥명당(玉茗堂)은 임천시(臨川市) 사정항(沙井巷) 뒤편에 있던 그의 서재 이름으로, 옥명(玉茗)은 겨울을 견디는 꽃이란 내동화(耐冬花)라 불리는 꽃인데, 우리에게는 동백꽃으로 잘 알려져 있다. 또한 작품집의 명칭에는 꿈이란 뜻의 '몽(夢)자'가 있는데, 이를 통해 그의 이 4편의 대표작품이 모두 꿈과 관계한다는 것을 알 수 있고, 동시에 현실과 비현실의 경계를 넘나들며, 현실과 대립하는 인물을 다루는 작품세계가 펼쳐질 것이란 것도 알아차릴 수 있다.

탕현조(湯顯祖)의 자는 의잉(義仍)이고, 호는 해약(海若) 혹은 약사(若士)라고도 한다. "해약"이라는 호에서 알 수 있듯이 그는 《장자(莊子)》의 영향을 크게 받았다. 해약은 《장자·추수편(莊子·秋水篇)》에 나오는 북해약(北海若)이란 바다의 신이다. 황하의 신 하백(河伯)은 가을에 강의 양쪽 끝에 있는 사물을 알아보기 어려울 정도로 강물이 불어나면서 "세상의 모든 아름다움이 모두 자신에게 모여있다(天下之美爲盡在己)"고 생각했다. 하지만, 자신의 크기와는 비교할 수 없는 바다에 도달하자 그의 이런 마음은 순식간에 사라지고 만다. 이때, 바다의 신은 그에게 아래의 유명한 말을 남겼다.

> 우물 안의 개구리와 바다에 관해 이야기할 수 없는 까닭은 장소에 구애되어 있기 때문이며, 여름벌레와 얼음에 관해 이야기할 수 없는 까닭은 한 철만 살기 때문이다. 편견을 가진 사람과 도(道)에 관해 이야기할 수 없는 까닭은 자신의 앎에 묶여 있기 때문이다.
>
> 井蛙不可以語於海者, 拘於虛也；夏蟲不可以語於冰者, 篤於時也；曲士不可以語於道者, 束於教也。
>
> ▶《장자·추수(莊子·秋水)》

현실을 우물 안으로 바라보고, 꿈의 세계를 노래한 그의 일생을 돌아보면, 희곡을 통해서 불합리한 현실을 벗어나 좀 더 넓은 세계를 지향했던 자유를 꿈꾸는 사람이었다고 생각된다.

그는 독서인 가정에서 태어났다. 조부였던 탕무소(湯懋昭)는 노장(老莊)에 심취했던 인물로 알려져 있고, 아버지 탕상현(湯尚賢)은 독실한 유가의 인물이었다.[1] 그는 13세 무렵(1562) 태주학파(泰州學派)의 대표 인물인 나여방(羅汝芳)에게서 글을 배웠다.[2] 태주학파의 창시자 왕량(王艮, 1483~1541)은 본래 염전에 종사하는 염호(鹽戶)로서 출신이 상인계급이었다. 그는 왕양명(王陽明)의 제자였기 때문에 양명학(陽明學)의 양지설(良知說)의 영향을 상당히 받았으며, 그가 창설한 태주학파는 경전의 해석이라는 전통적 지식인의 지적 활동이 아니라 "백성의 일상생활이 도(百姓日用即道)"라는 경전과 일상 실천의 결합이란 특징을 지닌다.

탕현조는 전통적인 경학이자 당시 관방의 주류 학설이 "리(理)"를 중시한 것과는 달리, 정(情)을 최고 가치로 삼은 정지설(情至說)을 주장했

그림 2. 탕현조기념관. 강서성 무주시 임천구(臨川區) 문창대로(文昌大道)에 1325호에 있다.

다. "리"는 "정서"에 대한 인간의 이성적 평가과 조율이지만, 이것이 오래 지나면, 어쩔 수 없이 자신의 권위를 옛 법도에 의지하는 교조주의적 태도를 형성하게 된다. 틀에 박힌 예의 법도는 정(情)에 대한 합리적 제어가 어려우므로, 정은 과거의

---

1) 탕현조, 이정재·이창숙 역, 《모란정》, 서울: 소명, 2014년, 572쪽
2) 당시 나여방은 안휘영국부지부(安徽寧國府知府)였다.

틀을 부정한다. 즉, 일상생활과 긴밀하게 연계된 정에 대한 긍정으로 드러나는 것 역시 필연적 추세다. 탕현조의《모란정》역시 일상에서 느껴진 정의 감성을 대단히 중시했던 명대 학술의 한 단면을 차지하고 있다.

탕현조는 문학적 재능이 일찍 개화했다. 그는 14세(1563)에 임천현(臨川縣)에서 시험을 쳐서 수재(秀才)가 되었고, 8년 이후 21세(1570) 때 향시에 8등으로 합격한다. 하지만, 그는 북경에서 열린 회시(會試)에 연속으로 낙방하는데, 여기에는 당시 최고 실력자였던 내각수보(內閣首輔) 장거정(張居正, 1525~1582)의 요청을 거절했기 때문이란 기록이 전해온다.

> 장거정이 아들이 급제시키고자 청하의 명사들을 모아서 시험공부를 함께 하게 했는데, 탕현조와 심무학(沈懋學)이 유명하다는 것을 알고는, 여러 사람을 보내어 데려오게 했다. 이때, 탕현조는 가지 않았다. 심무학은 장거정의 아들 장사수와 함께 급제했다.
> 張居正欲其子及第, 羅海內名士以張之, 聞顯祖及沈懋學名, 命諸子延致, 顯祖謝弗往。顯祖謝弗往, 懋學乃與居正子嗣修偕及第。
> ▶《명사·탕현조전(明史·湯顯祖傳)》

《명사(明史)》의 이 기록은 탕현조의 28세 때의 기록이다. 이 글을 통해 그의 강직함을 볼 수 있으며, 동시에 그의 장거정에 대한 불만스러운 시각도 읽을 수 있다. 실제로 탕현조는 장거정에 대해 공개적으로 "강맹한 성격이자 욕심 많은 인물로서, 세력이 있는 사람들을 모아 사사로운 집단을 만들어, 위세를 드러내고 조정을 훼손시켰다(張居正剛而有欲, 以群私人, 囂然壞之)."3)라고까지 했다. 하지만, 정치적 견해란 본래 시

---

3) 湯顯祖,《논보신과신소(論輔臣科臣疏)》

그림 3. 탕현조 《속서현연사구우문(續棲賢蓮社求友文)》. 연사는 불교를 연구하는 단체다. 명대 화가 오빈(吳彬)의 《연사구우도(蓮社求友圖)》에 수록되어 있다. 이 글은 그가 죽기 3년 전인 1614년(65세)에 탕현조가 쓴 글이다. 이 글에서 그는 평생 희곡에 종사하며 정(情) 때문에 곤욕을 치른 자신의 일생을 참회하는 글을 남기고 있다.

비를 가리기 어려운 점이 있다. 일부 연구에서는 탕현조가 명나라 만력제(萬曆帝)인 신종(神宗) 시기 정치적으로 장거정과 대립각을 이루었던 동림당(東林黨)의 정치적 견해와 입장에 동조한 것이라 보기도 한다.[4]

동림당은 동림서원(東林書院)을 중심으로 형성된 강남 지식인 정치세력이다. 동림서원은 송대 성리학자 양시(楊時)가 이정(二程)의 낙학(洛學)을 강설했던 강소성(江蘇省) 무석성(無錫城) 동쪽에 있는 서원이다. 이후 명대 만력(萬曆) 연간에 동림팔군자(東林八君子)라 불리는 고판룡(高攀龍, 1562~1626), 전일본(錢一本, 1539年~1610) 등 저명한 강소성 출신 학자들이 이곳에서 강학하면서, 강남의 지식인들이 대거 집결하여 정치세력화된다. 이들은 당시 실력자인 장거정에 대해 비판적 입장을 가졌고, 이 때문에 동림당은 훗날 개혁을 반대하던 명대 보수주의 정치세

---

4) 鄒元江, 《湯顯祖新論》(ebook), 上海人民出版社, 2015.

력이라는 평가를 받기도 한다.

동림당 구성원 중에는 강서성 출신이 적지 않았고, 명대에는 동향일 경우 정치적 입장을 함께하는 경우가 많았다. 동림당 출신으로 어사(御史)였던 유대(劉台, 1465~1554)는 장거정을 탄핵하다가 곤장을 맞고 관직에서 해임되었을 뿐만 아니라 되어 평민으로 강등되어, 광서성(廣西省)으로 보내져 죽기도 했다. 또한 동림당의 영수 가운데 한 명인 추원표(鄒元標)와 탕현조는 동향이었다. 추원표는 탕현조가 1601년 면직될 당시에 그를 위로하는 시를 지어 보내기도 했으며, 탕현조 역시 종종 그의 시문에서 추원표를 언급하기도 했다.

실제로 장거정과 문제가 있었던 것이었을까? 장거정이 죽은 다음 해인 1583년에 탕현조는 34살의 나이로 진사에 합격해서, 북경의 예부에서 직무를 보게 된다. 하지만, 장거정을 타협하지 않는 "강맹한" 성격을 가진 문제적 인물이란 평가한 탕현조 자신도 그다지 세상과 타협하지 않았던 사람인 것 같다. 진사에 합격한 다음 해인 1584년에 장거정을 이어 재상이 된 장사유(張四維)와 신시행(申時行)이 장거정과 비슷한 이유로 자신을 부르자 역시 가지 않았다. 결국, 그는 중앙에 있지 못하고 남경(南京) 태상시(太常侍)에서 박사(博士)직을 받고 지방에서 관직 생활을 하게 된다.

그는 문학적으로나 학문적으로도 상당히 독자적인 길을 걸었다. 당시 남경 태상시(太常侍)의 사무를 주관하던 예부주사(禮部主事) 왕세무(王世懋)는 중국문학사에서 명성이 쟁쟁한 후칠자(後七子)라 불리는 사람들 가운데 왕세정(王世貞)의 동생이었다. 왕세정은 "시는 성당(盛唐)을 본받고, 문장은 진한의 문체를 본아야 한다(詩必盛唐, 文必秦漢)"를 구호로 삼아 복고주의를 주장했다. 하지만, 탕현조는 왕세정의 문학 주장이 그저 한나라 시대의 문장과 당나라 시대의 시를 보기 좋게 번안한 것에 불과한 "거짓 문체(僞體)"라고 비판하였고,[5] 이들과 교유하지 않았다. 그는 학술적으로도 명대 관방 학술의 정종으로 일컬어지는 성리학적 관점을 순수하게 유지하지 않고, 진가선사(真可禪師, 1534~1603)를 만나 수계를 받기도 했고(1590), 당시 성리학을 비판하면서 파격적 행동으로 세상 사람들의 비난을 받아 죽음에 이른 이지(李贄, 1527~1602)를 "세속인과 다른 뛰어난 인물"이란 "기인(畸人)"으로 높이 평가하기도 했다.[6]

그림 4. 명나라 신종 만력제. 그는 장거정을 등용해 개혁을 단행했지만, 장거정이 죽은 뒤 2년째 되던 해부터 이전의 개혁을 부정하고 30년간 주색과 토목에 힘을 쏟았다.

만력 19년인 1591년은 그의 삶에 큰 변화가 일어난 해이다. 이해 봄에 혜성이 나타나자, 명나라 신종(神宗)은 이일을 빌미로 조정에 국가 행정적 문제를 제기하는 언관들이 잘못을 덮어 주는 것을 문책하면서, 이들의 1년 녹봉을 정지시킨다는 성지를 내린다.[7] 당시 예부의 일을 총괄하는 주사(主事)직에 있던 탕현조는 당시 재상을 하고 있던 신시행(申时行) 등 집권자들을 비판하는 "보신(輔臣)과 과신(科臣)에 관해 논한 상소"라는 뜻의 《논보신과신소(論輔臣科臣疏)》를 올린다. "보신"은 정무를 보좌하는 보정대신(輔政大臣)이고, 과신(科臣)은 중앙의 감찰 의무를 담당하는 육과급사중(六科給事中)과 지

5) 蔣士銓, 《臨川夢 · 玉茗先生傳》: 論文以本朝宋濂爲宗, 李孟陽 · 王世貞氣焰雖盛, 皆斥之爲僞體。

6) 湯顯祖, 《玉茗堂全集 · 尺牘》卷一: 有李百泉先生者, 見其《焚書》, "畸人"也! 肯爲求其書, 寄我"駘蕩"否?

7) 張廷玉 《明史 · 湯顯祖傳》: 十八年, 帝以星變嚴責言官欺蔽, 並停俸一年。

방 13도의 감찰 의무를 담당하는 도찰원(都察院)을 통칭하는 말이다. 제목을 통해 글의 내용을 설명하자면, 그는 국가 정책 집행과 이에 대한 비판을 담당하는 두 시스템을 장악한 핵심 인사들에 대한 비판을 진행한 글이다. 그런데, 이 글의 끝에는 당시 황제인 신종까지 언급한 부분이 있다.

신은 황상께 아쉬운 부분이 4가지가 있습니다. 직위와 녹봉이란 것은 하늘의 비와 이슬 같은 황상의 은혜입니다. 하지만, 지금은 사사로운 가문에 무성히 자란 복숭아와 자두나무에 불과하니, 이는 사실 공공성을 지닌 국가의 입장에서는 가시나무입니다. 황상의 작록 분배가 아쉽습니다. 이것이 한 가지입니다. 여러 신하의 권세가 일시를 풍미하여, 모두 보신의 은혜만을 알고 황상의 은혜를 모르니, 누가 다시 있어 그 실정을 헤아리겠습니까? 황상께서 인재를 쓰는 것이 안타까우니 이것이 두 번째입니다. 보신이 법을 어기고 남에게 부귀를 부여하여, 황상의 은택을 보지 못하니, 황상께서 법도를 행하는 것이 아쉽습니다. 이것이 세 번째입니다. 폐하께서 이제껏 20년 천하를 경영하셨는데, 전 10년 정치의 경우, 장거정이 고집스럽고 자기 욕심으로 정치를 하면서, 세력이 있는 사람들을 모아 사사로운 집단을 만들고, 위세를 드러내어 조정을 훼손시켰습니다. 후 10년 정치의 경우, (신시행이) 은밀하게 자기 욕심으로 정치를 하면서, 또 세력이 있는 사람을 모아 사사로운 집단을 만들어 조정을 바람이 휩쓸어가듯 훼손시켰습니다. 황상께서 큰일을 할 시기이지만 안타까운 마음이 드니, 이것이 4번째입니다. 신의 이 4가지 안타까운 점에 대해, 황상의 가르침을 공경히 받들고자, 어리석은 근심을 몇 가지 드립니다. 엎드려 황상의 특별한 가르침이 시대에 베풀어지기를 고대하며, 서둘러 위급한 일을 갖추시고, 허물을 절실히 깨우치시어, 공덕으로 부족한 부분을 보충하신다면, 다른 날에 은혜와 보살핌을 저버리는 일은 없을 것입니다.

臣謂皇上可惜者有四。爵祿者,　皇上之雨露也。今乃爲私門蔓桃李

耳, 其實公家之荊棘也。皇上之爵祿可惜也, 一也。若群臣風靡, 皆知
受輔臣之恩, 不知受皇上恩。豈復有人品在其中乎? 皇上之人才可惜
也, 二也。輔臣破法與人富貴, 不見爲恩, 皇上之法度可惜, 三也。陛
下經營天下二十年於茲矣。前十年之政, 張居正剛而有欲, 以群私人
囂然壞之; 後十年之政, 時行柔而多欲, 又以群私人靡然壞之。皇上
大有爲之時可惜也, 四也。臣爲四可惜, 欽承聖諭, 少效愚憂, 伏惟皇
上特諭時行, 急因星警, 痛加省悔, 以功相補, 無致他日有負恩眷。

▶ 탕현조 《논보신과신소》 중에서[8]

이 글은 황제의 행정과 인사에 문제가 있고, 정무를 돌보지 않아 국가
가 어지럽다는 의미다. 이 상소를 받은 신종은 크게 분노했고, 탕현조를
중국 남단에 있는 광동성(廣東省) 서남부 뇌주반도(雷州半島) 남단에
있는 서문(徐聞)으로 쫓아버리고, 서문의 아문(衙門)에서 공문서 처리를
하는 전사(典史)로 좌천시켜 버린다.

《논보신과신소》 전체를 보면, 탕현조는 그가 직접 보고 들은 사건을
하나하나 적시하면서 정치적 병폐를 지적하고 있으며, 동시에 만력제의
유일한 성과인 장거정을 비롯하여 현재 집정자인 신시행의 부패를 비판
하고 있다. 더욱이, 신종 황제의 정치에 대해 "안타까운 점(可惜者)"이라
는 과감한 언사를 사용하면서, 그의 20년 치세를 마치 노성한 선배가
미숙하고 방종한 후배의 잘못을 지적하듯 조목조목 따지고 있다. 탕현조
에 대한 《명사》의 평가인 "의기높고 사내답다"라는 "의기강개(義氣慷
慨)"는 이런 그의 상소문에서 나타나는 정의로움과 과감함에 대한 평가
라고 하겠다.

그의 좌천은 42세였던 그에게 상당한 타격을 주었지만, 서문에서의

---

8) 湯顯祖, 徐朔方 箋校, 《湯顯祖集》, 上海古籍出版社, 1705-1706.

경험은 《모란정》의 창작에 일정한
영향을 미쳤다. 그는 자신의 임지인
광동성 서문과 고향인 강서성 임천
사이에 존재하는 영남의 다섯 고개
(嶺南五郵) 가운데 하나인 해발
1073미터의 대유령(大庾嶺)을 넘는
다. 이 대유령은 매화가 많아서 "매
화 고개"라는 이름의 매령(梅嶺) 또
는 매관(梅關)으로 불리는데, 이 매
관은 《모란정》의 핵심 편장인 《경몽
(驚夢)》에서 여자 주인공 두려낭(杜
麗娘)이 남안부(南安府) 후원(後

그림 5. 영남오령 가운데 하나인 매관. 당나라 장구령이 716년에 개척했다.

園)을 거닐며 "새벽에 까마득한 매관(梅關)을 바라보네, 밤새 화장이 흐
트러진 채로(曉來望斷梅關, 宿妝殘)"라는 구절로 나타났다. 시가에서 흐
트러진 머리카락이나 흐트러진 화장은 남성과의 운우의 정을 의미하는
경우가 많다. 즉, 그녀가 있는 남안부에서는 매관이 육안으로 보이지 않지
만, 남자 주인공 유몽매가 광동 사람이기 때문에, 그가 광동에서 매령을
건너 넘어오는 것을 아득한 기다림으로 애처롭게 바라본다는 의미가 되
어 이후 사건 전개의 복선을 담고 있다. 어쨌든 이러한 점은 그가 매령에
깊은 인상을 받아 문학 창조에 이르렀다는 것을 잘 보여주고 있다.

　탕현조가 영남에 머문 시기는 얼마 되지 않는다. 그는 이듬해인 1593
년에 바로 절강성(浙江省) 수창현(遂昌縣)의 행정 장관인 지현(知縣)으
로 발령받게 된다. 수창현은 광동과 절강의 경계에 있는 외진 산중 마을
이었다. 그는 5년 정도 이곳을 다스리다가, 1598년에 북경에서 정무를
보고하면서, 자신의 과오를 인정하는 글을 올리기도 했지만, 1599년에

인사고과를 진행하던 관리가 이 일을 여전히 문제 삼아서 결국 파직된다.

고향에 돌아온 탕현조는 문학적으로 상당한 성취를 이룬 나날을 보내게 된다. 그는 임천에 옥명당을 지어 살면서, 자신의 대작인 《모란정》(1598), 《남가몽(南柯夢)》(1600), 《한단몽(邯鄲夢)》(1601) 3편을 탈고한다. 하지만, 그는 관직에 나아가는 길이 완전히 끊어진다. 탕현조가 황제에게 대든 기백의 결과는 1061년 관적에서 이름이 삭제되는 삭적 처분으로 나타났다. 그와 친하게 지냈던 인물이자 재상 후보까지 이른 이삼재(李三才, ?~1623)가 조운총독(漕運總督)으로 있으면서 그에게 출사를 권고했지만 거절하고, 1616년 67세의 나이로 죽음을 맞이한다.

《모란정》의 세계-몽夢·귀鬼·인人

《모란정》의 정식 명칭은 《모란정환혼기(牡丹亭還魂記)》이고, 달리 《환혼기(還魂記)》라고도 한다. 이 작품은 탕현조의 대표작품으로, 현재에도 성황리에 상영되고 있다. 시대 배경은 금(金)나라의 공격을 받은 북송(北宋)이 하남성(河南省) 개봉(開封)을 버리고, 남방의 절강성(浙江省) 항주에 도읍을 세운 남송 시대로, 국가적 전란이 일어나던 시대이다. 작품에서도 금나라와의 갈등과 송나라에 창을 겨눈 이전(李全)과 양묘진(楊妙眞)이 등장하기도 한다.

《모란정》은 저명한 유학자 집안의 여식인 두려낭과 낙후된 지역으로 알려진 영남(嶺南) 출신의 가난한 유몽매의 사랑 이야기다. 탕현조는 이 희곡을 1598년에 탈고했지만, 조금 앞선 시기인 가정(嘉靖) 원년에서 융경(隆慶) 원년 사이에(1522~1566) 조율(晁瑮)과 그의 아들 조동오(晁東吳)의 장서 목록인 《보문당서목(《宝文堂书目》)》에 주인공 "두려낭"의 이름이 붙은 《두려낭모색환혼(杜麗娘慕色還魂)》이란 이야기꾼의 대본인 화본(話本) 소설의 제목이 보이고, 그 내용이 《중각증보연거필기(重刻增補燕居筆記)》에 수록되어 있다. 즉, 두려낭이 꿈에 유몽매를 만나고, 유몽매가 초상화 속의 인물과 부부의 연을 맺고, 두려낭이 저승에서 다시 환생하는 구조가 모두 화본 소설에 있다. 따라서, 이 희곡은 탕현조의 완전한 창작 작품이 아

그림 6. 대만 문학가 바이셴용(白先勇)이 개작한 《모란정(牡丹亭)》은 청춘판(青春版)이라 불리면서, 중국 본토에서 곤곡(崑曲)의 부활이라 불릴 정도로 상당한 영항력을 행사하여 일종의 문화현상으로 이해되고 있다.

니다. 하지만, 두려낭에 관한 이야기를 저본으로 삼아 등장인물을 첨가하고, 각종 스토리, 그리고 각종 곡(曲)을 창작한 작품이다. 특히, 두려낭이란 인물에 대한 섬세한 묘사는 명대 희곡을 대표하는 작품으로도 손색이 없다.

중국 소설에 장회(章回)란 단위가 있다면, 희곡 편장은 척(齣)이라는 단위를 사용하는데, 《모란정》은 모두 55척의 대작이다. 이 55척의 내용은 그 전후가 긴밀하게 연결되어 있고, 여러 복선이 존재하여, 구성적인 면에서 상당한 드라마틱한 성격을 보여주고 있으며, 인물 묘사에도 탁월한 면이 있어, 주연뿐만 아니라 각종 엑스트라 역시 입체감이 풍부하게 그려지고 있다. 《모란정》의 전체 스토리 구성은 여러 방식으로 파악할 수 있겠지만,9) 사랑을 기준으로 볼 때, 인간과 몽중인(夢中人)의 사랑,

---

9) 이 외에 5단계로 구분하기도 한다. 1단계는 두려낭과 집안 환경에 대한 소개, 2단계는 두려낭이 꿈에 유몽매를 만난 뒤 병이 들어 자화상을 남기고 죽는 장

인간과 귀신의 사랑, 인간과 인간의 사랑이라는 3단계로 파악할 수도 있다. 《모란정》의 대체적인 줄거리는 다음과 같다.

① 인간과 꿈속 인물의 사랑(제1척~제20척)

남송의 서남부 지역에 있는 남안부(南安府) 태수 두보(杜寶)는 명문가 출신의 아내 견씨(甄氏) 사이에는 무남독녀 두려낭이 있었다. 두려낭은 사대부 집안의 규율에 따른 엄격한 훈육 속에서 규방과 자수방(繡房) 등과 같은 자신에게 허락된 공간을 벗어나지 못한 체, 자수를 배우고, 또 아버지가 채용한 진최량(陳最良)에게서 글공부를 하며 규범적인 생활을 한다. 하지만, 늘 무엇인가 불만족스러운 삶을 살아가다가, 어느 날 아버지가 출타 중인 시기에 몰래 남안부의 후원에 나가 쉬던 가운데 잠이 들었고, 꿈에서 유몽매를 만나 사랑을 하게 된다. 이들은 꿈속에서 맺어진 사랑이기에 두려낭이 꿈에서 깨어나면서 현실과 꿈이라는 상이한 공간으로 떨어져 이별하게 된다. 결국, 꿈에서 만난 유몽매를 잊지 못해 시름시름 앓더니 결국 자신의 초상화 한 장을 남기고 세상을 등진다.

② 인간과 귀신의 사랑(제21척~제35척)

죽은 두려낭은 저승의 판관을 만나게 되는데, 판관은 두려낭이 아직 죽을 때가 아니라고 하면서 이승으로 돌려보낸다. 하지만, 이미 장례를 치른 이후였고, 두보는 승진하여 강소성의 회안(淮安)와 양주(揚州)를 방비하는 회양(淮揚) 안무사(安撫使)가 되어 남안부를 떠난 상태였다.

면, 3단계는 두려낭의 혼백이 유몽매와 재회하고 환생하기까지, 4단계는 두려낭과 유몽매가 임안으로 가서 생활하고, 두보가 회양에서 적을 막는 단계까지, 그리고 5단계는 두려낭과 유몽매, 그리고 두보의 갈등이 해소되는 장면까지이다. 탕현조, 이정재·이창숙 역, 《모란정》, 서울: 소명, 2014년, 581.

두보는 남안부를 떠나기 전에 요절한 딸을 위해 매화관(梅花觀)을 세워 두려낭의 글 선생인 진최량과 여자 도사인 석도고(石道姑)에게 지키도록 하고, 그녀의 넋을 위로한다. 3년 이후 영남 광동(廣東)의 광주(廣州) 출신의 유몽매가 과거를 치르기 위해 현재의 항주(杭州)인 북송의 수도 임안(臨安)으로 과거를 치르러 가다가 물에 빠지고, 진최량의 도움으로 매화관에 묵게 되는데, 남안부 후원을 거닐다가 우연히 두려낭의 초상화를 발견하고 방에 걸어둔다. 그리고, 이 일로 귀신이 된 두려낭과 만나 결혼은 맹세하고, 행복한 시간을 가진다. 이후 유몽매는 석도고의 도움으로 두려낭의 관을 파내 시신을 찾아 안혼탕(安魂藥)을 먹여 그녀를 환생시킨다.

③ 인간과 인간의 사랑(제36척~제55척)

유몽매는 과거를 보고 난 다음, 두려낭의 부모님에게 허락을 받기 위해 아버지 두보를 찾아 임안(臨安)으로 가게 된다. 한편, 진최량은 두려낭의 관이 파헤쳐진 것을 발견하고, 두보에게 이 사실을 알린다. 이때, 금나라가 송나라를 침략하기 위해, 산동(山東) 지역 민간인 군대인 홍오군(紅襖軍)을 이끌던 이전(李全)과 양묘진(楊妙真) 부부를 이용하여 남송을 공격하게 하고, 두보는 군대를 이끌고 회안성에서 이들을 맞이한다. 한편 남편 두보와 떨어져 임안에 있던 어머니 견씨는 두려낭을 만나고 유몽매를 사위로 인정한다. 두보는 이전과 양묘진을 회유하는데 성공하여 승전 잔치를 벌인다. 이때 자신을 찾아온 유몽매를 만나게 되지만, 그가 횡설수설한다고 생각하고, 자기 딸의 무덤을 파헤친 도굴꾼으로 간주하여 옥에 가둔다. 유몽매의 자백을 받기 위해 그를 매달아 매질이 한창일 무렵 유몽매의 장원급제 통지서인 등과록(登科錄)이 도착하지만, 두보는 여전히 그를 사위로 인정하지 않다가, 황제의 칙서를 받고서 사위로 인정한다.

이처럼《모란정》은 두려낭이 꿈에서 유몽매를 만나고, 이별 뒤 시름으로 죽어 귀신이 되어 유몽매와 재회하고, 다시 인간의 몸으로 합쳐지는 결말을 가지는 이야기다. 즉, 두 사람의 사랑이 몽계, 귀신계, 인간계를 두루 거쳐 이루어지는 구성으로 되어 있어, 중국의 애정 이야기를 모두 끌어모아 하나의 작품으로 관통시킨 느낌이 있다. 하지만, 전체 구성에서 인간과 몽중인의 사랑을 다룬 첫 부분에 나타난 애정의 섬세하고 애절한 표현과 긴장감 있는 연출에 비해, 나머지 구성은 이미 예상되는 결말을 향해 달려가기 때문에 상대적으로 모자란 느낌이 든다. 비록, 이 부분의 이야기를 석도고와 진최량, 그리고 두보가 두려낭·유몽매와 대립하는 위치에서 이야기를 지루하지 않게 끌고 나가지만, 가녀린 여인의 꿈이 현실의 보이지 않는 벽에 가로막혀 끝내 좌절되는 첫 부분의 긴장감과 몰입도를 넘어서지 못하고 있다.

모란정의 주인공-진정眞情의 두려낭

《모란정》에는 다양한 등장인물이 있다. 하지만 그 누구보다 두려낭의 존재는 강렬한 인상을 준다. 여기서는 그녀에 관해 이야기를 좀 더 자세히 해보고자 한다.

두려낭(杜麗娘)은 남안태수(南安太守) 두보(杜寶)의 외동딸로 방년 16세다. 남안은 현재 강서성 공주시(贛州市)다. 아버지 두보는 전형적인 사대부 가치관을 가진 인물로서, 서촉(西蜀) 지역의 명유(名儒)로 소개되니다. 그는 성리학을 매우 신봉하는 사람이다. "관리가 되어서는 관청의 물만 마시고, 돌아가서는 집 밖의 산만 바라본다."(到來只飮官中水, 歸去惟看屋外山。)라는 관리로서의 청렴한 삶을 살고 있고,[10] 가장으로서는 엄격하고 자상한 아버지의 모습을 갖고 있으며, 어머니 역시 위나라 조비(曹丕)의 황후였던 견씨(甄氏)의 적손(嫡孫)으로서 부녀의 예를 잘 지키는 여성이다. 하지만 두보는 유가 학설을 교조적으로 따른다. 그는 빨리 결혼시켰으면 무탈했을 것이란

그림 7. 모란정공원의 모란정. 강서성 공주(贛州)에 있다. 이 누각은 새롭게 지어진 건물이며, 1930년대 화재로 소실되었고, 90년대 중건된 것이다.

아내의 말에 "옛날에 남자는 서른에 장가를 들고, 여자는 스물에 시집간다고 하였소.(古者男子三十而娶, 女子二十而嫁.)"라고 대답하고, 또 두려낭이 병이 나자 "어린 계집애가 무슨 칠정 타령인가(一个娃儿甚七情)"[11]라고 일축한다. 그는 삶을 바라보며 판단하는 것이 아니라 책으로 삶을 바라보고 있다.

두보와 견씨는 딸이 사대부의 여식으로 훗날 훌륭한 가문의 남성과 결혼하여 현명한 아내가 되기를 바라며, 그녀에게 바느질과 독서에 전념하도록 한다.

> 두보: 봄이 되었는데, 규방에는 좀 한가해졌습니까?
> 견씨: 딸아이야 늘 꽃그늘 아래서 자수를 놓습니다.
> 두보: 자수야, 딸아이가 남보다 정교하다지만, 고금의 현숙한 여성을 보면, 문학을 많이 알지요. 훗날 서생(庶生)에게 시집가서, 언행이 서로

---

10) 《모란정·제3척·훈녀(牡丹亭·第三出·訓女)》.
11) 《모란정·제16척·힐병(牡丹亭·第十六出·詰病)》.

맞아야 할 것인데, 부인의 생각은 어떠시오?

견씨: 나리의 뜻을 따를 뿐입니다.

(外) 春來閨閣閑多少? (老旦) 也長向花陰課女工 (外) 女工一事, 女孩兒精巧過人。看來古今賢淑, 多曉詩書。他日嫁一書生, 不枉了談吐相稱。你意下如何? (老旦) 但憑尊意。

▶《모란정·제3척·훈녀(訓女)》

두려낭은 비록 효성이 깊은 여성이지만, 판에 박힌 사대부 집안의 여식은 아니었다. 부모의 기대와 달리 그녀는 자수방에서 자수를 놓는 대신 잠을 자고, 때때로 술도 한 잔 마시는 여성이었다. 그녀의 첫 등장은 봄볕을 보며 술을 마시는 장면이다.

예쁜 꾀꼬리가 지저귀네, 눈앞에 이토록 많은 봄빛을 보고서.

한 치 풀의 마음으로, 어찌 봄볕의 은혜를 한두 가지라도 갚을까!

嬌鶯欲語, 眼見春如許。寸草心, 怎報得春光一二?

▶《모란정·훈녀(牡丹亭·訓女)》[12]

이 장면을 바로 앞에 나온 아버지 두보와 어머니 견씨가 나눈 대화 맥락으로 이어보면, "아름다운 꾀꼬리(嬌鶯)" 같은 그녀는 봄볕 같은 부모의 은혜를 조금도 다 갚을 수 없다고 이야기하는 것처럼 보인다. 하지만, 그녀의 시름은 자신의 존재가치를 어떻게 실현하느냐에 대한 고민이다. 자식이 효도하려고 술을 먹는 경우는 극히 드물다. 효의 실천은 자식이 할까 말까를 고민해야 하는 선택이 아니기 때문이다. 따라서, 그녀의 술잔에는 자신의 존재가치와 그 실현의 문제에 대한 고민이 채워져 있다

---

12) 탕현조 저, 이정재·이창숙 역, 《모란정》, 서울:소명, 2014년, 29.

고 보는 것이 적절할 것이다. 그리고, 그녀는 이러한 풀리지 않는 고민으로 때로는 잠에 빠지게 되고, 이 때문에 부모의 질책을 받는다.

> 두보: 춘향(春香, 두려낭의 시녀)아, 내 너에게 물어보겠다. 아씨가 자수방(繡房)에서 종일 어떻게 생활하더냐?
> 춘향: 자수방에서야 수를 놓으시죠.
> 두보: 수는 무엇을 놓더냐?
> 춘향: 면을 수 놓으시죠.
> 두보: 무슨 면이더냐?
> 춘향: 수면입지요.
> 두보: 잘한다, 잘해. 부인, '늘 꽃그늘에서 여자의 일을 한다네'라고 하셨는데, 여식이 잠이나 자게 했으니, 어떤 집안에서 이렇게 교육한답니까?
> (外) 叫春香。俺問你: 小姐終日繡房, 有何生活? (貼) 繡房中則是繡。(外) 繡的許多? (貼) 繡了打綿。(外) 什麼綿? (貼) 睡眠。(外) 好哩, 好哩。夫人, 你才說 "長向花陰課女工", 卻縱容女孩兒閑眠, 是何家教? 叫女孩兒。

> ▶ 탕현조 《모란정·훈녀(牡丹亭·訓女)》[13]

두보는 딸이 여성으로서 해야 할 일에 게으른 것을 질타한다. 이러한 교육이 잘못된 것은 없지만, 이들은 딸의 고민이 아니라 아내와 며느리로서 갖추어야 할 요소에 더 관심이 있다는 문제가 있고, 이것이 두려낭과 부모 사이에 존재하는 장애 요소가 된다.

---

13) 탕현조 저, 이정재·이창숙 역, 《모란정》, 서울: 소명, 2014년, 29.

《모란정·훈녀》-전통에 대항하는 젊은 두 여성

두려낭과 부모의 갈등을 더 깊게 해주는 인물이 진최량(陳最良)이란 두려낭의 글 선생이다. 그리고, 탕현조는 두려낭이 진최량에게 받는 수업 과정에서 자신의 생각을 드러내 보인다.

우선, 진최량은 탕현조가 바라보는 당시 문인의 허위와 속물 속성을 보여주는 인물로 묘사된다. 그는 어려서 글을 배워 12세에 국고 장학금을 받으며 학교에 들어갔지만, 성적이 좋지 못해 장학금이 취소되었고, 생원 과거에 15번 응시해서 낙방했다. 그는 먹고살기 위해 의술·점복·풍수지리 같은 온갖 잡기를 배워 스스로 자기의 자를 "백 가지 잡다한 것에 능한 인간"이란 "백잡쇄(百雜碎)"라고 칭했다. 그는 두려낭의 가정교사를 신청했는데, 그 이유를 이렇게 말하고 있다.

> 다들 경쟁하듯 달려가니, 그것은 어째서인가? 같은 고장 사람이라 말을 쉽게 붙일 수 있으니, 이것이 첫째요, 태수와 가까워지게 되니, 이것이 둘째요, 남의 재물을 빼앗으니, 이것이 셋째요, 태수부의 아전과 통해 답안지를 고치니, 이것이 넷째요, 허풍으로 일자리를 잡으니, 이것이 다섯째요, 하급 관원이 두려워하니, 이것이 여섯째요, 집에서 사람을 속이니, 이것이 일곱째 이유지. 이 일곱 가지 때문에 목이 떨어지더라도 가려고 하는 것이죠. 관아가 어찌 가고 싶은 곳이겠습니까? 하물며 여학생이야 가벼워도 안 되고 무거워도 안 되니 더욱 가르치기 어렵지요. 자칫 체면이라도 떨어지면 울지도 웃지도 못한답니다.
>
> 好些奔競的鑽去, 他可爲甚的?鄉邦好說話, 一也 ; 通關節, 二也 ; 撞太歲, 三也 ; 穿他門子管家, 改竄文卷, 四也 ; 別處吹噓進身, 五也 ; 下頭官兒怕他, 六也 ; 家里騙人, 七也。爲此七事, 沒了頭要去。他們都不知官衙可是好踏的!況且女學生一發難教, 輕不得, 重不得。倘然間體面有些不臻, 啼不得, 笑不得。正是有書遮老眼, 不妨無藥散閑愁。
>
> ▶ 탕현조《모란정·제4출·부탄(腐嘆)》

그는 사람들이 교육에 뜻이 있어서 태수의 가정교사에 지원하는 것이 아니라, 이처럼 다른 일에 관심이 더 있어서 지원하는 것이라고 이야기한다. 이러한 모습은 탕현조가 세상의 지식인 가운데 진정한 지식인이라 불릴 사람이 많이 없으며, 대다수가 이런 속물적 인물이라는 시각을 보여주고 있다. 하지만, 진최량이란 캐릭터는 얄밉다기보다는 주변 사람들로부터 괴롭힘을 당하는 캐릭터에 가깝다. 그래서, 《모란정》에서는 이 진최량이란 인물을 놀려먹는 장면이 쏠쏠한 재미를 준다. 진최량이 문지기와 나누는 대화가 그렇다. 문지기는 진최량에게 태수의 청첩을 가져다주는데, 이것으로 그에게서 고물을 얻어먹을 생각을 하고 있고, 동시에 그의 속물적 근성을 놀려준다.

> 진최량: 사람의 우환은 남의 스승 되기를 좋아하는 데에 있다.
> 문지기: 사람의 밥은 선생님께서 드시게 될 겁니다.
> 진최량: 그럼 가야지
> ……
>
> 〔末〕人之患在好爲人師。〔醜〕是人之飯, 有得你吃哩!〔末〕這等便行。
>
> ▶《모란정·제4출·부탄(牡丹亭·第四出·腐歎)》

진최량이 한 말은 《맹자(孟子)》에 나오는 말이다. 본래 자신의 자만심과 오만함을 경계하는 말이지만, 밥 앞에 허무하게 무너진다. 이런 모습은 독서인의 자긍심이 허위의식에 불과하다는 비판이기는 하지만, 현실에 솔직한 부분도 있어서, 혐오감이 아니라 인간적인 면을 드러내 보여주고 있다.

> 진최량: 나의 두건 해저 꿰맸고, 신발 떨어져 덧씌웠네.

문지기: 선생이 서재에 앉았는데, 옷에 뒷자락이 없네.

<합창>: 연적 물로 입을 깨끗이 씻고, 관아의 밥을 먹으면, 이쑤시개
에 누런 나물 걸려 나오겠지.

문지기: 이 문지기가 도운 일이니, 선생께서는 가만히 있어서는 아니
되오.

진최량: 나에게 사례를 요구하는데, 그곳에서 나를 붙잡을 것으로 아
는가?

<합창>: 단오절이든 중양절이든, 관아 밖으로 놀이를 나가면, 적삼 소
매 붙잡고 와야지.

……

문지기: 세상의 영화와 즐거움은 본래 무상하니,

진최량: 누가 은빛 수염 쳐다볼까.

문지기: 멋짐 태수님 느긋이 앉으신 곳,

<합창>: 복을 찾는 사람이 끝이 없구나.

【洞仙歌】[末]咱頭巾破了修, 靴頭綻了兜。[醜]你坐老齋頭, 衫襟
沒了後頭。[合]硯水嗽淨口, 去承官飯溲, 剔牙杖敢黃齏臭。【前腔】
[醜]咱門兒尋事頭, 你齋長幹罷休? [末]要我謝酬, 知那里留不留? [合]
不論端陽九, 但逢出府遊, 則撚著衫兒袖。……[醜]世間榮落本逡巡,
[末]誰采髭須白似銀? [醜]風流太守容閑坐, 朱慶餘[合]便有無邊求福
人。

▶ 탕현조 《모란정·제4출·부탄(牡丹亭·第四出·腐歎)》

진최량과 문지기가 주고받는 대화는 대체로 글자 수를 맞추고 있으며,
또한 압운까지 되어 있어서, 풍자적 분위기가 강하다. 특히 <합창> 부분
은 이들의 생각을 여과 없이 보여주고 있어서 더욱 돋보인다. "적삼 소매
붙잡고 와야지."라는 부분은 적삼 속에 먹는 것을 많이 넣었기 때문이다.
특히 마지막 부분에서, 늙은 자신을 거들떠보기나 하느냐며 면접을 걱정
하는 말과 물질적 삶을 풍요롭게 해줄 것으로 기대되는 관아를 "멋짐

태수님 느긋이 앉으신 곳, 복을 찾는 사람이 끝이 없구나."라며 부푼 기대를 보여주는 합창은 상당한 해학성을 보여주는 좋은 연출이라고 할 것이다.

진최량의 수업 교재는 유가의 경전인 《시경(詩經)》이다. 하지만, 두려낭은 진최량의 수업에 큰 관심이 없다. 그녀는 시간이 되어도 진최량에게 배우러 오지 않는다. 두려낭은 도무지 글공부에는 흥미가 없다. 틈만 나면 진최량의 수업을 방해하는 춘향을 막지 않는다. 더욱이 진최량이 "옛사람은 책을 읽으면서 반딧불을 자루에 싼 사람도 있고, 달빛에 책을 본 사람도 있다."(古人讀書, 有囊螢的, 趁月亮的)라는 말을 "달빛에 비춰 보려다 눈만 어지러워지고, 반딧불 자루에 싸다가 멀쩡한 벌레 죽였겠네."(待映月耀蟾蜍眼花, 待囊螢把蟲蟻兒活支煞。)이란 말로 응수한다.[14] 그녀의 몸종인 춘향은 그녀의 마음을 대변하는 역할을 하는데, 진최량이 춘향을 시켜 두려낭을 부르자 춘향은 이런 말을 한다.

> 《석씨현문(昔氏賢文)》이란 책은, 사람을 구속하여 죽음에 이르게 하네. 이런 때에는 앵무새에게 차(茶)나 가르칠 밖에요.
> 〔貼〕《昔氏賢文》, 把人禁殺。恁時節則好教鸚哥喚茶。
> ▶ 탕현조 《모란정 · 제7출 · 규숙(牡丹亭 · 第七出 · 閨塾)》

《석씨현문》은 저자를 알 수 없는 명나라 시대 인생에 대한 금언 등을 모은 책으로, 도덕 규칙, 예의범절, 풍속, 천문, 지리 등 잡다한 내용을 모아 만든 책으로, 대체로 유도(儒道) 사상이 혼합되어 처세의 도리를 설명하고 있는 책이다.[15] 이런 책을 춘향은 사람을 구속해 죽음에 이르

---

14) 《모란정 · 제7출 · 규숙(牡丹亭 · 第七出 · 閨塾)》
15) 《大辭海 · 教育卷》, 上海辭書出版社, 2009(ebook)

그림 8. 단석운룡구구연(端石雲龍九九硯). 뒷면(좌) 앞면(우). 피서산장 연우루 소장(避暑山莊煙雨樓藏)이란 글씨가 새겨져 있다. 이 벼루는 광동 단계의 돌로 만든 벼루다. 벼루의 연지(硯池)에는 구름 속에서 1마리의 큰 용이 9마리의 작은 용을 거느리고 있는 문양이 새겨져 있고, 벼루의 뒷면에는 99개의 활안이 있다. 건륭제가 이 벼루의 이름을 지었으며, 현재는 명나라 시대의 벼루로 추정되고 있다. 대만고궁박물원(臺灣古宮博物院) 소장.

게 한다고 비꼰다.

춘향은 진최량이 두려낭에게 붓글씨를 가르치려 할 때, 붓과 벼루, 종이, 먹 대신 현대의 마스카라인 나자대(螺子黛)를 가져왔고, 붓 대신 눈썹 붓을 가져왔으며, 종이 대신 당나라 기녀 설도가 만든 채색 편지지인 설도전(薛濤箋)을 가져왔고, 벼루로는 2개의 벼루가 하나로 되어 있는 원앙연을 가져왔다. 특히 원앙연은 모두 눈물을 흘리는 누안(淚眼) 벼루였다.[16] 이 글에 보이는 탕현조의 의도는 명확하다. 즉, 두려낭에게 필요

---

16) 광동성(廣東省) 조경시(肇慶市)의 단계(端溪)에서 나는 벼루를 단연(端硯)이라고 한다. 단연은 가공 이후 여러 문양이 나타나는데, 이 문양을 "벼루의 눈"이란 연안(硯眼)으로 부르고, 활안(活眼), 사안(死眼), 누안(淚眼)으로 나눈다. 송나라 이지언(李之彦)의 《연보(硯譜)》에 "둥근 파도 무늬에 황색과 흑색이 서로 잘 섞여, 그 속에 검푸른 눈동자가 있어 맑고 아름다운 것을 활안(活眼)이라고 한다. 무늬가 사방으로 침전되어, 선명하지 못한 것을 누안(淚眼)이라고 한다. 형체는 약간 갖춰져 있지만, 밖과 안이 모두 흰색이고, 죽은 듯 광채가 없는

한 것은 여성의 도리를 강요하는 교조주의적 가르침이 아니라 그녀의 여성으로서의 존재가치인 사랑이라는 것이다.

이런 가치는《시경》에까지 소급된다. 진최량이 두려낭에게 강의한《시경·관저(詩經·關雎)》는《시경》의 첫 번째 작품이다.

> 끼룩끼룩 물수리, 황하(黃河)의 모래섬에 있네.
> 요조숙녀(窈窕淑女)여, 군자의 좋은 짝이네.[17]
> 올망졸망 마름풀을, 이리저리 캐네.
> 요조숙녀여, 자나 깨나 구하네.
> 구해도 얻지 못하여, 자나 깨나 마음속으로 생각하네.
> 그리고 그리워하며, 이리저리 뒤척이네.
> 올망졸망 마름 풀을, 이리저리 캐네.
> 요조숙녀여, 금슬을 타면서 사귀네
> 올망졸망 마름 풀, 이리저리 뜯네
> 요조숙녀여, 북소리 종소리로 기뻐하네.
> 關關雎鳩, 在河之洲, 窈窕淑女, 君子好逑。
> 參差荇菜, 左右流之, 窈窕淑女, 寤寐求之。
> 求之不得, 寤寐思服, 悠哉悠哉, 輾轉反側。
> 參差荇菜, 左右采之, 窈窕淑女, 琴瑟友之。
> 參差荇菜, 左右芼之, 窈窕淑女, 鍾鼓樂之。

▶《시경·관저(詩經·關雎)》

현대적 시각으로 보면, 이 시는 여인을 사랑하게 된 남성의 마음을

것을 사안(死安)이라고 한다. 활안이 누안보다 낫고, 누안이 사안보다 낫고, 사안은 눈이 없는 것보다 낫다."(圓暈相重, 黃黑相間, 繫精在內, 晶瑩可愛, 謂之活眼。四旁浸漬, 不甚鮮明, 謂之淚眼。形體略具, 內外皆白, 殊無光彩, 謂之死眼。活眼勝淚眼, 淚眼勝死眼, 死眼勝無眼)라고 하였다.

17) 窈-내면이 아름다운 모습. 窕-외면이 아름다운 모습

표현한 시다. 시의 초기 단계이기 때문에 표현이 직설적이며, 자신이 하고 싶은 말의 관련성이 그다지 없는 "물새가 운다"라는 경물의 묘사가 실제 하고자 하는 말 앞에 나타나고 있다.

제왕의 통치 학설을 구축하려는 유가의 입장에서 자신의 대표적 경전이 된 《시경》의 첫 편을 남성이 여성을 그리워하는 애정시로 내버려 둘 수는 없었다. 《시경》은 고대 음악을 관장하던 벼슬에 있던 악관(樂官)이 궁정에서의 연주를 위해 수집한 가요집으로 오랜 세월 형성된 고전이자, 공자의 편집이라는 유가 최고 권위자의 손길이 거쳤던 서적이기 때문에, 순서를 뒤집을 만한 근거도 희박했다. 이들로서는 이 시를 유가적으로 해석하는 방법밖에 다른 도리가 없었다.

이들의 원칙은 명확했다. 시는 여성과 남성은 음과 양으로 대표되는 땅과 하늘의 존비 관계로 구성되어야 하고, 남성이 여성을 찾아 구애하는 것이 아니라, 남성의 양기에 반응하고 따르는 여성의 모습이 되어야 했으며, 그 구체적인 인물이 유가 최초의 성인이라면 금상첨화일 것이었다.

결국, 유가는 이 시에서 남성의 목소리를 삭제하고, 여성을 화자로 삼았으며, 그 구체적 인물을 봉건적 중국 문화의 기초를 닦은 주나라 문왕(文王)의 아내이자 은나라를 멸망시키고 전국을 주나라의 지배체제 아래에 둔 무왕(武王)의 어머니 태임(太姒)으로 삼아 작품으로 해석했다. 그 결과, 이 시는 문왕(文王)의 교화를 받은 태임이 군자의 좋은 배필이 될 자격을 갖춘 여성들을 오매불망 구하고, 그리움으로 뒤척이다가, 결국 그녀들을 얻어 금슬과 북소리를 타며 즐거워하는 작품으로 해석된다. 이것이 바로 《중용(中庸)》에서 말하는 "군자의 도는 부부에서 시작한다(君子之道, 造端乎夫婦)"라는 것이다. 즉, 장자가 부친의 권력과 부를 계승하는 장자 승계의 종법 제도는 "부부유별(夫婦有別)"에서 시작해서, 부자의 친밀한 관계가 정립되고, 다시 친족으로 구성된 군주와 신하의 관계가 올바르게 성립되어, 혈연 시스템을 장착한 봉건 국가는 기본 가치관인 삼강오륜(三綱五倫)이 정립되어 덕치 국가를 지향할 수 있다.

저구(雎鳩)라는 물새 역시 이 학설 체계에서 "성스러운 군주"인 성왕의 덕을 받아 교화된 여성인 태임을 상징하는 새로서, 유가의 이념을 체현한 물새로 해석된다. 한나라와 당나라 《시경》 학술을 대표하는 《모시정의(毛詩正義)》에서는 "지극히 사랑하지만, 분별이 있는(摯而有別)" 기이한 물새가 되었고, 송대 성리학을 대표하는 주희(朱熹)의 《시경집전(詩經集傳)》에서는 이 "사랑"과 "분별"에 대해 "나면서 배필이 정해져 있어 서로 어지럽지 않고, 짝이 늘 함께 다니지만, 서로 과하게 친하지는 않는(生有定偶而不相亂 ; 偶常並遊而不相狎。)" 새로 부연 설명이 붙는다. 그리고, 이 해석은 원나라 · 명나라 · 청나라 정부가 공인한 해석이 된다.

진최량의 해석은 이러한 전통적 해석을 따른다. 그는 《시경 · 관저》의 첫 부분을 두려낭에게 가르치면서, "끼룩끼룩 물수리, 황하(黃河)의 모래섬에 있네"에 대해, "황하의 새가 천성이 정숙하여, 사람들이 많은 황하의 강변이 아닌 황하의 모래톱에 산다."(此鳥性喜幽靜, 在河之洲)고 하고, "착하고 예쁜 아가씨는, 군자의 좋은 짝(逑)이네."를 "품행이 그윽하고 단정한 여성이 군자가 그녀에게 구혼하는 것을 기다리는 것"(窈窕淑女, 是幽閑女子, 有那等君子好好的來求他。)이라 했다. 즉, 모두 정숙한 여인의 덕을 닦아 미래의 남편을 기다린다는 의미다.

하지만, 두려낭의 시녀인 춘향은 진최량의 해석에 사사건건 시비를 걸며 진최량을 조롱한다.

> 진최량: 이 부분은 흥이니라.[18]

---

18) 앞에 나온 《시경 · 관저》의 첫 구절인 "끼룩끼룩 물수리(關關雎鳩)"에 대한 해

춘　향: 흥이 무엇이에요?

진최량: 흥이란 일으킨다는 말이다. 다음 구절을 일으키지. 요조숙녀
　　　　는 그윽한 여자로서 군자들이 꼭 짝을 맺으려고 하지.

춘　향: 왜 꼭 짝을 맺으려고 해요?

진최량: 거참 말 많네.

　[末]胡說, 這是興。[貼]興個甚的那？[末]興者, 起也。起那下頭"窈
窕淑女", 是幽閑女子, 有那等君子好好的來求他。[貼]爲甚好好的求
他？[末]多嘴哩！

　　　　　▶ 탕현조《모란정 · 제7척 · 규숙(牡丹亭 · 第七齣 · 閨塾)》

　여기서 춘향은 "흥"을 남녀의 사랑이란 감정으로 해석하여 진최량을
곤경에 빠뜨린다.

　　태수께서 선생님을 모셔 가르치는데,《모시》제1장의 "요조숙녀여,
　군자의 좋은 짝이로다."라는 구절을 읽다가 근심스러운 모습으로 책을
　덮고 탄식하시기를, "성인의 마음이 여기에서 다 드러났구나. 고금이 같
　은 마음이라고 하더니, 어찌 그렇지 않을까?" 하셨어요.

　　只因老爺延師敎授, 讀到《毛詩》第一章: "窈窕淑女, 君子好逑。"悄
　然廢書而歎曰: "聖人之情, 盡見於此矣。今古同懷, 豈不然乎？

　　　　　▶ 탕현조《모란정 · 제9척 · 숙원(牡丹亭 · 第九出 · 肅苑)》

　이 말을 보면, 두려낭 역시 이 구절을 사랑의 감정으로 해석한 것임을
알 수 있다. 여기서 더 알 수 있는 부분은, 춘향의 중요한 역할 중 하나가
두려낭의 마음을 대변하는 역할이란 점이다. 동시에, 두려낭이 애정을
적극적으로 추구하는 파격적인 모습, 그리고 사랑의 감정에 가슴 아파하
는 현실 모습을 가진 살아있는 여성으로 그려지지만, 그녀가 가진 사대

─────────────

석이다.

부 가문의 여성이란 체면은 넘지 못한다는 한계성을 보여주고 있다.

구속을 넘어 정情의 세계로

《모란정》에서 두려낭이 후원에 봄나들이를 나가는 장면은 그녀의 내적 갈등을 최고조에 이르게 한다. 탕현조는 이 장면을 위해 많은 설정을 집어넣었다. 우선 그녀의 시름을 춘향을 통해 간접적으로 언급하고(제3척), 진최량이 두려낭에게 《시경·관저》를 가르치고(제7척), 동시에 춘향이 두려낭에게 후원에 관한 이야기를 몇 번이고 언급하게 했으며(제3척·제7척), 아버지 두보를 권농하러 집을 나오게 하여 두려낭에게 시간과 공간을 부여했다(제8척). 하지만, 무엇보다 두려낭이 후원에 가게된 직접적 계기를 마련해 준 것은 춘향이다. 춘향은 두려낭의 욕망을 현실로 이끄는 역할을 한다.

> (두려낭)"춘향아, 네가 나를 어떻게 달래 줄래?"라고 물으시길래, 저는 "아씨, 별다른 것은 없고 그냥 후원을 거닐어 보세요"라고 대답했지요.
> "春香, 你叫我怎生消遣那?"俺便应道: "小姐, 也没个甚法儿, 后花园走走罢。"
> ▶ 탕현조 《모란정·제9척·숙원(牡丹亭·第九出·肅苑)》

두려낭은 본래 아버지 두보에게 야단맞는 것이 두려워 실행에 옮기는 것을 꺼린다. 사대부 여성으로서 자신에게 허락된 공간을 넘어 공개적 장소로 이동하는 것은 예절을 어기는 것이자 이해받기 어려운 행동이었다. 이 당시 여성들은 이동에 제한을 많이 받았다. 이런 점은 모란정의 여러 곳에서 나타나는데, 춘향에게서 두려낭이 "연고 모를 봄 병이 나서,

봄이 곧 가버릴 것이기에, 후원에서 봄 시름을 띄워 보내려 한다"(他平白地爲春傷, 因春去的忙, 後花園要把春愁漾。)는 말을 들은 진최량은 이렇게 말한다.

> 진최량: 더욱 안되지. 젊은 처자로 말할 것 같으면, 나들이할 때는 사람들이 쳐다보니, 나설 때는 반드시 가리개를 써야지.
> 〔末〕一發不該了。【前腔】論娘行, 出入人觀望, 步起須屛障。
> ▶ 탕현조 《모란정·제9척·숙원(牡丹亭·第九出·肅苑)》

후원에 가는 것이 대수인가라는 생각이 들지만, 이런 여성에 대한 여러 금지 사항은 그 연원이 상당히 오래 전통을 자랑한다. 서한(西漢) 시대 대성(戴聖)이 전시대의 각종 예의범절 관련 글을 수집하여 편찬한 《예기(禮記)》의 한 편인 <내칙(內則)>에는 "여자가 문을 나서면, 반드시 자신의 얼굴을 가려야 한다.(女子出門, 必擁蔽其面。)"는 기록이 있다. 사실 한대(漢代)와 당대(唐代)의 여성에 관한 여러 기록에는 여성의 나들이 흔적을 적지 않게 찾아볼 수 있다. 한나라와 당나라 시대에 그다지 강력한 구속력이 없었던 이 문구는 송대 사대부 계층이 이전 시대의 귀족 계층의 지위를 차지하면서 시작된다. 이들은 자기 계층의 권위를 세우는 방편으로 사대부 예법을 새롭게 정비하여 다른 계층과의 차별화를 기획하고, 이를 통해 자신의 권위를 세워간다. 이 과정에서 사대부의 예법은 강력한 사회적·가정적 규범이 되었을 것이다.

《모란정·제10척·경몽(驚夢)》은 두려낭의 후원 나들이를 매우 섬세하게 묘사하고 있는데, 이 부분에서 두려낭의 고민이 구체적으로 나타난다. 이 부분에서 두려낭은 봄볕과 같은 아름다운 청춘의 나이에 좋은 배필을 만나 사랑하고 싶지만, 그렇게 할 수 없는 현실 때문에 시름이 생긴 것이란 것이 나타난다.

아지랑이가 한적한 정원에 불어오니, 봄이 실처럼 하늘거린다. 잠시 서서, 꽃 머리 장식을 가다듬네. 무심한 능화(菱花) 거울이 사람을 훔쳐 내 얼굴의 반을 가리게 하여, 채색 구름 같은 머리카락이 치우치도록 하였네. (걸어가며) 규방을 나설 때 어떻게 온몸을 드러낼까!

嫋晴絲吹來閑庭院。搖漾春如線。停半晌、整花鈿。沒揣菱花，偸人半面，迤逗的彩雲偏。(行介) 步香閨怎便把全身現！

▶ 탕현조《모란정·제10척·경몽(牡丹亭·第十出·驚夢)》

그녀는 봄 정원에 처음 나들이를 갔다. 이곳은 봄날 아지랑이, 꽃가루 등이 피어올라, 아름다운 경치를 이루고 있었다. 이런 아름다운 경치를 마주한 그녀는 자신도 모르게 자신을 의식하며 몸단장이 단정하게 되었는지를 점검하고, 머리카락이 흐트러진 것을 발견한다. 그리고는, 얼굴을 가리지 않고 나온 자신의 옷 가짐에 불편한 마음을 느낀다. 즉, 아름다운 봄 경치를 마음껏 즐기다가도 문득 규범에 맞지 않는 행동을 하고 있다는 불안한 마음이 생겨난 것으로, 처음으로 규범을 어겨가면서 후원으로 가는 것을 감행한 그녀의 기쁨과 두려움이 섞인 모순적인 마음 상태를 잘 묘사하고 있다. 하지만 동시에 그녀는 자신의 아름다움을 만끽한다. 그녀는 춘향의 "오늘 옷차림이 참 좋습니다.(今日穿揷的好。)"란 말에 대해 이렇게 답한다.

> 두려낭: 네가 치마와 저고리 붉은 물 들어 선명하게 보이고, 팔보 장
> 식 꽃비녀가 반짝인다고 하니, 내 평소 아름다움을 사랑한
> 것이 천성임을 알겠구나. 춘삼월 좋은 시절에 아무도 보는
> 이 없네. 물고기가 가라앉고 기러기도 떨어질 미모로 새들을
> 놀라 지저귀게 할까 봐 제방에 다가가지 못하고, 꽃이 수줍
> 어하고 달을 숨게 할 미모로 꽃을 시름에 떨게 할까 두렵네.
> 你道翠生生出落的裙衫兒茜，艶晶晶花簪八寶塡，可知我常一生

兒愛好是天然。恰三春好處無人見。不提防沉魚落雁鳥驚喧，　則怕的
羞花閉月花愁顫。

▶ 탕현조 《모란정 · 제10척 · 경몽》

그녀는 자신의 아름다움을 자각하고 사랑한다. 하지만, 이런 꽃 같은
그녀를 아무도 찾아주지 않는다. 여기서 그녀의 고민이 청춘의 고민임이
드러난다.

두려낭: 정원에 오지 않았다면 봄빛이 이런 줄 어찌 알았을까? 울긋
　　　불긋 온갖 꽃이 만발해 있지만, 이렇게 곁에는 말라버린 우
　　　물과 무너진 담장뿐이네. 좋은 날 아름다운 경치 얼마나 갈
　　　까? 기쁜 마음 즐거운 일은 누구의 정원에 있을까? 이런 경
　　　치를 아버지 어머니는 말씀하신 적이 없었네.
　　原來姹紫嫣紅開遍, 似這般都付與斷井頹垣。良辰美景奈何天, 賞
　　心樂事誰家院?恁般景致, 我老爺和奶奶再不提起。

▶ 탕현조 《모란정 · 제10척 · 경몽》

그녀의 삶은 규격화된 삶의 틀 안으로 집어 넣어진 삶이었다. 그녀는
닫힌 공간인 수방에서 열린 공간인 후원으로 옮겨가면서, 눈 앞에 펼쳐
진 살아 생생한 춘광은 그녀의 삶을 새롭게 느끼게 된다. 그리고 이러한
감성은 아름다운 풍경의 묘사로 표현된다.

두려낭: 아침에 피어나 저녁에 걷히는, 붉은 노을이 비낀 화려한 누
　　　각, 그리고 보슬비 바람 한 조각, 안개에 쌓인 다채로운 배,
　　　은빛 주렴 속 사람은 이 아름다운 광경을 모른 체했네.
　　朝飛暮卷, 雲霞翠軒 ; 雨絲風片, 煙波畫船──錦屛人忒看的這韶光賤。

▶ 탕현조 《모란정 · 제10척 · 경몽》

이런 아름다운 광경 속에서 문득 그녀는 자신의 처지를 느낀다.

> 두려낭: 푸른 산은 두견새 울어 붉은 꽃이고, 도미꽃 너머 아지랑이는
> 취한 듯 하늘거린다. 춘향아, 모란이 좋다지만, 봄이 가버리
> 니 어찌 다른 꽃보다 먼저이겠느냐?
> 遍靑山啼紅了杜鵑, 荼蘼外煙絲醉軟。春香呵, 牡丹雖好, 他春歸
> 怎占的先?

> ▶ 탕현조 《모란정 · 제10척 · 경몽》

모란꽃은 초여름에 피는 꽃이어서 봄에 피지 못한다. 즉, 두려낭은 자
신의 청춘이 흘러간 다음에 오지 못할지도 모르는 사랑에 한탄한다.

춘향이 두려낭의 어머니 견씨를 만나러 간 사이에 그녀는 "하늘이시
어, 봄빛에 시름 한다더니, ……, 좋은 짝을 만나지 못하고서, 청춘이 헛
되이 지나가네."(天呵, 春色惱人, ……, 不得早成佳配, 誠爲虛度靑春),
"얼굴은 꽃 같지만, 어찌 운명은 잎새 한 잎인가(可惜妾身顔色如花, 豈
料命如一葉乎)!"[19]라고 한탄하며, 잠이 들고 만다. 그리고 꿈에 유몽매
를 만나 사랑을 나누게 된다.

> 두려낭: (나지막한 목소리로 묻는다) 수재님, 어디로 가시나요?
> 유몽매: 작약이 핀 난간 앞을 돌아서 태호석 가로 가요.
> 두려낭: (나지막한 목소리로 묻는다) 수재님, 가서 어쩌시려고요?
> 유몽매: 그대와 단추 풀고, 허리띠 풀고, 소매 끝으로는 입술을 찾아
> 덮어, 그대가 아픔을 참고 잠시 포근히 자게 해 주리다.
> 那邊去? (生) 轉過這芍藥欄前, 緊靠著湖山石邊。(旦低問) 秀才,
> 去怎的? (生低答) 和你把領扣松, 衣帶寬, 袖梢兒搵著牙兒苫也, 則

---

19) 湯顯祖, 《牡丹亭 · 第十出 · 驚夢》

待你忍耐溫存一晌眠。

▶ 탕현조《모란정·제10척·경몽》

이어지는 두려낭의 독백을 보면 그녀와 유몽매는 작약이 만발한 모란정(牡丹亭)에서 사랑을 나누었다.[20] 하지만, 꿈에서 깨어난 그녀는 이미 유몽매와 이별한 상태다. 즉, 꿈과 현실이 이들을 갈라놓은 것이다. 따라서, 봄을 지나 초여름에 피는 모란은 그녀가 아름다운 청춘을 헛되이 보내는 고민을 상징하기도 하고, 동시에 현실에서 이루어지는 것이 불가능한 아름다운 사랑을 의미하기도 한다. 즉, 모란은 궁극적으로 이들의 이루어질 수 없는 청춘의 사랑을 상징한다.

두려낭은 꿈과 현실이 만든 이별로 음식을 먹지 못하고 힘없이 시름시름 앓게 된다. 그녀는 춘향이도 없이 홀로 다시 후원을 찾는다.

사람 마음 흔드는 봄빛은 올해가 으뜸이네. 높고 낮은 하얀 담장 겹겹이 둘렀지만, 봄 뜻은 날아 걸리지 않은 곳이 없다네. (무언가에 걸린다) 아, 고개 숙인 가시풀이 치맛자락을 붙잡네. 꽃들이 사람 마음처럼 아름다운 곳으로 잡아당기네.

最撩人春色是今年。少甚麼低就高來粉畫垣, 原來春心無處不飛懸。(絆介) 哎, 睡荼蘼抓住裙衩線, 恰便是花似人心好處牽。

▶ 탕현조《모란정·제12척·경몽(牡丹亭·第十出·尋夢)》

그녀가 바라본 봄은 과거의 봄과 다른 새로운 봄이었고, 겹겹으로 쌓여 외부와 단절된 후원에서 그녀는 꿈을 통해 시공을 초월하여 사랑을 나누었다. 그리고, 가시풀과 꽃은 아프고 아름다운 사랑의 감정을 표현

---

20) 湯顯祖,《牡丹亭·第十齣·驚夢》: 只見那生向前說了幾句傷心話兒, 將奴摟抱去牡丹亭畔, 芍藥闌邊, 共成雲雨之歡。

한 구체적인 상징물로 읽힌다. 즉, 후원에서 다시 꿈을 찾아보지만, 다시 찾을 수가 없고, "떨어진 붉은 꽃잎이 땅에 가득한(殘紅滿地)" 후원처럼 아프고도 아름다운 추억으로만 존재할 수 있기에, "춘삼월 봄날은 이전과 다름없이 헛되이 흐를"(辜負了春三二月天) 뿐이다.[21]

그녀는 유몽매와 운우의 정을 나눈 장소를 다시 가보며 유몽매의 흔적을 찾다가 매화나무를 발견하고는 자신이 죽은 다음 묻힐 장소로 삼는다. 그리고 사랑하는 사람과 이별한 한을 이렇게 이야기한다.

> 문득 마음이 걸리는구나, 이 매화나무 곁에서. 이 꽃들과 풀들을 마음껏 좋아하듯, 삶과 죽음도 뜻대로 할 수 있다면, 이 쓰라린 감정을 아무도 원망하지 않을 텐데. 세월을 기다리다 꽃 귀신이 되어서라도, 날 흐리고 비 내리는 장마에도, 이 매화나무 뿌리 지켜내어 그대를 만나리.
>
> 偶然間心似繾, 梅樹邊。這般花花草草由人戀, 生生死死隨人願, 便酸酸楚楚無人怨。待打幷香魂一片, 陰雨梅天, 守的個梅根相見。
>
> ▶ 탕현조 《모란정 · 제12척 · 경몽(牡丹亭 · 第十出 · 尋夢)》

매화나무는 곧 "꿈속의 매화나무"란 이름을 가진 유몽매다. 즉, 그녀는 사랑하는 사람인 유몽매에게 생명을 건 사랑의 맹세하고 있다. 그녀는 봄에 피어난 꽃의 아름다움을 사람들이 마음껏 자유롭게 사랑하듯, 인간도 자유롭게 사랑할 수 있기를 바라고 있고, 이 사랑이 현실에서 이루어지지 못한다면, 다음 생을 기약하며 현실을 버리겠다고 말하고 있다.

그녀는 유몽매의 사랑한다는 말에 대답하지 못한 자신을 책망하며, 시름이 쌓이고, 슬픔에 빠진다.

---

21) 《牡丹亭 · 第12齣 · 尋夢》

(두려낭) 한이 겹겹이 쌓여, 홑옷으로는 두렵기만 하고, 꽃가지는 붉은 눈물을 떨구네.

排恨疊, 怯衣單, 花枝紅淚彈。

▶《모란정 · 제14척 · 사진(牡丹亭 · 第十四出 · 寫眞)》

"한(恨)"은 곧 추위를 뜻하는 "한(寒)"과 소리가 같다. 즉, 겹겹이 쌓인 한은 모진 추위처럼 느껴지니, 혼자서는 견디기 힘든 고통이라 피눈물을 흘린다는 것이다. 이 슬픔을 해소하기 위해 미래에 유몽매를 만날 상상을 하며 자신의 자화상을 직접 그려 남기고, 약을 쓰고 부적을 붙여도 소용이 없었고, 결국 죽어서 매화나무 아래에 묻히고, 자신의 그림을 유몽매와 정을 나눈 태호석 아래에 둔다.

유몽매와 지역성

《모란정》의 남자주인공 유몽매는 그는 명문가 출신으로, 총명하고 재주있는 사람이지만, 별 매력이 없는 인물이다.

하동의 군망(郡望) 가운데 유씨가 가장 명문이라네.……몇 대를 거치면서 쇠락한 지식인 집안이 되어, 비바람에 시달리네. 책 속에 부귀의 방도 있네, 옥 같은 얼굴과 황금은 어디에 있나? 가난이 사람을 잿가루로 만들어도, 나의 호연지기를 기르리.

……

소생의 성은 류씨이고 이름은 몽매(꿈 속의 매화나무)이며, 자는 춘경(春卿)이라고 하며, 본래 당나라 유주사마 유종원의 후손으로서, 영남에 머물러 살고 있습니다. 비록 이러하지만, 남아의 마지막 장면은 아니겠지요. 매일 사랑(情思)의 감정에 휩싸여있다가, 문득 15일 전에 꿈을 하나 꾸었습니다. 꿈에 정원에 갔더니, 매화나무 아래 어떤 미녀가 서

있었습니다. 크지도 작지도 않은 키에 마중하듯 전송하듯 하면서, 그녀는 이렇게 말했습니다. "류생원님, 류생원님, 저를 만나셨으니, 혼인의 연분이 생겼어요, 그리고 곧 벼슬하시게 되실 것입니다." 그래서 이름을 몽매로 바꾸고 춘경(春卿)을 자로 삼았습니다. 이것이 바로 "긴 꿈이든 짧은 꿈이든 모두 꿈이라네. 해가 오고 해가 가니 지금은 무슨 해인가?"라는 격입니다.

小生姓柳, 名夢梅, 表字春卿。原系唐朝柳州司馬柳宗元之後, 留家嶺南。……雖然如此, 不是男兒結果之場。每日情思昏昏, 忽然半月之前, 做下一夢。夢到一園, 梅花樹下, 立著個美人, 不長不短, 如送如迎。說道: "柳生, 柳生, 遇俺方有姻緣之分, 發跡之期。"因此改名夢梅, 春卿爲字。正是: 夢短夢長俱是夢, 年來年去是何年!

▶ 탕현조《모란정·제2척·언회(牡丹亭·第二出·言懷)》

위의 글로 보면, 유몽매는 고대 문인 지식인 계층의 일반 속성을 가진 사람이다. 그가 드러내는 독서를 통해 관리가 되려는 욕망과 아름다운 아내를 얻으려는 욕망은 도시 독서인 자제들과 별반 차이가 없는 독서인의 세속적인 욕망이다.

유몽매의 독특한 부분은 그의 출신지다. 영남(嶺南)은 과거 '말라리아가 창궐하는 지역(瘴疠之地)'이란 애칭이 붙을 정도로 환경이 열악한 곳이자, 문화적 수준도 중심 도시에 비해 현저히 낮은 곳이다. 유몽매가 자신을 당나라 저명한 문학가 유종원의 후예로 소개하는 것에는 이러한 문화지리적인 인식환경에서 자신의 특수한 혈통을 통해 문인적 지위를 인정받으려는 욕구도 볼 수 있다.

탕현조 역시 이 지역을 문화적으로 낙후된 지역으로 인식했다. 그는 이곳에서 학생들을 가르치는 "귀생서원(貴生書院)"을 건립하면서 지은 《귀생서원설(貴生書院說)》에서 "이 곳의 지식인 풍도와 민간 풍속은 순수하고 전아하여 사랑할만하다."(此邑土氣民風, 亦自惇雅可愛。)라고 했지만, 《왕운양에게 보내는 편지(《與汪雲陽》)》에서 "이 곳의 사람들은 생명을 가볍게 여기고 예의를 모른다. 그래서 이름을 귀생(貴生, 생명을 귀하게 여긴다)으로 지었다."(其地人輕生, 不知禮義, 故以貴生名之。) 라고 했다.[22]

그렇다면, 탕현조가 굳이 남자 주인공 유몽매를 굳이 영남(嶺南) 출신으로 상정한 이유는 무엇일까? 당연히 유몽매에게 탕현조 본인의 인생 가치를 부여한 부분이 있을 것이라고 추측할 수 있다. 즉, 그는 자신이 폄적되어 다스렸던 지역과의 관계 속에서 형성했던 지역 가치를 긍정하고, 선진적인 북방 도시 중심의 문화구조를 부정하고, 후진적인 남방의 향촌 중심적 가치를 긍정한 면이 보인다. 이런 점에서 유몽매는 독서를 통한 세속적 가치의 쟁취라는 도시 사대부 가정에서 형성된 출세 중심의 가치관이 아니라, 두려낭을 꿈에서 만나, "이름을 몽매로 바꾸고 춘경(春卿)을 자로 삼았습니다."라고 했듯이, 사랑(情)의 가치를 자기 삶의 성공을 위한 기초로 여긴다. 이런 순진한 면은 도시화가 진행된 도시의 이미지와 상반된 순수한 시골 서생에게 더욱 어울린다.

이러한 "사랑(情)" 가치관은 공연을 통해서 감동을 줄 수는 있지만, 너무나 비현실적이고 허무한 것이라, 이성적인 감동의 효과는 적다. 그래서, "긴 꿈이든 짧은 꿈이든 모두 꿈이라네. 해가 오고 해가 가니 지금은 무슨 해인가?"라는 말로서 이를 보충한다. 첫 구에서, 긴 꿈은 인간의 일생이고 짧은 꿈은 인간의 실제 꿈이다. 그리고, 뒤의 구는 인간의 시간 감각을 부정하는 말이다. 유몽매는 꿈에서 만난 두려낭의 말을 현실로 이어와서, 그의 현실 존재를 지칭하는 이름과 자를 바꾼 것이니, 현실과 비현실의 경계를 허무는 인식을 보여주고 있고, 이러한 인간의 삶에서

---

22) 湯顯祖, 徐朔方 箋校, 《탕현조집(湯顯祖集)》, 上海古籍出版社, 1989.

정이 사라진 인간에게 있어 존재적 시간의 무의미함을 보여주고 있다. 이렇게 현실을 꿈으로 바라보고, 다시 비현실적 정신활동인 꿈과의 경계를 허문 것은 《장자(莊子)》에서 찾아볼 수 있다.

> 꿈에서 음식을 먹고 즐긴 자는 아침에 꿈에서 깨어나면 눈물을 흘린다. 꿈에서 울던 자는 아침이면 사냥을 나서며 삶을 즐긴다. 꿈을 꿀 때는 꿈인 줄 모르고, 꿈에서 다시 꿈을 점치며 해석하려고 하다가, 깨어난 이후에 그것이 꿈인 줄 안다. 큰 깨달음이 있은 다음에 이것이 큰 꿈인 줄을 안다. 어리석은 자는 스스로 깨어있다고 생각하며, 자신이 속속들이 안다고 생각한다. 군주며 신하며 하니, 실로 비루하구나. 나와 너도 모두 꿈이다. 네가 스스로 꿈이라고 하는 것도 꿈이다. 이러한 말을 조궤(吊詭)라고 한다. 만년 이후에 큰 성인을 만나 이 도리를 알게 된다면, 마치 아침저녁 같은 짧은 시간에 금방 만난 것과 같다.
>
> 夢飮酒者, 旦而哭泣 ; 夢哭泣者, 旦而田獵。方其夢也, 不知其夢也。夢之中又占其夢焉, 覺而後知其夢也。且有大覺而後知此其大夢也。而愚者自以爲覺, 竊竊然知之。君乎, 牧乎, 固哉! 丘也與女, 皆夢也 ; 予謂女夢, 亦夢也。是其言也, 其名爲吊詭。萬世之後而一遇大聖, 知其解者, 是旦暮遇之也。
>
> ▶ 《장자·제물론(莊子·齊物論)》

도가의 인생관은 만물이 도에서 나온다고 했기 때문에, 인간의 탄생은 도(道)의 실현이고, 죽음은 도(道)로 복귀하는 것이다. 따라서 도가의 인생관에서 개인이 스스로 견해를 갖추어 삶을 규제하는 것은 매우 주관적인 견해이므로 어리석은 자(愚者)라고 지칭했다. 이것은 군주나 신하와 같은 사회체제 역시 마찬가지다. 그러므로, 도의 관점에서 바라볼 때, 현실의 인간은 모두 꿈속에서 살고 있고, 인간의 꿈은 꿈속의 꿈이다. 그리고, 도는 생긴 적도 없고 없던 적도 없어서, 도의 관점에서 시간의 변화는 무의미하다. 따라서, 도의 관점에서 인생은 꿈이고, 시간은 의미가 사라진다. 이런 점에서 유몽매는 정(情)의 가치를 도(道)의 지위로 끌어올린 것이다.

《모란정》과 정情

여러 학자들이 《모란정》의 주제 의식을 정(情)이라고 하고, 이것을 가장 잘 설명한 것이 《모란정》의 서문이라 할 수 있는 《제사(題詞)》라고 입을 모은다.

천하의 여자들이 정(情)이 있다지만, 어찌 두려낭 같은 여자가 있을까? 그 사람을 꿈꾸자마자 병이 들고, 병이 들자마자 오랫동안 병이 낫지 못하고, 자신의 모습을 직접 그려서 세상에 남긴 뒤에 죽었다. 죽은 지 3년째, 어두운 곳에서 그녀가 꿈꾸던 사람을 다시 찾아 살아났다. 두려낭 같은 사람이야말로 정(情)이 있는 사람이라 할 것이다. 정(情)이란 생겨나는 것도 모르고, 생겨나면 깊어지기만 한다. 산자가 죽을 수 있고, 죽은 자가 살아날 수 있다. 살아서 정(情) 때문에 죽을 수 없고, 죽어도 정(情) 때문에 다시 살아날 수 없다면, 모두 지극한 정이 아니다. 꿈속의 정(情)인들 어찌 진실이 아니랴? 천하에 어찌 꿈에 그리는 사람이 적다 할까? 잠자리를 같이하여 친밀해지고, 관모를 씌워주기를 기다려서 친해지는 것은 모두 물질적 논리다. ……. 아! 세상의 일은 세상에서 다 끝나는 것이 아니다. 통달한 사람이 아니면서도, 늘 이치로 서로 따진다. 이치에 없는 바라고만 한다면, 어떻게 정에서는 반드시 있는 것임을 알겠는가?

天下女子有情, 宁有如杜丽娘者乎!梦其人即病, 病即弥连, 至于手画形容, 传于世而后死。死三年矣, 复能溟莫中求得其所梦者而生。如丽娘者, 乃可谓之有情人耳。情不知其所起, 一往而深。生者可以死, 死可以生。生而不可与死, 死而不可复生者, 皆非情之至也。梦中之情, 何必非真?天下岂少梦中之人耶!必因荐枕而成亲, 待挂冠而为密者, 皆形骸之论也。……。嗟夫!人世之事, 非人世所可尽。自非通人, 恒以理相格耳。第云理之所必无, 安知情之所必有耶!

▶ 《모란정·제사(牡丹亭·題詞)》

사실 이 글은《모란정》의 내용을 압축하고 있다. "정(情)이란 생겨나는 것도 모르고"라는 것은 두려낭의 첫 등장 부분에서 그녀가 원인모를 고민에 빠진 모습을 말하는 것이고, "생겨나면 깊어지기만 한다"라는 말은 그녀가 꿈에 유몽매를 만나고 헤어진 다음 그 정이 더욱 깊어간 것을 말한다. "산자가 죽을 수 있고, 죽은 자가 살아날 수 있다."라는 말은 두려낭이 정 때문에 죽어 귀신이 되고, 귀신이 된 두려낭이 다시 살아난 것을 말한다. 이어서 "살아서 정(情) 때문에 죽을 수 없

그림 9. 강서성 무주시(撫州市) 문창리(文昌里)에 있던 탕현조의 무덤. 1982년 무주시 인문공원에 이장되어 행적이 묘현했지만, 2017년 강서성 고고학 연구원에서 탕현조의 무덤을 다시 발굴하였다.

고, 죽어도 정(情) 때문에 다시 살아날 수 없다면, 모두 지극한 정이 아니다."라고 말하면서, 현실에서 보이는 물질적 사랑과 대비시켜놓고 있다.

이러한 정에 대한 긍정은 대체로 두 가지 면에서 논의된다.[23] 우선 사상적 측면에서 보면, 송대의 성리학이 시간이 흐르면서 인간의 마음을

---

23) 탕현조 저, 이정재·이창숙 역, 《모란정》, 서울: 소명, 2014년, 587.

도심(道心)과 인심(人心)으로 구분하고, 도덕적 사상이 인심(人心)을 구속하는 형태로 시스템화하면서 발생한 교조주의는 명대가 되면 인심의 거센 반발을 받는데, 탕현조의 《모란정》은 이런 현상이 희곡 문학으로 표출된 것이다. 둘째는 여성의 사랑에 대한 주체적이고도 적극적인 추구다. 이는 탕현조의 《모란정》에서 두려낭의 심리에 대한 묘사가 문학적 예술성을 성취하면서 강렬하게 드러난다. 즉, 그녀가 현실과 사랑의 대결에서 실패하여 죽음을 선택한 점은 고대 여성으로서 시행할 수 있는 가장 극명한 사랑의 증명이 아닐까 한다.

개인적으로는 이런 사랑을 굳이 여성이란 성적 구분법의 한계에 가두는 것은 조금 불만스럽다. 앞서 살펴본 두려낭의 노래에 나타난 감정은 보편성을 지닌다.

> 문득 마음이 사로잡히네, 이 매화나무 곁에서. 이 꽃들과 풀들을 마음껏 좋아하듯, 삶과 죽음도 뜻대로 할 수 있다면, 이 쓰라린 감정을 아무도 원망하지 않을 텐데.
> 偶然间心似缱，梅树边。这般花花草草由人恋，生生死死随人愿，便酸酸楚楚无人怨。

▶ 《모란정 · 제12척 · 심몽》

이런 감정은 남녀노소를 불문하고 누구나 한번은 꿈꾸는 사랑일 것이다. 비록, 사랑이 오직 꿈에서만 이루어지고, 사랑을 현실에서 실현하는 방법이 오직 죽음을 각오해야만 한다는 점이 씁쓸하기는 하지만, 그만큼 강렬한 감정과 그 감정에 대한 긍정이 담겨있다.

하지만, 궁금한 점이 있다. 위의 글에서 사람이 어떻게 죽었다가 다시 살아날 수 있을까? 탕현조는 왜 사랑의 조건으로 이 실현 불가능한 조건을 매단 것일까? 탕현조는 이러한 논의에 대해 "이치에 없는 바라고만

한다면, 어떻게 정에서 반드시 있는 것이란 것을 알겠는가?"라고 받아쳤
다. 그는 두려낭과 유몽매가 가진 삶의 방식인 정이라는 세계에서는 존
재의 출생과 사망이 존재하지 않고, 삶과 죽음과 꿈의 경계가 사라져
마음대로 넘나드는 경계란 것을 말하는 것일지도 모른다. 만약, 이들을
굳이 현실로 옮겨 놓는다면, 아마도 이것은 살아있는 자가 죽은 자를
위한 애도를 그치지 않음으로써, 사랑한 자를 영원히 기억하고 추모한다
는 의미가 아닐까 한다.

제8장

상해의 병든 매화관 주인: 공자진

공자진(龔自珍)의 자는 슬인(瑟人), 호는 정암(定盦)이다. 그는 청대 말의 사상가이자 시인으로, 1792년 8월 22일 항주성(杭州城)의 동쪽 마파항(馬坡巷)에 있는 공씨의 저택에서 태어났다. 공자진의 집안은 청대 명문가였고, 그는 공씨의 장손이었다. 그의 할아버지 공제신(龔禔身)은 관내각중서(官內閣中書)를 지냈고, 아버지 공려정(龔麗正)은 휘주지부(徽州知府), 안경지부(安慶知府)

그림 1. 절강성 항주시 공자진기념관의 공자진 조상

등을 거쳐, 강남소송태병비도(江南蘇鬆太兵備道)와 강소안찰사(江蘇按察史)를 지냈다. 또한 그의 숙부 공수정(龔守正)은 예부상서(禮部尙書)까지 지냈다. 게다가 그의 어머니 단순(段馴)은 저명한 청대 고거학자인 단옥재(段玉裁)의 딸이자 여류 시인이었다.[1]

이런 집안 사정 때문에, 그는 당시 받을 수 있는 최고 수준의 교육을 받았을 것이다. 기록에 의하면, 그는 8세부터 경전과 역사서를 익혔고, 12세 때에는 외조부 단옥재(段玉裁)에게서 문자학을 배웠다.

본래 총명했던 그는 이러한 경학과 문자학적 훈련을 통해 경학(經學) 방면에 상당한 수준의 학문을 이루었다. 청나라 도광(道光) 6년(1826)에 정부의 문서·논저·상주문·서찰 등을 모아 편찬한 《황조경세문편(皇朝經世文編)》과 청대 경학의 거벽인 왕선겸(王先謙)이 주도적으로 편찬한 《황청경해속편(皇淸經解續編)》에는 모두 공자진의 《태서답문(大誓答問)》이란 글을 수록하고 있다.[2]

문학적으로도 그는 재능을 보였다. 13세에 《지각변(知覺辨)》이란 글을 쓰고, 15세에 자신의 시작품을 차곡차곡 정리했으며, 19세에 사(詞)를 창작하였고, 21세에는 《회인관사(懷人館詞)》·《홍선사(紅禪詞)》라는 사(詞) 작품집을 냈다. 외할아버지 단옥재(段玉裁)는 《회인관사(懷人館詞)》의 서문에서 "지은 시문이 상당히 많다. 이 작품 중에는 철학과 역사 작품이 있는데, 바람이 일고 구름이 떠가는 듯하여, 남이 따를 수 없는 대단한 기개가 있다(所業詩文甚夥, 間有治經史之作, 風發雲逝, 有不可一世之概)."라고 하고, 또 "공자진이 약관의 나이에 이런 작품집을 내었으니, 그 남다른 재주와 일에 매진하는 성품을 볼 수 있다(自珍以弱冠能

---

1) 단옥재(段玉裁, 1735~1815)의 자는 약응(若膺), 호는 무당(茂堂)이다. 만년에는 연북거사(硯北居士), 장당호거사(長塘湖居士), 교오노인(僑吳老人) 등으로 불렸다. 청대 경학과 문자학, 그리고 훈고학의 대가로서, 특히 그의 《설문해자주(說文解字注)》는 대단한 학술적 성취를 담고 있다.

2) 《태서답문(大誓答問)》은 금문과 고문 《상서·태서(尙書·大誓)》 문제를 다룬 경학 전문 저술이다. 그는 《금문상서》이든 《고문상서》이든 모두 《태서》편이 없다고 주장했다. 李学勤主編, 《四庫大辞典》, 吉林大学出版社, 1996, p166.

之, 則其才之絶異, 與其性情之沈逸, 居可知矣)"라고 평가했다. "바람이 일고 구름이 떠가는 듯한(風發雲逝)"라는 말은 그의 작품에 나타나는 거리낌 없는 풍도를 말하고, 여기에 "남이 따를 수 없는 대단한 기개(不可一世之槪)"는 공자진의 자존감이 대단히 높다는 것이다. 이런 성격은 그의 문학적 재능, 학식, 그리고 일에 매진하는 성품과 결합하여 그의 일생과 문학창작을 관통하는 오만한 불굴의 기개와 비판의식이라는 특징으로 나타났다.

공자진의 사회비판적 의식은 대단히 일찍 형성되었다. 현재 그의 비판적 인식을 볼 수 있는 글인 《명량론(明良論)》(1813~1814)과 《을병지제저의(乙丙之際箸議)》(1816~1817)는 모두 20대 초중반에 쓴 글이다. 《명량론》은 1813년 천리교(天理敎)의 농민 봉기와 청

그림 2. 청나라 가경제

나라 정부의 대응에 대해 느낀 바를 기록한 것이다. 천리교는 민간 비밀종교 결사 집단으로, 백련교(白蓮敎)의 지파인 팔괘교(八卦敎)를 그 시원으로 하고 있다. 하북(河北), 하남(河南), 그리고 산동(山東) 지역에서 세력을 모았던 이들은 청나라를 반대하고 명나라를 다시 세우자는 반청복명(反淸復明)을 대의로 삼아 1813년 자금성(紫禁城)을 공격했다. 역사적으로 계유지변(癸酉之變)이라 불리는 이 봉기는 비록 관군에 의해 쉽게 진압당했지만, 일개 농민 조직이 국가의 핵심 지역인 황궁 안으로 쳐들어온 이 사건은 청나라가 성세에서 쇠락으로 이미 진입했음을 보여주는 사건이었다.

청나라 가경제(嘉慶帝)는 이 사건으로 신하들을 질책하고, 자신에게 책임을 묻는 조서를 공표하여 체면을 유지했고, 황태자 민저(旻寧)는 무

기고에서 총을 꺼내 농민 2명을 사살한 공이 있다고 선전함으로써, 훗날 자신이 제위를 이어받아 도광제(道光帝)가 되는 확실한 발판을 마련하게 되어 이 사건의 최고 수혜자가 된다. 공자진은 이 사건을 염두에 두고 《명량론》을 지어 당시 관원들의 문제점을 지적한다. 아래의 글은 《명량론》 4편 가운데 두 번째 글이다.

　관원이 염치를 알아야 국가에 부끄러운 일이 없다. 관원이 염치가 없는 것은 국가의 커다란 수치다. 근세 관원들을 살펴보면, 황제에게 의견을 진술하는 때에도, 그리고 처음 관리가 된 때부터도 부끄러움이 있는 사람이 거의 없다. 관직에 오래 있을수록 기개는 더 형편없어지고, 명망이 높을수록 자기변명이 더욱 강해지고, 황제를 더 가까이 모실수록 아부 떠는 기술이 정교해진다. 삼공(三公)이 되고 육경(六經)이 되는 것이 낮은 지위가 아닌데도, 고대 대신들의 위엄있게 자처하는 풍도는 볼 수도 없을뿐더러, 그러한 것을 들은 적도 없으며, 꿈에도 본 적이 없다. 신하의 드높은 절개는 한 척도 남김없이 다 사라졌다. 이것은 다름이 아니라, 조정의 기개를 진작시킬 수 없기 때문이다.

　어떻게 기개를 진작시키는가? 부끄러움을 가르치는 것을 우선으로 삼아야 한다. 《예기·중용(禮記·中庸)》에는 "대신을 공경한다면 일에 현혹됨이 없다"라고 했고, 곽외(郭隗)가 연왕(燕王)에게 말하기를 "제업(帝業)을 이룬 자는 자신과 함께 있는 사람을 스승으로 대하고, 왕업(王業)을 이룬 자는 자신과 함께 있는 사람을 친구로 대하고, 패업(敗業)을 이룬 자는 자신과 함께 있는 사람을 신하로 대하고, 패망한 군주는 자신과 함께 있는 자를 부리는 사람으로 대한다. 탁자에 기대고 지팡이를 짚고서 사람을 오만하게 대하고, 눈빛을 가로로 뜨고 오만하게 명령을 내린다면 시키는 일만 하는 사람만 오게 되며, 눈을 부라리고 체벌을 가하면서 분노하여 큰소리로 질책하면, 명령을 전달하는 사람만 오게 된다."라고 하였다. 가의(賈誼)는 한문제(漢文帝)에게 "주상이 대신을 개나 말처럼 대우한다면, 그는 장차 개나 말처럼 처신할 것입니다. 만약 관원으로 대하면, 그는 관원으로 행동할 것입니다."라고 진언했다.

이 3가지는 해와 별처럼 분명한 것이며, 모두 훌륭한 철인(哲人)의 말이니, 예나 지금이나 지극히 경계해야 한다.

예전에 명나라 초기의 일사(逸史)를 본 적이 있다. 명태조(明太祖)가 대신들을 훈계하며 말하기를 "너희들은 걸핏하면 요순(堯舜) 같은 주상이라 하는데, 주상이 성인이 아니라면, 어찌 감히 성인이라 아부하는가? 또한 주상이 이미 성인이라면 너희들의 소망은 이미 이루어진 것이니, 주상과 다른 의견을 개진하여 스스로 고요(皋陶)나 계(契)처럼 처신하는 것이 맞다. 아침에 만나 요순이라 하고, 저녁에 봐도 요순이라 하니, 요순이 된 자라면 어찌 듣기 싫지 않겠는가?"라고 하고, 또 "다행히 짐은 요순이 아니다. 짐이 요순이라면 어찌 너희 같은 고요(皋陶), 기(夔), 직(稷), 설(契)이 있겠으며, 어찌 공공(共工)과 환두(驩兜)처럼 행동하고도 요순에게 내쫓김을 당한 자가 몇 없단 말이냐?"라고 하였는데, 이는 실로 영민한 군주의 말이다.

앉아서 다스림의 도리를 논하는 자들을 삼공(三公)이라 한다. 당송(唐宋)의 성세에는 대신과 강관(講官)에게 자리를 내어 주고 차를 주는 것을 그치지 않았다. 그래서, 신하들이 편전 아래에서 편안히 있으며 고대의 치도를 강론할 수 있었고, 훌륭한 유자(儒者)가 많이 나타났다. 말세에는 아침에 보아도 계속 꿇어앉아 있고, 저녁에 보아도 계속 꿇어앉아 있는 것 외에는 다른 일이 없다. 이 제도가 어째서 없어지고, 군주와 신하가 마주하는 예가 점차 멀어져서 서로 끊어지게 된 것인지를 모른단 말인가?

농공(農工)에 종사하는 사람과 어깨와 등에 물건을 짊어지는 사람이 수치가 없으면 자신을 욕되게 할 뿐이고, 부자가 수치가 없으면 그 집안을 욕되게 할 뿐이다. 하지만, 지식인이 부끄러움이 없는 것은 국가를 욕되게 한다. 경대부(卿大夫)가 부끄러움이 없는 것은 사직을 욕되게 한다. 백성이 신분이 올라가서 지식인이 되고, 지식인이 신분이 올라가서 작은 관리가 되고, 큰 관직을 맡게 되면, 자신과 가정을 욕되게 하는 것에서 시작하여 사직을 욕되게 하는 것에 이르니, 그 아래를 멸하여 위로 이르는 모습이 마치 불과 같다. 대신이 부끄러움이 없으면, 모든 사대부가 그것을 따라 하고, 지식인과 서인들이 그것을 따라 하니, 사직을 욕되게 하는 사람이 서넛이 생겨서, 모든 천하 사람들이 국가를 욕보이고, 집안을 욕보이며 자신을 욕되게 하는 것이 끊임없이 계속 생기고 펴져서 끝이 없을 것이니, 위가 잘못되어 아래에 이름이 마치 물과 같다. 위아래가 모두 물과 불 가운데 있으면, 나라는 어찌하는가?

가만히 지금의 정치 요직을 맡은 관원들을 살펴보면, 거마와 복식, 그리고 말을 기민하게 맞추는 것만 알 뿐, 이 외의 것에 관해서는 무지하다. 아무 일 없이 편안한 시기의 관원들은 붓글씨나 시를 쓰는 것만 생각하고, 그 외의 것은 묻지도 않는다. 조정에서 하는 말은 주상의 기쁘고 화난 기분을 살펴서 맞추는 것이고, 황상이 얼굴빛이 좋고 웃어주거나 포상 휴가를 받으면 의기양양하게 기뻐하면서, 조정을 나와서는 자신들의 문생과 처자에게 자랑한다. 조금이라도 언짢아하는 기색이 있으면, 머리를 땅에 박고 나와서 총애받는 방법을 골몰히 생각하니, 저들의 마음이 어찌 진실로 황제를 경외한다고 하겠는가? 대신으로서 이처럼 행동하는 것이 합당한가를 물어보면, 이들은 부끄럽게도 "우리는 이렇게 할 수밖에 없네"라고 말한다. 이들은 평소 마음가짐에 대해서 이렇게 말한다. 거마를 얻기에 힘쓰고, 기분을 맞추는 데에 힘쓰고, 열심히 책도 읽지 않으면서 말하기를 "나는 밤낮으로 관서에서 당직을 서니, 이미 다 알고 있거니와, 너무 피곤하다"라고 한다. 문장과 시를 쓰는 사람은 책을 좀 읽어도 대의를 알지도 못하면서 자신의 직위에서 하루가 편안하면 하루를 잘 보냈다고 생각한다. 병이 들어서 고향으로 돌아가면, 과거 합격자 명부에 이름을 올리는 것으로 자신들의 자손을 길러내는 것이 이들의 마지막 소망이다. 또한 이들은 자손 대대로 뒤로 빼서 움츠리는 것을 익숙하게 습득하기를 희망하니, 국가 대사를 우리 집안이 알게 무엇인가? 아! 만약 이와 같다면, 변경에 만일 급한 일이 생기면, 산비둘기나 제비처럼 떠나갈 따름이니, 동량 아래에 엎드려 있다가 깔려 죽을 사람은 거의 없다.

얼마 전, 주상께서 와신상담(臥薪嘗膽)을 인용하여 자신을 비유하는 유지를 내렸는데, 이들이 이 말을 듣고 숙연한 마음이 들었을까? 아 생각하면 아찔하다. 나는 예전에 대신들의 집안을 두루 살펴보았다. 급한 일이 생겼을 때 주인은 근심하고, 또 가까운 친척들이 걱정하고, 하인과 첩들 가운데 떠날 수 없는 사람은 걱정한다. 하지만, 가정이 다른 집에 기숙하는 사람, 잠시 고용되어 밥을 먹는 종복, 주인의 희로애락을 살펴는 나그네의 경우, 이들을 불러서 물어보았을 때, 하루만이라도 주인을 위해 주인의 고초를 나누는 사람이 있을까?

그러므로 이렇게 말할 수 있다. 예로써 권면하는 것은 위에서 나오고, 충절로 보답하는 것은 아래에서 나온다. 예가 아니면 충절을 권면할 수 없고, 예와 충절이 아니라면 염치를 보전할 수 없다. 과거의 명유(名儒)가 다시 나타나더라도 내 말을 바꿀 수 없을 것이다.

士皆知有恥, 則國家永無恥矣；士不知恥, 為國之大恥。歷覽近代之士, 自其敷奏之日, 始進之年, 而恥已存者寡矣！官益久, 則氣愈俞；望愈崇, 則諂愈固；地益近, 則媚亦益工。至身為三公, 為六卿, 非不崇高也, 而其於古者大臣巍然岸然師傅自處之風, 匪但目未睹, 耳未聞, 夢寐亦未之及。臣節之盛, 掃地盡矣。非由他, 由於無以作朝廷之氣故也。何以作之氣？曰：以教之恥為先。《禮》、《中庸》篇曰："敬大臣則不眩。"郭隗說燕王曰："帝者與師處, 王者與友處, 伯者與臣處, 亡者與役處。憑幾其杖, 顧盼指使, 則徒隸之人至。恣睢奮擊, 呴籍叱咄, 則廝役之人至。"賈誼諫漢文帝曰："主上之遇大臣如遇犬馬, 彼將犬馬自為也。如遇官徒, 彼將官徒自為也。"凡茲三訓, 炳若日星, 皆圣哲之危言, 古今之至誡也！嘗見明初逸史, 明太祖訓臣之語曰："汝曹輒稱堯、舜主, 主苟非圣, 何敢諛為圣？主已圣矣, 臣愿已遂矣, 當加之以吁咈, 自居皋、契之義。朝見而堯舜之, 夕見而堯舜之, 為堯舜者, 豈不亦厭於聽聞乎？"又曰："幸而朕非堯舜耳。朕為堯舜, 烏有汝曹之皋、夔、稷、契哉？其不為共工、兜, 為堯、舜之所流放者幾希！"此真英主之言也。坐而論道, 謂之三公。唐、宋盛時, 大臣講官, 不輟賜坐、賜茶之舉, 從容乎便殿之下, 因得講論古道, 儒碩興起。及據季也, 朝見長跪、夕見長跪之餘, 無此事矣。不知此制何為而輟, 而殿陛之儀, 漸相懸以相絕也？農工之人, 肩荷背負之子則無恥, 則辱其身而已；富而無恥者, 辱其家而已；士無恥, 則名之曰辱國；卿大夫無恥, 名之曰辱社稷。由庶人貴而為士, 由士貴而為小官, 為大官, 則由始辱其身家, 以延及於辱社稷也, 厥災下達上, 象似火！大臣無恥, 凡百士大夫法則之, 以及士庶人法則之, 則是有三數辱社稷者, 而令合天下之人, 舉辱國以辱其家, 辱其身, 混混沄沄, 而無所底, 厥咎上達下, 象似水！上若下胥水火之中也, 則何以國？竊窺今政要之官, 知車馬、服飾、言詞捷給而已, 外此非所知也。清暇之官, 知作書法、賡詩而已, 外此非所問也。堂陛之言, 探喜怒以為之節, 蒙色笑, 獲燕閑之賞, 則揚揚然以喜, 出夸其門生、妻子。小不霽, 則頭搶地而出, 別求夫可以受眷之法, 彼其心豈真敬畏哉？問以大臣應如是乎？則其可恥之言曰: 我輩只能如是而已。至其居心又可得而言, 務車馬、捷給者, 不甚讀書, 曰: 我早晚直公所, 已賢矣, 已勞矣。作書、賦詩者, 稍讀書, 莫知大義, 以為苟安其位一日, 則一日榮；疾病歸田里, 又以科名長其子孫, 志愿畢矣。且愿其子孫世世以退縮為老成, 國事我家何知焉？嗟乎哉！如是而封疆萬萬之一有緩急, 則紛紛鳩燕逝而已, 伏棟下求俱壓焉者鮮矣。昨者, 上諭至引臥薪嘗膽事自況比, 其聞之而肅然動於中歟？抑弗敢知！其竟憺然無所動於中歟？抑更弗敢知！然嘗遍覽人臣之家, 有緩急之舉, 主人憂之, 至戚憂之, 仆妾之不可去者憂之；至其家求寄食焉之寓公, 旅進而旅豢焉之仆從, 伺主人喜怒之狎客, 試召而詰之, 則豈有為主人分一夕之愁苦者哉？故曰: 厲之以禮出乎上, 報之以節出乎下。非禮無以勸節, 非禮非節無以全恥。古名世才起, 不易吾言矣。

▶ 공자진 《명량론(明良論)》

논지의 전개를 보면, 우선 《중용(中庸)》의 글귀, 《전국책·연책(战国策·燕策)》의 곽외(郭隗) 및 가의(賈誼)의 말을 빌려 관리의 "기개를 진작시키는" 시작이 황제가 대신들을 공경하게 대우하는 것

그림 3. 공자진기념관 내부

에 달려 있다고 주장하고, 이러한 원칙을 따른 역사적 예로써 주원장의 일화를 들었다. 이어서 당송(唐宋) 시대 활발했던 군신의 예(禮)가 이후의 시대에는 사라져서, 지금은 단지 "아침에 보아도 계속 꿇어앉아 있고, 저녁에 보아도 계속 꿇어앉아 있는 것 외에는 다른 일이 없다(朝見長跪、夕見長跪之餘, 無此事矣)."라고 하면서, 현시대를 정치의 쇠락 시대(據季)라고 진단한다. 그리고, 고위 관직자들이 일이 있을 때는 황제의 기분에 맞춰서 "거마와 복식, 그리고 말을 기민하게 맞추는 것"과 같은 행동만 생각하고, 일이 없으면 붓글씨나 시 같은 취미생활에 정신을 쏟으며, 공사다망을 핑계로 독서와 같은 자기 계발을 등한시하며, 무사안일을 하루하루를 살아가는 의의로 삼는다고 비판한다. 그리고 이런 사람들이 고향으로 돌아가서는 자식들을 과거에 매진하게 하고, 또 자식들에게 "뒤로 빼서 움츠리는 것(退縮)"을 삶의 신조로 삼게 만든다고 비판한다. 그는 이런 행위가 살집이 없어지면 떠나버리는 새와 같은 모습이지 "동량 아래에 엎드려 있다가 깔려 죽을 사람"과 같은 진정한 대신의 모습이 아니라고 주장한다. 그는 이러한 작태가 모두 예와 충절의 상보관계를 통해 염치를 보존하지 못했기 때문이라고 하였다.

전체적으로 이 글을 보면, 비록 가경제(嘉慶帝)에 대한 불만을 토로하지는 않았지만, 황제로서 취해야 하는 자세를 언급하고 있고, 이어서 부끄러움이라는 마음 자세를 관원의 직무에 대한 사명까지 밀고 나가 "이와 같은 행동이 합당한가(應如是)?"라는 질문을 함으로써, 삼공(三公)에서 말단 관리와 독서인에게 이르는 지배계층의 각성을 촉구하고 있다. 청년기 공자진의 날카로우면서도 비판적인 모습을 담고 있는 이 글은 독자에게 통쾌한 느낌을 주고 있다.

공자진과 관직 생활

그의 아버지와 어머니, 그리고 집안의 사람들은 그가 팔고문(八股文)과 시를 배워 과거에 합격해서, 자신들의 업적과 조상을 빛낼 장손으로 자라기를 기대했을 것이다. 하지만, 그는 과거에는 소질이 없었다. 19세(1813)에 향시(鄕試)에 참가했지만, 정식 합격자가 아니라 국자감(國子監)에서 공부할 자격이 주어지는 부방(副榜)에 이름을 28번째로 올렸을 뿐이다. 이후 그는 낙방을 거듭하다가, 27세 때(1818) 비로소 왕인지(王引之)가 주관하는 향시에 합격한다.[3] 하지만, 연이어 참가한 두 차례의 회시(會試)에서 모두 낙제함으로써 진사가 되지 못한다. 그래도, 회시 참가자 가운데 특별히 주어지는 직무인 내각중서(內閣中書)에 뽑혔고(1820), 다음 해에는 국사관교대(国史馆校对)가 되어 청대 국가 편찬 지리서인 《대청일통지(大淸一統志)》의 수찬에 참여하게 된다.

그는 6차례의 회시(會試) 도전 끝에 1829년에 비로소 합격한다. 그는 이 회시에서 송대 왕안석(王安石)이 인종(仁宗) 황제에게 개혁을 주장하며 쓴 《상인종황제언사서(上仁宗皇帝言事書)》를 참조하여, 《안변무원소(安邊撫遠疏)》를 쓴다. 이 글은 신강(新疆) 준가르(准格爾)의 반란을 진압한 이후의 처리 방식을 논하고 있는데, 시사에 관한 사실의 직시와 해야 할 일을 하나하나 열거하고, 그 이해득실을 숨김없이 드러냄으로써 사람들을 놀라게 했다. 하지만, 당시 전시를 주관한 대학사(大學士) 조진강(曹振鏞)은 시험 채점에 까다롭기로 유명한 인물이었고, 그는 공자진의 글이 "법도에 맞지 않는다"라고 평가하며, 공자진을 한림(翰林)이 아닌 내각중서(內閣中書)로 계속 지내게 했다.[4] 이후, 그는 6년 동안

---

3) 왕인지(王引之)는 아버지 왕념손(王念孫)과 함께 청대 훈고학(訓詁學)을 대표하는 학자다.

내각중서로 지내다가, 44세인 도광 15년(1835)에 황족의 사무를 담당하는 종인부(宗人府)의 사무를 처리하는 주사(主事)가 되었고, 다시 상서성(尙書省) 예부(禮部)에 속한 주객사(主客司)의 주사가 된다. 하지만, 그는 이런 말단 관직을 전전하는 자신이 만족스럽지 못했다.

> 저녁달이 융종문(隆宗門) 아래로 내려가고,
> 아침노을이 경운문(景運門) 위로 오른다.
> 하늘은 높아서 고집스러운 사람을 포용하고,
> 관직은 간단하여 가서 받들기 쉽네.
> 입의 바퀴가 점차 기름을 칠한 듯하고,
> 마음 바퀴는 얼음이 아니지만,
> 용을 잡는 검술 내 이미 그만두었으니,
> 교룡을 잡는 낡은 그물을 들고 있기가 두렵네.
> 夕月隆宗下, 朝霞景運升。
> 天高容婞直, 官簡易趨承。
> 口轂漸如炙, 心輪莫是冰。
> 屠龍吾已矣, 羞把老蛟罾。
>
> ▶ 공자진《당직 이후 우연히 짓다(退朝偶成)》

이 글은 도광(道光) 18년(1838) 47세 때의 작품이니, 이 시기 그는 빈객 대접과 공물관리를 하는 예부주객사주사(礼部主客司主事)라는 직무와 제사를 주관하는 사제사행주(祠祭司行走)라는 직책에 있었다. 융종문과 경운문은 각각 건청문(乾淸門)의 서쪽과 동쪽에 있는 문이다. 건청문은 안에는 황제가 거주하는 건청궁(乾淸宮)을 대표로 하는 내정(內廷)이

---

4) 張祖廉《定盦先生年譜外紀》載: "己丑朝考, 先生于《安邊綏遠疏》中, 陳南路北路利弊, 及所以安之之策, 娓娓千言。讀卷大臣故刑部尚書戴敦元大驚, 欲置第一。同官不韙其言, 竟擯之。"

있고, 이 문의 밖에는 황제의
집무실인 태화전(太和殿)이
중심이 된 외정(外廷)이 있다.
즉, 이 구절은 황제의 사적 생
활과 공적 생활을 이분하는
경계선을 따라 달이 지고 해
가 뜬다는 표현이다. 작자는

그림 4. 자금성 건청문.

당직 이후 새벽에 집으로 가면서, 자금성의 동서쪽 하늘에 지는 달과
떠오르는 해의 형상을 바라보고 시간의 흐름을 느끼면서, 문득 자신의
관직 생활에 대한 회의에 잠겼고, 그 상념의 시작은 그의 회시 합격에서
시작한다. "하늘은 높아서 고집스러운 사람을 포용하고, 관직은 간단하여
가서 받들기 쉽네(天高容婞直, 官簡易趨承)"라는 말은 회시(會試)에서
황제가 그를 합격시켜 주어 자금성에서 일하도록 해주었으나, 그에게 준
직책이 하찮은 직책이란 것이다. "입의 바퀴"와 "마음 바퀴"는 자신의
구변(口辯)이 뛰어나고 열정이 뜨거움을 드러낸다. 하지만, 그는 이어지
는 문장에서 "용을 잡는 검술"을 그만두었기 때문에 "교룡을 잡는 낡은
그물"을 들고 있기가 부끄럽다고 한다. 즉, 국가를 보좌할 수 있는 생각과
열정은 있지만, 현실적으로 국가 대사를 경륜할 능력이 부족하고, 또한
그러한 생각을 계속해서 지속하기가 부끄럽고 어렵다는 것이다. 하지만,
이 말은 주어진 직책이 낮아 자신의 이상을 펼칠 수 없는 고민의 반어법일
것이다. 결국, 그는 2년 뒤에 스스로 관직을 그만둔다.

공자진과 공양학

공자진은 젊은 시절 자신의 외할아버지인 단옥재(段玉裁)에게 글을

배워서 문자학을 위주로 삼은 경학에 영향을
받았지만, 훗날 그의 비판 정신을 꽃피워준
정치철학의 기반은 상주(常州) 공양학파(公
羊學派)의 《공양춘추(公羊春秋)》다. 공자진
은 28세 때 북경에서 열린 회시에 낙방했지
만, 그는 청대 상주(常州) 공양학(公羊學)의
체계화를 이룩한 유봉록(劉逢祿)을 사사하
면서, 자신의 색깔을 분명하게 세상 사람들
에게 인식시키게 된다.

그림 5. 강유위(康有爲). 그는
공양학의 '삼세설'의 이론적
바탕 위에 탁고개제(托古改
制)를 주장하며 무술변법을
진행했다.

공양학은 공자(孔子)의 저술이자 유가 경
전인 《춘추(春秋)》의 3대 해설서인 《좌전(左
傳)》·《곡량전(穀梁傳)》·《공양전(公羊傳)》 가운데 《공양전(公羊傳)》을
연구하는 학문으로서, 《춘추》의 미언대의(微言大義)를 통해 정치를 해
석하고 이를 경세의 원칙으로 삼는 통경치용(通經致用)을 중시하는 학
문이다. 한대(漢代) 이후 《춘추》의 해설서는 문자 해석과 역사 사실에
충실한 《좌씨전》이 강력한 권위를 가지고 있었다. 하지만, 청대 말 정치
적 부패 나태, 그리고 아편전쟁 등의 외세침입으로 국가의 쇠망이 예견
되면서, 중국 사회는 더 강력하고 적극적인 현실 정치에 대한 응대를
요구하게 되었는데, 청대 장존여(莊存與)와 유봉록이 창시한 상주(常州)
공양학파(公羊學派)의 학술이 유가 이론을 통해 사회적 변화와 진화 구
도를 제시해 줌으로써, 시대적 열망을 해소해주는 학술이 되어 청대 말
을 지배하게 된다.

공양학은 공자의 저서로 알려진 《춘추(春秋)》에 숨어있는 은미한 의
미인 "미언대의(微言大義)"를 연구하는 학문으로서, 그 학문적 방법은
경문의 의미를 극도로 천착하여 의미를 발굴하는 데 있다.

9월에 위나라 사람(人)이 주우(州吁)를 박(濮)에서 죽였다.
九月. 衛人殺州吁于濮.

▶ 《춘추·은공4년(春秋·隱公4年)》

주우는 위나라 장공(莊公)이 좋아했던 여자의 아들로, 장공이 죽고난 다음 위나라 왕위를 정식으로 계승한 환공(桓公)을 죽이고 스스로 왕위에 올랐다. 하지만, 그는 위나라에서 정권을 공고히 하지 못했고, 결국 진(陳)나라 환공(桓公)과 연합한 위나라 대부 석작(石碏)에 의해 죽임을 당한다. 《공양전》은 주우를 죽인 사건의 전말에 관심을 두는 것이 아니라, "사람(人)"이란 경전의 글자에 주목한다.

사람(人)이라 한 것은 무슨 뜻인가? 도적을 토벌한다는 말이다.
其稱人何? 討賊之辭也."

▶ 《공양전·은공4년(公羊傳·隱公4年)》5)

동한(東漢) 공양학의 대표 인물인 하휴(何休)는 《춘추공양해고(春秋公羊解詁)》에서 "나라의 모든 사람이 주우를 토벌하여 충효의 길을 넓혔음을 밝힌 것이다(明國中人人得討之, 所以廣忠孝之路)"라고 주석을 달았다. 즉, 《춘추》에서 "사람(人)"이란 글자를 쓴 이유가 위나라의 모든 사람이 "도적(賊)"인 주유를 토벌했다는 점을 드러내기 위함이란 것이며, 이는 공자가 쓴 "사람(人)"이란 글자 하나가 이 사건에 정당성을 부여하고 있다고 해석한다.

---

5) 노병렬, 천병돈, <연구논문: 청말(淸末) 공자진(恭自珍)의 "변(變)" 사상 연구>, 《儒學硏究》, 32, 2015, 319쪽.

정나라에서 대부 신후(申侯)를 죽였다.

鄭殺其大夫申侯。

▶ 《춘추·희공7년(春秋·僖公7年)》

신후는 초(楚)나라 사람이다. 초나라 문왕(文王) 때 대부가 되었으나, 탐욕스러워서 원한을 많이 사게 되었다. 초나라 문왕이 죽을 때 정(鄭)나라로 도망갔고, 정나라 여공(厲公)의 총애를 받아 정나라에서 대부가 된다. 하지만, 훗날 제나라를 도와준 경력 때문에, 제나라가 정나라를 공격해오자 정나라 문공(文公)이 그와 제나라의 관계를 의심하여 그를 죽인다. 이에 관한 《공양전》의 해석은 다음과 같다.

나라에서 죽였다는 것은 무슨 뜻인가? 나라에서 죽였다는 것은 국가의 군주가 대부를 죽였다는 말이다.

其稱國以殺何? 稱國以殺者, 君殺大夫之辭也。

▶ 《공양전·희공7년(公羊传·僖公7年)》

여기서 《공양전》이 주목하는 단어는 국(國)이다. 즉, 정나라 문공이 대부 신후(申侯)를 죽인 것이 국가적 대의에 합당하다는 것이며,[6] 이것을 공자가 "국(國)"이라는 글자를 통해 표현했다는 것이다. 이런 점을 보면 공양학의 미언대의에 대한 추구는 《춘추》를 기록한 글자에 담긴 공자의 사회적 정의 부여를 발굴하는 행위다.

이러한 《공양전》의 해석을 통해 사회변화를 도식화한 사람은 서한(西漢) 동중서(董仲舒)다. 그는 공양학을 통해 공자가 바라본 시대를 3단계로 구분했다.

---

6) 노병렬, 천병돈, <연구논문: 청말(淸末) 공자진(恭自珍)의 "변(變)" 사상 연구>, 《儒學研究》, 32, 2015, 319.

춘추는 12세를 3가지로 구분한다. 즉, 유견(有見), 유문(有聞), 유전문(有傳聞)이다.

春秋分十二世以為三等: 有見, 有聞, 有傳聞。

▶ 동중서(董仲舒) 《춘추번로 · 초장왕(春秋繁露 · 楚莊王)》

즉, 《춘추》에 기록된 노나라 은공(隱公)에서 애공(哀公)에 이르는 12세대의 왕조를 공자가 직접 본 시대인 소견세(所見世), 공자가 왕조의 흥망을 직접 본 사람에게서 들은 시대를 소문세(所聞世), 더 윗세대의 사람이 본 왕조의 흥망을 전해 들은 사람으로부터 다시 전해 들은 시대인 소전문세(所傳聞世)의 삼세(三世)로 구분했는데,[7] 이 주장은 훗날 하휴에 의해 쇠란세(衰亂世), 승평세(升平世), 태평세(太平世)라는 장삼세(張三世)의 시대적 발전 도식에 관한 비전과 연결된다. "장(張)"이란 밝히다(闡明)의 뜻으로, 세 가지 시대의 의미를 밝힌다는 의미며, 3가지 시대의 의미는 다음과 같다. 처음 "쇠란세"에는 자신의 나라를 안으로 하고, 중화지역의 다른 국가를 외부로 삼는다. 이어서 "승평세"가 되면 중화를 안으로 하고 중화 외부 지역의 국가를 밖으로 삼는다. 마지막 "태평세"가 되면 내외가 없이 모두 하나의 국가 체제가 되어 중화(中華)와 이적(夷狄)의 구분이 없어진다.[8] 따라서, 장삼세는 자신을 중심으로 한 외부 세계로의 확장을 의미하며, 이 확장의 이데올로기는 중화주의식 세계 통일이다. 이런 중화주의는 이미 《공양전》에 기록되어 있다.

---

7) 소견세는 애공(哀公) · 정공(定公) · 소공(昭公) 시대이고, 소견세(所見世)는 양공(襄公) · 성공(成公) · 선공(宣公) · 문공(文公)이고, 소전문세는 희공(僖公) · 민공(閔公) · 장공(莊公) · 환공(桓公) · 은공(隱公)이다.

8) 段熙仲, 《春秋公羊学讲疏》, 南京师范大学出版社, 2002, p498.

안이 그 나라이면 밖은 제하(諸夏)이고, 안이 제하(諸夏)이면 밖은
이적(夷狄)이다.

內其國而外諸夏, 內諸夏而外夷狄。

▶《공양전·성공15년(公羊傳·成公15年)》

즉, 하휴는 이러한 지역 구분과 삼세에 관한 논의를 하나로 관통시켜
"장삼세"를 도출한 것이다. 이는 삼대(三代)이래 점점 타락해가는 사회
인식을 뒤집고, 현재가 중심이 된 미래 세계의 발전 방향에 관한 비전을
제시한 것으로, 공양학의 문도에게 이러한 시대적 비전의 방향성을 가지
고 현실을 개혁하겠다는 의지의 지향점을 제시하고 있다. 공자진이 생활
했던 시대는 청나라가 쇠망으로 치닫는 시기였고, 증기와 철을 앞세운
근대 서양 국가들이 동양을 향해 밀려오던 바로 앞의 시대였다.

공자진은 이러한 시대의 흐름을 경험하지 못했다. 또한 근대적 사상에
비춰보면 공양학에 입각한 현실 개혁 이론이 가지고 있는 봉건적 성격이
한계로 다가온다. 하지만, 공양학적 인식체계를 바탕으로 시대의 문제에
대한 강렬한 지적과 국가적 문제에 대한 새로운 정치 구도에 대한 제시
는 후대 청대 학술 사상이 근대적 시대에 반응할 수 있도록 하는 유연성
을 부여했다고도 할 수 있을 것이다.

바람과 우레의 시

청운의 꿈을 안고 회시에 합격한 그에게 현실적으로 주어진 직무는
내각중서(內閣中書), 국사관교대(國史館校對), 종인부주사(宗人府主
事), 예부주사(禮部主事) 등과 같은 서적의 정리와 교감이나 말단 공문
서 처리 업무를 담당하는 직책이었다. 그는 이런 자신의 상황에 대해
불만이 생겼고, 주변의 관원들이 보여주는 출세지향적인 세속적 행보는

진절머리를 느끼도록 했다. 누차에 걸친 시정에 대한 비판으로 미운털이 박혀버린 그는 결국, 도광(道光) 19년에 48세(1839)에 10년여의 관직 생활을 청산하고 북경에서 고향인 항주로 돌아가게 된다.

그는 먼저 북경에서 고향으로 내려가 조상의 사당에서 성묘를 마치고, 다시 북상하여 가족을 데리고 남하한다. 이 8개월간의 여정에서 그는 20여 년의 관계에서의 생활을 정리하고, 앞으로 삶을 계획하는 의미를 담아 다양한 주제로 315수의 시를 창작하였는데,9) 이것이 《기해잡시(己亥雜詩)》다. 《기해잡시》에는 여러 주제가 포함되어있다. 서정적인 작품이 있는가 하면, 정치적인 주제도 있으며, 귀향 도중의 여러 사실을 기록하기도 했고, 과거에 대한 회상도 있다. 이러한 《기해잡시》의 주요 내용은 크게 4개 부분으로 구성되는데, 첫 번째는 일생의 포부와 행적에 관한 자기 서술이고, 두 번째는 그의 교유관계를 드러내는 작품이며, 세 번째는 그의 전투적 모습을 강하게 드러내는 사회 정치에 관한 비판시이며, 마지막은 신변잡기에 관한 시다.10)

> 구주에 기운이 생기려면 바람과 우레를 의지해야 하지만,
> 천군만마가 모조리 벙어리가 되어 버려 슬프구나.
> 하느님이시여 다시 힘을 내시고,
> 한쪽으로 치우친 인재를 내지 마시옵소서.

---

9) 공자진의 시 작품은 1919년 이전의 작품은 현재 전해지는 바가 없다. 1827년에 지은 시집인 《파계초(破戒草)》와 《파계초지여(破戒草之餘)》에 185수가 전해지고, 1839년(48세) 그가 고향으로 돌아가며 지은 《기해잡시(己亥雜詩)》 315편이 전해지고 있다. 이 외에도 그의 아들 공등(龔橙)이 편찬한 《정암집외미각시(定盦集外未刻诗)》에서 97수가 더 있는데, 이 시들은 대부분 1819년과 1820년에 지은 작품이다.

10) 崔鍾世, <龔自珍의 《己亥雜詩》譯註(1)>, 《中國語文論叢》, 6, 1993, p.231-265.

九州生氣恃風雷, 萬馬齊瘖究可哀。
我勸天公重抖擻, 不拘一格降人材！

▶ 공자진《기해잡시(己亥雜詩)》125수

이 시는 "바람과 우레"로 상징되는 개혁사상, 그리고 "천군만마가 모조리 벙어리가 되도록" 만든 봉건사회의 문제점을 제기한 글로 여겨진다.[11] 그러나 이 시는 자신을 알아주지 못하는 현실에 대한 불만이 그 중심에 있다. "바람과 우레(風雷)"는 공자진의 시에서 상당히 자주 등장하는 언어로서, 본래는《주역(周易)》의 제42괘인 <풍뢰익괘(風雷益卦)에서 온 것이다. <익괘(益卦)>의 괘사(卦辭)는 "나아가면 이로우니 큰 내를 건너면 이로울 것이다.(利有攸往, 利涉大川)"이며, "위를 덜어 아래를 보충해주는 것(損上益下)"을 도로 삼는다. 즉, 위정자가 자기 살을 도려내는 것으로써,

그림 6. 공자진《기해잡시(己亥雜詩)》125수 붓글씨 작품

현실의 문제를 극복하고, 미래의 안정과 발전을 쟁취하는 상으로, 꽉 막혀버린 현실을 극복할 대안을 의미한다. 즉, "바람과 우레"는 위정자의 각성을 통한 제민(濟民)의 대책인 동시에, 자신의 이상과 포부를 비유하는 단어가 된다.

---

11) 龔自珍 저, 孫欽善选注 역,《龔自珍選集》, 北京: 人民文学出版社, 2020년.

제2구인 "천군만마가 모조리 벙어리가 되어 버려 슬프구나(萬馬齊瘖 究可哀)."라는 구절의 의미가 분명해진다. 이 구절은 현재의 위정자들은 자신의 견해에 대해 묵묵부답으로 일관하면서, 자신을 알아주지 않는 것에 대한 불만을 드러낸 것이다. 이어서 그는 "천공(天公)"이라는 "하느님"에게 치우침 없이 인재를 내라고 요청하고 있는데, 여기에는 중의적 표현이 들어있다. 한 편으로는 자신이 천성적으로 치우친 재능을 가진 사람이라고 하는 것 같지만, 사실은 인재를 선발하는 사람이 편견에 사로잡혀있다는 것이다. 즉, 위정자들이 인재를 선발하는 과정이 객관적인 능력에 기반하기보다는 이해득실에 따르고 있다는 것을 비판하는 글이다.

> 눈앞에 2만 리에 이는 바람과 우레를,
> 흉중에서 힘들이지 않고 순식간에 꺼냈지.
> 기문(期門)과 차비(伕飛)들의 간담을 서늘하게 만들었고,
> (이들은) 지금도 놀라워하며 신선을 만나고서 돌아간다고 하네.
> 眼前二萬里風雷, 飛出胸中不費才。
> 枉破期門伕飛膽, 至今駭道遇仙回。
>
> ▶ 공자진 《기해잡시》제45수

이 시에 대해 공자진은 "기축년(己丑年) 4월 28일의 일이다(記己醜四 月二十八日事)"라고 주석을 달았다. 기축년은 청나라 도광(道光) 9년 (1829)이다. 그는 이날 황제가 주관하는 시험에 참여했는데, 여기서 그는 왕안석의 《인종황제께 바치는 글(上仁宗皇帝書)》을 본떠서 신장지역에 관한 의견을 담은 "《변경을 안정시키고 먼 지역을 편안하게 만드는 글 (安邊綏遠疏)》"을 지었다.[12] 이 글은 당시 정치사회적 문제를 숨김없이

---

12) 吳昌綬,《定盦先生年譜》: 四月二十八日朝考, 奉旨以知縣用, 呈請仍歸中書原

지적하여 사람들을 놀라게 하고 또 주목도 받았지만, "언사가 바르지 못하다(不韙其言)."라는 의견이 있어 배척받았다.

> 어지럽게 흩어진 단황을 마주하니 가만히 나 자신이 슬퍼져서,
> 가슴 속 생각을 높게 읊조리며 바람과 우레를 펼친다.
> 밝은 달이 하늘에 가라앉아 버리지 않게 하고자 하나,
> 강의 파도가 땅을 진동시키네.
> 狼藉丹黃竊自哀, 高吟肺腑走風雷。
> 不容明月沉天去, 卻有江濤動地來。

▶ 공자진 《특별히 좋아하는 시 3수(三別好詩)》제2수

그는 이 시에 "방백천이 남긴 글의 오른쪽에 쓰다(右題方百川遺文)"라는 주석을 달았다. 방백천은 안휘(安徽) 동성(桐城) 사람인 방주(方舟, 1665~1701)이다. 방주는 당시 유명한 문장가였고, 청대 산문(散文)의 유파(流派)로 유명한 동성파(桐城派)의 창시인인 방포(方苞)의 형이다. 시에서 "단황(丹黃)"은 적색과 황색 표기를 말하는데, 황색은 잘못된 글자를 표기하고, 적색은 메모를 남길 때 사용했다. "어지럽게 흩어진 단황(狼藉丹黃)"은 그가 1821년 국사관교대관(國史館校對官)이 되어서 문자의 오탈자를 바로잡는 일에 바쁜 나날을 보낸 것을 말한다. 이 구절을 보면 그는 이런 글자 교열과 같은 사소한 일에는 마음을 두지 못한 것 같다. 그는 방주의 글을 보고, 이상을 펼치지 못하는 자신의 상황에 울분이 끓어올라 자신의 흉금을 시로 읊는 것을 통해 해소했다.

공자진의 시에 나타난 비판의 칼날은 민생을 조금도 생각지 않는 위정

班。先生廷試對策, 大致祖王荊公《上仁宗皇帝書》。及朝考, 欽命題'安邊綏遠疏', 時張格爾甫平, 方議新疆善后, 先生臚舉時事, 灑灑千餘言, 直陳無隱, 閱卷諸公皆大驚。卒以楷法不中程, 不列優等。"

자의 무능과 부폐를 향해있다.

> 소금과 철을 논하지도 않고 황하를 다스릴 대책도 없이,
> 오직 동남 지역에 의지하니 눈물이 한가득하네.
> 국가의 세금이 삼승인데 백성은 한 두를 내고 있으니,
> 소 잡는 일이 어찌 모내기보다 못할 수 있으랴!
> 不論鹽鐵不籌河, 獨倚東南涕淚多。
> 國賦三升民一鬥, 屠牛那不勝栽禾！
>
> ▶ 공자진《기해잡시》제123수

　소금과 철은 서한(西漢) 소제(昭帝, B.C.87~B.C.74) 이래 국가가 전매한 품목이다.[13] 또한 "황하"는 황하의 범람을 다스린 우임금의 고사를 의미한다. 그래서 "소금과 철에 대한 논의"와 "황하를 다스리는 대책"은 바로 국가 경영을 의미한다. 공자진이 보기에 위정자들은 이런 경세의 의지와 재주가 없다. 그리고, 이어지는 "오직 동남 지역에 의지하니"란 구절은 세수의 90%를 남방 물자에 의지한 청대의 경제구조를 지적한 것이다.[14] 위정자들은 그저 남방의 물자에만 의지하여 농경을 주로 삼는 남방에 세금 부과율을 올리지만, 이런 세금의 부과는 농민의 이탈을 가져올 뿐이다. 고대 도량형에 따르면 10승(升)이 곧 1두(斗)이다. 이 시에 따르면 농민은 본래 내는 양의 3배 이상의 세금을 내는 셈이다.[15] 마지

---

13) 서한(西漢) 소제(昭帝)는 지방에서 소금과 철을 생산하고 판매하던 사람들과 담판을 통해 이 두 물품을 국가 전매 상품으로 전환한다. B.C.81년에 있었던 이들의 담론을 정리한 책이 《염철론(鹽鐵論)》이다.

14) 崔鍾世, <龔自珍의《己亥雜詩》譯註(6)>, 《中國語文論叢》, 13, 1997, 285-304쪽.

15) 대청률(大淸律)에 따르면 1무(畝)의 농경지에 부과되는 세금은 3승3합5작(3升3合5勺)이지만, 청대 중엽 이후로는 1두(斗)에 이르게 된다. 최종세, 위의 논문, 294쪽.

막 구절은 이럴 바에는 차라리 소를 잡아서 파는 것이 소로 농사를 짓는 것보다 낫겠다는 것이다.

> 과거 시험장에서 일어나는 천태만상의 변화를 살펴보니,
> 본래 백성을 위한 노래가 아니라네.
> 서쪽 이웃을 위한 통곡이 끝나면 동쪽 이웃을 축하하니,
> 노래와 곡에 대한 현자의 행동에는 정이 다분하구나.
> 閱歷名場萬態更,
> 原非感慨爲蒼生。
> 西鄰弔罷東鄰賀,
> 歌哭前賢較有情。
>
> ▶ 공자진 《노래하며 울다(歌哭)》

이 시는 도광(道光) 2년(1822) 31세 때 지어진 시다. 한 해 전에 그는 국사관의 교대관이 되어서 문자의 오탈자를 잡는 일을 시작했기에, 북경에서의 관직 생활에 대해 어느 정도 이해하게 되었을 것이기에, 이 시는 그가 바라본 관리들의 생활을 담고 있다. 그가 보기에 북경의 관원들은 시대의 문제에 대한 인식은 전혀 없는 사람들이었다. 이들은 현실에 안주하고, 자신의 영달을 위한 삶을 살아가는 것에 혈안이 되어 있었다. 마지막 구절은 《논어·술이(論語·述而)》에 나오는 "공자께서는 어느날 곡을 하시면, 노래하지 않으셨다(子於是日哭, 則不歌)."라는 구절을 인용한 것이다. 공자는 곡을 한 날이면 노래를 부르지 않았다. 이 말의 의미에 대해 공영달(孔穎達)은 소(疏)에서 "설독(褻瀆)"두 글자로 평가했다. "설독"의 의미는 "가벼움"이며, 슬픔의 진정성에 대한 평가가 된다. 공자진은 이 말을 통해 당시 북경의 관리들을 관리로서의 진정성이 없고, 오직 자신의 세속적 욕망에만 혈안이 된 사람이라 욕하고 있다. 그의

시를 통해서 그는 정이 많았고, 상당히 순수한 생각을 지녔던 사람이라고 추측할 수 있다.

이러한 위정자와 달리 그는 백성의 고초에 동정어린 눈길을 보내며 마음 아파한다.

> 닻줄 하나 끄는 데 10여 명의 인부가 필요한데,
> 자세히 셈해보면 배 천 척이 이 강을 건너네.
> 나 또한 태창(太倉)의 곡식을 축낸 적 있으니,
> 밤에 영차 하는 소리 들으니 눈물이 비 오듯 쏟아지네.
> <5월12일 회포(淮浦)에 이르러 쓰다>
> 只籌一纜十夫多,
> 細算千艘渡此河。
> 我亦曾糜太倉粟,
> 夜聞邪許淚滂沱。
> <五月十二日抵淮浦作>

▶ 공자진 《기해잡시》제83수

이 시는 그가 고향으로 돌아가는 길에 회포(淮浦)를 지나면서 인부의 고된 노동을 보고 지은 시다. 회포는 현재 강소성(江蘇省) 청강시(淸江市)로, 여기에 이르러 물자의 수송이 운하에서 육로로 전환된다. 주요 물자는 북경으로 운반되는 쌀이다. 쌀을 실은 배를 갑문을 통해 육지로 올리는 일에 동원된 백성들에게 주어지는 임금은 없었다. 게다가 물자 운송의 시일을 맞추기 위해서 배를 대는 작업이 밤에도 이어지니, 한밤중에 인부들이 힘을 쓰는 소리를 듣고 그는 편안히 잠을 잘 수가 없었다. 이 시를 통해 그가 평소 가졌던 백성을 위하는 마음이 그저 겉치레에 불과한 것은 아니었다는 점과 당시 위정자들이 백성을 대하는 태도에 대해 가진 그의 불만도 읽을 수 있다.

우연히 산과 강의 길을 가기 어렵다 지었더니,
헛된 10년간의 명성으로 시단을 피해 다녔네.
귀인들 서로 죄를 물으며 서로 보호하기 바쁘니,
인간 세상에 바른 평론을 보이지 말라 하네.
偶賦山川行路難,
浮名十載避詩壇.
貴人相訊勞相護,
莫作人間淸議看.

▶ 공자진 《기해잡시》 제8수

이 시는 당시 그가 비판적인 작품을 창작하여 고관들의 비난을 받았으며, 이 때문에 그의 친구들이 그에게 자중하라는 이야기를 담은 것이다. 그는 이러한 현실을 마주하여 현실에 대한 채념과 냉소를 보인다.

높고 낮은 누각에 등이 아직 밝지 않은데,
외로운 집 깊은 곳에 사람이 길을 걷네.
그대여 높이 올라 바라보지 말지어다!
어둑어둑한 중원에는 저녁 안개가 생겨나니.
樓閣參差未上燈,
菰蘆深處有人行.
憑君且莫登高望,
忽忽中原暮靄生.

▶ 공자진 《잡시14수(雜詩14首)》 제12수

첫 구에서 시인은 높은 누각을 바라다보며, 그곳에 아직 등이 밝혀지지 않았음을 말한다. "높은 누각"은 국가의 중심인 자금성일 것이고, 이곳에 불이 밝지 않다는 의미는 국가를 밝혀줄 사람, 혹은 그러한 상황이 아직 갖추어지지 않았다는 의미다. 이와 대비되는 곳인 아주 낮은 곳이고 누추한 곳에 한 깨어난 사람이 있다. 이 사람은 시인을 은유하는 것일 것이다. 그는 자신에게 이렇게 말한다. 높이 올려다보지 말라! 왜냐하면 이 시대는 불을 밝히더라도 안개로 인해 그 빛이 멀리 뻗어나가지 못하기 때문이다. 이 시에서 읽을 수 있는 것은 어둠을 걸어가고 있고, 그 어둠을 밝힐 수가 있으나 주변의 상황 때문에 체념하고 있는 선각자의 모습이다.

> 백성들은 본래 골육이며
> 천지는 본래 이웃이네
> 머리카락 하나 뽑을 수 없고,
> 뽑는다면 전체가 움직이지.
> 성현은 모든 사람이 동포라 했는데,
> 어찌 과장된 말일까?
> 온 세상이 가을로 바뀌니,
> 집 하나로는 봄이 되기 어렵구나.
> 주나라가 어지러우니,
> 과부의 옷감이 타서 재가 되네.
> 큰 뜻을 지닌 지식인으로서
> 마음이 슬프고 아플 수밖에 없네
> 꽃을 보며 황하를 생각하고,
> 달을 보며 서진(西秦)을 생각하네.
> 귀하신 관원들은 여러 번 생각할 것 없소이다.
> 나를 기나라 사람으로 여기면 되니까.
> 黔首本骨肉, 天地本比鄰。一發不可牽, 牽之動全身。
> 聖者胞與言, 夫豈夸大陳？四海變秋氣, 一室難為春。
> 宗周若螽螽, 褢緯燒為塵。所以慷慨士, 不得不悲辛。
> 看花憶黄河, 對月思西秦。貴官勿三思, 以我為杞人！
>
> ▶ 공자진《봄에서 가을까지, 우연히 느낀 바가 있어,

되는 데로 쓰면서, 전혀 차례를 두지 않았는데,
15수를 얻었다(自春徂秋, 偶有所觸, 拉雜書之,
漫不詮次, 得十五首)》(제2수).

이 시는 청나라 선종(宣宗) 도광(道光) 7년(1827) 봄에서 가을 사이에
지어진 15편의 시 가운데 2번째 시다. 1구에서 6구는 공자진이 세상을
바라보는 시각을 보여준다. 즉 백성과 자신을 운명공동체로 바라본다는
것인데, "귀하신 관원"과는 다른 견해를 갖추고 있다는 것을 은연중 드
러내고 있다. 이는 그가 선각자로 자임하는 근본적 사상이다. 이어서 그
는 "온 세상이 가을로 바뀌니, 집 하나로는 봄이 되기 어렵구나(四海変
秋气, 一室难为春)."라고 하여 세상 사람들은 시대의 문제를 인식하지
못하고 있음을 드러내고 있는데, 이는 앞의 시에서 "높고 낮은 누각에
등이 아직 밝지 않은데, 외로운 집 깊은 곳에 사람이 길을 걷네(樓閣參
差未上燈, 菰蘆深處有人行)."와 같은 의미가 된다. "주나라가 어지러우
니, 과부는 옷감을 태워 재로 만드네. 큰 뜻을 지닌 지식인으로서, 마음이
슬프고 아플 수밖에 없구나(宗周若蠢蠢, 嫠纬烧为尘。所以慷慨士, 不
得不悲辛)."라는 구절은 《좌전·소공24년(左传·昭公24年)》에 정(鄭)나
라 대부(大夫) 대숙(大叔)이란 사람이 진(晉)의 범헌자(范献子)에게 한
말로서, "과부가 자신의 옷감을 아까워하지 않는 것은 주나라의 곤궁함
을 염려해서다(嫠不恤其緯, 而憂宗周之隕)."라는 것이니, 일개 과부도
국가를 염려하는데, 진정한 지식인이라면 응당 세상을 걱정해야 한다는
것이다. "꽃을 보며 황하를 생각하고, 달을 보며 서진(西秦)을 생각하네
(看花忆黄河, 对月思西秦)."는 이 시에서 가장 눈에 띄는 부분이다. 앞
부분은 꽃놀이하는 즐거움 속에서도 황하의 범람을 걱정한다는 것이다.
그리고 다음 구절은 달을 읊조리는 가운데 동진(東晉) 시기 섬서(陝西)

선비족 걸복국인(乞伏国仁)이 감숙성 일대에서 황제를 칭한 것을 지칭
한다고 한다.[16] 하지만, 이렇게 해석하면 달과의 의상이 연결되는 점이
부족하다는 느낌이 있다. 그래서, 이는 왕창령(王昌齡)의 《출새(出塞)》
라는 작품과 연결하는 것도 좋을 것 같다.

> 진나라의 밝은 달과 한나라의 관문으로,
> 만 리길 장정(長征)을 떠난 사람 돌아온 이 하나 없네
> 용성(龍城)의 비장군(飛將軍)이 아직 살아있다면,
> 오랑캐 말이 음산을 못 넘게 했을 것인데.
> 秦時明月漢時關, 萬里長征人未還。
> 但使龍城飛將在, 不教胡馬度陰山。
>
> ▶ 왕창령(王昌齡)《출새(出塞)2수》기일(其一)

왕창령(王昌齡)은 당나라 변새시인(邊塞詩人)으로, 생애가 불확실하
지만, 당현종(唐玄宗) 시기 진사가 되었던 사람이다. 왕창령은 당나라
시대 달과 관문을 바라보면서, 진나라와 한나라 시대의 것과 같은 것으
로 바라봄으로써, 이전 시대의 역사와 현재를 이어보는 것이다. 즉, 진시
황제가 흉노를 외몽고로 내치고 만리장성을 쌓아 국방을 안정시키고, 한
나라 무제가 흉노 정벌을 통해 국제 정세를 역전시켰지만, 현재는 그렇
지 못하다는 것이다. 즉, 여기에서의 달과 관문은 과거 변경 지역의 안정
을 의미하는 강력하고 안정된 국가 이미지를 지니지만, 현재에는 상실과
불안의 국가 이미지와 연결된다. 이렇게 보면, 공자진의 이 구절은 평온
한 시기에 사회 동란과 국가 안위를 걱정하는 의미를 지닌다. 그래서,
"귀하신 관원들은 여러 번 생각할 것 없소이다! 나를 기나라 사람으로

---

16) 龔自珍, 孫欽善选注,《龔自珍選集》, 北京: 人民文学出版社, 2020.

여기면 되니까(貴官勿三思, 以我爲杞人)."라고 한 것이다. "기나라 사람"은 곧 "기나라 사람이 하늘이 무너질지도 모른다는 쓸데없는 걱정을 하여 밥을 먹지 않았다"라는 "기인우천(杞人憂天)", 즉 "기우(杞憂)"의 의미다.[17] "귀하신 관원"이란 말속에 이미 강력한 풍자의 의미가 들어있고, 자신이 쓸데없는 걱정을 하는 기나라 사람으로 비유한 것에는 자신의 의견이 받아들여지지 않는 세상에 대한 불만과 체념이 들어있다. 이 구절은 앞의 시의 "그대여 높이 올라 바라보지 말지어다! 어둑어둑한 중원에는 저녁 안개가 생겨나니(憑君且莫登高望, 忽忽中原暮靄生)."와 같은 의미다.

이처럼 공자진은 자신과 같은 인재를 알아주지 못하는 시대 상황에 대한 개탄이 담긴 작품을 많이 지었으며, 당시 정치에 대한 비판적 시각과 함께 시대의 불안에 대한 감지가 드러난다. 봉건사회의 몰락과 부패, 그리고 이를 개혁하고자 하는 강한 사명감은 자신의 주장이 받아들여질 수 없는 상황 속에서 그의 시를 지탱하는 중요한 내용이 된다.

떨어지는 꽃과 병든 매화관

그는 《기해잡시》 첫 부분에서 자신의 떠나가는 신세를 이렇게 쓰고 있다.

강풍이 거세게 봄의 혼백을 흔드는데,
호랑이와 표범이 깊숙이 구중궁궐에 누워있네.
떨어지는 꽃이어도 마음만은 즐거우니

---

17) 《列子·天瑞》: 杞国有人, 忧天地崩坠, 身亡所寄, 废寝食者。

평생에 묵묵히 옥황상제의 성은에 감사하네

罡风力大簸春魂, 虎豹沈沈卧九阍。

终是落花心绪好, 平生默感玉皇恩。

▶ 공자진《기해잡시》제3수

강풍(罡風)은 하늘 높은 곳에서 불어오는 바람을 뜻하는 도교 용어다. 이 봄의 혼백을 흔드는 바람은 여러 의미를 지닐 수 있다. 개인적으로는 정치적 이상을 펼칠 수 없도록 만든 정치 사회적 분위기일 수 있을 것이다. 그리고, 이것을 청나라 전체 상황으로 확장해 본다면 망국의 바람일 것이다. 이어지는 구절은 굴원(屈原)의 《초사

그림 7. 《기해잡시》제5수 "떨어지는 붉은 꽃이 무정물은 아닐지니, 봄 진흙이 되어 다시 꽃을 가꾸리라."

·초혼(楚辭·招魂)》에 나오는 하늘 궁전의 아홉 관문을 지키는 호랑이와 표범(虎豹九關)이다.[18] 이들은 본래 권력자의 엄혹한 권력을 상징하는 존재들이지만, 여기서는 닥쳐오는 위기의 상황에도 마치 봄날이 계속될 것처럼 여기며, 자신들의 권력과 부를 안전하게 지켜주는 구중궁궐 속에서 아무것도 하지 않고 가만히 누워있는 고위층이다. 그리고, 이와 대비되는 존재인 바람을 맞고 "떨어지는 꽃"은 자신이다. 비록 그는 이 강풍을 맞고 떨어지는 꽃처럼 시간의 흐름 속으로 사라지지만, 마음은 즐겁

---

18) 《楚辭·招魂》: "魂兮歸來, 君無上天些。虎豹九關, 啄害下人些。"王逸 注: "言天門凡有九重, 使神虎豹執其關閉, 主啄齧天下欲上之人而殺之也。"

고 편안하다고 이야기고, "평생에 묵묵히 옥황상제의 성은에 감사하네"
라고 한다. 모든 이상과 노력을 자신의 의지와 상관없이 포기하게된 그
의 마음이 정말로 편안했을지는 알 수 없다. 다만, 이런 문인의 낭만적
태도가 관직에서 해임되어 멀리 쫓겨가는 전통 문인들로서 비록 그것이
껍데기만 남은 낭만이라 하더라도 어쩔 수 없이 취하는 마지막 미련의
제스처라는 느낌 주기도 한다. 하지만, 떨어지는 꽃이 즐거움을 간직한
이유는 세속을 떠났기 때문이 아니다.

> 장대한 이별의 슬픔에 밝은 해 저물고,
> 시인의 채찍이 가리키는 동쪽은 하늘 끝이네.
> 떨어지는 붉은 꽃이 무정물은 아닐지니,
> 봄 진흙이 되어 다시 꽃을 가꾸리라.
> 浩蕩離愁白日斜, 吟鞭東指即天涯。
> 落紅不是無情物, 化作春泥更護花。
>
> ▶ 공자진 《기해잡시》제5수

　　1구와 2구에서 그는 크게 낙심한 모습을 보인다. "물길이 가없이 크고
넓다"라는 "호탕(浩荡)"이라는 말로, 떠나가는 자신의 심정을 솔직하게
드러내고 있기에 위기의식을 느낄 수 있다. 더욱이 자신이 가는 지역을
의미하는 "하늘 끝"이라는 "천애(天涯)" 단어는 이러한 느낌을 더 강하
게 준다. 이런 배가된 슬픔 속에 지는 꽃은 현실을 어떻게 바꿀 수 없는
무력감을 주는 이미지지만, 그의 시에서 지는 꽃잎은 이런 현실을 오히
려 뒤집는 힘이 있다. 이 시에서도 그는 자신을 떨어지는 꽃잎에 견준다.
그리고 앞에서 살펴본 시에서 "마음만은 즐거우니"라는 이유에 대한 해
답이 나타나 있다. 그는 "봄 진흙이 되어 다시 꽃을 가꾸리라(化作春泥
更護花)"라는 말로써 자신이 비록 통경치용의 이상을 정치적으로 실현

할 수는 없지만, 그 이상을 고향에서 뿌리내리겠다는 포부와 집념을 보이고 있기 때문이다. 그래서, 이 시가 가진 힘은 앞의 시에 비해 더 크다고 할 것이다.

이러한 지는 꽃이 거름으로 다른 꽃을 재생하는 이미지는 "병든 매화관의 기록"이란 《병매관기(病梅館記)》 산문에서 그 의미가 더 명확하게 서술되고 있다.

강녕(江寧)의 용반리(龍蟠里), 소주(蘇州)의 등위산(鄧尉山), 항주(杭州)의 서계(西溪)에는 모두 매화가 생산된다. 누군가 말하기를 "매화는 굽은 것이 예쁘고, 곧으면 자태가 없다. 또한 삐뚠 것이 아름답고, 단정하면 운치가 없다. 그리고 매화는 성근 것이 아름답고, 가득하면 자태가 없다."라고 했다.

그렇다. 이들 문인 화가들은 이런 표준을 큰 소리로 주장한다고 해서, 천하의 모든 매화를 이렇게 만들 수가 없다는 것도, 또한 천하 사람들이 곧은 것은 베고, 가득한 것은 제거하고, 곧은 것은 캐내 버리고, 매화를 구부리고 병태적으로 만드는 것을 업으로 삼아 금전을 구하도록 할 수 없다는 것도 마음속으로 잘 알고 있다. 매화를 삐뚤고, 성글고, 굽게 만드는 것은 그저 돈을 벌려는 사람들이 자신들의 지혜와 힘으로 할 수 있는 것이 아니다. 누군가가 문인 화가들의 이런 숨겨둔 독특한 기호를 매화를 파는 사람에게 알려주었기 때문에, 매화를 파는 사람이 단정한 가지를 자르고 곁가지를 기르며, 가득한 것을 성글게 만들고, 어린 가지를 구부리고, 곧은 것은 파버려서, 매화에 생기를 막고는 비싼 가격을 부르게 한 것이다. 그래서, 강소와 절강의 매화는 모두 병들었다. 문인 화가의 극심한 재앙이 이 지경에 이르렀단 말인가!

내가 삼백 그루의 매화를 샀는데, 모두 병태적이고, 하나도 완전한 매화가 없어서 3일 동안 눈물이 났다. 이에 치료하기로 맹세하고, 매화의 본래 형태에 따라 펴주고, 화분도 부수고 모두 땅에다 심어서 매화를 묶은 끈을 풀어주었다. 5년 안에 반드시 회복시켜 완전하게 해주리라.

나는 본래 문인 화가가 아니지만, 욕을 달게 받으며, 병든 매화의 집을 열어서 병든 매화를 모으겠다.

아! 어떻게 하면 내가 더 많은 시간과 더 많은 농지를 가져서 강녕, 항주, 소주의 병든 매화를 가득 모아 내 생애의 시간을 다해 병든 매화를 치료하도록 할 수 있을까?

江寧之龍蟠, 蘇州之鄧尉, 杭州之西谿, 皆産梅。或曰: 梅以曲爲美, 直則無姿 ; 以欹爲美, 正則無景 ; 梅以疏爲美, 密則無態。固也。此文人畵士, 心知其意, 未可明詔大號, 以繩天下之梅也 ; 又不可以使天下之民, 斫直, 刪密, 鋤正, 以夭梅、病梅爲業以求錢也。梅之欹、之疏、之曲, 又非蠢蠢求錢之民, 能以其智力爲也。有以文人畵士孤癖之隱, 明告鬻梅者, 斫其正, 養其旁條, 刪其密, 夭其稚枝, 鋤其直, 遏其生氣, 以求重價 ; 而江、浙之梅皆病。文人畵士之禍之烈至此哉!

予購三百盆, 皆病者, 無完者, 既泣之三日, 乃誓療之, 縱之、順之, 毁其盆, 悉埋於地, 解其棕縛 ; 以五年爲期, 必複之全之。予本非文人畵士, 甘受詬厲, 辟病梅之館以貯之。嗚呼! 安得使予多暇日, 又多閑田, 以廣貯江寧、杭州、蘇州之病梅, 窮予生之光陰以療梅也哉?

▶ 공자진《병든 매화관의 기록》

이 글은 그가 고향인 항주의 집에 도착하여 매화를 구매한 경험을 바탕으로 지어진 글이다. 그는 매화가 기괴한 형상으로 판매되는 현실에 대단히 놀라워한다. 그가 선택한 "병든 매화"라는 이미지는 강력하다. 왜냐하면, 매화는 사군자(四君子)로서 절개를 상징한다. 즉, 매화는 초봄에 피는 꽃으로써 봄을 알리는 꽃이기 때문에, 주변의 냉혹한 현실에도 흔들림 없이 자신의 이상을 견지하여, 결국에는 봄을 알리고야 말겠다는 유학자의 고결한 이상이 부여됐고, 관련 문학 작품도 무수히 많이 창작되었다. 왕안석은《매화(梅花)》에서 매화꽃이 "멀리서도 눈이 아님을 아는 것은 그윽한 향기가 전해와서지(遙知不是雪, 爲有暗香來)"라고 하여, 세상의 냉혹함에도 마멸되지 않는 매화의 생명력과 향기로써 자신을 비유했다. 주희(朱熹)도 매화를 좋아해서 "하늘 끝에 어찌 향기로운 것 없으리오만, 그대를 위해 사심 없이 술잔 향하네(天涯豈是無芳物, 爲爾無心向酒杯)."(《梅花兩絶句》)라고 하며, 매화에 대한 친근함과 그리움을 표현했다. 퇴계(退溪) 이황(李滉) 역시 이런 매화를 좋아해서 "나는 매화를 혹애하는 벽이 많다(我生多癖酷愛梅)", "매군은 갑자기 나를 멀리하지 말게 (梅君不須遽疎我)"라고 하였고(《용

그림 8. 청나라 주탑(朱耷)의 《매화도(梅花圖)》

대성조춘견매운(用大成早春見梅韻)》), 자신의 정신세계를 표징하는 대상물로 삼았아[19], 《매화시첩(梅花詩帖)》이라는 단일 소재의 시첩도 편찬했다. 이처럼 매화에 담긴 군자적 철학적 이념이 공자진에 이르러 전통 문학적 형상화를 뒤집은 "병든 매화"로 표현되었으니 대단히 충격적이다.

공자진이 매화를 병들었다고 한 것도 이런 맥락에서 비롯한 것일 것이다. 이 글에서 "매화는 굽은 것이 예쁘고, 곧으면 자태가 없다. 또한 삐뚠 것이 아름답고, 단정하면 운치가 없다. 그리고 매화는 성근 것이 아름답고, 가득하면 자태가 없다."라는 것은 다름 아닌 문인 자신들의 모습이다. 그래서 그가 세상에 병든 매화를 모두 모아 병을 치료해서 다시 곧고,

---

19) 이정화, <퇴계 이황의 매화시 연구>, 《韓國思想과 文化》, 41, 2008년, 129-145쪽.

풍성하며, 단정하게 만들겠다는 의지는 바로 문인들의 정신을 진작시키겠다는 것이고, 또한 앞에서 본 2편의 시에서 나타난 재생의 이미지를 지닌 지는 꽃잎의 즐거움의 이미지와 연결된다.

하지만, 공자진은 병든 매화가 5년이란 시간을 거쳐 곧아지는 것을 보지 못한다. 왜냐하면, 2년 뒤인 1841년에 50세의 나이로 돌연 사망하기 때문이다. 불우한 재능으로 세상을 향한 독설을 퍼붓고, 병든 매화를 보며 가슴 아파서 다시 생명을 부여하려 했던 공자진은 그렇게 아무것도 하지 못하고 죽었다. 하지만, 청대 말을 살았던 사상가들은 공자진의 글에서, 많은 영감을 받았다. 량치차오(梁启超)는 공자진에 대해 "청대 말의 사상적 해방에는 공자진이 참여한 공로가 있다. 광서(光緒) 연간의 새로운 학자들 가운데 대부분은 공자진을 숭배하는 시기를 거쳤다. 나도 처음《정암전서(定盦全集)》를 보았을 때 전기가 통하는 듯한 충격을 받았다(晚清思想之解放, 自珍确与有功焉。光绪间所谓新学家者, 大率人人皆经过崇拜龚氏之一时期 ; 初读《定盦全集》, 若受电然)."라고 하였다. 하지만, 그는 이어서 "조금 지나서는 그 천박함에 염증을 느끼게 되었다(稍进乃厌其浅薄)."라고 했다. 아마도 이것은 공자진에게 신선함과 진부함이 동시에 존재하는 초기 계몽지식인의 모습이 있기 때문일 것이다.

제9장

고향의 초월적 재탄생: 노신과 《고향》

지난날의 생명은 벌써 죽었다.
나는 이 죽음을 크게 기뻐한다.
이로써 일찍이 살아 있었음을 알기 때문이다.
죽은 생명은 벌써 썩었다.
나는 이 썩음을 크게 기뻐한다.
이로써 공허하지 않음을 알기 때문이다.

▶ 노신 《들풀제사》

중국 현대문학의 아버지로 불리는 노신은 1921년 《고향》이라는 제목의 짤막한 단편 소설을 남겼다. 아름답고 순수한 동심의 세계를 서정적이면서 생동감이 넘치는 필치로 묘사하는 이 작품은 노신의 문학작품 가운데 의외로 대중적으로, 그리고 해외에서도 상당히 사랑받은 소설이다. 한국에서는 이육사(李陸史) 선생이 1936년 노신의 사망을 추모하며 이 소설을 번역하여 《조광(朝光)》 12월호에 연재

그림 1. 1928년 3월 16일 상해(上海) 경운리(景雲里)에 있는 집에서.

했다. 중국 문학은 대체로 현실에서 받은 감흥을 작품으로 옮기는 문학

형태가 일반적인데, 노신의 경우도 이런 형태를 갖고 있어서, 그의 작품을 이해하기 위해 그의 삶을 살펴보는 것은 반드시 필요한 일이다. 아래에서는 노신이 이 소설을 쓰기 전까지의 삶을 간략히 살펴보고 《고향》이란 작품을 함께 감상해 보겠다.

고향 소흥紹興에서의 어린 시절

노신의 본명은 주장수(周樟壽)이며, 1881년 9월 25일 절강성(浙江省) 소흥(紹興) 회계현(會稽縣) 동창방구(東昌坊口)에서 태어났다. 소흥은 역사가 깊은 곳이다. 중국의 고대 성군인 우(禹)임금이 황하 수로 작업을 통해 홍수를 제어한 다음 전국의 제후를 모아 회의를 열었다는 회계산(會稽山)이 있고, 와신상담의 국가 월나라의 수도였다. 노신은 이 일을 종종 그의 글에 언급하며 소흥인의 역사적 긍지를 찾곤 했다.(<《越铎》出世辞>, 1912)[1]

소흥은 물길이 상당히 발달한 수향(水鄕)에 속했는데, 이 물길과 관련한 상업이 상당히 번창했던 곳이다. 그의 시조는 명대에 소흥으로 와서 상업에 종사하며 부를 쌓았다. 청대에 이르러 6대조 할아버지가 과거에 합격하여 지방관으로 부임하면서 이 지역의 사대부 집안으로 승격했다. 이후 9대조에 이르면 치방(致房)·중방(中房)·화방(和房)의 3대 방족을 형성했고, 10대·11대에 이르면 9개 방족으로 형성된 거대한 가문이 되었다.

노신은 치방(致房)의 분파인 흥방(興方)에 속했는데, 노신의 조부 주복청(周福清, 1838~1904)이 33세에 진사에 합격하여 한림원서길사(翰林

---

1) 魯迅, <《越铎》出世辞>.

院庶吉士)가 되면서(1871), 주씨 집안을 중흥시킨다. 한림원서길사는 황제가 참관하는 전시(殿試)에서 특출한 성적을 낸 문인에게 제수되는 직책이기 때문에, 상당한 명예를 누릴 수 있었다.

이처럼 잘 나가던 노신의 가문은 1893년에 몰락의 길을 걷는다. 이해에 모친의 3년 상을 위해 소흥을 찾은 주복청은 마침 소흥에서 열리는 향시를 주관하는 사람이 자신의 친구 은여장(殷汝章)인 것을 알고서, 거금을 들여 노신의 아버지이자 아들 주백의(周伯宜)의 합격을 청탁한다. 그런데 이 일이 공론화되어 광서제(光緖帝)에게까지 보고되었고, 주복청은 감옥에 구금되고, 주백의는 수재 자격이 박탈된다. 주복청의 사면을 위해 가산이 탕진되고, 노신은 연좌죄를 피해 소흥에서 북쪽으로 450km 남짓 떨어진 어머니 노서(魯瑞)의 고향인 황포장(黃浦庄)이란 농촌에 가서 살게 된다.

이 일은 노신에게 큰 충격으로 다가왔다. 외가의 더부살이는 1년여 남짓에 지나지 않았지만, 노신은 자신이 거지와 같은 취급을 받는다고 느꼈다.[2] 다음 해인 1894년 봄에 노신은 자신의 집으로 돌아와 이전 생활로 복귀했지만, 이해 겨울 아편을 피우던 아버지 주백의가 결국 결핵에 걸려 시름시름 앓더니 4년 뒤에 사망한다. 그는 13세부터 집안의 대소사에 참여하게 되는데, 아버지의 약을 타오는 것도 그의 일이 되었다.

> 나는 4년여 동안 항상, 거의 매일 전당포와 약국을 출입해야 했다. …… 내 키의 2배 되는 전당포의 계산대 밖에서 옷가지나 머리 장식품 같은 것을 내밀었고, 멸시를 받으며 돈을 받았으며, 내 키만한 약국 계산대를 찾아가 오랫동안 앓아 누은 아버지를 위해 약을 지었다. 집으로

---

2) 魯迅, 《阿Q正傳·序》: 到我十三岁时, 我家忽而遭了一场很大的变故, 几乎什么也没有了 ; 我寄住在一个亲戚家, 有时还被称为乞食者。

돌아오면 할 일이 태산 같았다

　　我有四年多, 曾经常常, ——几乎是每天, 出入于质铺和药店里, 年纪可是忘却了, 总之是药店的柜台正和我一样高, 质铺的是比我高一倍, 我从一倍高的柜台外送上衣服或首饰去, 在侮蔑里接了钱, 再到一样高的柜台上给我久病的父亲去买药。回家之后, 又须忙别的事了.

▶ 노신 《외침·자서(呐喊·自序)》

　　그는 거의 매일 전당포에 가서 물건을 저당 잡히고, 어렵게 마련한 돈으로 다시 약을 구하는 일을 해야 했는데, 이런 일은 이전의 그라면 절대로 하지 않았을 일이다. 그는 이 당시를 이렇게 회고했다.

　　남부럽지 않은 집안에서 살다가 궁핍한 삶으로 떨어진 자는 누구든지 그 길에서 세상 사람들의 진정한 얼굴을 볼 수 있다고 생각한다.

　　有谁从小康人家而坠入困顿的么, 我以为在这途路中, 大概可以看见世人的真面目

▶ 노신 《외침·자서(呐喊·自序)》

　　부유하고 명망이 높았던 주씨 집안이 불명예스러운 일로 몰락하게 된 사건은 마을의 가쉽이 되었을 것이고, 저마다 자신의 평가를 추가하며 냉대와 비웃음을 던졌을 것이다.

　　또한 부친의 사후에 붉어진 재산 문제는 그에게 친족에 대한 회의를 불러일으켰다. 거기다 노신은 집안 어른의 허락 없이 마음대로 재산을 처분했다는 모함까지 받는다. 노신 자신은 언급하지 않았지만, 당시 노신을 윽박지르며 조금이라도 더 재산을 가져가는 데 혈안이 되었던 사람은 다름 아닌 자신의 글 스승이자 할아버지의 형제인 주옥전(周玉田)으로 알려져 있다.[3]

고향 사람들과 친족들로부터 경험한 인간 세상의 차가움은 십 대의 노신이 주변 사람에 대한 믿음을 상실하도록 했으며, 고향인 소흥에 대한 실망으로 이어졌다.

> S시(소흥) 사람의 낯짝이 이럴 뿐이란 것은 일찌감치 익숙히 보아온 터였고, 게다가 그들의 뱃속까지도 어느 정도는 훤했다. 어떻게 해서든 이들과는 다른 사람, S시 사람들이 싫어하고 멀리하는 사람들을 찾아야 했다. 그가 짐승이든 악마이든 간에 말이다.
>
> S城人的脸早经看熟，如此而已，连心肝也似乎有些了然。总得寻别一类人们去，去寻为S城人所诟病的人们，无论其为畜生或魔鬼。
>
> ▶ 노신 《소소한 기록(瑣記)》

새로운 학문을 찾아서

가문의 전통에 따라 노신은 집안 어른에게서 전통 학문을 배워 과거를 준비했었다. 몇몇 기록을 통해 보면, 과거 공부 외에도 그는 소설과 희곡을 좋아하는 소년으로 그려진다.[4] 하지만, 조부의 일, 그리고 아버지의 죽음으로 몰락한 집안의 가장이 되어버린 노신은 가족의 생계를 생각하지 않을 수 없었다. 결국, 고향인 소흥을 떠나 남경에 있는 해군 학교인 강남수사학당(江南水師學堂)의 기관사 학과인 관륜과(管輪科)에 입학한다. 여기에는 노신의 친척 어른이 감낭수사학당의 감독관으로 있었던 것이 컸다. 하지만, 문인 자제가 무인이 된다는 것은 불명예에 가까웠기

---

3) 마루오 쯔네키 저, 유병태 역, 《魯迅-꽃이 되지 못한 腐草》, 서울, 제이앤씨, 2006, 39쪽.

4) 마루오 쯔네키 저, 유병태 역, 《魯迅-꽃이 되지 못한 腐草》, 서울, 제이앤씨, 2006, 33-34쪽.

때문에, 노신은 결국 이름을 주장수(周樟壽)에서 주수인(周树人)으로 바꾼다.

당시 해군학교는 양무운동의 일환으로 만들어진 곳이 많았고, 노신이 입학한 이곳도 마찬가지였다. 양무운동의 성격상 학교에는 구습이 여전히 팽배했기 때문에, 노신은 1년 반 만에 이곳을 그만두고, 1899년에 광무철로학당(礦務鐵路學堂)에 입학하는데, 이 학교는 노신의 일생에 큰 영향을 미쳤다. 그가 2학년 때 교장으로 부임한 유명진(俞明震)은 유신변법(維新變法)의 열렬한 지지자였다. 그는 강유위(康有爲)·양계초(梁啓超) 등이 발간한 《시무보(始務報)》를 학교에 비치했고, 토마스 헉슬리(Thomas Huxley)의 《진화와 윤리》같은 서양 학술서를 적극적으로 학교에 보급했다. 노신은 새로운 문물에 대해 신선한 자극을 받았고, 전체 3등으로 졸업하게 된다.

1902년 노신은 광무철로학교의 졸업 성적 우수자 5명 속에 포함되어 일본으로 유학을 갔다. 이 프로그램은 의화단 사건으로 불거진 불만을 무마시키기 위해 청나라 정부가 시행했던 여러 사업 가운데 하나였는데, 일본에서의 어학 학습과 대학 과정까지의 과정을 전액 무상으로 지원하는 형태였다.

노신의 일본 생활을 살펴보기 전에 중국의 상황을 살펴볼 필요가 있다. 아편전쟁(1840~1842) 이후 일어난 여러 사건은 중국이 자신의 문제를 반성하고 개혁할 필요성을 강요했다, 이 개혁의 과정은 역사적으로 모두 3번 있었다. 1896년에 일어난 첫 번째 개혁인 양무운동(洋務運動)의 핵심 이론은 중체서용(中體西用)이다. '중체서용'은 서양의 근대적 문물을 App(用)이라고 하고, 중국의 전근대적 체제, 즉 황제 체제를 OS(體)라고 이해하면 쉽다. 이 당시 중국은 무기만 좋으면 서양을 이길 수가 있다고 생각했다. 북경을 호위하는 신식 군대인 북양군은 중국 OS에 설치된 서양App을 실행해서 얻어진 결과물이었다. 하지만, 서양의 App은 중국의 OS와 궁합이 맞지 않아 설치와 실행에서 정지와 오류를 빈번하게 일으켰고, 북양군이 일본군에 대패함으로써 양무운동 프로젝트는 사실상 정지된다. 그다음 개혁은 1898년 무술변법(戊戌變法)이다. 황제 전제 제도에서 공화정으로의 개혁을 주장했던 이 개혁은 중국 OS의 대형 업그레이드를 의미했다. 하지만, 업그레이드가 이루어지기에는 중국 OS는 너무나 낡아 있었고, 100일만에 서태후의 반격으로 이 운동을 추진했던 광서제는 유폐되고, 강유위·양계초 등은 일본으로 망명하게 된다. 결국, 1912년에 중국의 전통OS를 폐기하고 서양식 OS를 장착하는 신해혁명이 일어난다.

노신이 일본에 있던 시기는 신해혁명이 일어나기 전이었다. 이 당시에는 반청(反淸) 정서를 고무하는 운동이 일어났는데, 이 운동의 핵심 인사인 장병린(章炳麟)이 마침 일본에 있었다. 장병린은 중국 전통 문자학의 대가였을 뿐만 아니라, 동서양을 넘나드는 철학적 지식을 가지고 있었던 사람으로, 이 시기 국수주의적 혁명을 대표하는 사상가였다. 노신은 다른 유학생처럼 장병린의 혁명 사상에 큰 영향을 받았다.

1904년 노신이 2년간의 일본어 학습을 마치고 선택한 전공은 의학이었다. 그가 의학을 선택한 것은 중국인의 병을 치료하기 위한 꿈을 실현하기 위한 것이었다. 여기에는 그는 아버지의 죽음으로 생겨난 중국 전통 의학에 대한 불신도 이유 가운데 하나였다. 그는 선태의학전문학교(仙台醫專)에 입했는데, 익숙하지 않은 일본어 때문에, 학업에 큰 곤란을 겪고 있었다. 이때, 중국에 현대적 의학을 전하는 데 관심이 있던 해부학 교수 후지노 겐쿠로(藤野嚴九郞)가 노신을 특별히 보살펴 주었다. 노신이 유급하지 않고 2학년에 진급했던 것도 후지노 교수 덕분이었다. 하지만, 일본 학생 사이에 후지노 교수가 노신에게 시험문제를 가르쳐졌다는 소문이 돌았다. 즉, 일본인도 하기 어려운 일을 중국인이 해낸다는 것을 인정할 수 없었던 것이다. 얼마 뒤에 일본정부가 중국유학생을 취소하는 정책을 공포했다. 중국 유학생들은 귀국과 잔류의 2파로 나뉘어 서로를 비난했는데, 노신은 잔류를 선택했고 귀국파로부터 비난을 받았다.

이처럼 계속된 의학도의 삶은 2학년 2학기 환등기 사건으로 단절된다. 이 당시 수업을 마칠 무렵, 러일전쟁 승리를 선전하는 사진을 환등기로 보여주는 선전 과정이 있었다. 어느 날 러시아 스파이로 알려진 중국인이 일본인에 의해 처형되는 장면이 환등기에 영사되었다. 이 당시 노신의 마음속에는 일본인에 대한 분노도 있었겠지만, 그의 눈에는 처형당하는 중국인을 강 건너 불구경하듯 바라보는 중국인의 모습에 더 큰 충격을 받았다.

> 우매하고 허약한 국민은 아무리 몸에 병이 없고, 아무리 건강하다고 하더라도, 사람들에게 보여주는 무의미한 재료와 관객이 될 수 있을 뿐이니, 몇몇 죽는다고 불행하다 할 수 없으므로, 우리가 가장 먼저 해야 할 일은 그들의 정신을 바꾸는 것이며, 정신을 바꾸는데 적합한 것이, 나는 당시 당연히 문예라고 여겼다. 그래서, 문예 운동을 하기로 마음먹었다.
>
> 凡是愚弱的国民, 即使体格如何健全, 如何茁壮, 也只能做毫无意义的示众的材料和看客, 病死多少是不必以为不幸的。所以我们的第一要著, 是在改变他们的精神, 而善于改变精神的是, 我那时以为当然要推文艺, 于是想提倡文艺运动了。
>
> ▶ 노신 《납함 · 자서(吶喊 · 自序)》

좀비처럼 자각이 없는 죽은 상태로 살고 있는 중국인을 소생시키는 문학을 한다는 것은 쉽지 않았을 것이다. 그가 일본에서 쓴 글을 보면,

중국의 전통, 그리고 외국의 문물에 대한 치열한 반성과 고민의 흔적을 남기고 있는데, 1908년《마라시력설(摩羅詩力說)》이란 시론(詩論)에 기록된 "하늘과 다투고 세속에 항거한다(争天拒俗)"라는 말속에서, 인간의 자유와 개성을 억압하는 일체 모든 것을 반성하는 치열한 문학적 투쟁을 일본에서 벌렸다는 것을 알 수 있다.

다시 고향으로

노신은 소흥에 있는 가족들의 생활고 때문에, 1909년 8년간의 일본 생활을 끝내고 완전히 귀국하게 된다. 귀국 후 그는 소흥에 있는 몇몇 학교에서 교사와 교장으로 재직하며 가사를 돌봤다. 이 시기 노신은 변발 문제와 공자 사당 예배와 같은 신구의 갈등 속에서 자신의 시간을 소비했고, 문학 연구에 전적으로 침잠할 수는 없었다. 이러던 중에, 1912년 1월 1일 신해혁명이 일어나 남경에 중화민

그림 2. 노신은 북경에 처음 머물던 소흥 회관에서 서직문 팔도만후통 11호에 있던 사합원으로 이사했다. 이 사합원은 본래 2002년까지 문화재로 보호받던 이곳은, 2014년 중국 북경 35 중학교가 증축되는 과정에서 도서관 부속 건물로 재건축되어 "주씨형제구거(周氏兄弟舊居)"라고 불리게 된다.

국의 임시정부가 성립되고, 2월에는 선통제 푸이가 퇴위했다.

그는 이 혁명으로 새로운 시대가 올 것으로 생각했지만, 현실이 너무나 쉽게 과거와 타협하는 것을 목도하고 큰 실망을 하게 된다. 구시대 가치를 신봉하는 자들은 여전히 소흥의 관리자가 되었고, 사회의 풍속 역시 변화가 없었다. 노신은 이런 상황을 "민족의 업보"라는 의미의 "종

업(種業)"(《망월편(望越篇)》) 으로 표현했다.

노신은 남경 임시정부의 교육부장 채원배(蔡元培)의 요청으로 남경의 교육부에 취직했다. 1912년 3월 원세개(袁世凱)가 임시정부 총통이 되면서 임시정부의 기관이 남경에서 수도인 북경으로 이전하게 된다. 노신이 몸담고 있던 교육부 역시 이해 5월에 북경으로 이전했다. 하지만, 새로운 교육을 꿈꾸었던 채원배가 원세개와의 갈등으로 6월에 사표를 쓰게 되면서 노신은 큰 충격을 받는다. 원세개 정권하에서 중화민국의 의의가 점차 사라지고 있었다. 노신은 이 시기를 실망감 속에서 고서의 집록, 교감, 금석문의 탑본 등과 같은 문헌 정리 작업을 하면서 적막한 삶을 달랬다고 알려져 있다.[5] 과거 일본에서 문학으로 중국인을 구원하리라는 그의 염원은 이렇게 사장되는 듯했다.

노신이 붓을 다시 든 계기는 잡지 《신청년(新靑年: 1915~1926)》과 깊은 관련이 있다. '민주'와 '과학'이란 서양 사상을 지향하던 《신청년》이란 잡지는 중국 현대문학사에서 대단히 중요한 자리를 차지한다. 진독수(陳獨秀)의 유교와 유교가 제어하는 가족제도에 대한 비판을 담은 '사상혁명'과 호적(胡適)의 당시까지 글쓰기 방법이었던 문언(文言)을 폐지하고 구어를 사용해 문학을 창작하자는 '문학혁명'이 모두 이 《신청년》에서 시작된 것이다.

노신이 《신청년》에 글을 쓰게 된 동기는 다음과 같다. 장훈(張勳)과 강유위(康有爲)가 추진한 푸이(溥儀)의 복벽 문제로 세상이 한창 시끄

---

5) 원세개의 죽음 이후(1916), 채원배는 북경대학 총장이 되었고, 북경 대학을 과거 교육과 완전히 차별화된 근대적 대학의 면모로 쇄신했다. 다음 해인 1917년 장훈(張曛)과 강유위(康有爲)는 푸이(溥仪)의 황제 복귀를 의미하는 복벽(復辟)을 단행했다. 12일밖에 되지 않는 기간이었지만, 이 사건은 중화민국을 지지했던 신지식인에게는 큰 충격이었다.

러울 무렵, 노신의 북경 처소인 '소흥회관(紹興會館)'에 《신청년》의 편집자 전현동(錢玄同)이 찾아와 노신에게 원고를 청탁했을 때, 노신은 '철로 된 밀실'의 예를 들며 자신의 허무감과 적막감을 표현했다.

가령 철로 만든 방이 있다고 하세. 창문도 전혀 없고 아무리 해도 깨뜨릴 수 없지. 안에는 수많은 사람이 깊이 잠들어 있고, 얼마 지나면 모두 질식해서 죽어버리겠지. 하지만 정신없이 잠든 상황에서 죽어 재가 되는 것이기에, 죽음의 슬픔은 전혀 느끼지 못하지. 지금 당신이 크게 고함쳐서 깨어나 있는 몇몇을 놀라게 한다면, 이 불행한 소수에게 구원받을 수 없는 죽음의 고초를 받도록 하는 것이 될 것인데, 자네는 이 사람들에게 떳떳할 수 있겠나?

하지만 몇몇 사람이 정말로 깨어난다면, 이 철로 된 방을 깨부수리란 희망이 전혀 없다고 하진 못할 것이네.

나는 비록 나 자신의 확신이 있었지만, 희망에 관해 이야기했을 때, 희망이 없다고 할 수 없었다. 왜냐하면 희망은 미래에 속한 것이라서 내가 희망이 없다고 증명함으로써 있다고 하는 그의 말을 꺾을 수는 없었다.

假如一間鐵屋子，是絶無窗戶而萬難破毀的，裏面有許多熟睡的人們，不久都要悶死了，然而是從昏睡入死滅，并不感到就死的悲哀。現在你大嚷起來，驚起了較爲淸醒的幾個人，使這不幸的少數者來受無可挽救的臨終的苦楚，你倒以爲對得起他們麽?"然而幾個人旣然起來，你不能說決沒有毀壞這鐵屋的希望。我雖然自有我的確信，然而說到希望，却是不能抹殺的，因爲希望是在于將來，決不能以我之必無的証明，來折服了他之所謂可有，于是我終于答應他也做文章了。

▶ 노신 《납함·자서》

위의 글을 보면, 노신은 당시 자신의 문학 사상이 가지는 현실적 가치에 대해 회의적이었다는 것을 알 수 있다. 다만 노신이 이 절망에서 희망으로 옮겨온 과정은 대단히 사변적이기 때문에 설득력이 좀 떨어지는 느낌이 있다. 사실 그는 자신과 그리고 혁명 동지를 위해 붓을 들었다고 보인다.

> 나는 본래 현재가 이미 절박하기에 어쩔 수 없이 말을 하지 않을 수 없다고 여기는 사람은 아니라고 생각한다. 하지만, 어쩌면 아직 현재 자신의 적막한 비애를 잊을 수가 없어서, 때때로 큰 고함을 몇 번 지르게 되는 것을 피할 수 없었다. 이 외침으로써 적막 속에서 돌진하는 용사를 위로하여 그들이 앞서 달리는데 두려워하지 않도록 하고자 한다.
> 在我自己, 本以为现在是已经并非一个切迫而不能已于言的人了, 但或者也还未能忘怀于当日自己的寂寞的悲哀罢, 所以有时候仍不免呐喊几声, 聊以慰藉那在寂寞里奔驰的猛士, 使他不惮于前驱。
> ▶ 노신《납함·자서》

외침의 뜻은 '고함치다'의 의미이며, 이 글을 통해 그 속뜻이 자신의 글이 자신을 위로하고 또 중국의 선지자를 위로해주는 소리란 것을 알 수 이다. 즉, 그는 가망 없는 길을 절망 속에 걸어갈 수밖에 없는 나와 동지를 위한 마음의 위로라는 의의를 위해 붓을 든 것이다.

노신이 문학을 대하는 태도

그는 어떤 태도로 붓을 들었을까? 노신의 일본 제자 마스다 와타루(增田涉)는《루쉰의 인상(鲁迅的印象)》이란 글에서 노신의 문학 창작 태도에 대해 이렇게 적고 있다.

> 노신은 글을 쓰는 것, 쓴 글을 세상에 발표하는 것에 자신이 살아있다는 의의를 두고 있었기에, 자신이 쓴 것을 선별하여 출판하지 않고,

아무리 하찮은 문장이라도 쓴 것 모두를 있는 그대로 세상에 던져 보였다.6)

▶ 마스다 와타루(增田涉), 《루쉰의 인상(鲁迅的印象)》

이 글을 통해 알 수 있는 것은, 노신에게서 있어서 문학이 자신의 생명이 존재하는 의의를 담고 있다는 사실이다. 그렇기에 그의 글쓰기 태도는 엄격하고 진실할 수밖에 없었다. 이런 진실하고 솔직한 태도는 그가 타인의 시선을 의식하는 글쓰기를 하지 않았다는 점에서도 드러난다.

이런 진실성은 주변 인물들에게는 곤혹을, 노신에게는 수많은 논쟁을 불러왔음은 자명하다. 그는 이런 상황에 대해 어떻게 여겼을까?

이런 단편만 써서는 안 된다고 내게 권고하는 사람도 있다. 그 호의는 고맙게 생각한다. … 그러나 예술의 전당에 그처럼 귀찮은 금령이 있다면 들어가지 않으면 된다. 사막 한가운데 서서 모래와 돌멩이가 나는 것을 바라보며, 즐거우면 웃고, 슬프면 소리치고, 화가 나면 저주하고, 돌멩이를 맞아 온몸에 멍이 들고, 머리가 깨져 피를 흘리더라도, 이따금 나의 굳어버린 핏자국을 어루만지며 아름다운 문양으로 여길 것이다. 섣불리 중국 문사(文士)의 꽁무니에 붙어 셰익스피어와 함께 버터 바른 빵을 먹는 재미보다 못하다고는 할 수 없는 것이다.

也有人劝我不要做这样的短评……, 我以为如果艺术之宫里有这么麻烦的禁令, 倒不如不进去；还是站在沙漠上, 看看飞沙走石, 乐则大笑, 悲则大叫, 愤则大骂, 即使被沙砾打得遍身粗糙, 头破血流, 而时时抚摩自己的凝血, 觉得若有花纹, 也未必不及跟着中国的文士们去陪莎士比亚[10]吃黄油面包之有趣。

▶ 노신 《화개집·제기(華蓋集·題記)》

---

6) 마루오 쯔네키, 위의 책, 11쪽에서 인용.

그가 주변과 타협하지 않고, 자신의 진실을 지켜 낼 수 있었던 이유는 그가 문학에 부여한 시대적 의의와 관련이 있다. 일본의 노신 연구자 마루오 쯔네키(丸尾常喜)는 자신의 책에서 노신은 자신의 운명을 과도기를 살아가는 인간으로 인식했다고 이야기했다.[7] 과도기란 시작과 끝 사이에 놓인 여정을 의미한다. 인간은 누구나 과도기를 살아간다고 할 수 있지만, 근대 격동기에 처한 중국과 중국인의 측면에서의 과도기란 봉건적 질서가 사라지고 새로운 질서가 도래하기 이전의 혼란한 시대, 즉 인간 존재와 그 행위의 의미와 가치가 흔들리고 부서진 세계를 의미한다. 이런 상황 속에서 그는 문학으로 무엇을 하려 했을까?

> 한 송이의 꽃을 키울 수만 있다면, 이윽고 헛되이 썩어 없어질 부초가 되어도 좋으리.
> 只要能培一朵花, 就不妨做做会朽的腐草。
> ▶ 노신 《근대세계단편소설집·소인(近代世界短篇小說集·小引)》

흔들리고 부서진 가치 속에서 새 생명을 간직한 씨앗을 개화시켜 꽃피운다는 것은 새로운 가치를 정립하고, 이것을 실행한다는 의미다. 새로운 문물이 밀려와 중국의 질서가 파괴되는 혼란한 시대적 상황 속에서 그의 이 시도는 무에서 유를 창조하는 것과 같고, 그렇기에 이 과정은 고되고 절망적이다. 새로운 생명은 현실이란 시험을 통과하는 과정에서 거짓으로 판명될 수도 있고, 어렵사리 현실의 고난 속에서 자신의 가치를 증명할 수 있다고 하더라도, 거대한 암흑 속에서 관심을 받지 못해 살지 못하고 시들어 죽을 수도 있다. 그렇기에 그는 《외침·자서》에서

---

7) 마루오 쯔네키 저, 유병태 역, 《魯迅-꽃이 되지 못한 腐草》, 서울, 제이앤씨, 2006, 5쪽.

현실을 "창문이 하나도 없고 부수기 어려운 무쇠로 된 방"이라 비유했고, 자신의 문학을 "깊이 들지 않은 몇몇 사람을 깨워, 그 불행한 사람들에게 임종의 괴로움을 맛보게 하는" 작품이라고 여겼다.

하지만, 그가 이런 극단적 환경 속에서 새 생명을 싹틔우는 희망을 끝까지 놓지 않았던 이유는 무엇일까? 이 해답을 《마라시력설》에 기록된 러시아의 문인 코롤렌코의 《최후의 빛》에 대한 그의 해석을 통해 생각해 보자.

러시아의 문인 코롤렌코의 《최후의 빛》이라는 책에는 시베리아의 한 노인이 아이에게 책 읽는 방법을 가르치는 장면이 나온다. 책 속에는 벚꽃과 꾀꼬리가 나오지만, 시베리아는 몹시 추워서 벚꽃과 꾀꼬리가 없다. 노인은 이것을 이렇게 설명했다. "이 새는 벚나무에 앉아서 목을 길게 빼고 아름다운 목소리로 노래하는 새란다." 그리고, 소년은 깊은 생각에 잠긴다. 즉, 소년은 삭막한(蕭条) 환경 속에서 살았기 때문에 꾀꼬리의 아름다운 소리를 실제로 듣지는 못했지만, 선각자의 해설을 이해했다. 하지만, 선각자의 목소리는 중국의 삭막함(蕭条)을 깨뜨리러 나오지 않았다. 그렇다면, 우리는 깊은 생각에 잠겨있는 것일 뿐인가, 역시 깊은 생각에 빠져있을 뿐이로구나!

俄文人凱罗连珂 (V.Korolenko) 作《末光》一书, 有记老人教童子读书于鲜卑者, 曰, 书中述樱花黄鸟, 而鲜卑沍寒, 不有此也。翁则解之曰, 此鸟即止于樱木, 引吭为好音者耳。少年乃沉思。然夫, 少年处萧条之中, 即不诚闻其好音, 亦当得先觉之诠解；而先觉之声, 乃又不来破中国之萧条也。然则吾人, 其亦沉思而已夫, 其亦惟沉思而已夫！

▶ 노신 《마라시력설(摩羅詩力說)》

꾀꼬리와 벚꽃이 없는 시베리아에서 태어난 소년은 꾀꼬리와 벚꽃을 알 수 없다. 이것은 지극히 지적인 논의다. 하지만, 이 소년은 선각자의 해설을 통해 본 적도 없는 새와 꽃을 이해했다. 즉, 노신은 자신의 노력이 헛되지 않을 것이란 희망의 대전제를 인간 본성에 대한 믿음에 의지하고 있다.

그는 이런 희망을 위해 그는 스스로 선각자가 될 필요가 있었다. 위의 인용문에 나타난 삭막함, 새, 꽃의 비유는 그의 다른 글에서도 나타난다. 노신은 자신의 첫 소설 작품인 《광인일기(狂人日記)》(1918)를 도호쿠제국대학 중국문학과 교수인 마사루 아오키(靑木正児)에게 소개하며 이렇게 말했다.

> "제가 적은 소설은 지극히 유치한 것입니다. 다만 본국이 마치 추운 겨울과 같아 노래도 없고 꽃도 없는듯하여, 이 적막을 깨뜨리고자 쓴 것입니다."
> 我写的小说极为幼稚, 只因哀本国如同隆冬, 没有歌唱, 也没有花朵, 为冲破这寂寞才写的。
> ▶ 노신 《마사루 아오키에게 보내는 편지(致青木正儿)》

이 글에 나타난 추운 겨울과 꽃, 노래, 희망은 코롤렌코의 《최후의 빛》에 나타난 벗꽃, 꾀꼬리 그리고 사상의 전달과 의상적 내적 연관성을 가지고 있다. 그렇다면 선각자가 되기 위한 이 꽃과 노래를 어떻게 구해 전달할 것인가?

> 나는 미래에 대해 큰 희망을 아직 버리지 않았다. 때문에, 지혜로운 자의 마음의 소리(心聲)를 경청하고 그들의 마음에 담긴 빛(內曜)을 자세히 살핀다. 마음에 담긴 빛은 검은 어둠을 깨뜨리는 것이고, 마음의 소리는 거짓을 여읜 것이다. 여러 사람에게 이것이 있다면 마치 초봄에 천둥이 치면 온갖 꽃과 풀이 싹을 틔우고, 동쪽에서 여명이 일어 깊은 밤이 물러갈 것이다.

吾未绝大冀于方来, 则思聆知者之心声而相观其内曜。内曜者, 破
黮暗者也 ; 心声者, 离伪诈者也。人群有是, 乃如雷霆发于孟春, 而百
卉为之萌动, 曙色东作, 深夜逝矣。

▶ 노신《나쁜 말을 깨뜨리는 논설(破恶声论)》

위의 글을 통해 유추해 보면 '노래'는 '마음의 소리(心聲)'이며, '꽃'은
'마음의 빛(內曜)'이다. 생명이 다하고 메마름만 가득한 적막한(蕭條)
"추운 겨울" 속의 중국이라 하더라도, 마치 시베리아의 소년이 본적도
없는 새와 꽃에 관한 노인의 말을 이해하듯이 '마음의 소리'는 봄날의
우뢰가 초목의 소생시키듯 사람들을 각성시키고, '마음의 빛'이 여명이
어두운 밤을 몰아내듯이 검은 세계를 몰아낼 것이다.

노신의 《고향》

이 작품은 노신이 1921년 5월《신
청년(新靑年)》제9권 1호에 발표한
작품이다. 노신은 이 작품을 쓰기 2
년 전인 1919년 12월 1일에 고향인
소흥을 찾아 가족을 데리고 북경에
있는 거처로 옮겨와 살게 된다. 이 당
시 노신의 북경 거처는 서직문(西直
門) 팔도만후통(八道湾胡同) 11호에
있는 사합원이다. 당시 노신의 둘째
동생 주작인 가족은 이미 이곳에서
함께 살고 있었기 때문에, 소흥에서
이사 온 가족은 어머니, 자신의 첫 번

그림 3. 노신의 가족사진. 아들 해영(海英), 아내 허광평(許廣平), 그리고 노신.

째 부인인 주안(朱安), 셋째 주건인(周建人) 가족일 것이다.

이 소설은 귀향이란 주제를 서사화하는 다른 작품과 비슷하게 절망과 희망을 서사화한다. 이것은 고향이란 단어가 가진 특징에 기인한다. 고향에 대한 일반적 정의는 "①: 제가 나서 자라난 곳", 고향②: 제 조상이 오래 누려 살던 곳", "③마음이나 영혼의 안식처"이다.[8] 이 세 의미를 기반으로 다시 고향을 정의해보면, 고향의 가장 기본적 의미는 한 개인이 태어나 자란 곳을 지칭하는 인식적 사실관계로서의 공간이다. 이 공간을 "원초적"이라고 할 수도 있겠지만, "원초적"이란 언어에는 사실관계와 함께 생명의 탄생에서 기인한 특정한 의미가 동시에 부여되어 있어서, 본 논문에서는 사실관계로서의 공간이란 범위로 한정하도록 하고 첫번째 고향의 개념이란 의미로 고향①이라 칭하겠다. 여기에서 출발해서 고향은 다시 개인이 태어나기 전에 이미 존재하는 전통과 풍습 같은 문화적 의미를 가진 공간으로 확장될 수 있다. 이 공간은 인간이 최초로 세상과 구체적 관계를 형성한 곳으로서, 인간의 선택과 무관하게 주어진 후천적 공간이다. 이것을 고향②라고 칭하겠다. 또, 인간은 성장하면서 고향①·②를 자신에게 가장 익숙하고 친근한 현실 속의 공간으로 인식한다. 하지만, 이것은 고향①·②에 대해 한 인간이 태어나 성장하면서 무의식적으로 수용하며 스스로 그렇게 해석한 공간이며, 실제 고향①·②의 모습과는 거리가 존재할 수 있다. 즉, 인간이 고향①·②와 상호작용을 통해 내면적으로 형성된 이 공간은 일종의 의상(意像)적 공간이므로, 고향②와는 다르다. 고향②가 객관적, 물리적, 구체적, 문화적인 공간이라면, 이 내면적 고향은 주관적, 허구적, 이상적, 정서적, 불변적 공간

---

8) 김성희, <고향의 상징성과 리얼리티의 예술적 형상화 - 현진건과 魯迅의 단편 소설 고향 비교 연구 - >, 한중인문학연구 26(-), (2009) 319-345쪽.

이다. 이 공간을 고향③이라고 칭하겠다.

인간은 누구나 고향①·②와 이별하는 과정을 겪는다. 이 과정이 고향을 떠나는 공간적 이동 때문일 수도 있고, 또, 고향 자체의 변화라는 고향 내적 변화, 또는 개인 인식의 변화 때문일 수도 있다. 하지만, 인간은 고향①②에서 고향③의 구체화·현실화를 상상하고 희망한다. 이 이 자아 의식 속에서 불변하는 이상적 공간으로써 상상되는 고향③을 간직하고 있거나 실제로 구현한다고 믿는 고향을 고향④로 칭하겠다. 하지만, 이 희망은 현실 속에서 실현될 수 없기에, 고향④는 현실 속에서 도달하거나 찾을 수 없는 공간이다. 그 이유는 고향③ 자체가 가지는 허구성 때문이기도 하거니와, 자신의 존재와 함께 고향①·②도 세계와 함께 맞물려 계속 변화하는 현실적 공간이기 때문이다.

이상을 통해 형성된 인간과 고향의 관계는 과거 현재 미래 속에서 절망과 희망으로 관계를 맺는다. 인간은 고향①·② 속에서 태어나 자라며 과거에 형성한 고향③의 존재 때문에 현실 속 고향①·②가 고향④일 것이란 기대하며 찾아가지만, 이 시도가 실패하게 되면서 고향①·②에 대한 이향(異鄕)의 느낌과 실망을 경험하고, 이 실망으로 인해, 미래에서 고향④를 찾는다. 이것이, 고향을 다루는 문학이 현실에 대한 절망과 미래에 대한 희망의 구조를 형성하는 이유다.

노신의 이 작품도 크게 절망과 희망이란 구도로 나눌 수 있다. 절망의 흐름은 자신이 태어난 고향①에 대한 절망에서 시작하여, 친척과 이웃으로 나타나는 문화적 고향②에 대한 절망으로 이어지는데, 이는 마음과 영혼의 안식처로서의 고향③과의 비교를 통해 형성된 것이다. 그리고, 고향③을 담지했고 상상하는 존재인 윤토를 통해 고향④를 기대하지만, 역시 절망으로 이어진다. 그리고, 노신은 이런 절망 속에서 자기 존재 의의를 처절하게 모색하는 특유의 문학적 반성을 통해 다시 고향⑤를 찾아 나선다. 노신에게 고향⑤는 자신의 세계관 및 문학관과 관계하는 좀 더 특별한 존재다. 아래에서는 노신의 《고향》 원문을 통해 관련 내용을 서술하겠다.

> 나는 호된 추위를 무릅쓰고, 이천여 리 떨어진 이십여 년 동안 떠나 있던 고향으로 돌아왔다.
> 이미 한겨울이라, 점차 고향에 가까워지고 있을 무렵에는 날씨가 다시 잔뜩 찌푸려있었다. 찬바람이 선창으로 들어오면서 '윙윙' 소리를 냈다. 선창의 지붕 틈 사이로 밖을 슬쩍 내다보니, 어슴푸레한 하늘 아래에 적막하고 쇠락하여 활기라곤 조금도 없는 황폐한 촌락이(荒村) 듬성듬성하게 줄지어 흩어져 있었다. 내 마음속에는 비애와 처량함이 나도 모르게 울컥 솟아올랐다.
> 아! 이것이 내가 이십 년 동안 항상 기억하고 있던 고향이던가?
> ▶ 노신 《고향》

이 단락은 고향①에 대한 절망적 느낌을 표현하고 있다. 노신이 멀리 떨어진 고향을 20여 년 만에 찾았을 때 느꼈던 첫 느낌은 적막하고 생기가 없는 '황폐한 촌락'으로 나타난다. 이는 해외 유학을 마치고 돌아온 신지식인들이 느끼는 고향에 대한 감각과 비슷한데, 이것을 더 잘 드러내기 위해서 현진건의 《고향》과 비교를 진행해보겠다.

> "고향에 가시니 반가워하는 사람이 있습디까?" 나는 탄식하였다.
> "반가워하는 사람이 다 뭔기오, 고향이 통 없어졌더마."
> "그렇겠지요. 9년 동안이나 퍽 변했겠지요."
> "변하고 뭐고 간에 아무것도 없더마. 집도 없고, 사람도 없고, 개 한 마리도 얼씬을 않더마."
> "그러면, 아주 폐농이 되었단 말씀이오?"
> "흥, 그렇구마. 무너지다 만 담만 즐비하게 남았드마. 우리 살던 집도

터야 안 남았는기오, 암만 찾아도 못 찾겠더마. 사람 살던 동리가 그렇게 된 것을 혹 구경했는기오?"

하고 그의 짜는 듯한 목은 높아졌다.

"썩어 넘어진 서까래, 뚤뚤 구르는 주추는! 꼭 무덤을 파서 해골을 헐어 젖혀 놓은 것 같더마. 세상에 이런 일도 있는기오? 백여호 살던 동리가 10년이 못 되어 통 없어지는 수도 있는기오, 후!"

하고 그는 한숨을 쉬며, 그때의 광경을 눈앞에 그리는 듯이 멀거니 먼산을 보다가 내가 따라 준 술을 꿀꺽 들이켜고,

"참! 가슴이 터지더마, 가슴이 터져"

하자마자 굵직한 눈물 둬 방울이 뚝뚝 떨어진다.

▶ 현진건 《고향》

일단 이 두 작품은 서사의 형식에 있어서 차이점이 있다. 현진건의 《고향》은 타인의 입을 빌려 고향에 대한 서사를 함으로써 객관성을 유지하고자 한다. 하지만, 노신의 《고향》은 1인칭 관찰자의 시점에서 서술되는 철저히 주관적·개인적 고향이다. 현진건의 《고향》이 서사화하는 고향은 제3자의 입으로 표현되기 때문에, 민족으로 확장된 ②의 의미를 가질 수 있고, 노신의 《고향》이 서사화 하는 고향은 1인칭으로 서술되기 때문에 ①에 집중한다. 더욱이, 중국어의 경우 고향 ①의 의미를 '고향(故乡)'으로, 고향 ②의 의미를 '가향(家乡)'으로 구별해서 사용한다. 노신의 다른 작품 《술집에서(在酒楼上)》는 소흥(S城)을 말하면서 "가향(家乡)"이라 소개하고 있는데, 이 작품은 제3자인 "뤼웨이푸(吕纬甫)"에 대한 이야기를 1인칭으로 서사하는 구조로 되어 있다는 점에서 오히려 현진건의 《고향》과 맥이 닿아있다.

이 두 작품을 관통하는 공통의 정서는 슬픔이지만, 슬픔의 원인도 다르게 서술된다. 현진건의 슬픔은 조선인이 과거 풍요롭게 누렸던 '고향'이 식민지배 하에서 파괴된다고 생각되기 때문이다. 하지만, 노신이 고

향을 쇠락 또는 적막으로 인지하며 슬퍼하는 이유는 그의 고향에 대한 기억과 현실의 고향 사이에 거리가 무척 컸기 때문이다.

내가 기억하는 고향은 전혀 이렇지 않았다. 내 고향은 이보다 훨씬 더 좋았다. 하지만 내가 고향의 아름다움을 떠올리려 해도 또 고향의 좋은 점을 말하려 해도 떠오르는 영상도 없었고 할 말도 없었다. —— 비록 발전도 없지만, 내가 느끼는 슬픔과 처량함 같은 것도 반드시 있다고 할 수는 없을 것이기에, 이는 단지 나 자신의 마음이 변한 것일 뿐이다. 이번 귀향은 본래부터 무슨 좋은 기분은 아니었으니까 말이다.

▶ 노신 《고향》

그의 기억 속 고향은 아름답고 좋았다. 하지만, 그것을 말로 구체화하려 하면 사라진다. 즉, 이 부분은 고향③에 대한 서사다. 고향③은 과거의 그가 고향 ①·②와의 상호작용 속에서 형성된 것으로, 느낄 수는 있지만, 말로 설명할 수 없는 내면의 그 무엇이다. 이런 고향의 의상을 현실의 사실관계의 고향과 문화적인 고향에서 찾는다는 것은 불가능하다. 왜냐하면 고향③이 자신의 태초와 관계하고 있기 때문이다. 고향③이 형성된 시기는 인간의 인식이 성인으로 성장하기 전이기 때문에, 모순과 대립이 존재하던 현실을 평화롭고 자연스러운 하나의 완벽한 공간으로 인식한다. 인간이 만약 태어나면서부터 자신의 공간이 불완전하고 대립과 갈등으로 존재한다는 것을 인식한다면 그는 살아갈 희망을 품지 못할 것이다.

그는 고향에 관한 생각을 더 진행하지 않는다. 노신의 고향 집은 연말이 되면 다른 가문의 소유물이 될 것이며, 과거 함께 살던 친척들도 일부 현재는 이미 사라지고 없다. 노신의 가족 역시 이 귀향을 끝으로 집을 팔고 모두 이사를 한다. 발전이 있건 없건, 소흥에는 자신의 고향을 증명할 수 있는 집과 혈연관계가 모두 사라지게 된다. 즉, 소흥과 자신의 관계가 끊어진다고 생각했기 때문에 그는 아무 상관이 없다고 생각했다.

고향에서 만난 사람들

노신이 처음 만난 사람은 어머니다.

> 이튿날 맑은 새벽에 나는 우리 집 대문 앞에 도착했다. 기와 위에는 수북한 말라버린 풀의 끊어진 줄기가 바람을 맞아 떨고 있었는데, 이 낡은 집의 주인이 어쩔 수 없이 바뀌어야 하는 이유를 말해주고 있었다. 몇몇 가옥에 살던 친척들은 대부분 이미 이사를 했기 때문에, 매우 적막했다. 내가 우리 집 문밖에 도착했을 때, 어머니는 이미 나를 마중하러 나와 계셨고, 이어서 8살 조카 홍얼(宏儿)도 나는 듯이 뛰어나왔다.
> 어머니는 매우 기뻐하셨지만, 수많은 처량한 안색을 마음속에 감추고 계셨다. 앉아 쉬면서 차를 마시라고 하셨지만, 이사에 대해서는 말씀을 하지 않으셨다. 홍아는 나를 본 적이 없었기 때문에, 멀찍이 맞은 편에 서서 바라보기만 했다.
> 하지만 우리는 끝내 이사에 관한 이야기를 나누었다. 나는 어머니께 외지에 집을 이미 세 들었고, 가구도 몇 점 사들였다고 했다. 그 밖에 이제 집안의 모든 가구를 팔아치우고 나중에 더 사들이면 된다고 말씀을 드렸다. 어머니께서는 좋다고 하시면서, 짐들도 모두 챙겨두셨고, 가져가기 어려운 가구도 반쯤은 팔았는데, 단지 돈을 받지 못했다고 하셨다.
> ▶ 노신 《고향》

사막하고 적막한 고향 집을 따뜻하게 만들어주는 존재는 어머니였다. 노신 어머니의 성함은 루뤠이(魯瑞)이며, 아버지보다 3살 연상의 여인으로, 농촌 출신의 여성이다. 노신의 이 글 속에서 어머니는 선량하고 세상 물정을 잘 모르는 여성으로, 또, 가장이 된 아들의 의견을 묵묵히 따르고 계시지만, 고향을 벗어나는 것에 대해 못내 아쉬워하는 모습으로 묘사하고 있다. 어머니는 우리의 생명을 잉태하고 기른 존재다. 어머니가 고향에서 다른 곳으로 옮겨간다는 것은 곧 나의 생명 뿌리의 이동을 의미하며, 고향과의 혈연적 문화 관계가 끊어짐을 상징한다.

노신이 만난 양씨 아주머니(楊二嫂)는 소흥의 인물을 대변하는 여성이다.

내가 어릴 적에 맞은편 두부 가게에 확실히 종일 앉아있던 양아주머니가 있었는데 사람들은 그를 '두부 서시'라 불렀다. 하지만 흰분을 발랐고 광대뼈 또한 이렇게 튀어나오지 않았고, 입술 또한 이렇게 얇지는 않았으며 종일 앉아있어서 나는 한 번도 이 콤파스 같은 자세를 본 적이 없었다. 그당시 사람들은 말하길 "그 사람 때문에 이 가게 장사가 아주 잘 된다" …… 콤파스 아줌마는 마음이 편치 않았던지, 경멸하는 안색을 보이고는 마치 프랑스인이 나폴레옹을 모르고, 미국인이 워싱턴을 모르는 것처럼 비웃으며 말했다.

"잊었다구요? 정말로 사람이 귀하게 되면 눈이 높아진다더니……"
……

"당신은 부자가 됐고 이사하려면 또 무겁지 않은가. 이따위 너덜너덜한 목기는 필요 없을 테니 내가 가져가게 해주게. 우리 가난뱅이들은 소용에 닿으니 말일세."

"전 결코 부자가 아니에요. 꼭 저걸 팔아서, 다시……"

"에게게, 도지사가 되었는데도 부자가 아니라고? 지금 첩도 3명이나 있고, 외출하면 8명의 인부가 드는 마차도 있으면서 부자가 아니라고? 뭐라고 해도 날 속일 순 없다구."

나는 할 말이 없음을 알고 입을 다물고 묵묵히 서있었다.

"에고, 에고 정말로 돈이 있을수록 더욱더 털 한 오라기 안 버린다더니, 조금도 느슨하지 않으니 점점 더 돈이 많아지고……"

콤파스 아줌마는 몸을 돌리더니 투덜투덜 천천히 밖으로 걸어가다

거기에 있던 어머니의 장갑 한 벌을 슬쩍하여 허리춤에 집어넣으며 나
가 버렸다.

▶ 노신《고향》

양씨 아주머니는 노신의 집 물건을 빼앗아 가려는 존재이며, 과거 자
신이 겪은 냉혹하고 차가운 인간세를 보여주는 인물임과 동시에 윤토와
대비를 이루기 위해 마련한 존재이기도 하고, 그가 바라본 고향 사람에
대한 인식을 드러내는 존재다.9)

노신이 만난 윤토는 소설에서 윤토는 소년 노신이 10대 이전에 만난
사람이다.10) 윤토는 사각형의 울타리에 갇힌 노신을 해방시켜 신비한
영역으로 이끌어주었던 존재이기에 노신이 사회와 만나 형성한 고향의
이미지와 현실을 이어주는 존재다. 노신에게 그는 과거와 현재의 모습이
다르게 존재한다.

이때 나의 뇌리에 갑자기 한폭의 신비로운 그림이 번개처럼 떠올랐
다. 짙은 남색의 하늘에 황금색의 둥근 달이 걸려져 있고 아래에는 해변
의 모래밭에 모두 일망무제의 벽녹의 수박이 심겨져 있는데 그 사이에
는 열두살 소년 하나가 은목걸이를 하고 손에는 강철로 만든 작살을 들
고 오소리 한 마리를 향해 힘을 다해 찌르려 했고 그 오소리는 몸을 한
번 돌리더니 오히려 소년의 가랭이 사이로 빠져 도망을 갔다.
나는 새해를 기다렸다 새해가 오면 윤토가 오기 때문이다. …
이튿날, 나는 새를 잡아 달라고 했는데 그는 이렇게 말했다.

---

9) 관련 내용은 "노신의 인생 궤적"을 참고.
10) 윤토의 모티브가 된 사람은 노신 집안에서 일용직 일꾼인 장복경(章福庆)의 아
들 운수(運水)다. 노신과 윤토는 1893년 2월 노신이 속한 흥방(興房)에서 9대조
패란(佩蘭)에게 제사를 지내는 패공제(佩公祭)를 지내면서 만나게 된 사이이다.

"그건 안돼. 반드시 눈이 많이 와야 해. 우리 모래밭에 눈이 오면 빗자루로 땅을 쓴 다음, 막대기로 큰 소쿠리를 받치고 쭉정이 곡식을 뿌린 다음, 새가 와서 먹을 때 난 먼데서 막대기에 묶은 끈을 휙 당기면 그 새는 대나무 소쿠리에 갇히고 말지. 뭐든지 다있어: 무닭, 뿔닭,산비둘기, 등파랑새 ,..."

그래서 나는 눈 내리길 기다렸다.

"지금은 너무 추워. 네가 여름에 우리가 있는데 와. 낮에는 해변에서 조개껍질 주으러 가, 빨강,초록 뭐든지 있어. 꾸이찌엔파도 있고 관음손도 있지. 밤엔 아버지랑 수박밭에 가. 너도 가자."

"도둑 지키러?"

"아니야, 나그네가 목이 말라 수박 한 개 따먹는건 우리 여기에선 도둑질이 아니야. 오소리나 고슴도치 때문이지. 달빛 아래서 들어보면 '라라'하고 소리가 나는데 오소리가 수박을 먹는 소리지. 그러면 넌 작살을 들고 조용히 다가가서..."

그때 당시 나는 말하고 있는 오소리가 무슨 동물인지 전혀 몰랐다.--지금도 모른다.--그저 개처럼 생긴 사나운 짐승같을 거라고 근거없이 생각한다.

"우리 백사장에 조수가 밀려올 때는 아주 많은 날치들이 뛰어오르는데, 청개구리처럼 다리 두 개가 있어서……"

윤토의 세계엔 무궁무진하고 신기한 것들이 있었는데, 그것들 모두 평소의 내 친구들이 모르는 것들이었다. 그들은 이러한 일들을 모른다. 윤토가 해변에 있을 때 친구들은 나처럼 그저 정원의 높은 벽 위의 사각 하늘밖에는 볼 수 없다는 것을. 아깝게도 정월이 지나가 버렸고 윤토는 집으로 돌아가야만 했다. 나는 다급해져 울음을 터트렸고 윤토도 부엌에 숨어서 울며 나오려 하지 않았지만 결국 그의 아버지가 데리고 가 버렸다. 그는 후에 자기 아버지 편으로 내게 조개껍질과 아주 예쁜 깃털을 한 봉지 보내왔고 나도 한두번 그에게 물건을 보내주었는데, 그때 이후로는 그를 다시 만나지 못했다.

▶ 노신 《고향》

그러나 20여년이 지난 윤토에게서는 과거의 모습을 찾을 수 없었다.

비록 한 번 보고도 알아봤지만 내 기억 속의 윤토는 아니었다. 그의
몸집은 두배나 커졌고 이전의 보라색 둥근 얼굴도 이미 누르스름하게
변하였고 거기다가 아주 깊은 주름도 있었는데 눈은 자기 아버지와 똑
같게 생겨 눈두덩이는 온통 붉게 부어올랐다. 이것은 내가 아는데 해변
에서 농사짓는 사람들은 종일 바닷바람을 맞아 대체로 이렇다는 것을
말이다. 그의 머리엔 다 떨어진 털모자가 씌워져 있었고 몸엔 아주 얇은
면옷만이 걸쳐져 있어 몸을 바들바들 떨었다. 손엔 종이 봉지 하나와
긴 곰방대 하나를 들고 있었는데 그 손은 내 기억 속에서 불그스레한
혈색이 좋은 통통한 손이 아니라 굵고 투박하고 갈라진 손으로 마치 소
나무 껍질 같았다.

▶ 노신 《고향》

이러한 윤토를 만난 노신은 자신의 기억과 현재의 거리감을 깊이 느꼈
고, 이는 윤토 역시 마찬가지였다.

나는 매우 기뻐 흥분했지만 뭐라고 말해야 할지 몰랐다. 그저 이렇게
말했다. "아! 윤형,---왔어요?"
이어서 수많은 말--뿔닭, 짱둥어, 조개껍데기--이 있어 줄에 꿴 구슬
처럼 쏟아져 나오게 하고 싶었다. 하지만 무엇인가에 막혀버린 그것처
럼 그저 머릿속에만 맴돌 뿐 입 밖으로 뱉어낼 수가 없었다.
그는 가만히 서 있었는데 얼굴에는 기쁨과 처량한 안색이 보였다. 입
술은 움직이고 있었으나 소리는 없었다. 그의 태도는 결국 공손하게 바
뀌어 명확히 이렇게 말했다.
"영감님"
나는 마치 몸서리가 쳐지는 것 같았다. 우리 사이엔 이미 두꺼운 한
층의 슬픈 장벽이 놓여져 있다는 것을 알았다.

▶ 노신 《고향》

노신이 '슬픈 장벽'이라 지칭한 것은 사회가 이들에게 부여한 신분이다. 노신은 지위가 높아 '윤토 형'으로 친근한 대화를 시도할 수 있지만, 윤토는 아랫사람으로서 위를 범하는 관계를 대담하게 행동할 수 없었다. 두 사람 모두 과거의 아름다운 기억이 있지만, 현재 이것을 나눌 수 없는 존재가 된 것이다. 하지만, 노신이 윤토에 대해 지속적으로 친근한 대화를 시도하지 못하는 부분은 조금 의아스러울 수 있다. 어머니는 노신보다 훨씬 자연스럽게 윤토를 대하기 때문이다.

> "아, 뭘 그렇게 격식을 차리는가, 너희들은 이전에 형아우하던 사이가 아니더냐? 이전처럼 노형이라고 부르게." 어머니는 즐거운 듯 말했다.
> "아이고, 마님도 정말……그건 무슨 예의인가요, 그땐 어릴 때라……철이 없었습니다……"
>
> ▶ 노신 《고향》

하지만, 여기에 소설의 묘미가 있다. 사실 노신이 문제 삼고 서사화하고 싶은 부분은 그가 마주하고 씨름하는 것이 눈에 보이는 현실의 윤토가 아니라 윤토와 자기 사이에 놓인 보이지 않는 '슬픈 장벽'이다. 그가 현실 속에서 가면을 쓰고 이 벽이 없는 것처럼 행동할 수 있지만, 그렇게 행동한다고 해서 이 벽이 사라지는 것은 아니기 때문이다.

절망과 전환, 그리고 희망

① 우리가 짐을 싸기 시작한 그 날부터 매일 왔던 그 <두부서시> 양아줌마가 그저께 잿더미에서 십여 개의 접시들을 끄집어냈는데, 논의 후 윤토가 묻어 놓은 것이라고 단정을 지었다. 재를 운반할 때 그는

그 속의 것을 같이 가지고 갈 수 있을 거라는 것이었다.

② 내가 희망에 대해 생각했을 때 갑자가 두려워졌다. 윤토가 향로와 촛대를 원할 때 나는 속으로 그가 항상 우상을 숭배하고 어디서나 잊지 않는다는 것에 대해 그를 비웃었는데 현재 내가 말하는 이 희망이라는 것도 내 손으로 만든 우상이 아닌가? 그저 그의 희망은 가깝고 나의 희망은 멀다는 것뿐이다.

③ 나의 몽롱한 눈앞에는 해변의 녹색의 모래사장이 펼쳐졌고 위에는 청록색 하늘에 황금의 보름달이 걸려있었다. 나는 생각했다: "희망이란 본래 있다고도 할 수 있고 없다고도 할 수 있다. 이것은 마치 지상의 길과 같다. 사실 지상에는 본래 길이 없다. 다니는 사람이 많아지면 또한 곧 길이 이루어지는 것이다."

▶ 노신 《고향》

노신은 희망을 이야기하기 전에 끝없는 절망을 이야기한다. 노신과 윤토는 봉건적 신분의 벽으로 가로막혀 있을 뿐만 아니라, 윤리 문제와 미신의 문제에 봉착한다. 비록, 과거 집안사람으로부터 집안 물건을 마음대로 팔았다는 모함의 경험이 있던 노신이기에 쉽사리 윤토의 도덕성을 의심하지는 않았겠지만, 끝내 윤토를 위하여 어떠한 말도 하지 않았다. 다만, 신문물로 무장한 신지식인과 미신에 사로잡힌 농민의 관계는 위에서 언급된 것처럼 신앙의 문제로 해소된다. 그가 윤토의 희망을 "가깝다"고 하고 그의 희망을 "멀다"고 했는데, 이 의미는 윤토가 민간 종교적 기복을 통해 현세의 복을 구하므로 그 믿음이 즉각적이라는 말이고, 그의 경우는 새로운 시대라는 미래의 도래는 현실의 벽에 부딪혀 이루어지기 어렵기에 멀다고 했다. 하지만, 이 둘은 모두 미래에 있을 좀 더 나은 세계를 꿈꾼다는 점에서는 같다. 이 지점은 현재의 윤토를 받아들이고 만나게 되는 전환이 일어나는 부분이다.

이런 전환을 끝으로 "해변의 녹색의 모래사장이 펼쳐졌고 위에는 청록색 하늘에 황금의 보름달이 걸려있었다"라는 묘사가 등장하는데, 이는 과거 윤토의 모습이 노신의 마음속에 겹치고 있는 모습이다. 이 모습은 그가 부정하려 해도 부정할 수 없는 자신이 간직한 마음속 고향의 진실이기에, 이 꿈이 현실의 벽을 부수고 등장할 수 있다고 믿고 노력하는 것이 그가 할 일이라고 생각한 것이다. 이처럼, 노신은 현실의 고향에서 절망하지만, 자신이 마음속에 간직한 고향의 존재 의의와 가치를 발견했다. 비록 자신과 윤토는 현실 속에서 이것을 잃어버렸더라도, 자신들이 노력한다면 어쩌면 미래의 아이들에게는 현실이 될 수 있을 것이다. 그리고, 그 길은 후속세대를 위해 자신이 짊어져야 할 기성세대의 책임으로 제시하고 있다.

참고한 책과 논문들

幹春松·張曉芒, 《中國文化常識》, 中國友誼出版公司, 2017

龔自珍, 孫欽善選注, 《龔自珍選集》, 北京: 人民文學出版社, 2020

宮本一夫 등, 《中國·歷史的長河》(ebook), 臺北: 臺灣商務印書館, 2020

김성희, <고향의 상징성과 리얼리티의 예술적 형상화 - 현진건과 魯迅의 단편소
　　설 고향 비교 연구 - >, 《한중인문학연구》, 26(-), (2009), pp. 319-345

노병렬·천병돈, <연구논문 : 청말(淸末) 공자진(恭自珍)의 "변(變)" 사상 연구>,
　　《儒學硏究》, -, 2015, pp. 311-329

段熙仲, 《春秋公羊學講疏》, 南京師范大學出版社, 2002

臺灣三軍大學, 《中國歷代戰爭史》, 北京, 軍事譯文出版社, 1983

鄧廣銘, 《北宋政治改革家王安石》, 石家莊:河北敎育出版社, 2000

魯迅, 《魯迅全集》, 人民文學出版社, 1981

劉冬穎, 《中華傳統詩詞經典·邊塞詩》, 中華書局, 2015

劉逸生, 《龔自珍己亥雜詩注》, 中華書局, 1980

李學勤主編, 《四庫大詞典》, 吉林大學出版社, 1996

마루오 쯔네키 저, 유병태 역, 《魯迅-꽃이 되지 못한 腐草》, 서울, 제이앤씨, 2006

馬萌, 《琴操》撰者考辨, 《中國社會科學院硏究生院學報》 02, 2005, pp. 61-66

聞一多, 《唐詩雜論》, 萬卷出版公司, 2015

박성원, 이석형, <<<오류선생전(五柳先生傳)>과 <륙일거사전(六一居士傳)> 비
　　교 연구>, 《중국어문학》, 78, 2018, pp. 36-37

안병국, <駱賓王 生卒年 小考>, 《中國文學》, -, 1995, pp. 43-56

餘嘉錫, 《四庫提要辨證》, 中華書局, 1980

閻福玲, <邊塞詩及其特質新論>, 《河北師範大學學報(哲學社會科學版)》, 01,
　　pp. 101-105

王水照,《蘇軾傳：智者在苦難中的超越》, 天津:天津人民出版社, 1999

王水照編,《宋人所撰三蘇年譜彙刊》, 中華書局, 2015

袁行霈,《中國文學史》, 北京: 高等教育出版社, 2005

魏耕原,《先秦兩漢魏晉南北朝詩歌鑒賞辭典》, 北京: 商務印書館國際有限公司, 2012

應曉琴,《唐代邊塞詩綜論》, 博士, 華東師範大學, 2007

이정화, <퇴계 이황의 매화시 연구>,《韓國思想과 文化》, 41, 2008, pp. 129-145

정수일,《실크로드 사전》, 파주: 창비, 2013

程章燦, <《西京雜記》的作者>,《中國文化》, 01, 1994, pp. 93-96

趙延花,馬冀, <焦延壽詠昭君詩"守"、"是"二字辨析>,《漢字文化》(06), 2006, pp. 49-51

朱自清,《古典文學論文集》, 上海古籍出版社, 2009

陳民鎭, <西施新考>,《尋根》, 5, 2011

陳振鵬, 章培恒,《古文鑒賞辭典》, 上海:上海辭書出版社, 1997

崔鍾世, <龔自珍의《己亥雜詩》譯註(6)>,《中國語文論叢》, 13, 1997, pp. 285-304

鄒元江,《湯顯祖新論》, 上海人民出版社, 2015

탕현조, 이정재·이창숙 역,《모란정》, 서울: 소명, 2014

夏漢寧,《陶淵明故里之爭評述》, 동아인문학, 2003, pp. 75-95

| 지은이 소개 |

서주영 _ 대구대학교 인문과학연구소 연구교수

저자는 중국 문학 전공자로서 고전이 가진 의미를 현재적 관점으로 재해석하고 이해하기 위해 노력하고 있다. 지금은 중국 고전 문학과 이동성에 관한 연구를 진행하고 있으며, 저서에는 《동아시아 모빌리티, 인간 그리고 길》, 《도시의 확장과 변형: 문화편》(공저), 《도시의 확장과 변형: 문학과 영화편》(공저)가 있다.

대구대학교 인문과학연구소
동아시아도시인문학총서 13

모빌리티와 고향의 재탄생

초판 인쇄   2022년 6월 20일
초판 발행   2022년 6월 30일

기   획 | 대구대학교 인문과학연구소
지 은 이 | 서주영
펴 낸 이 | 하운근
펴 낸 곳 | 學古房

주   소 | 경기도 고양시 덕양구 통일로 140 삼송테크노밸리 A동 B224
전   화 | (02)353-9908 편집부(02)356-9903
팩   스 | (02)6959-8234
홈페이지 | http://hakgobang.co.kr/
전자우편 | hakgobang@naver.com, hakgobang@chol.com
등록번호 | 제311-1994-000001호

ISBN 979-11-6586-464-4   94800
     979-11-6586-396-8   (세트)

값 : 22,000원

■ 파본은 교환해 드립니다.